高等院校规划教材

管理信息系统理论与实务

蔡永鸿 李文国 主 编
姚海波 赵 伟 副主编

清华大学出版社
北 京

内 容 简 介

本书在讲述管理信息系统的有关概念、结构、功能及开发方法的基础上,介绍了管理信息系统开发、规划、分析、设计、实施及维护的原理,并结合计算机技术、数据通信技术和数据库技术,系统地阐述了管理信息系统在实际工作中应用的技术。全书共分8章,并附有课内实验资料和习题。本书既可作为高等院校经济管理类各专业学生的教材,也可作为企事业单位管理人员及计算机应用软件开发人员的参考书。

图书在版编目(CIP)数据

管理信息系统理论与实务/蔡永鸿,李文国主编;姚海波,赵伟副主编.—北京:清华大学出版社,2011.5
ISBN 978-7-302-25218-4

Ⅰ.①管…　Ⅱ.①蔡…　②李…　③姚…　④赵…　Ⅲ.①管理信息系统　Ⅳ.①C931.6

中国版本图书馆 CIP 数据核字(2011)第 060554 号

责任编辑:孟毅新
责任校对:袁　芳
责任印制:王秀菊

出版发行:	清华大学出版社	地　　址:	北京清华大学学研大厦 A 座
	http://www.tup.com.cn	邮　　编:	100084
社　总　机:	010-62770175	邮　　购:	010-62786544
投稿与读者服务:	010-62776969,c-service@tup.tsinghua.edu.cn		
质　量　反　馈:	010-62772015,zhiliang@tup.tsinghua.edu.cn		
印　装　者:	三河市金元印装有限公司		
经　　销:	全国新华书店		
开　　本:	185×260　印　张:17.75　字　数:420 千字		
版　　次:	2011 年 5 月第 1 版　　印　次:2011 年 5 月第 1 次印刷		
印　　数:	1～3000		
定　　价:	36.00 元		

产品编号:040434-01

前　　言

随着各种形式的信息系统在企业内部应用的不断深入,企业的运作平台正发生着深刻的变化,极大地改变了企业的生产方式和管理方式,使越来越多的企业将管理信息系统作为增强企业竞争力、获取企业竞争优势的有力武器,以便帮助企业降低成本、改善服务、支持企业的流程再造和变革、支持企业的竞争战略。

管理信息系统就是应用计算机及其网络技术,融合现代化的管理方法,辅助管理人员完成信息管理和应用的系统。正是管理信息系统在企业管理中所发挥的巨大作用,使"管理信息系统"成为管理类本科专业和工商管理硕士专业的主干课程。

本书共包括 8 章。第 1 章从系统的角度介绍管理信息系统的概念,信息技术如何支持企业战略,为企业带来竞争优势,以及信息技术对组织的影响;第 2 章介绍管理信息系统的系统平台,介绍计算机硬件、软件、数据库和网络的基本知识;第 3~7 章介绍管理信息系统的应用,介绍管理信息系统的规划、分析、设计、实施与维护;第 8 章介绍一个具体的管理信息系统的开发实例。

本书强调从管理者-用户的角度理解和应用管理信息系统:从管理者的角度理解信息技术对管理所带来的机遇和挑战,从用户的角度理解企业管理信息系统建设和管理中用户不可或缺的任务。

本书的特色是将案例教学引入教材,加强实践教学环节,理论与实验一体化。

1. 实用性

采用理论教学和实践教学相结合的方式,有针对性地学习,完整地实现企业财务一体化,能够适应企业管理现代化对管理人员综合素质的要求,有效地培养学员的综合实践能力和创新精神,促进学员知识、能力及素质的全方位提高。

2. 综合性

在讲解管理信息系统基本原理的基础上,具体讲解管理信息系统的开发以及应用的实例,将理论与实践紧密地结合起来,使读者既能掌握管理信息系统的基本理论知识,又能全面了解管理信息系统在管理中的具体应用,给学生以感官认识。

3. 系统性

依据企业管理信息系统分析、开发、设计以及实施的过程,全面、系统地介绍管理信息系统的原理和使用方法。本书注重理论与会计实务相结合,既适用于国内大专院校开设的高职高专管理专业的学生、教师,又适用于社会各界从事管理工作的人员及其他学习者;既考虑到高职高专注重能力培养的特点,又考虑到本书使用者的能力提升。

本书由沈阳理工大学应用技术学院李文国副教授和蔡永鸿任主编,具体分工如下:

第 1、3 章由李文国副教授编写；第 2、8 章由姚海波（沈阳理工大学应用技术学院）编写；第 4、5 章由赵伟（沈阳理工大学）编写；第 6、7 章由蔡永鸿（沈阳理工大学应用技术学院）编写；各章后的实验分别由蔡永鸿、姚海波编写。全书由蔡永鸿统稿审定。

　　本书是集体智慧的结晶，是大家共同劳动的成果，在此谨对上述全体人员为其付出的辛苦努力表示衷心的感谢！

　　受水平所限，书中难免会有不足之处，恳请专家和读者不吝指正。

编　者

2011 年 4 月

目 录

第1章　管理信息系统概述

管理信息系统是一门综合了管理科学、信息科学、系统科学、行为科学、计算机科学的学科。信息技术在过去的20多年中的飞速发展使得管理信息系统的概念、理论、内容、技术和方法发生了很大的变化,信息管理与信息系统已经成为现代管理科学理论体系中不可分割的重要部分。

学习目标

(1) 理解信息的概念、性质与分类;知识、信息和数据的关系。
(2) 理解和掌握系统的定义和性质、系统的分类和评价。
(3) 理解和掌握信息系统、管理信息以及管理信息系统的概念。

引导案例

浪潮集团信息化建设

纵观世界和整个人类历史,没有哪一次变革能像20世纪末掀起的信息革命来得迅猛和深刻。在这样一个时代,任何一个企业都必须顺应潮流,在信息化建设的过程中寻求持续高效的发展。浪潮集团作为国内三大计算机企业集团之一,国家经贸委重点支持的300家企业之一,以及山东省重点支持的8家企业之一,在服务器、微型计算机、软件和通信产品等领域的市场中都占有重要的地位。在计算机技术开发方面,浪潮也一直处于领跑地位。浪潮集团开发研制出了我国第一台开放系统结构的小型机——SMP 2000系列小型机,另外,其LC0520A微型机也获全国质量评比一等奖。同样,在自身的信息化建设中,浪潮也一直充当冲锋者的角色。

浪潮内部办公平台的建设目的是:利用局域网技术,以Web为载体,组织企业内部的信息流,保证信息在企业内部各个部门和各级管理层之间有序而且无摩擦地流动,从而实现各部门之间的协作办公。浪潮内部网的建设是紧紧地围绕信息流来组织的,即以信息流为中心,以职能部门来划分功能,以企业内部各个员工为基本单位。现有的内部网是以职能部门为横轴,以各种功能模块为纵轴组织的。这种结构非常合理,条理清晰而且容易扩展。

1.1　信息与信息系统

1.1.1　数据与信息

信息的概念是十分广泛的。世间万物的运动,人间万象的更迭,都离不开信息的作用。人们通常所说的"信息"一词往往各自带有其特定的意义。例如,自然科学、信息科学、管理科学所讲的"信息"大多是指数据、指令；社会科学、日常生活中所讲的"信息"大多是指消息、情报。在日常使用过程中，人们往往对数据和信息是不加区分的。但在管理信息系统中，数据和信息的概念是不同的。

1. 数据

数据是指那些未经加工的事实或是着重对一种特定现象的描述，也就是人们为了反映客观世界而记录下来的可以鉴别的符号。它既可以是字母、数字或其他符号，也可以是图像、声音等。例如，当前的温度，一个零件的成本，某企业的员工姓名、工资、企业存货数量、销售订单等。数据通常由 3 个方面表示：数据名称、数据类型和数据长度。一般常见的数据类型有以下几种。

(1) 数值型数据，用数字表示。

(2) 字符型数据，用字母和其他字符来表示。

(3) 图表数据，用图形和图片表示。

(4) 音频数据，用声音或音调表示。

(5) 视频数据，用动画或图片表示。

2. 信息

信息的定义至今没有统一。有人说信息是消息，有人说信息是知识，有人说信息是运动状态的反映，当然也有人说信息是经过加工后的数据。

在此认为信息是经过加工后的数据，它对接收者的行为能产生影响，它对接收者的决策具有价值。

信息概念至少包括以下一些意义：信息具有"新鲜"和使人"震惊"的感觉；信息可以减少不确定性；信息能改变决策期望收益的概率；信息可以坚定或矫正未来的估计等。信息可从如下 4 个方面进一步理解。

(1) 信息是对客观事物特征和变化的反映。客观世界中任何事物都在不停地运动和变化，并呈现出不同的形态和特征。这些特征包括事物的有关属性状态，如时间、地点、程度和方式等。信息的范围很广，比如信号、情况、指令、资料、情报、档案等都属于信息的范畴。

(2) 信息是可以传输的。信息是构成事物联系的基础。人们通过感官直接获得的周围的信息极其有限，大量的信息需要通过传输工具得到。为此信息必须由人们能够识别的符号、文字、数据、语音、图像等载体来表现和传输。

(3) 信息是有用的。信息的有用性是相对于其特定的接收者来说的。同样一则信息对不同的人来说，它们的作用是不一样的：或者对有的人是有用的，有的人是没有用；或者对一个人来说现在或在现在的空间没有用，但对未来或在其他空间有用。这些特点有时也称为信息与使用者是相关的。比如郑州的天气预报，对于居住在郑州的人来说是信息，而对居住在北京的人来说就不一定是信息（除非他（她）的亲友在郑州或到郑州出差等）。

(4) 信息形成知识。所谓知识，就是反映各种事物的信息进入人们大脑，对神经细胞产生作用后留下的痕迹,人们正是通过获得的信息来认识事物和改造世界的。

信息的属性包括以下几方面。

(1) 真实性

真实是信息的第一种基本的性质。不符合事实的信息不仅没有价值,还可能带来负值,既害别人也害自己。破坏信息的事实性在管理中普遍存在,有的谎报产量,有的谎报利润和成本,有的造假账,等等,这些都会给管理决策带来不利影响。

(2) 层次性

管理系统是分层次的(如业务级、部门级、决策级等),处在不同层次的管理者有不同的职责,处理的决策层次也不一样,对信息的需求也不同,因而信息也是分层次的。通常把管理信息分为战略、战术、作业 3 个层次,相关层次结构与区别如图 1-1 和表 1-1 所示。

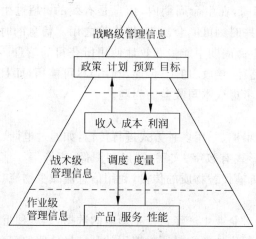

图 1-1　信息的层次性

表 1-1　信息层次关系比较

属性 类型	信息来源	信息寿命	加工方法	使用频率	加工精度	保密要求
战略级	大多外部	长	灵活	低	低	高
战术级	内外都有	中	中	中	中	中
作业级	大多内部	短	固定	高	高	低

① 作业级管理信息:作业级管理信息用来解决经常性的问题,它与组织日常活动有关,并用以保证切实地完成具体任务,并向战术级提供日常的业务信息。例如每天统计的产量、质量数据,打印的日常凭证等。

② 战术级管理信息:它是管理控制信息,是管理人员通过将从作业级传输来的实际业务作业信息与计划相比较,了解其业务是否达到预定的目标,并指导作业级人员采取必要措施更有效地利用资源的信息,同时接受决策级信息的指导及时调整计划信息使作业级信息资源得到充分利用。例如,月计划与完成情况的比较,库存控制等。

③ 战略级管理信息:战略级管理信息是关系到上层管理部门对本部门要达到的目标,为达到这一目标所必需的资源水平和种类,以及获得资源、使用资源和处理资源的指

导方针等方面进行决策的信息。战略级管理信息除了来自于企业内部的以外，还有大量来自于外部的政治、法律、市场等。最后把企业内外信息结合起来进行预测。例如产品投产、开拓新市场、企业兼并等。

（3）不完全性

从人类认识规律来看，关于客观事实的知识是不可能全部得到的，从效益观念来看也没有必要全部得到（因信息处理成本太高而得不偿失）。而且，不同的人由于感受能力、理解能力和目的性不同，从同一事物中获得的信息也不相同，即实得信息量是因人而异的。因此，人们面对的信息肯定是不完全的，面对浩如烟海的信息，必须坚持经济的原则，以够用为标准，合理地舍弃和选择信息。

（4）时效性

信息是有生命周期的，在生命周期内，信息是有效的；超过生命周期，信息将失效。但有时失效的信息在某些时刻可能会复苏，供决策之用。信息的时效性要求及时地得到所需的信息，在该信息生命周期中能最有效地使用所获得的信息。为了保证信息的时效性，要求信息流处理的路径（接收、加工、传递、利用）尽可能短，而且中间停顿的时间尽可能地少。同时这里也要考虑成本与收益的问题。

（5）传输性

信息可以通过多种渠道、采用多种方式进行传输，如通过电话、电报、电子邮件等进行国际国内通信，传输的形式有数字、文字、图形和图像、声音等。信息的传输既快捷又便宜，尽可能地用信息的传输代替物质的传输，利用信息流减少物流。

（6）价值性

信息是经过加工并对企业生产经营产生影响的数据，是一种重要的资源，因而是有价值的。例如利用大型数据库查阅文献所付费用就是信息价值的部分体现。信息的价值随着时间的推移可能耗尽，必须及时转换。

（7）相关性

信息是一种资源，但用来辅助决策和行为的信息资源的利用价值是因人而异、因事而异、因时而异、因地而异的，这就是信息的相关性。如经理等高层人员所需的信息是用做战略决策的，即有关全企业的综合信息和外部来的市场信息等对其才是有用的，因为这些信息能帮助他确定整个企业的发展方向和投资方向；中层管理人员所接触的是企业的局部信息，主要用它来进行战术决策以保证企业的营销、生产等任务的完成；而下层的业务人员接触的是日常业务信息，用它来控制和保证工作地和车间的局部任务，是偏向行为的。例如，在中国的南北地区对生活必需品需求的信息就不同，沿海与内陆地区的要求又不同。再如战争时期，武器消耗的信息对某些企业很有吸引力，而在和平时期该企业对它却没有兴趣。总之信息资源的价值与不同的时空和用户有关。

（8）共享性

共享性表现在许多人或组织都使用同样的信息。如在企（事）业单位中，许多信息可以被单位中多个部门使用。这既保证了各部门使用信息的统一，也保证了决策的一致性。信息的共享性还表现在各个单位之间的信息能相互交换，相互利用。为了保证信息的共享性，需要利用先进的网络技术和通信设备来保证信息的传递与交换。

信息运动存在于事物的相互联系与相互作用之中。一般把信息的发生者称为信源，信息的接收者称为信宿，传播信息的媒介称为载体，信源和信宿之间信息交换的途径与设备称为通道。信源、信宿与载体构成了信息运动的三要素。信息从信源到信宿的传播固然要通过物质的运动和能量的转换，如电台广播新闻就有一系列的物质和能量交换过程。但是决定信源和信宿之间相互作用的不是用来传播信息的媒介的物质属性和能量大小，而是媒介的各种不同运动与变化形态所表示的信源与信宿相互联系、相互作用的内容。当然，从物理上来看，任何事物的发展变化都是由于物质的运动和能量的转换。如人们之间交换意见、传递信息时借助于手、眼、耳、脑以及各种传播媒介的运动和它们之间的能量转换，但是按物质运动和能量转换的物理过程来描述事物之间复杂的关系，特别是描述社会现象和生物现象，简单的问题都会变得十分烦琐、冗长而不得要领，不能把握问题的本质。使用信息这一概念来描述事物之间的相互关系，使得复杂的问题得到科学、简明的表述。

从信息的观点出发，我们把相互联系、相互作用的事物有目的的发展变化看作信息采集、传输、存储、加工、变换的过程。任何事物的发展变化既受其他事物的影响，又影响其他事物，也就是说，既接收来自其他事物的信息，又向其他事物发送信息。因此，信源和信宿是相对的。如果把信宿作为主体，信源作为客体，主体接收来自客体的信息，进行处理（分析、评价、决策），根据处理后的信息付诸行动（实施）。主体的行动反过来又影响客体，这种影响称为信息反馈。信息从客体传输到主体，经过接收、处理、行动各环节又反馈到客体，形成一个信息运动的循环，称为信息循环。

信息循环是信息运动的基本形式。这种形式，特别是信息反馈的存在，揭示了客观事物在相互作用中实现有目的运动的基本规律。正确地设置和利用信息反馈可以使主体不断地调整自己的行动，更有效地接近和达到预定目标。

人利用信息的基本过程主要是获取客体的语法、语义和语用信息，经过与目标信息的比较分析和决策形成指令信息，最后经过控制和调整重新作用于客体。这个过程是一个反馈控制过程，如图 1-2 所示。

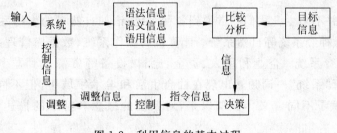

图 1-2　利用信息的基本过程

3. 数据与信息的联系和区别

数据与信息既有联系又有区别，数据是人们为了反映客观世界而记录下来的可以鉴别的符号；信息则是对数据进行提炼、加工的结果，是对数据赋予一定意义的解释。二者的关系如图 1-3 所示。

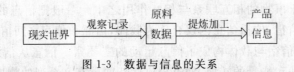

图 1-3　数据与信息的关系

可以看出数据好似原料,而信息是产品。此外,一个系统的产品可能是另一个系统的原料。那么一个系统的信息可能成为另一系统的数据。例如,派车单对司机来说可能是信息,而对公司副总经理来说,它只是数据。

不同的人对同样的数据可能提炼得到完全相反的信息。比如,大家所熟知的鞋厂销售人员开拓市场的故事:某制鞋厂的销售员到了一个陌生的地方找市场,当他看到当地的人们喜欢赤脚时,便沮丧地推断鞋子根本卖不出去,因为"这里的人们都不穿鞋";而另一位销售员却兴高采烈地声称发现了一个充满希望的巨大市场,同样因为"这里的人们都不穿鞋"。同样的数据却得出了完全相反的信息,这主要是因为人们的知识、判断能力和思维方式的不同。

信息不随承载它的实体形式的改变而变化。数据则不然,随着载体的不同,数据的表现形式可以不同。例如,同一则信息既可写在纸介质上,也可刻在光盘上。另外,信息有着严格的有用性要求与限定,而数据则无此要求与限定。如棉花增产的消息对航天业来说,它接收到的不是信息,而是数据。

总之,信息和数据是两个不可分割的概念,信息须以数据的形式来表征;对数据进行加工处理,又可得到新的数据,新数据经过解释往往可以得到更新的信息。但是,在一些并不严格的场合,人们常将二者视为同义。例如数据处理又可称为信息处理,数据管理亦可称为信息管理,等等。

1.1.2　系统与信息系统

1. 系统

系统,人们并不陌生。我们经常说到各种系统,诸如自然界的生物系统,人体的消化系统、呼吸系统、神经系统等自然系统;计算机的操作系统、数据库管理系统;人类社会的行政系统、教育系统;企业利用人、资金、原料、设备等资源达到盈利目的的管理系统;等等。尽管"系统"一词频繁出现在社会生活和学术领域中,但不同的人在不同的场合往往为它赋予不同含义。长期以来,对系统的概念和特征的描述没有统一、规范的定论。

本书定义系统是为了实现某种目的,由相互联系和相互制约的若干组成部分按照一定的法则组成的有机整体。这个定义可以从 3 个方面理解。

(1) 系统是由若干要素(部分)组成的。这些要素可能是一些个体、元件、零件,也可能本身就是一个系统(称为子系统)。例如,鼻、咽、喉、气管、支气管、肺等器官构成人的呼吸系统,而呼吸系统又是人体(系统)的一个子系统。

(2) 系统有一定的结构。一个系统是其构成要素的集合,这些要素相互联系、相互制约。系统内部各要素之间具有相对稳定的联系方式、组织秩序及时空关系的内在表现形式。例如,钟表是由齿轮、发条、指针等零部件按一定的方式装配而成的,但齿轮、发条、指针随意放在一起却不能构成钟表;人体由各种器官组成,但各个器官简单拼合在一起不是一个活人。

(3) 系统有一定的功能,特别是人工系统总有一定的目的性。功能是指系统在与外部环境相互联系和相互作用中表现出来的性质、能力和功效。呼吸系统的功能是进行体内外的气体交换;信息系统的功能是进行信息收集、传递、储存、加工、维护和使用,辅助决策,帮助企业实现目标。

虽然系统的定义形形色色,但都包含了这 3 个方面的含义。因此,这 3 点是定义系统的基本出发点。同时,通过分析也可以发现,"系统"一词几乎从不单独使用,而往往与一个修饰词组成复合词,如前面提到的"消化系统"、"教育系统"、"生物系统"等。前面的修饰词,如"教育"、"生物"等,描述了研究对象的物质特征,即"物性"。"物性"一词表征所述对象的整体特征,即"系统性"(System Hood)。对某具体对象的研究既离不开对其物性的讨论,也离不开对其系统性的阐述。系统科学研究所有实体作为整体对象的特征,如整体与部分、结构与功能、稳定与演化等。

系统一般应该包括 5 个要素:输入、处理、输出、反馈和控制,如图 1-4 所示。

图 1-4　系统的基本组成

(1) 输入:给出处理所需要的条件和内容。

(2) 处理:根据条件对输入的内容进行各种加工和转换。

(3) 输出:经处理得到的结果。

(4) 反馈:将输出的一部分内容返回到输入,供控制使用。

(5) 控制:监督和指挥上面 4 个基本要素的正常工作。从系统工程的角度出发,控制是一个测量实际结果与计划结果的偏差,并采取矫正行动缩小偏差的过程。

同时任何系统都必须有边界。系统的边界定义了系统本身的范围,而系统的环境是系统边界以外的所有事物。系统与系统环境构成了全局,即全局是系统与环境的并集。系统边界的确定方法是找出系统的环境和系统的全局。

系统边界有时也称为接口。系统与环境有接口,子系统与子系统之间也有接口。当系统较复杂时,即元素之间的关系难以表达清楚时,就要将系统分解成子系统。常见的子系统分解方法是功能/数据分析法,如企业组织可以从职能的角度将其分为生产、后勤、财会、市场等子系统。各子系统连接的基本形式有 3 种:串联、并联和反馈。系统的整体结构就是各个部件与这 3 种基本连接方式的有机组合。反馈(feed back)将系统的输出返回到系统的输入。作为反馈的超前方法,前馈(feed forward)则通过预测未来事件,并根据预测结果调整输入。反馈和前馈都是改善系统性能的手段,如图 1-5 所示。

系统有各种形态,可以从不同角度将其分类。

(1) 按照系统的复杂程度,可分为简单系统与复杂系统。计算机硬件系统与信息系统相比是简单系统,信息系统包括人、技术、信息、管理文化、资金因素,属于复杂系统。

(2) 按照系统的起源,可分为自然系统和人工系统。生物系统、生态系统、人体系统等都是自然系统,它们的组成部分都是自然物质,是进化形成的,具有不可还原性。人工

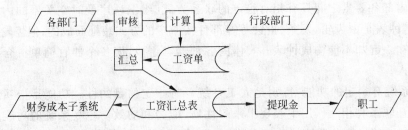

图 1-5　工资系统业务流程与系统接口

系统是建立在自然系统基础上为了达到人类的目的而通过人的自身能力所建立起来的系统,比如生产系统、交通系统、信息系统等。

（3）按照系统的抽象程度,可分为实体系统、概念系统和逻辑系统。

（4）按照系统与环境的关系,又有开放式系统与封闭式系统。所谓开放式系统,是与环境保持某种关系的系统;而封闭式系统则是与环境无关的系统。系统具有边界,边界划分系统与环境,边界可以帮助人们理解开放系统与封闭系统的区别。封闭系统具有不可贯穿的边界,开放系统的边界具有可穿透性。同时封闭与开放随着时空的变化也是一个动态的概念。

系统有以下几个特征。

（1）系统的整体性。系统整体性是指系统是由若干要素组成的具有一定新功能的有机整体,各个要素一旦组成系统整体,就表现出独立要素所不具备的性质和功能,形成新系统的质的规定性,从而表现出的整体性质和功能不等于各个要素的性质和功能的简单相加。

整体与部分的关系可以有两种情况:一种是各个部分简单凑合在一起;另一种是各个部分有机地结合在一起,即有一定的结构,各个部分相互联系、相互制约,构成有机整体系统。在后一种情况下,"部分"只有在"整体"中才能体现它的意义。正如黑格尔所说的,一只手如果从身体上割下来,按照名称虽然可以叫做手,但按照实质来说,已经不是手了。其次,构成系统的要素所具备的内在根据,只有在运动过程中才得以体现。钟表的各个零部件不仅要按一定的关系有机地组合在一起,上紧发条,而且要在按标准钟校准后,它的报时才有意义。整体的有机性不仅表现为内部要素的联系,也表现为它与外部环境的联系。亚里士多德的名言"整体大于它的部分之和"精辟地指出了系统整体性的本质,强调整体不是各部分的简单累加。

系统的整体性是由系统内部诸要素的有机关联性来保证的。一方面,系统内部诸要素相互关联、相互作用。系统的部分是构成整体的内部依据,但是部分之间的联系方式也是决定系统整体特性的重要方面。同一组元素处于两种不同的关系中就会表现出不同的特点。例如,石墨和金刚石的成分都是碳,但分子排列方式不同,使得二者的硬度有很大的差别。另一方面,系统与外部环境有物质、能量、信息的交换,有相应的输入和输出。这是系统与环境的有机关联,即系统的开放性。系统对环境的开放是系统向上发展的前提,也是系统稳定存在的条件。因此,为了增强系统的整体效应,一方面要提高系统构成部分的素质;另一方面要分析各要素的组合情况,使之保持合理状态,还要分析整体与环境的关联情况。

（2）系统的目的性。目的即预先确定的目标，引导着系统的行为。系统在与环境的相互作用中，在一定的范围内，其发展变化表现出坚持趋向某种预先确定的状态的性质。人工控制系统总是为了实现一定的预期目的。因此，必须依据反馈信息不断调节系统行为，这样才能实现预期目的。当系统处于所需要的状态时力图保持系统状态的稳定；而当系统不是处于所需状态时，则引导系统由现有状态稳定地变到预期状态。

人工系统的目标实际上是事先确定的人为目标，这种目标常常并不以对象实体来定义，而是以关于对象的条件来定义的。例如，所谓导弹可以自动寻找目标，不是导弹可以认识对象实体，而是它可以根据对象所发出的不同于其背景的某些特定的状态信息，运用人为设计好并安装于其中的自动反馈机制来调整本身的行为，实现跟踪目标对象的目的。

一个系统的状态不仅可以用其现实状态来表示，还可以用发展终态来表示，或用现实状态与发展终态的差距来表示。因此，人们不仅可以从原因来研究结果，以一定的原因来实现一定的结果，而且可以从结果来研究原因，按照设定的目的来要求一定的原因。系统工程方法的基本思路是：以要解决的问题的内部矛盾为根据、环境为条件的内外条件交叉作用的结果。

（3）系统的层次性。系统的层次性指的是由于组成系统的诸要素的种种差异，使系统组织在地位和作用、结构和功能上表现出等级秩序性，形成具有质的差异的系统等级。

系统是由要素组成的：一方面，这一系统又是上一级系统的子系统，而上一级系统又是更上一级系统的要素；另一方面，这一系统的要素却是由低一层的要素组成的，低一层的要素又是由更低一层的要素组成的，最下层的子系统由组成系统的基本单位的各个部分构成。这样，由好几个层次组成金字塔结构。可见系统的层次区分是相对的。系统的整体性是指一定层次中形成一定结构基础上的整体性。系统功能则是指系统与外部环境（它的上层系统）相互联系和相互作用的秩序和能力。伴随着结构的层次化，系统功能对于上层的系统来说一层一层地具体化。在分析系统的时候，必须注意系统层次性。把握了这一点，可以减少认识事物的简单化和绝对化。既要注意把一个子系统看做上层系统中的一个要素，求得统一的步调，又要注意到它本身又包括复杂的结构。一般来说，高层结构对低层结构有更大的制约性。低层的结构是高层结构的基础，反作用于高层结构。从层次的观点看，"黑箱"方法是正确认识复杂事物和处理问题的有效方法。"黑箱"方法是指在认识的某一个阶段，把某种认识对象看做一个封闭的箱子，人们只需了解外界对它的输入和它对外界的输出，而暂时不打开这个箱子了解其内部结构。这种方法引导人们自觉、主动地控制讨论问题的层次和范围，在每个具体时刻，应集中力量于应当注意的层次，暂不顾下一层的细节，以免分散精力。当这一层的问题弄清楚之后，再根据需要深入到下一层的某些细节中去。这样，"黑箱"逐步变为"灰箱"，最后变为"白箱"。

（4）系统的动态适应性。系统的动态适应性是指开放系统在系统内外因素的相互作用下动态组织起来，使系统从无序到有序，从低级有序到高级有序的性质。动态适应性表示系统的运动是自发的、不受特定外来因素干预而进行的，其动态适应性运动是以内部矛盾为根据、环境为条件的内外条件交叉作用的结果。这里有两点值得注意：①只有开放系统才具有动态适应性，系统的动态适应性不是离开环境的独来独往；②系统的动态适应性包含系统自动调整的意思,同时强调动态调整过程也是动态形成一定的组织结构的过程,即系统的动态适应性包括了系统的进化与优化,比如金蝶 ERP 系统的动态建模思想,随着企业内外环境因素的变化建立相应的管理与决策模型,以满足企业管理的需要。

由于系统的整体性和层次性具有相对性,所以系统的动态适应性也是相对的。整体性很强的系统,整体会强烈地约束低层子系统的行动自由。低层组织受到高层次的系统整体的干预,显得是被特定指令组织起来的。因此,对于一个具体的系统的动态适应性,不能理解为"自以为是",而是建立在一定整体性和层次性基础之上的。

2. 信息系统

信息系统是以加工处理信息为主的系统,它由人、硬件、软件和数据资源组成,目的是及时、正确地采集、处理、存储、传输和提供信息,广义上说,任何进行信息加工处理的系统都可以理解为信息系统,如生命信息系统、企业信息系统、文件信息系统、地理信息系统等。这里讨论的信息系统是狭义的概念,是一种基于计算机、通信技术等现代化信息技术手段且服务于管理领域的信息系统,即计算机信息管理系统。

信息系统的功能是对信息进行采集、处理、传输、存储、检索和输出,并且能向有关管理人员提供有用的信息。

(1) 信息的采集

信息的采集是信息系统其他功能的基础。采集的作用是将分布在不同地点的信息源的信息收集起来。在原始数据的收集过程中,应当坚持目的性、准确性、适用性、系统性、纪实性和经济性等原则。信息采集一般要经过明确采集目的,形成并且优化采集方案,制订采集计划,采集和分类汇总等环节。

(2) 信息的处理

通过各种途径和方法收集的原始数据,须经过综合加工处理,才能成为对企业有用的信息。信息处理一般需真伪鉴别、排错校验、分类整理与加工分析 4 个环节。信息处理的方式包括排序、分类、归并、查询、统计、结算、预测、模拟以及各种数学运算。现代化的信息处理系统都是以计算机为基础来完成信息处理工作的,其处理能力越来越强。

(3) 信息的传输

从信息采集源采集的数据需要进行处理,经过加工处理后还要传送到使用者手中,这些都涉及信息的传递等问题。信息通过传输形成信息流。信息流具有双向流特征,也就是说,信息传输包括正向传递和反馈两个方面。企业信息传输既有不同管理层之间的信息垂直传输,也有同一管理层各部门之间的信息横向传输。为了提高传输速度和效率,企业应当合理设置组织机构,明确规定信息传输的级别、流程、时限以及接收方和传递方的职责,还应尽量采用先进的工具,如电话、传真、计算机通信网络等,尽量减少人工传递。

(4) 信息的存储

数据进入信息系统后,经过加工处理形成对管理有用的信息。由于属性和时效不同,加工处理后的信息有的立即利用,有的暂时不用;有的只有一次性利用的价值,而大多数信息具有多次、长期利用的价值。因此,必须将这些信息进行存储保管,以便随时调用。当组织相当庞大时,所需存储的信息量也非常大,这时就要依靠先进的信息存储技术。信息的存储包括物理存储和逻辑组织两个方面。物理存储是指将信息存储在适当的介质上；逻辑组织是指按信息的内在联系组织和存储数据，把大量的信息组织成合理的结构。

（5）信息的检索

信息存储的目的是为了信息的再利用。存储于各种介质上的庞大数据要让使用者便于检索，为用户提供方便的查询方式。信息检索和信息存储属于同一问题的两个方面，两者密切相关。迅速准确的检索应以先进科学的存储为前提。为此，必须对信息进行科学的分类与编码，采用先进的存储媒体和检索工具。信息检索是以数据技术和方法为基础的。数据库的处理和检索方式决定着信息检索速度的快慢，这是数据结构理论研究的内容。

（6）信息的输出

信息管理的目的是按管理职能的要求，保质保量、及时地输出信息。衡量信息管理有效性的关键不在于信息采集、加工、存储、传输等环节，而在于信息输出的时效、精度与数量等能否充分满足管理的要求。信息输出还要根据信息大小的特点，选择合适的输出媒体、输出格式、输出方式，以确保信息传递便捷准确、使用方便以及满足保密需要等。

1.2　管理信息系统

1.2.1　管理信息系统的概念

管理信息系统是一门正在迅速发展的新兴边缘学科。因此，管理信息系统也是一个不断发展的概念。作为一门新兴的学科，管理信息系统的学科理论基础尚不完善。国内外学者给管理信息系统所下的定义至今尚不统一，但却反映出人们对管理信息系统的认识在不断加深，其定义也同样在逐渐发展和成熟。一般意义上来说，管理信息系统可以分为广义和狭义两个方面。

（1）广义的管理信息系统。从系统论和管理控制论的角度来看，管理信息系统是存在于任何组织内部，为管理决策服务的信息采集、存储、处理、传输、检索和输出的系统，即任何组织和单位都存在一个管理信息系统。

（2）狭义的管理信息系统。它是按照系统的思想建立起来的，以计算机为工具，为管理决策服务的信息系统。它体现信息管理中的现代管理科学、系统科学、计算机技术以及通信技术，向各级管理者提供经营管理的决策支持，强调管理信息系统的预测和决策能力，是一个综合的人机系统。

管理信息系统既能进行一般的事务处理工作，代替信息管理人员进行繁杂劳动，又能为组织决策人员提供辅助决策功能，为管理决策科学化提供应用技术和基本工具。因此，管理信息系统也可以理解为一个以计算机为工具，具有数据处理、预测、控制和辅助决策能力的信息系统。管理信息系统首先是一个信息系统，应当具备信息系统的基本功能，同时，管理信息系统又具备它特有的预测、计划、控制和决策功能。可以说，管理信息系统体现了管理现代化的标志，即系统的观点、数学的方法和计算机的应用这三要素。

1.2.2　管理信息系统的特点

从前面管理信息系统的概念可以看出,管理信息系统一般具有下面 5 个特点。

(1) 面向管理决策。管理信息系统是为管理服务的信息系统,它能根据管理的需要,及时提供所需的信息,为组织各管理层提供决策支持。

(2) 综合性。管理信息系统是一个对组织进行全面管理的综合系统。从开发管理信息系统的角度看,在一个组织内可以根据需要先行开发个别的子系统,然后进行综合,最后达到应用管理信息系统进行综合管理的目标,产生更高层次的管理信息,为管理决策服务。

(3) 人机系统。管理信息系统的目标是辅助决策,决策由人来做,所以管理信息系统是一个人—机有机结合的系统。在管理信息系统的构成中,各级管理人员既是系统的使用者,又是系统的组成部分。因此,在管理信息系统的开发过程中,需要正确界定人和计算机在系统中的地位和作用,充分发挥人和计算机各自的优势,使系统的总体性能达到最优。

(4) 现代管理方法和管理手段的结合。管理信息系统的应用不是简单地采用计算机技术提高处理速度,而是在开发过程中融入现代的管理思想和方法,将先进的管理方法和管理手段结合起来,真正实现管理决策支持。

(5) 多学科交叉的边缘学科。管理信息系统作为一门新兴的学科,它的基本理论来自计算机科学和技术、应用数学、管理理论、决策理论、运筹学等学科的相关理论,其学科体系处于不断发展和完善的过程中,是一个具有自身特色的边缘学科,同时也是一个应用领域。

1.2.3　管理信息系统的结构

管理信息系统的结构是指管理信息系统各组成部分所构成的框架。对不同部分的不同理解就构成了不同的结构方式,主要包括概念结构、功能结构、软件结构和硬件结构等。

1. 概念结构

管理信息系统从概念结构来看,有信息源、信息处理器、信息用户和信息管理者。它们之间的关系如图 1-6 所示。

信息源是信息的原产地,是计算机数据的来源;信息处理器主要进行信息的接收、传递、加工、存储、输出等;信息用户是信息的使用者,包括企业内部同管理层的管理者;信息管理者则是根据信息用户的要求,负责管理信息系统的设计开发、运行管理和维护的人员。

图 1-6　管理信息系统的概念结构

2. 功能结构

从信息用户的角度来看,信息系统应该支持整个组织在不同层次上的各种功能,各种功能之间又有各种信息联系,构成一个有机联系的整体,形成一个功能结构,如图 1-7 所示。

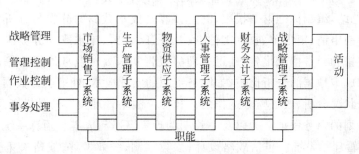

图 1-7　管理信息系统的功能结构

(1) **市场销售子系统**。市场销售功能包括产品的销售和推销,以及售后服务的全部活动。销售的事务(业务)处理有销售订单的处理和推销订单的处理等;作业控制包括雇用和培训销售人员、销售和推销日常调度,还包括按区域、产品、顾客的销售数量的定期统计分析等;在管理控制方面,包括销售成果和市场计划的比较,分析偏差原因,采取措施保证计划的完成,这项活动要用到客户、竞争者、产品和销售人员等方面的数据;在战略管理方面,包括新市场的开拓和新市场的战略,使用的信息有顾客分析、竞争者分析、顾客调查信息、收入预测和技术预测等。

(2) **生产管理子系统**。包括产品的设计、生产设备计划、生产设备的调度与运行、生产工人的雇用与培训、质量的控制与检查等。在该子系统中,典型的事务处理是生产指令、装配单、产品单、废品单和工时单等的处理;作业控制要求把实际进度和计划相比较,找出瓶颈环节;管理控制需要概括性报告,反映进度计划、单位成本、所用工时等项目在整个计划中的绩效变动情况;战略管理则需要考虑加工方法及各种自动化方案的选择。

(3) **物资供应子系统**。包括采购、收货、库存控制、分发等管理活动。事务处理数据为购货申请、购货订单、加工订单、收货报告、库存票、提货单等。作业控制要求把物资供应情况与计划进行比较,产生库存水平、采购成本、出库项目和库存营业额等的分析报告。管理控制信息包括计划库存与实际库存的比较,采购成本、缺货情况及库存周转率等。战略管理包括新的物资供应战略、对供应商的新政策及“自制与外购”的比较分析等,还有新的供应方案、新技术等信息。

(4) **人事管理子系统(人力资源子系统)**。包括人力资源计划,职工档案管理,员工的选聘、培训、岗位调配、业绩考核、工资福利、退休和解聘等。其事务处理产生有关聘用需求、工作岗位职责说明、人员培训计划、人员基本情况数据、工资和业绩变化、工作时间、福利和终止聘用通知等。作业控制要求一些决策规程说明雇用、培训、期满通知、工资调整、发放津贴等。管理控制主要进行实际情况与计划的比较,找出差距制定调整措施,产生各种报告和分析结果,用以说明在岗工人的数量、招工费用、技术专长的构成,应付工资、工资率的分配及是否符合政府就业政策等。战略管理包括人力资源状况分析,人力资源战略和方案评价,人力资源政策的制定。人力资源子系统适用的信息除了本专业综合信息外,还包括国家的人事政策、工资水平、教育情况和世界局势等。

（5）财务会计子系统。财务与会计有着不同的工作目标和工作内容,但它们之间有着密切的联系。财务的目标是保证企业的财务要求,使其花费尽可能低。会计则是把财务业务分类、总结,编制标准财务报表,制定预算及成本数据的分类与分析。它的事务处理包括处理赊销申请、销售单、收款文件、收款凭证、支票、流水账和分类账等。作业控制关心每天的差错和异常情况报告,延迟处理的报告和未处理业务的报告等。管理控制包括预算计划和成本数据的分析比较（如财务资源的实际成本,处理会计数据的成本和差错率）,综合财务状况分析、改进财务运作的途径等。战略管理关心的是投资理财效果,包括对企业战略计划的财务保证能力以及中长期的投资、融资、成本和预算系统计划等。

（6）战略管理子系统。包括战略设计、预算编制、绩效考评、战略决策分析等。在战略管理子系统中,用户可动态管理战略方案具体项目、编制具体的战略方案。用户可从不同方面设定自己的经营管理考核指标,进行分析和评价;并可以根据管理需要自定义战略维度、战略主题、衡量指标、考评指标等信息,通过指标体系的设置客观、全面地反映战略方案的制订与分解下发,为管理战略决策的实施提供技术支持。

3．软件结构

在管理信息系统的功能-层次矩阵的基础上进行综合,纵向上把不同层次的管理业务按职能综合起来,横向上把同一层次的各种职能综合在一起,做到信息集中统一,程序模块共享,各子系统功能无缝集成。由此形成一个完整的一体化的系统,即管理信息系统的软件,如图 1-8 所示。

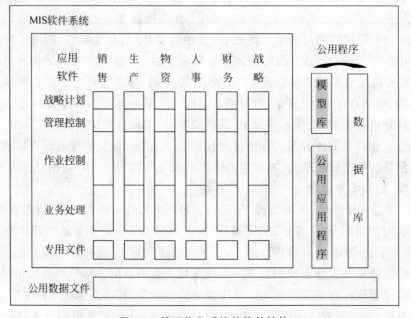

图 1-8　管理信息系统的软件结构

显然,管理信息系统是由各功能子系统组成的,每个功能子系统又可分为业务处理、作业控制、管理控制、战略计划 4 个主要信息处理部分。每个功能子系统都有自己的文件,即图中每个方块是一段程序块或一个文件。例如,生产管理的软件系统是由支持战略计划、管理控制、作业控制以及业务处理的各模块所组成的系统,并且带有自己的专用数据文件。整个系统有为全系统共享的数据和程序,包括为多个职能部门服务的公用数据文件、公用应用程序,为多个应用程序公用的分析与决策模型的公用模型库及数据库等。

4. 硬件结构

信息系统的分布式特征必须依赖于计算机的硬件结构来实现,将计算机终端或微机工作站分布在企业或组织中的不同地点,实地获得各类数据,以支持企业的各层管理,进而满足各个部门对本地各类信息的需求并向其他部门提供必要的信息以实现信息共享的客观要求。计算机的硬件结构是指如何根据现实的管理需求及信息结构来配置硬件设备,如这些设备如何分布在企业的各个不同部门,设备间的联系方式是什么,其信息的传输速率能否满足管理的需求等。

一般来说,计算机硬件的常用结构主要有两种,一种是小/中型机及终端结构,为了提高系统的可靠性,主机采用双机备份的形式。另一种是微机网络结构,即将许多微机通过网络联系起来,网络的联接形式主要有星型、环型和总线型等,图 1-9 是一种较为常见的形式。

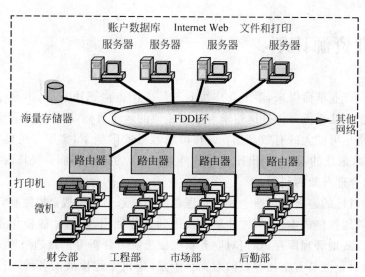

图 1-9 管理信息系统的硬件结构

5. 总体概念

管理信息系统的概念涉及企业的技术、管理、组织等多个方面。从企业组织的角度来看,管理信息系统是组织的一个组成部分或自然延伸,组织的营销、制造、财务、人力资源等都离不开管理信息系统的支持。从管理的角度来看,管理信息系统是企业管理者应付环境挑战的一种解决方案,管理者需要借助管理信息系统进行决策和完成业务操作。从技术角度来看,管理信息系统实际上是企业组织的管理者为了解决面临的各种问题而采用的一种集成了计算机硬件、软件技术的工具。

　　管理信息系统的总体概念可用图 1-10 表示。图中的市场子系统、生产子系统、财务子系统等业务信息子系统均对具体业务进行数据处理。管理信息系统对各业务子系统进行控制和管理,对整个系统的战略、战术等重大问题做出预测和决策。

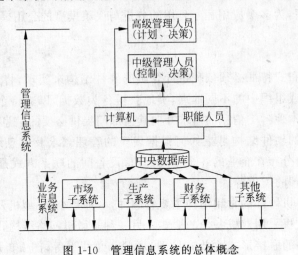

图 1-10　管理信息系统的总体概念

1.3　企业资源计划

　　自 18 世纪产业革命以来,手工业作坊向工厂生产方向迅速发展,出现了制造业。随之发展,所有企业几乎无一例外地追求着基本相似的运营目标,即在给定资金、设备、人力的前提下,获得尽可能大的有效产出;或在市场容量的限制下,实现尽可能少的人力、物力投入;或寻求最佳的投入/产出比。就其外延而言,为追求利润;就其内涵而言,为追求企业资源的合理有效的利用。

　　这一基本目标的追求使制造企业的管理者面临一系列的挑战:如何制订合理的生产计划、如何有效地控制成本、如何才能使设备得到充分利用、如何才能使作业得到均衡安排、如何合理有效地管理库存、如何对财务状况做出及时分析等。日趋激烈的市场竞争环境使上述挑战对企业具有生死存亡的意义。于是,应付上述挑战的各种理论和实践也就应运而生。在这些理论和实践中,首先提出而且被人们研究最多的是库存管理的方法和理论。人们首先认识到,诸如原材料不能及时供应、零部件不能准确配套、库存积压、资金周转期长等问题产生的原因在于对物料需求控制得不好。然而当时提出的一些库存管理方法往往是笼统的、只求"大概差不多"的方法。这些方法往往建立在一些经不起实践考验的前提假设之上,热衷于寻求解决库存优化问题的数学模型,而没有认识到库存管理实质上是一个大量信息处理的问题。事实上,即使当时认识到这一点,也不具备相应的信息处理手段。

计算机的出现和投入使用使得信息处理方面获得了巨大的突破。在 20 世纪 60 年代中期，计算机的商业化应用开辟了企业管理信息处理的新纪元。这对企业管理所采用的方法产生了深远的影响。而在库存控制和生产计划管理方面，这种影响比其他任何方面都更为明显，它标志着制造业的生产管理迈出了与传统方式决裂的第一步。也正是在这个时候，在美国出现了一种新的库存与计划控制方法——计算机辅助编制的物料需求计划（Material Requirements Planning，MRP）。由于 MRP 是在传统的库存管理理论基础上发展起来的，为了便于理解，下面就从库存控制订货点理论开始介绍。

1.3.1　库存控制订货点理论

在计算机出现之前，发出订单和进行催货是一个库存管理系统在当时所能做的一切。库存管理系统发出生产订单和采购订单，但是确定对物料的真实需求却是靠缺料表。这张表上所列的是马上要用，但发现没有库存的物料，需要派人根据缺料表进行催货。

订货点法是在当时的条件下，为改变被动的状况而提出的一种按过去的经验预测未来的物料需求的方法。这种方法有几种不同的形式，但其实质都是着眼于"库存补充"原则。"补充"的意思是把库存填满到某个原来的状态。库存补充原则是保证在任何时候仓库里都有一定数量的存货，以便需要时取用。人们希望用这种做法来弥补"临时抱佛脚"所造成的缺陷。订货点法依靠对库存补充周期内的需求量的预测和保留的一定安全库存储备来确定订货点，而安全库存的设置是为了应对需求的波动。一旦库存储备低于预先规定的数量，即订货点，则立即进行订货来补充库存。

订货点的基本公式为：

$$订货点＝单位时区的需求量×订货提前期＋安全库存量$$

例如，如果某项物料的需求量为每周 100 件，提前期为 6 周，并保持两周的安全库存量，那么，该项物料的订货点可如下计算：

$$100 件/周×6 周＋200 件＝800 件$$

当某项物料的现有库存和已发出的订货之和低于订货点时，则必须进行新的订货，以保证足够的库存来支持新的需求。

订货点法曾引起人们广泛的讨论，按这种方法建立的库存模型曾被称为"科学的库存模型"。然而，在实际应用中却是面目全非。其原因在于，订货点法是在某些假设之下，追求数学模型的完美的方法，如图 1-11 所示。

（1）对各种物料的需求是相互独立的。订货点法不考虑物料项目之间的关系，每项物料的订货点分别独立地加以确定。因此，订货点法是面向零件的，而不是面向产品的。但是，在制造业中有一个很重要的要求，那就是各项物料的数量必须配套，以便能装配成产品。由于对各项物料分别独立地进行预测和订货，在装配时就会发生各项物料数量不匹配的情况。这样，虽然单项物料的供货率提高了，但总的供货率却难以提高。因为不可能每项物料的预测都很准确，所以积累起来的误差反映在总供货率上将是相当大的。

例如，用 10 个零件装配成一件产品，每个零件的供货率都是 90%，而联合供货率却

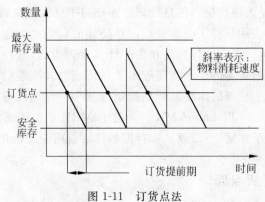

图 1-11 订货点法

降到 34.8%（即 0.9^{10}），几乎 3 次中就有一次碰到零件配不齐的情况，而一件产品由 20 个、30 个甚至更多个零件组成的情况是常有的。如果这些零件的库存量都是根据订货点法分别确定的，那么，要想在总装配时不发生零件短缺，则只能碰巧了。

应当注意，上述这种零件短缺不是由于预测精度不高而引起的，而是由于这种库存管理模型本身的缺陷造成的。

（2）物料需求是连续发生的。按照这种假定，必须认为需求相对均匀，库存消耗率稳定。而在制造业中，对产品零部件的需求恰恰是不均匀、不稳定的，库存消耗是间断的。这往往是由于下道工序的批量要求引起的。

假定最终产品是活动扳手，零件是扳手柄，原材料是扳手毛坯。活动扳手不是单件生产的，当工厂接到一批订货时就在仓库中取出一批相应数量的扳手柄投入批量生产。这样一来，扳手柄的库存量就要突然减少，有时会降到订货点以下。这时就要立即下达扳手柄的生产指令，于是又会引起扳手柄毛坯的库存大幅度下降。如果因此引起毛坯库存也低于订货点，则对扳手毛坯也要进行采购订货。

由此可见，即使对最终产品的需求是连续的，由于生产过程中的批量需求，对零部件和原材料的需求也是不连续的。因此，采用订货点法的系统下达的订货时间常常偏早，在实际需求发生之前就有大批存货放在仓库里造成积压。而订货偏晚又会由于需求不均衡和库存管理模型本身的缺陷造成库存短缺。

（3）物料的供应比较稳定。订货点法还假设物料的供应是稳定的，但实际情况是：物料的供应很难保持稳定。

（4）库存消耗之后，应被重新填满。按照这种假定，当物料库存量低于订货点时，则必须发出订货，以重新填满库存。但如果需求是间断的，那么这样做不但没有必要，而且也不合理。因为很可能因此而造成库存积压。例如，某种产品一年中只可得到客户的两次订货，那么制造此种产品所需的钢材则不必因库存量低于订货点而立即填满。

1.3.2 MRP 系统

订货点法的种种缺陷，使得它难以反映物料的实际需求，企业往往为了满足生产需求而不断提高订货点的数量，从而造成库存积压，库存占用的资金大量增加，产品成本上升，企业竞争力削弱。

物料需求计划理论是在解决订货点法的缺陷的基础上发展起来的。它是 20 世纪 60 年代发展起来的一种计算物料需求量和需求时间的系统。其基本思想是：围绕物料转化组织制造资源，实现按需要、准时生产。

物质资料的生产是将原材料转化为产品的过程。对于加工装配企业来说，如果确定了产品出产数量和出产时间，就可以按产品的结构确定所有零件和部件的数量，并可按各种零件和部件的生产周期，反推出它们的出产时间和投入时间。这样，就可以围绕物料的转化过程来组织制造资源，实现按需要、准时生产。

加工装配企业的工艺顺序是：将原材料制成毛坯，再将毛坯加工成各种零件，零件组装成部件，最后将零件和部件组装成产品。如果要按一定的交货时间提供不同数量的产品，就必须提前一定时间加工所需数量的各种零件；要加工各种零件，就必须提前一定时间准备所需数量的各种毛坯，也就必须提前一定时间准备各种原材料。即按反工艺顺序来确定零部件、毛坯和原材料的需要数量和需要时间。

由于现代工业产品的结构极其复杂，一单位产品（如一辆汽车）可能由成千上万个零部件构成，用手工方法很难在短期内确定如此众多的零部件的需要数量和需要时间。据报道，在计算机出现以前，美国有些公司用手工方法计算各种零部件的需要数量和需要时间，一般需要 6～13 周时间。而 MRP 的出现，使得计算各种零部件的需要数量和需要时间的时间可以缩短到几秒，这正是计算机应用于生产管理的结果。

MRP 系统一般包含以下模块：主生产计划（Master Production Schedule，MPS）模块、物料需求计划模块、物料清单（Bill of Material，BOM）模块、库存控制（Inventory Control，IC）模块、采购订单（Purchasing Order，PO）模块和加工订单（Manufacturing Order，MO）模块等，典型 MRP 系统的原理如图 1-12 所示。

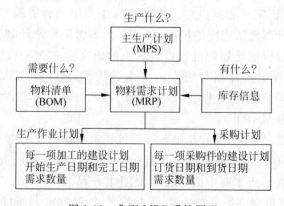

图 1-12　典型 MRP 系统原理

为实现 MRP 系统功能，要提供库存记录和产品结构。产品结构又称物料清单 BOM。BOM 是 MRP 的基础文件，它根据需求的优先顺序，在统一的计划指导下，把企业的"销产供"信息集成起来。BOM 反映了各个物料之间的从属关系和数量关系，它们之间的连线反映了工艺流程和生产周期。在 BOM 的基础上，可以完工日期为时间基准倒排计划，按提前期长短确定各物料采购或加工的先后顺序。

MRP 系统的工作原理如下。

(1) 产生主生产计划。结合用户订单和预测需求,以及高层制订的生产计划大纲,在现有资源基础上决定生产的数量。

(2) 产生物料需求计划。在决定生产批量后,究竟需要订多少原材料和外购件来满足生产? 首先通过 BOM 确定原材料和零部件的需求量,再根据库存记录决定订什么、订多少和何时订等问题。

(3) 输出加工与采购订单。MRP 的输入是 MPS、BOM 和库存记录;输出是详细的制造与外购的物料以及零部件数量与时间清单。

随着 MRP 应用范围的逐渐扩大,MRP 的局限性也日益显现。MRP 的运行过程主要是物流的过程,但生产的运作过程,即产品的从原材料的投入到成品的产出过程都伴随着企业资金的流通。并且资金的运作会影响到生产的运作,如采购计划制订后,由于企业的资金短缺而无法按时完成,这样就会影响到整个生产计划的执行。

1.3.3 MRPⅡ系统

20 世纪 80 年代发展起来的 MRPⅡ同 MRP 的主要区别就是它运用管理会计的概念,用货币形式说明了执行企业物料计划带来的效益,实现物料信息同资金信息的集成。因而,MRP 3 个字母的含义也发生了改变,由物料需求计划变为制造资源计划(Manufacturing Resources Planning)。由于字母的缩写都为 MRP,就将制造资源计划命名为 MRPⅡ,以示区别。

MRP 系统建立在两个假设的基础上,一是生产计划是可行的,即假定有足够的设备、人力和资金来保证生产计划的实现;二是假设物料采购计划是可行的,即有足够的供货能力和运输能力来保证完成物料供应。但在实际生产中能力资源和物料资源总是有限的,往往会出现生产计划无法完成的情况。因而,为了保证生产计划符合实际,必须把计划与资源统一起来,以保证计划的可行性。后来的研究者在 MRP 的基础上增加了能力需求计划,使系统具有生产计划与能力的平衡过程,形成了闭环 MRP,进而又在闭环 MRP 的基础上增加了经营计划、销售、成本核算、技术管理等内容,构成了完整的企业管理系统制造资源计划(MRPⅡ)。

从 MRPⅡ产生的过程可见,它是随着计算机技术和管理理论的发展不断完善和提高的。30 年来,国外已有数万个企业建立并运行了 MRPⅡ系统,我国开发应用 MRPⅡ的单位也已有数百家,并形成了有中国特色的 MRPⅡ产品。

MRPⅡ利用计算机网络把生产计划、库存控制、物料需求、车间控制、能力需求、工艺路线、成本核算、采购、销售、财务等功能综合起来,实现了企业生产的计算机集成管理,全方位地提高了企业管理效率,其构成如图 1-13 所示。

可见,MRPⅡ系统是现代化的管理方法与手段相结合,对企业生产中的人、财、物等资源进行全面控制,以达到最大的客户服务、最小的库存投资和高效率的工厂作业为目的的集成信息系统。但随着市场竞争的加剧和科技的进步,MRPⅡ思想也逐步显露出其局限性,主要表现在以下几方面。

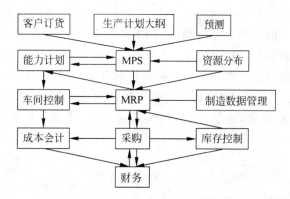

图 1-13 MRP Ⅱ 的构成

（1）企业竞争范围的扩大，要求在企业的各个方面加强管理，并要求企业有更高的信息化集成，要求对企业的整体资源进行集成管理，而不仅仅对制造资源进行集成管理。

现代企业都意识到，企业的竞争是综合实力的竞争，要求企业有更强的资金实力，更快的市场响应速度。因此，信息管理系统与理论仅停留在对制造部分的信息集成与理论研究上是远远不够的。与竞争有关的物流、信息及资金要从制造部分扩展到全面质量管理，企业的所有资源（分销资源、人力资源和服务资源等）及市场信息和资源要求能够处理工作流。在这些方面，MRP Ⅱ 都已经无法满足。

（2）企业规模不断扩大。多集团、多工厂要求协同作战，统一部署，这已超出了 MRP Ⅱ 的管理范围。

全球范围内的企业兼并和联合潮流方兴未艾，大型企业集团和跨国集团不断涌现，企业规模越来越大，这就要求集团与集团之间，集团内多工厂之间统一计划，协调生产步骤，汇总信息，调配集团内部资源。这些既要独立，又要统一的资源共享管理是 MRP Ⅱ 目前无法解决的。

（3）信息全球化趋势的发展要求企业之间加强信息交流和信息共享。企业之间既是竞争对手，又是合作伙伴。信息管理要求扩大到整个供应链的管理，这些更是 MRP Ⅱ 所不能解决的。

随着全球信息的飞速发展，尤其是 Internet 的发展与应用，使得企业与客户、企业与供应商、企业与用户之间，甚至是与竞争对手之间都要求对市场信息快速响应，信息共享，而且越来越多的企业之间的业务在互联网上进行，这些都向企业的信息化提出了新的要求。ERP 系统实现了对整个供应链信息进行集成管理。ERP 系统采用客户机/服务器（C/S）体系结构和分布式数据处理技术，支持 Internet/Intranet/Extranet、电子商务（E-business、E-commerce）及电子数据交换（EDI）。

1.3.4 ERP 系统

企业资源管理（Enterprise Resource Planning，ERP）理论与系统是从 MRP Ⅱ 发展而来的。MRP Ⅱ 仅能管理企业内部资源的信息流，随着全球经济一体化的加速，企业与外部环境的关系越来越密切,MRPⅡ逐渐不能满足需要,于是新的企业管理思想和软件应运而生了。在 MRPⅡ 的基础上发展起来的 ERP 把原来的 MRPⅡ 拓展为围绕市场需求而建立的企业内外部资源计划系统。ERP 突破了原来只管理企业内部资源的方式,把客户需求、企业内部的经营活动以及供应商的资源融合到一起,体现了完全按市场需求制造的经营理念。ERP 也打破了 MRPⅡ 只局限于传统制造业的旧的观念和格局,把触角伸向各个行业,特别是金融业、通信业、高科技产业、零售业等,大大扩展了应用范围,如图 1-14 所示。

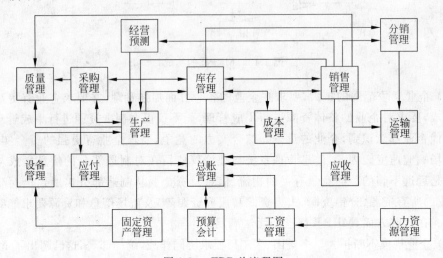

图 1-14　ERP 总流程图

一般来讲,ERP 系统具有如下特点。

(1) 支持物料流通体系的仓储管理以及运输配送管理(供应链上供、产、需各个环节之间都有运输配送和仓储等管理问题)。

(2) 支持在线分析处理(Online Analytical Processing,OLAP)、售后服务及质量反馈,实时准确地掌握市场需求的脉搏。

(3) 支持生产保障体系的质量管理、实验室管理、设备维修和备品备件管理。

(4) 支持跨国经营的多国家地区、多工厂、多语种、多币制的需求。

(5) 支持多种生产类型或混合型制造企业,融合了离散型生产、流水作业生产和流程型生产的特点。

(6) 支持远程通信、Internet、电子商务、电子数据交换。

(7) 支持工作流(业务流程)动态模型变化与信息处理程序命令的集成。

此外,还支持企业资本运行和投资管理、各种法规及标准管理等。

概括地说,ERP 系统是建立在信息技术基础上,利用现代企业的先进管理思想,全面地集成了企业的所有资源信息,并为企业提供决策、计划、控制与经营业绩评估的全方位和系统化的管理平台。ERP 系统是一种管理理论和管理思想,而不仅仅是信息系统。它利用企业的所有资源,包括内部资源与外部市场资源,为企业制造产品或提供服务创造最优的解决方案,最终达到企业的经营目标。由于这种管理思想必须依附于计算机软件系统的运行,所以人们常把 ERP 系统当成一种软件,这是一种误解。要想理解与应用 ERP 系统,必须了解 ERP 系统的实际管理思想和理念,只有这样才能真正地掌握与利用 ERP 系统。

ERP 系统对现代企业就好比是人体的神经系统。人体各部分的协调,要靠神经系统来传送信息。"一只蚊子叮在大腿上",这一信息经过神经系统传递到大脑,大脑发出"打死它"的命令。这个命令连同蚊子叮咬部位的信息又通过神经系统传给手,于是乎,一个巴掌拍下来,把蚊子打了个粉身碎骨。有国外学者认为,现在组织的复杂性已经超过了组织中个体的复杂性。人体需要神经系统来协调各部分的活动,对于比人体更复杂的组织而言,这样一种神经系统更是必不可少。在制造型企业中,产品开发部门需要市场和生产方面提供的信息来指导产品开发;物流部门需要根据同生产部门、销售部门和供应商提供的信息组织物流。在销售型企业中,物流部门需要根据各销售点上的销售情况组织货源、进行配送。企业的神经系统就是由 ERP 系统等信息系统构成的。这种系统过去有,现在有,将来永远都会有。信息技术为企业内部、企业与企业之间、企业与客户之间的信息传递和共享提供了强有力的技术手段。ERP 系统就是基于这种技术手段的企业信息系统。由于市场的竞争愈演愈烈,世界的变化越来越快,这就要求企业具有越来越快的反应能力,而高效、有效的信息系统是快速反应能力的基础。因此企业对于 ERP 系统的需求呈快速增长趋势。

实验一　ERP 系统实践

实验目的

操作 ERP-U8 软件中相关内容,理解系统管理在整个财务管理系统中的作用及重要性,理解 ERP 系统以及其相应的分析解决问题的综合能力。

通过实地操作 ERP 系统软件,能够借助具体实验案例,在教师的指导下,独立思考和分析所给实验案例。结合有关理论,通过实地操作进行信息的加工、整理,拓展思维能力,能进行正确的职业岗位认识,掌握应有的专业知识和技能。

实验内容

ERP 系统是指建立在信息技术基础上,以系统化的管理思想为企业决策层及员工提供决策运行手段的管理平台。ERP 系统集信息技术与先进的管理思想于一身,成为现代企业的运行模式,反映了时代对企业合理调配资源、最大化地创造社会财富的要求,成为企业在信息时代生存、发展的基石。

ERP 系统是将企业所有资源进行整合集成管理,简单地说是将企业的三大流——物流、资金流、信息流进行全面一体化管理的管理信息系统。它的功能模块不仅可用于生产企业的管理,而且在许多其他类型的企业(如一些非生产、公益事业的企业)也可导入 ERP 系统进行资源计划和管理。

　　ERP 系统在中国的应用与推广已经历了近 20 年从起步、探索到成熟的历程。据不完全统计,我国目前已约有 700 家企业购买或使用了这种先进的管理软件。从 1997 年到 21 世纪初,ERP 系统应用范围从制造业扩展到第二、第三产业;并且由于不断地实践探索,其应用效果也得到了显著提高,进入了 ERP 系统应用的"成熟阶段"。

　　把它的触角伸向各个行业,特别是第三产业中的金融业、通信业、高科技产业、零售业等,从而使 ERP 系统的应用范围大大地扩展。例如德国著名的 ERP 系统软件供应商 SAP 公司就推出了多种行业的解决方案,其中除了传统的制造业外,还有金融业、高科技产业、邮电与通信业、能源(电力、石油与天然气、煤炭等)业、公共事业、商业与零售业、外贸行业、新闻出版业、咨询服务业,甚至于医疗保健业和宾馆酒店行业等。

　　另外,随着市场经济的发展,中国企业原有的经营管理方式早已不适应激烈竞争的要求。企业面临的是一个越来越激烈的竞争环境,ERP 系统由于具有更多的功能而渐被企业所青睐。它可为企业提供投资管理、风险分析、跨国家跨地区的集团型企业信息集成、获利分析、销售分析、市场预测、决策信息分析、促销与分销、售后服务与维护、全面质量管理、运输管理、人力资源管理、项目管理以及利用 Internet 实现电子商务等 MRP Ⅱ 不具备的功能,企业能利用这些工具来扩大经营管理范围,紧跟瞬息万变的市场动态,参与国际大市场的竞争,获得丰厚的回报。

　　供应链管理系统是 ERP 管理系统的重要组成部分,它是以企业购销存业务环节中的各项活动为对象,不仅记录各项业务的发生,还有效地跟踪其发展过程,为财务核算、业务分析、管理决策提供依据,从而实现财务业务一体化全面管理,实现物流、资金流管理的统一。

　　在激烈的市场竞争环境下,通过有效的供应链管理,控制、优化整个供应链的运作,是企业提升竞争力的有效途径。ERP 供应链管理以企业购销存业务活动为对象,实现物流、资金流和信息流的统一管理。

　　ERP 供应链管理系统主要包括采购管理、销售管理、库存管理、存货核算、GSP 质量管理几个模块,其主要功能在于增加预测的准确性,减少库存,提高发货、供货能力;减少工作流程周期,提高生产效率,降低供应链成本;减少总体采购成本,缩短生产周期,加快市场响应速度。同时,在这些模块中提供了对采购、销售等业务环节的控制,以及对库存资金占用的控制,完成对存货出入库成本的核算,使企业的管理模式更符合实际情况,有利于制订出最佳的企业运营方案,实现管理的高效率、实时性、安全性、科学性。

1. 系统管理的启动与注册

　　(1) 启动系统管理,以 Administrator(主管)的身份进行注册。

　　(2) 增设 3 位操作员("权限"→"操作员"):001——黄红,002——张晶,003——王平。

　　(3) 建立账套信息("账套"→"建立")。

　　① 账套信息:"账套号"自选,"账套名称"为"购销存练习","启用日期"为"2009 年 3 月"。

　　② 单位信息:"单位名称"为"珊珊公司","单位简称"为"用友","税号"为"3102256437218"。

　　③ 核算类型:"企业类型"为"工业","行业性质"为"新会计制度科目"并预置科目,

"账套主管"选"黄红"。

④ 基础信息：存货、客户及供应商均分类，有外币核算。

⑤ 编码方案如下。

（a）客户分类和供应商分类的编码方案为 2。

（b）部门编码的方案为 22。

（c）存货分类的编码方案为 2233。

（d）收发类别的编码级次为 22。

（e）结算方式的编码方案为 2。

（f）其他编码项目保持不变。

说明：设置编码方案主要是为以后分级核算、统计和管理打下基础，数据精度保持系统默认设置。而设置数据精度主要是为了核算更精确。

（4）分配操作员权限（"权限"→"权限"）。

操作员张晶：拥有"共用目录设置"、"应收"、"应付"、"采购管理"、"销售管理"、"库存管理"、"存货核算"中的所有权限。

操作员王平：拥有"共用目录设置"、"库存管理"、"存货核算"中的所有权限。

2. 系统启用

（1）启动企业门户，以账套主管的身份进行注册。

（2）启用"采购管理"、"销售管理"、"库存管理"、"存货核算"、"应收"、"应付"、"总账"系统。启用日期为 2009/03/01。（进入"基础信息"窗口，双击"基本信息"图标，双击"系统启用"图标。）

3. 定义各项基础档案

可通过企业门户中的基础信息，选择"基础档案"来增设下列档案。

（1）定义部门档案：制造中心、营业中心、管理中心。

① 制造中心下分：一车间、二车间。

② 营业中心下分：业务一部、业务二部。

③ 管理中心下分：财务部、人事部。

（2）定义职员档案：李平（属业务一部）、王丽（属业务二部）。

（3）定义客户分类：批发、零售、代销、专柜。

（4）定义客户档案，如表 1-2 所示。

表 1-2　客户档案表

客户编码	客户简称	所属分类	税　号	开户银行	账号	信用额度	信用期限
HHGS	华宏公司	批发	310003154	工行	112		
CXMYGS	昌新贸易公司	批发	310108777	中行	567	100000	30
JYGS	精益公司	专柜	315000123	建行	158	150000	60
LSGS	利氏公司	代销	315452453	招行	763		

（5）定义供应商分类：原料供应商、成品供应商。

（6）定义供应商档案，如表1-3所示。

表1-3　供应商档案表

供应商编码	供应商简称	所属分类	税　号
XHGS	兴华公司	原料供应商	310821385
JCGS	建昌公司	原料供应商	314825705
FMSH	泛美商行	成品供应商	318478228
ADGS	艾德公司	成品供应商	310488008

（7）定义存货分类。

① 原材料：主机、芯片、硬盘、显示器、键盘、鼠标。

② 产成品：计算机。

③ 外购商品：打印机、传真机。

④ 应税劳务。

（8）定义计量单位，如表1-4所示。

表1-4　计量单位表

计量单位编号	计量单位名称	所属计量单位组	计量单位组类别
01	盒	无换算关系	无换算
02	台	无换算关系	无换算
03	只	无换算关系	无换算
04	km	无换算关系	无换算

（9）定义存货档案，如表1-5所示。

表1-5　存货档案表

存货编码	存货名称	所属类别	计量单位	税率/%	存货属性
001	PⅢ芯片	芯片	盒	17	外购,生产耗用
002	40GB硬盘	硬盘	盒	17	外购,生产耗用,销售
003	17英寸显示器	显示器	台	7	外购,生产耗用,销售
004	键盘	键盘	只	7	外购,生产耗用,销售
005	鼠标	鼠标	只	17	外购,生产耗用,销售
006	计算机	计算机	台	17	自制,销售
007	1600K打印机	打印机	台	7	外购,销售
008	运输费	应税劳务	km	7	外购,销售,劳务费用

（10）设置会计科目。

① "应收账款"、"预收账款"设为"客户往来"。

② "应付账款"、"预付账款"设为"供应商往来"。

（11）选择"凭证类别"为"记账凭证"。

（12）定义结算方式：现金结算、支票结算、汇票结算。

（13）定义本企业开户银行：工行淮海路分理处，账号为 76584898。

（14）定义仓库档案，如表 1-6 所示。

表 1-6　仓库档案表

仓库编码	仓库名称	计价方式
001	原料仓库	移动平均
002	成品仓库	移动平均
003	外购品仓库	全月平均

（15）定义收发类别。

① 正常入库：采购入库、产成品入库、调拨入库。

② 非正常入库：盘盈入库、其他入库。

③ 正常出库：销售出库、生产领用、调拨出库。

④ 非正常出库：盘亏出库、其他出库。

（16）定义采购类型：普通采购，入库类别为"采购入库"。

（17）定义销售类型：经销、代销，出库类别均为"销售出库"。

（18）根据存货大类分别设置存货科目（"存货系统"→"科目设置"→"存货科目"），如表 1-7 所示。

表 1-7　存货科目表

存货分类	对应科目	存货分类	对应科目
原材料	原材料(1211)	外购商品	库存商品(1243)
产成品	库存商品(1243)		

（19）根据收发类别确定各存货的对方科目（"存货系统"→"科目设置"→"对方科目"），如表 1-8 所示。

表 1-8　对方科目表

收 发 类 别	对 应 科 目	暂 估 科 目
采购入库	物资采购(1201)	物资采购(1201)
产成品入库	基本生产成本(410101)	
盘盈入库	待处理流动财产损益(191101)	
销售出库	主营业务成本(5401)	

4. 存货系统业务操作

（1）录入期初货到票未到数

2009/02/25 收到兴华公司提供的 40GB 硬盘 100 盒，单价为 800 元，商品已验收入原料仓库，至今尚未收到发票。

操作指导：

① 启动采购系统，录入采购入库单。

② 进行期初记账。

（2）录入期初发货单

2009/02/28 业务一部向昌新贸易公司出售计算机 10 台，报价为 6500 元/台，由成品仓库发货。该发货单尚未开票。

操作指导：启动销售系统，录入并审核期初发货单。

（3）录入各仓库期初余额

进入存货核算系统，录入各仓库期初余额，如表 1-9 所示。

表 1-9　各仓库期初余额表

仓 库 名 称	存 货 名 称	数　量	结存单价
原料仓库	P Ⅲ芯片	700 盒	1200 元/盒
	40GB 硬盘	200 盒	820 元/盒
成品仓库	计算机	380 台	4800 元/台
外购品仓库	1600K 打印机	400 台	1800 元/台

操作指导：

① 启动存货系统，录入期初余额。

② 进行期初记账。

③ 进行对账。

（4）录入各仓库期初库存

进入库存管理系统，录入各仓库期初库存，如表 1-10 所示。

表 1-10　各仓库期初库存表

仓 库 名 称	存 货 名 称	数　量
原料仓库	P Ⅲ芯片	700 盒
	40GB 硬盘	200 盒
成品仓库	计算机	380 台
外购品仓库	1600K 打印机	400 台

操作指导：

① 启动库存系统（"初始设置"→"期初数据"），录入并审核期初库存（可通过取数功能录入）。

② 进行期初记账。

5. 采购管理业务操作

（1）普通采购业务

① 2009/03/01 业务员李平向建昌公司询问键盘的价格（95 元/只），觉得价格合适，随后向公司上级主管提出请购要求，请购数量为 300 只。业务员据此填制请购单。

② 2009/03/02 上级主管同意向建昌公司订购键盘 300 只，单价为 95 元，要求到货日期为 2009/03/03。

③ 2009/03/03 收到所订购的键盘 300 只。填制到货单。

④ 2009/03/03 将所收到的货物验收入原材料仓库。填制采购入库单。

⑤ 当天收到该笔货物的专用发票一张。

操作指导：

(a) 在采购系统中，填制并审核请购单。

(b) 在采购系统中，填制并审核采购订单。

(c) 在采购系统中，填制到货单。

(d) 启动库存系统，填制并审核采购入库单。

(e) 在采购系统中，填制采购发票。

⑥ 账表查询。

(a) 在采购系统中，查询订单执行情况统计表。

(b) 在采购系统中，查询到货明细表。

(c) 在采购系统中，查询入库统计表。

(d) 在采购系统中，查询采购明细表。

(e) 在库存系统中，查询库存台账。

(f) 在存货系统中，查询收发存汇总表。

(2) 现付业务

2009/03/05 向建昌公司购买鼠标 300 只，单价为 50 元，验收入原料仓库。同时收到专用发票一张，票号为 85011，立即以支票形式支付货款。

操作指导：

① 启动库存系统，填制并审核采购入库单。

② 在采购系统中，填制采购专用发票，并做现结处理。

③ 在采购系统中，依次进行采购结算(自动结算)：

采购结算→手工结算→过滤→刷入→刷票→选择对应入库单和发票→结算

(3) 费用发票结算

2009/03/06 向建昌公司购买硬盘 200 盒，单价为 800 元，验收入原料仓库。同时收到专用发票一张，票号为 85012。另外，在采购的过程中，发生了一笔 200 元的运输费，税率为 7%，收到相应的运费发票一张，票号为 5678。

操作指导：

① 启动库存系统，填制并审核采购入库单。

② 在采购系统中，填制采购专用发票。

③ 在采购系统中，填制运费发票。

④ 在采购系统中，采购结算(手工结算)。

(4) 跨月结算

2009/03/09 收到兴华公司提供的上月已验收入库的 80 盒 40GB 硬盘的专用发票一张，票号为 48210，发票单价为 820 元。

操作指导：

① 在采购系统中，填制采购发票(可复制采购入库单)。

② 在采购系统中,执行采购结算。

(5) 暂估业务

2009/03/28 收到艾德公司提供的打印机 100 台,入外购品仓库。由于到了月底发票仍未收到,故确认该批货物的暂估成本为 6500 元。

操作指导:

① 在库存系统中,填制并审核采购入库单。

② 在存货系统中,录入暂估入库成本。

③ 在存货系统中,执行正常单据记账。

④ 在存货系统中,生成凭证(暂估记账)。

(6) 结算前退货

2009/03/10 收到建昌公司提供的 17 英寸显示器,数量 202 台,单价为 1150 元。验收入原料仓库。

2009/03/11 仓库反映有 2 台显示器有质量问题,要求退回给供应商。

2009/03/11 收到建昌公司开具的专用发票一张,其票号为 AS4408。

操作指导:

① 收到货物时,在库存系统中填制入库单。

② 退货时,在库存系统中填制红字入库单。

③ 收到发票时,在采购系统中填制采购发票。

④ 在采购系统中,执行采购结算(手工结算)。

(7) 结算后退货

2009/03/15 从建昌公司购入的键盘有质量问题,退回 2 只,单价为 95 元,同时收到票号为 665218 的红字专用发票一张。

操作指导:

① 退货时,在库存系统中填制红字入库单。

② 收到退货发票时,在采购系统中填制采购发票。

③ 在采购系统中,执行采购结算(自动结算)。

6. 销售管理

(1) 普通销售业务

2009/03/14 昌新贸易公司想购买 10 台计算机,向业务一部了解价格。业务一部报价为 2300 元/台。填制并审核报价单。

该公司了解情况后,要求订购 10 台,要求发货日期为 2009/03/16。填制并审核销售订单。

2009/03/16 业务一部从成品仓库向昌新贸易公司发出其所订货物。并据此开具专用销售发票一张。

2009/03/17 业务二部向昌新贸易公司出售 1600K 打印机 5 台,报价为 2300 元/台,成交价为报价的 90%,货物从外购品仓库发出。

2009/03/17 根据上述发货单开具专用发票一张。

操作指导：

① 在销售系统中,填制并审核报价单。

② 在销售系统中,填制并审核销售订单。

③ 在销售系统中,填制并审核销售发货单。

④ 在销售系统中,调整选项(将新增发票默认"参照发货单生成")。

⑤ 在销售系统中,根据发货单填制并复核销售发票。

⑥ 在存货系统中,生成结转销售成本的凭证。

⑦ 在销售系统中,填制并审核销售发货单。

⑧ 在销售系统中,根据发货单填制并复核销售发票。

（2）销售现结

2009/03/17 业务一部向昌新贸易公司出售计算机 10 台,报价为 6400 元/台,货物从成品仓库发出。

2009/03/17 根据上述发货单开具专用发票一张。同时收到客户以支票所支付的全部货款。

操作指导：

① 在销售系统中,填制并审核销售发货单。

② 在销售系统中,根据发货单填制销售发票,执行现结功能,复核销售发票。

（3）多次发货一次开票

2009/03/17 业务一部向昌新贸易公司出售计算机 10 台,报价为 6400 元/台,货物从成品仓库发出。

2009/03/17 业务二部向昌新贸易公司出售 1600K 打印机 5 台,报价为 2300 元/台,货物从外购品仓库发出。

2009/03/17 根据上述两张发货单开具专用发票一张。

操作指导：

① 在销售系统中,填制并审核两张销售发货单。

② 在销售系统中,根据上述两张发货单填制并复核销售发票。

（4）一次发货多次开票

2009/03/18 业务二部向华宏公司出售 1600K 打印机 20 台,报价为 2300 元/台,货物从外购品仓库发出。

2009/03/19 应客户要求,对上述所发出的商品开具两张专用销售发票,第一张发票中所列示的数量为 15 台,第二张发票上所列示的数量为 5 台。

操作指导：

① 在销售系统中,填制并审核销售发货单。

② 在销售系统中,分别根据发货单填制并复核两张销售发票(考虑一下,在填制第二张发票时,系统自动显示的开票数量是否为 5 台)。

（5）开票直接发货

2009/03/19 业务一部向昌新贸易公司出售 10 台 1600K 打印机,报价为 2300 元/台,物品从外购品仓库发出,并据此开具专用销售发票一张。

操作指导：

① 在销售系统中，填制并审核销售发票。

② 在销售系统中，查询销售发货单。

③ 在库存系统中，查询销售出库单。

（6）销售费用支出

2009/03/19 业务一部在向昌新贸易公司销售商品过程中发生了一笔代垫的安装费500 元。

操作指导：

① 在销售系统中，增设费用项目"安装费"。

② 在销售系统中，填制并审核代垫费用单。

（7）销售分批出库

2009/03/20 业务二部向精益公司出售 17 英寸显示器 20 台，由原料仓库发货，报价为 1500 元/台，同时开具专用发票一张。

2009/03/20 客户根据发货单从原料仓库领出 15 台显示器。

2009/03/21 客户根据发货单再从原料仓库领出 5 台显示器。

操作指导：

① 在销售系统中，调整有关选项（将"是否销售生单"选项勾去掉）。

② 在销售系统中，填制并审核发货单。

③ 在销售系统中，根据发货单填制并复核销售发票。

④ 在库存系统中，填制销售出库单（根据发货单生成销售出库单）。

（8）开票前退货

2009/03/25 业务一部售给昌新公司的计算机 10 台，单价为 6500 元，从成品仓库发出。

2009/03/26 业务一部售给昌新公司的计算机因质量问题，退回 1 台，单价为 6500 元，收回成品仓库。

2009/03/26 开具相应的专用发票一张，数量为 9 台。

操作指导：

① 发货时，在销售系统中填制并审核发货单。

② 退货时，在销售系统中填制并审核退货单。

③ 在销售系统中，填制并复核销售发票（选择发货单时应包含红字）。

（9）开票后退货

2009/03/27 委托利氏公司销售的计算机退回 2 台，入成品仓库。由于该货物已经结算，故开具红字专用发票一张。

操作指导：

① 发生退货时，在销售系统中填制并审核委托代销结算退回单。

② 在销售系统中，复核红字专用销售发票。

③ 在销售系统中，填制并复核委托代销退货单。

④ 在库存系统中，查询委托代销备查簿。

7. 库存管理

（1）产成品入库

2009/03/15 成品仓库收到当月加工的 10 台计算机，作产成品入库。

2009/03/16 成品仓库收到当月加工的 20 台计算机，作产成品入库。

随后收到财务部门提供的完工产品成本，其中计算机的总成本 144000 元，立即做成本分配。

操作指导：

① 在库存系统中，填制并审核产成品入库单。

② 在库存系统中，查询收发存汇总表。

③ 在存货系统中，进行产成品成本分配。

④ 在存货系统中，执行单据记账。

（2）材料领用

2009/03/15 一车间向原料仓库领用 Pentium Ⅲ芯片 100 盒、40GB 硬盘 100 盒，用于生产。

操作指导：在库存系统中，填制并审核材料出库单（建议单据中的单价为空）。

（3）调拨业务

2009/03/20 将原料仓库中的 50 只键盘调拨到外购品仓库。

操作指导：

① 在库存系统系统中，填制并审核调拨单。

② 在库存系统系统中，审核其他入库单。

③ 在库存系统系统中，审核其他出库单。

④ 在存货系统系统中，执行特殊单据记账。

（4）盘点业务

2009/03/25 对原料仓库的所有存货进行盘点，盘点后，发现键盘多出一个，经确认，该键盘的成本为 80 元/只。

操作指导：

① 盘点前：在库存系统系统中，填制盘点单。

② 盘点后：ⓐ在库存系统中修改盘点单，录入盘点数量，确定盘点金额；ⓑ在库存系统中，审核盘点单；ⓒ在存货系统中，对出入库单进行记账。

8. 存货核算业务

（1）暂估录入

2009/10/28 收到艾德公司提供的打印机 100 台，入外购品仓库。由于到了月底发票仍未收到，故确认该批货物的暂估成本为 6500 元。

操作指导：

① 在库存系统中，填制并审核采购入库单。

② 在存货系统中，录入暂估入库成本（业务核算→暂估成本录入→选择采购入库单→录入单价→保存）。

③ 在存货系统中,执行正常单据记账("库存商品"科目编码为 1243,对方"物资采购"科目编码为 1201)。

④ 在存货系统中,生成凭证(暂估记账,生成→保存)。

(2) 结算成本处理

采购业务四"跨月结算"在存货系统的处理。

操作指导:

① 在"存货系统"选项中,设置"暂估处理方式"为"月初回冲"(初始设置→选项→选项录入)。

② 在存货系统中,执行结算成本处理(业务核算→结算成本处理→选择暂估结算单→暂估)。

(3) 产成品成本分配

收到财务部门提供的完工产品成本,其中计算机的总成本 144000 元,立即做成本分配。

操作指导:

在存货系统中,进行产成品成本分配:业务核算→产成品成本分配(查询→存货类型为计算机→输入总成本 144000 元→分配)。

(4) 单据记账

① 将上述几项出入库业务中所涉及的入库单、出库单进行记账。

正常单据记账:将采购、销售业务所涉及的入库单,出库单进行记账。

操作指导:在存货系统中,执行"业务核算"→"正常单据记账"操作。

② 在存货系统中,查询存货明细账(账表→账簿→明细账)。

调拨单进行记账(如正常单据中调拨生成其他出入库未记账,则需要执行此操作)。

操作指导:

(a) 在存货系统中,进入"业务核算"→"特殊单据记账"(选择调拨单→记账)。

(b) 在存货系统中,查询存货明细账。

(5) 凭证生成

根据上述业务中所涉及的各种单据编制相应凭证

操作指导:在存货系统中,选择"财务核算"→"生成凭证"科目,选择"全部单据",生成相应的多张凭证(选择→全选→确定→再全选→确定→将凭证科目补充完整→生成→保存)。

(6) 查询凭证

凭证修改、删除,也在此操作。

操作指导:在存货系统中,选择"业务核算"→"凭证列表"科目。

实验要求

实验 1 人 1 组,每个实验要求在规定时间内由学生独立完成。碰到疑难问题,学生要善于独立分析,力争自己解决;老师亦可提供指导,但不得包办代替。本课程纳入平时实验成绩,并纳入理论课平时成绩,着重考查学生实验基本操作的掌握程度。实验项目完成后,由学生导出实验结果文件并上交,老师根据结果文件及要达到的目标进行打分。

练习题

一、单项选择题

1. 信息(　　　)。
   A. 是形成知识的基础　　　　　　　B. 是数据的基础
   C. 是经过加工后的数据　　　　　　D. 具有完全性

2. 数据(　　　)。
   A. 就是信息　　　　　　　　　　　B. 经过解释成为信息
   C. 必须经过加工才能成为信息　　　D. 不经过加工也可以称作信息

3. 信息(　　　)。
   A. 不是商品　　　B. 就是数据　　　C. 是一种资源　　　D. 是消息

4. MRPⅡ的进一步发展是(　　　)。
   A. ERP　　　　　B. MRP　　　　　C. EDP　　　　　D. MIS

5. 一个管理信息系统的好坏主要是看它(　　　)。
   A. 硬件先进、软件齐全　　　　　　B. 是否适合组织的目标
   C. 是否投资力量最省　　　　　　　D. 是否使用计算机网络

6. 管理信息系统是一些功能子系统的联合,为不同管理层次服务。例如,在销售市场子系统中,进行销售和摊销的日常调度,按区域、按产品、按顾客的销售数量进行定期分析等,是属于(　　　)。
   A. 业务处理　　　B. 作业控制　　　C. 管理控制　　　D. 战略计划

7. 现代管理信息系统是(　　　)。
   A. 计算机系统　　　　　　　　　　B. 手工管理系统
   C. 人和计算机等组成的系统　　　　D. 通信网络系统

8. 管理信息系统的特点是(　　　)。
   A. 数据集中统一,应用数学模型,有预测和控制能力,面向操作人员
   B. 数据集中统一,应用人工智能,有预测和决策能力,面向高层管理人员
   C. 数据集中统一,应用数学模型,有预测和控制能力,面向管理和决策
   D. 应用数学模型,有预测和决策能力,应用人工智能,面向管理人员

二、填空题

1. 数据经过处理仍然是数据,只有经过_____才有意义。

2. 管理信息系统是一个由人和计算机等组成的能进行_____收集、传递、存储、加工、维护和使用的系统。

3. MRP 的核心指的是_____。

4. MRP 的基本思想是_____。

三、问答题

1. 为什么说信息是有价值的？
2. 简述什么是管理信息系统。
3. MRPⅡ的两个假设是什么？
4. MRPⅡ的工作原理是什么？
5. ERP 中的全面成本管理系统有何作用？
6. ERP 中的战略经营系统的目标是什么？

第 2 章　管理信息系统的系统平台

管理信息系统是一门交叉学科,管理信息系统的应用与计算机技术、通信技术、网络技术和数据库技术等方面密切相关。构建管理信息系统的系统平台需要以上技术作为支撑。

学习目标

（1）了解管理信息系统平台中的计算机技术。
（2）理解数据通信技术在管理信息系统平台中的应用。
（3）理解网络技术在管理信息系统平台中的应用。
（4）掌握数据库技术在管理信息系统平台中的应用。

引导案例

GM(General Motors,美国通用汽车公司)信息基础结构

GM 是世界上最大的汽车制造商,其 70 多个汽车生产线分布在 30 多个国家,销售遍及全球 200 多个国家与地区,2002 年雇员达 335000 人,销售代理商有 14000 多个,销售各类交通工具 850 万辆,销售收入 1770 亿美元,约占全球汽车市场份额的 15.1%。GM 还是一个多品牌、多业务的公司,在信息化改造之前,有多达 150 个网站、63 个呼叫中心(Call Center)、23 个数据库,此外,几乎所有的代理商都有自己的网站、系统和数据库。据 GM 统计,由于 GM 与代理商的顾客信息不能够有效地互联共享,彼此之间的电子邮件重复率高达 34%,这种重复以及"信息孤岛"的普遍存在所造成的人力、资金、资源的浪费以及效率低下、顾客满意度下降等是 GM 启动信息化项目的直接原因。

1996 年,GM 聘请 R. Szygenda 为 CIO(Chief Information Officer,首席信息官)。Szygenda 到 GM 的时候,所面对的是 7000 多个离散的信息系统,不能互联的工作站,各种各样的"乡间小路"而不是"信息高速公路",并且,GM 某个品牌的销售数据不能为另一个部门的经理所共享,22 个设计工程系统各自为政,甚至有人曾说,"GM 的信息技术体系结构是如此分散,要使它们实现统一几乎是不可能的"。就是在这样的情况下,Szygenda 带领他的团队,尽最大努力实现计算机系统的标准化,改进效率,降低成本,并取得了相当好的成效。譬如,到 2002 年,22 个设计工程系统已经整合为一个统一的全球性的 CAD 系统。但 Szygenda 并不满足于实现企业内部信息系统的整合,他又提出了新的目标——借助新的信息技术与顾客、供应商和合作伙伴实现实时互联,创造新的网络销售和沟通渠道,促成 GM 向数字企业的转型。为此,GM 成立了由顾客服务副总裁 M. Hogan、采购副总裁 H. Kutner、信息系统与服务副总裁兼 CIO Szygenda 组成的"数字 GM"领导小组,直接负责 GM 的信息化建设。

具体表述,GM 的信息化目标是"强化和整合 GM 的需求和供应链系统,建设一个数字化忠诚网络(Digital Loyalty Network,DLN)"。DLN 包括 3 个基本要素:"数字化"意

味着技术能力,"忠诚"意味着聚焦顾客、赢得顾客的忠诚并使 GM 增值,"网络"意味着协调和利用所有的供应和分销链上的所有合作伙伴从而为顾客提供满意的服务。正如 GM 的信息化目标所表述的那样,它不是简单地实现 GM 数字化,数字化也好,网络也好,都是为赢得顾客忠诚和实现 GM 增值服务的,这使 GM 信息化与 GM 战略目标实现了高度的统一。

为了实现 GM 的信息化目标,Szygenda 进入 GM 后做的第一件事情是设法使 GM 的高层领导认识信息技术的战略价值,其次是着手改造 GM 的信息组织结构。为了改进业务部门与 IT 部门的交流与合作,Szygenda 先后聘用了约 200 个信息官员和业务流程专家,让他们在全公司内进行合作;到 1997 年,每一个事业部都设置了一个直接向事业部经理汇报的 CIO。为了加速信息技术与核心业务模式的整合,Szygenda 又设置了一种跨功能的流程信息官(Process Information Officer,PIO),这些 PIO 主要负责设计、发展和实施各职能领域(包括产品研发、产品生产、销售、服务、营销、业务服务、供应链等)的主要业务流程。图 2-1 中,在 Szygenda(CIO)之上,GM 的 CEO——R. Wagoner 是他的顶头上司,他直接向 Wagoner 汇报;在 Szygenda 之下,有各区域事业部的信息官员(Regional Information Officer,RIO)领导的信息部门、各业务事业部的信息官员(PIO)领导的信息部门和直属 Szygenda 领导的 IT 部门(包括全球应用解决方案部门、全球技术服务部门和全球技术管理部门);Szygenda 统率下的各类信息部门还与 GM 的其他信息部门,诸如战略规划部门、人力资源部门、合同管理部门、采购部门、法律部门和财务部门等,有直接或间接的关联。Szygenda 创建的跨功能集成的信息组织结构为 GM 信息化的发展奠定了坚实的组织基础,如图 2-1 所示。

信息组织结构改造和建设的同时,Szygenda 领导自己创建的跨功能团队开始实施一系列整合内部信息系统的 IT 项目并与业务部门合作实施整合企业外部供应链的 CRM 项目和 SCM 项目。

通过这些 IT 项目的实施,GM 建立了自己的广域网和局域网,大量的中间件应用使原来离散的信息系统实现了对话和互通,一系列 IT 标准(包括数据输入和输出标准、数据结构和格式标准、软件标准、硬件标准和界面标准等)的制定与推广确保了信息系统的一体化发展,基于互联网的 GM 网络则把供应商、代理商、雇员、合作伙伴和顾客等所有的利益相关者联系在一起,GM 基本上实现了"数字化"的目标。

通过 SCM 项目的实施,GM 首先实现了内部物流,即库存供应物流、生产供应物流和产成品供应物流的统一,成立了新的订单和履行部门(Order-To-Delivery);其次,通过新建的网络门户(GM Supply Power)实现了后端,即与各类供应商的整合;再次,通过 B to B 电子商务平台,实现了电子商务运营;最后,通过"Super-3PL"项目整合所有第三方物流服务商(Third-party Logistics Providers,3PLs),增强信息系统的可视化程度,使 GM 能够追踪所有运输过程中的货物和资产,如图 2-2 所示。

通过 CRM 项目的实施,GM 提高了顾客的忠诚度和满意度。由于汽车制造行业是一个成熟行业,顾客需求是最重要的决定因素,所有顾客服务始终是 GM 信息化的核心。GM 实施的顾客管理信息化项目主要包括:①借助数据仓库来整合分散的企业顾客管理(Eterprise Customer Management,ECM)数据库,该系统能够捕获每一次顾客互动中的

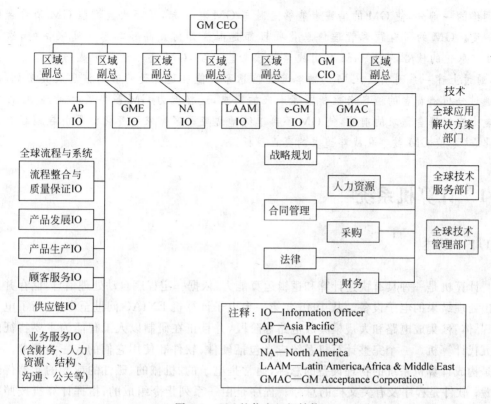

图 2-1　GM 的信息组织结构

有价值的信息并反馈给产品发展部门和营销部门,当顾客再次登录时,任何地方的 GM
代理商都能够根据顾客的信息为他们推荐合
适的产品或服务,这种个性化的解决方案有
利于把顾客留在 GM 的顾客社区中并增加顾
客的忠诚度;②鉴于顾客对产品交付时间的
期待各不相同,也就是说,并非所有顾客都要
求"快速交货",所以,GM 开发了一个灵活的
差异化的供应链响应系统,响应时间介于
1～8 周之间,这样就缓解了顾客需求与生产
供应之间的压力;③创建集成化的网络分销

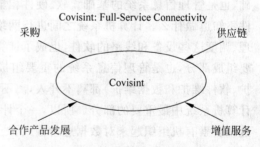

图 2-2　GM 供应端电子商务平台 Covisint

渠道——GM BuyPower,同时使网络分销渠道与个性化的代理商分销渠道实现有机整
合,方便顾客选择代理商和自己喜好的产品,GM BuyPower 还能够为 GM 的供应商提供
有价值的信息从而提高供应商的响应能力和产品质量;④通过实施"GM Owner Center"
项目,顾客可以在网上创建他们拥有的 GM 车辆的所有档案,包括这些车辆的信息、维护
情况和服务历史等,这样可以使顾客拥有"家"的感觉;⑤通过实施"On Star"项目,顾客
只要单击一个按钮,就可以收听最新的新闻和交通信息,就能够实时地与 GM 进行直接
沟通,GM 设想通过这个项目使每一辆 GM 交通工具都成为无限的和无线的 GM 电子通

信网络的一部分,使 GM 的消费者能够随时与 GM 在一起,从而大大增强 GM 消费者的忠诚度。GM 的所有顾客管理信息化项目都是围绕如何提高顾客忠诚度来做的,这是 GM 信息化的核心,也是 GM 公司战略的核心。其实,GM 还不满足于赢得顾客的忠诚度,通过上述一系列项目,GM 的顾客管理信息系统能够追踪消费者的信息及其变化,能够通过分析消费者的信息来推断顾客未来的需求,这样就为 GM 赢得了时间,使 GM 有可能走在消费者需求的前面,使 GM 不再单纯地适应顾客需求的变化而是引导顾客需求变化,这才使 GM 数字化战略追求的真正目标。

2.1　计算机系统

2.1.1　概述

计算机是一种具有快速计算和逻辑运算能力,依据一定程序自动处理信息,储存并且输出处理结果的电子设备。从 1946 年第一台电子计算机 ENIAC 问世至今,经历了电子管、晶体管、集成电路和大规模集成电路等阶段,并且正在研制以人工智能为主要特征的第五代计算机。一个完整计算机系统应当包括硬件、软件和使用它们的人三大部分。硬件是构成计算机系统的物理设备的总称,通常是电子的、机械的、磁性的或光的元器件或装置;软件是程序及有关文档的总称。程序是由一系列指令组成的,指挥计算机按照指定顺序完成特定任务。程序执行结果是按某种格式产生的输出。软件包括系统软件和应用软件。对 MIS 而言,系统软件的一个重要部分是数据库。它是数据组织与管理的基础,也是管理信息系统的基础。软、硬件相辅相成,软件依赖硬件执行,没有应用软件,硬件不知道做什么。计算机系统之间进行网络通信时,负责连接的通信设备和线路,以及管理、调度这些设备和线路的软件,也成了计算机信息系统的一部分;人是计算机系统的重要组成部分,也是管理信息系统的重要组成部分。无论系统建设还是系统维护(硬件维护、软件维护和数据维护)都离不开人,离不开稳定、高素质的开发与管理团队,人永远是计算机系统中最重要的部分。所以,一个计算机信息系统是硬件、软件和人的结合,所有这些要素有机组织起来对数据进行输入、处理和输出。管理信息系统就是对管理数据进行输入、加工处理和输出的。

2.1.2　计算机系统分类

计算机技术的发展使其分类问题变得比较复杂,可以按操作对象分类,也可以按用途和规模分类。按操作对象可以分为模拟计算机和数字计算机;按用途可以分为通用计算机和专用计算机;按规模可以分为巨型机、大中型机、小型机、工作站和微机等;按应用可以分为主机(Host)、网络服务器(Server)和工作站(Workstation)。对 MIS 而言,为了达到资源共享,以计算机作为基本信息处理手段,以网络通信设备作为信息传输手段,MIS 的计算机系统采用"网络服务器中网络连接设备+工作站"方式,不是一个独立的计算机台式系统,而是一个互连的,共享硬件、软件和数据资源的网络信息处理系统。

2.1.3　计算机工作原理

　　计算机的结构(冯·诺依曼体系结构)是由美籍数学家冯·诺依曼提出的。这一体系的基本思想可以归结为以下几点。

　　(1) 计算机应由运算器、控制器、存储器和 I/O 设备组成。

　　(2) 采用存储程序的方式。

　　(3) 以运算器为中心,输入/输出设备和存储器的数据传送都通过运算器。

　　(4) 计算机的执行指令在存储器中按顺序存放。指令所在的单元地址一般按顺序递增。冯·诺依曼体系结构的工作原理包括二进制原理、程序存储原理和顺序控制原理3 部分。计算机每完成一个基本操作,都是执行一条相应指令的过程。指令是规定计算机操作类型和操作数地址的一组字符。计算机完成一项有实际意义的工作,一般需要执行一系列有序排列的指令,为解决某个问题而设计的,适合计算机处理的一系列有序排列的指令即是程序。根据程序存储和顺序控制原理,将程序存储在计算机内,在程序的控制下,计算机逐一执行程序中的指令,最终完成预定的任务。

2.1.4　计算机硬件

　　计算机硬件是由电子的、机械的、磁性的元器件等实实在在的元器件组成的各种物理装置。一般由中央处理器、主存储器、辅助存储器、输入/输出设备等组成。从物理结构讲,微型计算机由显示器、键盘和主机构成。主机是计算机核心部件,它和其他外设安装在主机箱中。在主机箱内有主板、硬盘驱动器、CD-ROM、软盘驱动器、电源、显示适配器等。微机主板包括中央处理器(CPU)、内部存储器、输入/输出接口部件三大部分。各种外部设备通过 I/O 接口部件与主机相连。主机内部各部分之间由 3 条总线(地址总线、数据总线、控制总线)相连。处理数据的能力是计算机系统的关键。

　　(1) 中央处理器(Central Processing Unit,CPU)。中央处理器是计算机系统最主要的部件,它由运算器与控制器组成。运算器有算术逻辑部件(ALU)和寄存器,控制部分有指令寄存器、指令译码器和指令计数器等。运算器或称算术逻辑单元(ALU)进行算术运算和逻辑比较。控制器依次访问程序指令,进行指令译码,并且协调 ALU、主存储器、辅助存储器和各种输入/输出设备的数据流入/流出。

　　(2) 存储器(Memory)。存储器是计算中用来存储程序和数据的部件,它主要用于在控制器的控制下按照指定的地址存入和取出信息。它由许多存储单元组成,每个单元有一个编号,称为地址,为了便于数据传送和管理,常把位数分成若干段,每段 8 位,称为一个字节。在计算机的存储器中,数据按字节编址,每个地址单元 8 位,即一个字节(也称字节单元)所有的字节单元的总数称为容量,存储容量的单位是 KB、MB 与 GB 等。1KB=1024B,1MB(兆字节)=1024KB,1GB(吉字节)=1024MB,1TB(太字节)=1024GB。

　　存储器也是计算机的主要组成部件,与中央处理器合称为主机。它包括主存储器与辅助存储器。主存储器又称为内存或主存,主要存放当前运行的程序或处理的数据,它包括 RAM(Random Access Memory,随机存取存储器)和 ROM(Read Only Memory,只读存储器)。辅助存储器又称外部存储器或外存,是主存的后备和补充,当计算机需要外存上的程序或数据时,首先要将其从外存调入内存。常见的外存有软、硬磁盘存储器,光盘存储器(包括只读光盘、一次写入光盘、可重写光盘),U 盘等。

(3) 输入/输出设备。输入/输出设备是计算机主要的外部设备,可以说计算机离开外部设备就无法工作。输入设备是把程序、数据、字符、图形、图像和声音等输入到计算机中去,因此输入设备是人与计算机的一个接口。常用的输入设备有键盘、鼠标、扫描仪、数码相机、光笔、触摸屏、条码、IC 卡、磁卡等。它们直接或间接或远程输入到计算机系统的数据被转换成机器可读的二进制数据。管理信息系统都有大量原始数据输入,使得光电扫描输入成为重要的输入方式,开发扫描输入系统是缩短系统开发周期的重要方向。

输出设备包括视频显示器、各类打印机(如针式打印机、激光打印机、喷墨打印机)、声音应答器等。它们将计算机产生的各类电子信息转换成终端用户可以观察理解的形式,如文字、图形、声音等。

2.1.5 计算机软件基础

软件是一些程序的集合。这些程序有的用来支持计算机工作和扩大计算机的功能,有的则专为某种具体问题而编制,如 MIS。由于这些程序是看不见、摸不着的,所以叫做"软件"。只有硬件而没有软件的计算机称为"裸机",它几乎是无用的。只有当软件和硬件结合成一体并且组成计算机系统后,才能发挥计算机的作用。随着软件的发展,软件的定义也逐步变化。通常狭义地将软件定义为程序,而广义的软件一般包括以下 3 个部分。

(1) 程序:用计算机语言表达计算机所处理的一系列步骤。

(2) 文档:软件开发过程中的计划、设计、制作和维护等的资料。

(3) 使用说明书:指导使用软件的各种说明书,如用户手册、操作手册、维护手册等。随着硬件的不断发展,计算机软件也得到了迅速的发展。计算机语言从机器语言经过汇编语言、高级语言发展到第四代语言。操作系统也不断地完善,使得计算机的软件资源和硬件资源协调一致、高效率地工作,为用户提供简单的操作和管理方法。计算机网络软件控制着由通信线路连接起来的多台计算机,使网络上的用户能够进行硬件、软件和数据的共享。

根据用途和性能,软件可以分为系统软件和应用软件两类。当计算机在执行各类信息处理任务时,那些管理与支持计算机系统资源及操作的程序,称为系统软件。它是处于硬件与应用软件之间,为有效地利用计算机的各种资源和方便用户使用计算机的一组程序。系统软件负责协调整个计算机系统的硬件和各种程序间的活动和功能。一个系统软件包是为专门的 CPU 和硬件设计的。将特定的硬件配置与系统软件包结合,就形成所谓的计算机系统平台。应用软件是那些综合用户信息处理需求的,直接处理特定应用的程序。应用软件能够帮助用户解决特定技术问题。

1. 系统软件

系统软件包括各种语言的汇编、解释或编译系统,如计算机监控、调试、诊断、故障检测程序,数据库管理程序,操作系统和网络通信管理程序等。系统软件根据所完成功能的不同,可以分为以下 4 类。

(1) 语言处理程序。这类程序主要帮助用户开发信息系统的应用程序。它是将各种程序设计语言所编写的程序"翻译"成计算机的机器语言,从而被计算机执行的一种程序,主要包括各种语言解释器(Interpreter)、编译器(Compiler)、程序设计工具及计算机辅助软件工程包(Computer Aided Software Engineering,CASE)。

(2) 操作系统。操作系统(Operating System,OS)是计算机最基本也是最重要的软件包。它是用来对计算机软硬件资源进行统一管理、统一调度和统一分配的程序,如CPU 管理、存储器管理、文件管理和外部设备管理等程序。一般来说,操作系统有用户界面、资源管理、任务管理、文件管理、提供常用的实用程序与必要的支持服务五大功能。目前常用的操作系统有 Microsoft 的 Windows 系列,Apple 的 Macintosh OS、UNIX、Sun Solaris 和 Linux 等。

(3) 通信程序。通信管理软件是通信网络的一个重要部分。通信管理软件控制与支持通信网络上的数据通信活动。数据通信是一个非常复杂的过程,这组程序就是用来控制数据通信过程,提高数据通信的自动化程度的。局域网依靠的通信管理软件称为网络操作系统,例如 Microsoft Windows 2000/NT、Linux、Novell NetWare。通信软件包提供多种通信服务,提供存取、传送控制、网络管理、出错控制、安全管理等一些常用功能。

(4) 数据库管理系统。数据库管理系统(DataBase Management System,DBMS)也是一种系统软件包,这种软件包帮助企业开发、使用、维护和组织数据库。它既能将所有数据集成在数据库中,又允许不同用户运用程序方便地存、取相同数据库。数据库是数据之间关系错综复杂的数据集合,DBMS 能够有效地管理和使用这些数据,它可完成对数据的编辑、查询、统计、排序等操作,如常见的 SQL Server、Visual FoxPro 等。

2. 应用软件

应用软件是计算机各种应用程序的总称。凡是用户利用计算机的硬件和系统软件所编制的解决各类实际问题的程序都可称为应用软件,它的主要功能是解决一个实际问题或完成一项具体工作。这类软件一般由软件人员或计算机用户针对具体工作编制。应用软件分为两类:一类是不分业务、行业的公用应用软件;另一类是按业务、行业分的专用应用软件。

(1) 公用应用软件。公用应用软件有进行数据分析、统计分析的数据处理软件,如统计分析软件包 SPSS;声音、图形、图像、文献等信息处理和进行信息检索的软件;自然语言处理、模式识别、专家系统等人工智能方面的软件;计算机辅助设计(CAD)、辅助制造(CAM)、决策支持系统(DSS)、结构分析等应用软件。

(2) 专用应用软件。最个别的专用应用软件是只能用于一个单位的软件,如果稍加扩充,则可以供多个单位使用。某种专门用途的应用软件,如财会核算软件就是会计业务方面的应用软件。同一应用范围的软件,经过实践检验、取长补短、修改完善,形成性能良好、规格统一的模块化程序,即应用软件包。

(3) 程序设计语言。程序设计语言种类繁多,不同应用采用不同的程序设计语言。对于 MIS 而言,主要采用与数据库开发相关的第四代语言。这些语言一般集成在开发环境中,如 Visual C++、Visual Basic、Object Pascal、PowerBuilder Script 和 C++等。

2.2　数据通信

2.2.1　通信系统原理

通信系统通常定义为制造、传送、接收电子信息的系统。为了完成上述任务,一个通信系统至少要包含 3 个基本要素:①发送信息的机器;②传送信息的通路或通信介质;③接收信息的机器。

通信系统有时也指远程通信系统或网络系统。简单地说,通信网络就是一组连入一个或多个通信线路的机器。这些机器能发送和接收信号,或既能发送又能接收信号,如电话、终端、打印机、主机系统、微机等。这些机器通过编码、解码、中继或控制信号的设备,使其能够被传送和接收。

2.2.2　数据通信技术的发展

数据通信网是为提供数据通信业务而组成的电信网,其网络交换技术有电路方式、分组方式、帧中继方式、信元方式等。

(1) 电路方式。电路方式是从一点到另一点传送信息且固定占用电路带宽资源的方式,是从一点到另一点传递信息的最简单方式。这种传输通路是双向的。采用电路方式进行数据通信可以采用公用交换网络,即电话网(PSTN),也可以采用专线方式,即数字数据网(DDN)。DDN 一般用于向用户提供专用的数字数据传输信道,或者提供将用户接入公用交换网的接入信道。这种专线方式不包括交换功能。电路方式信息传输延时小,电路透明,信息传送的吞吐量大。由于预先的资源分配固定,不管在这条电路上实际有无数据传输,电路一直被占着,所以网络资源的利用率较低,不能适应网络发展的需求。

(2) 分组方式。分组交换技术是 20 世纪 60 年代适应计算机通信的要求而发展起来的一种先进的通信技术。分组交换方式是将传送的信息划分为一定长度的数据包(即分组),以数据包为单位进行存储转发。在分组交换网中,一条实际的电路上能够传输许多对用户终端间的数据而不互相混淆,因为每个分组中含有区分不同起点、终点的编号,称为逻辑信道号。分组方式对电路带宽采用了动态复用技术,效率明显提高。为了保证分组的可靠传输,防止分组在传输和交换过程中的丢失、错发、漏发、出错,分组通信制定了一套严密的、较为烦琐的通信协议,例如,在分组网与用户设备间的 X.25 规程就起到了上述作用,因此人们称分组网为"X.25 网"。

（3）帧中继方式。帧中继是 20 世纪 80 年代发展成熟的一种先进的广域网技术。帧中继方式实质上也是分组通信的一种形式，只不过它将 X.25 分组网中分组交换机之间的恢复差错、防止阻塞的处理过程进行了简化。分组通信的差错恢复机制显得过于烦琐，帧中继将分组通信的 3 层协议简化为 2 层，大大缩短了处理时间，提高了效率。帧中继网内部的纠错功能很大一部分都由用户终端设备来完成。帧方式的典型技术就是帧中继。由于传输技术的发展，数据传输误码率大大降低。

（4）异步转移模式（ATM）。异步转移模式是一种快速分组交换的传输方式。ATM实现了多种业务的综合，如语音、数据、视频，以及交互型和分配型业务等都可以综合到同一个网络内，采用端对端的数字连接。ATM 技术的主要特点是采用了分组交换的原理，以固定长度的信元传送信息。它可以适应各种业务速率，简化网内协议，从而极大地提高了网络的通信处理能力。20 世纪 80 年代中后期，人们对这种 ATM 方式做了大量的试验，建立了很多交换模型。1988 年 CCITT（国际电报电话咨询委员会）正式将这种技术命名为异步转移模式，并确定为宽带 ISDN 的信息传送方式。ATM 技术的推出似乎使帧中继的发展前景蒙上了一层阴影，难道帧中继技术真的会昙花一现、前途未卜吗？答案是否定的。帧中继技术不仅在目前是较好的网络技术，将来 ATM 成为主要网络技术后，它将和 ATM 相辅相成，作为未来 ATM 传输技术基础的骨干传输网的有效接入层。

（5）综合业务数字网（ISDN）。20 世纪 70 年代后期，人们开始研究和开发综合业务数字网，ISDN 是建立在数字通信的基础上，较好地解决了话音和数据的综合问题，它和原来的许多通信业务需要多种通信网络相比，是一个很大的进步。在这之后研究和开发的以 ATM 为信息传送方式的宽带 ISDN 更适应了网络和通信发展的需求，在宽带数据通信网络技术发展的过程中出现了两种不同的技术，即 ATM 和 IP 技术。这使得宽带数据网络的设计和建设，特别是骨干网络，存在两种不同思路。采用这两种技术均可以构建宽带数据网络，分别为 ATM 宽带数据网络和 IP 宽带数据网络。ATM 网络的核心节点设备系列 ATM 交换机，采用异步时分复用的快速分组交换技术，将信息流分成固定长度的信元，并实现了信元的高速交换；IP 网络核心节点为千兆位（Billbit）或太位（Terabit）路由器。

2.2.3　数据信号和通信方式

信号是数据在传输过程中电信号的表示形式。信号从发送端传输到接收端有多种通信方式可以选择。

1. 模拟信号和数字信号

声音，包括人的语音，是通过模拟信号传输的，模拟信号是连续变化的电信号。

多数计算机利用数字信号进行通信。数字信号用两种不同的电平表示，即 0、1 比特序列的电压脉冲信号，就像"开"、"关"这两种离散的电脉冲。

模拟信号可以在公司电话线或专用线、无线电上传输，而计算机只能使用数字信号，所以许多数据通信采用数字传播方式。

与模拟传输相比,数字传输的优势在于它能够更容易地减少或消除传输中的噪声及错误信号,这一点在长距离传输中表现得尤为突出。另一个优点是,它与数字计算机系统兼容,这样就不必在计算机系统使用数字传输通路时进行多次模拟或数字转换。

2. 信号传输方向

信号传输方向是指通信过程中信号流动的方向,有 3 种情况:单工通信方式、半双工通信方式、全双工通信方式。

(1) 单工通信方式。单工通信是指信息的传送始终保持一个方向,而不进行相反方向的传送。

A 端只能作为发送端发送数据,B 端只能作为接收端接收数据。例如,广播、电视等就是从发射塔单向地传送到用户的接收机上。

(2) 半双工通信方式。半双工通信方式指信息可以在两个方向上传输,但任一时刻只能在一个方向传输,即两个方向的传输只能交替进行。A、B 端都具有发送和接收功能,但传输线路只有一条,或者 A 端发送 B 端接收,或者 B 端发送 A 端接收。无线对讲机之间的通信方式就是半双工,要么自己说话,要么听对方讲话,用开关切换,两者不能同时进行。

(3) 全双工通信方式。全双工通信方式指两个方向上的信息传输可同时进行,双方都可以一边发送数据,一边接收数据。电话就是全双工通信方式,计算机网络上的通信也是以全双工方式进行的。

3. 基带传输与频带传输

基带是数据通信中二进制数字脉冲信号的基本频带,也就是电信号所固有的频率范围,一般可从 0 到几兆赫兹,由传输速度决定。基带信号最基本的形式是矩形脉冲序列,当利用数据传输系统直接传输基带信号时,谓之基带传输。基带传输在方法上很简便,但传输过程中很容易引起衰减和波形失真,因此传输距离短,只能应用于短距离数据传输,而在远距离传输中主要是应用频带传输。

频带传输是利用调制解调器(Modem)将二进制脉冲信号调制成能在公共电话线上传输的音频信号(模拟信号),将音频信号通过传输介质传送到接收端后,再经过调制解调器将音频信号解调,还原为原来的二进制脉冲信号。频带传输根据二进制信号对载波的不同调制方式,可分为调幅、调频和调相 3 种。调幅是以正弦波的振幅大小来表示的;调频是以正弦波疏密来表示 0、1 的;而调相是以正弦波的相位变化来表示 0、1 转换的。频带传输克服了电话上不能直接传送基带信号的缺点。

频带传输还可采用多路复用技术,实现在一条线路上传输多路数据信号,提高线路的利用率。多路复用是将多种要传输的信号组合起来,在一条线路进行传输,实现这一功能的设备叫多路复用器(MUX)。多路复用有下列 3 种类型。

(1) 频分多路复用。将传输线路的可用带宽按不同的频率分割成若干个独立的子频带信道,并分别分配给一种传输信号,使每个信号在自己所分配的子频带信道上传输,正如一条公路上按速度划分出快行道和慢行道,不同车速的车各行其道。

(2) 时分多路复用。将利用线路的时间分成小的时间片,再将时间片按顺序周期性地分配给多个独立的信道,即每种信号轮流、分时地占用整个信道。从宏观上看,多种信号都在利用同一条线路进行通信,并占有整个带宽,由于时间片分得很小,用户感觉不到其他人也在使用线路。

(3) 统计时分多路复用。在时分多路复用中,不管每个通信设备状态如何,均机械地、周期性地分配给一个时间片。如果通信设备忙闲不一,即传输速率不同,这条线路的应用效率将不高。而计算机数据通信往往具有大量的随机突发性传输的特征,因此引入统计时分多路复用解决这个问题。统计时分多路复用分配时间片是按统计规律进行的,发送速度高的通信设备相应地多分一些时间片,反之则相反,从而使线路的时间片不会轮空,效率高。

4. 异步传输

在数据通信过程中,发送端和接收端必须保持同步,即接收端要根据发送端发送信号的起止时间和频率来接收和识别信号,保持两端步调一致,才能准确无误地通信。有两种方式可以保持收、发端的同步,一种是异步方式,另一种为同步方式。

异步方式是以字符为单位进行传输和识别的。每传一个字符的数据,先在字符前传送一个起始引导码,一个字符传完后,再插入一个或两个终止码。这样,在接收端可以通过识别接收到的二进制起始码和终止码,而得到两者之间的传输字符。这种方式传输速度慢,一般用于较低速度要求的数据通信。

同步方式是以一段报文(字符序列)为单位进行传输和识别的。它要求在发送和接收时,每个比特(位,bit)都要在两端保持同步。为了使接收方确定报文的开始和结束,每个报文前用一个或多个同步字符开始,这样在接收端可以从接收到的信号中通过提取同步字符来获得每个比特的同步信息。显然同步方式插入的附加码的位数少得多,因此比异步方式速度快,但对线路要求高,通信控制过程复杂。

5. 差错控制

数据通信中传送的数字信号是以脉冲的形式传输的,如果受到干扰(如雷电或电负荷的突增、突减引起的尖脉冲)会造成信号出错。尤其是数据传输速率越高,干扰的影响越大,如果不加控制,接收方是不会自行发现并予以纠正的,所以要采用差错控制。

差错控制是指在数据通信过程中,发现所传数据是否有错,并对错误予以处理的控制手段。数据通信系统中主要采用下面两种策略来进行差错控制。

一种方法是使用纠错码,即在每一个要发送的数据块上附加足够多的冗余信息,使冗余信息与所发出的信息存在某种逻辑关系,通过冗余信息可以推导出所发的信息。在接收方接收到数据块后,检查冗余信息与所发信息的逻辑关系,如果一致则无差错,如不一致,则利用冗余信息推导出正确的信息。这种方法附加的信息量很大,效率不高,只适用于单工信道且不可能要求重新传输的场合。

另一种方法是采用检错码,只要在传输的字符中加入冗余位,该冗余位与其他各位字符有对应关系,接收端通过检查对应关系可以发现有错误发生,但不知出错的原因和纠正的方法,因此请求发送方重发出错的字符。这种方法比第一种方法效率高(插入的冗余信息少),但控制过程要复杂一些。例如常用的奇偶校验码和循环冗余检验码等就是采用的这种方式。

2.2.4 传输介质

传输介质是通信网络中发送方和接收方之间的物理通路。计算机网络采用的传输介质可分为有线和无线两大类。双绞线、同轴电缆和光纤是常用的 3 种有线传输介质;卫星、红外线、激光以及微波通信的信息载体都属于无线传输介质。

1. 有线传输介质

(1) 双绞线。双绞线是指按一定规则螺旋缠绕在一起的两根绝缘铜线,它是最传统、应用最普遍的传输介质,如电话线。两条线绞扭在一起的目的是为了减少导线之间的电磁干扰。双绞线的线路损失大,传输速率低,并且抗干扰能力较弱,但由于其价格便宜,易于安装实现结构化布线,传输数字信号的距离可达几百米,因此在局域网中应用得很普遍,如图 2-3 所示。

图 2-3 双绞线　　　　　　　　　图 2-4 同轴电缆

(2) 同轴电缆。同轴电缆由内外两条导线构成,内导线是单股粗铜线或多股细铜线,外导线是一条网状空心圆柱导体,内外导线之间隔有一层绝缘材料,最外层是保护性塑料外皮。同轴电缆可以在较宽的频率范围内工作,抗干扰能力强,传输距离可达几千米,在计算机网络中被广泛使用,如图 2-4 所示。

(3) 光导纤维(光纤)。光导纤维是由高折射率的细玻璃或塑料纤维外包低折射率的外壳构成。其基本工作原理是:在发送端通过发光二极管将电脉冲信号转换成光脉冲信号,在光纤中以全反射的方式传输,在接收端通过光电二极管将光脉冲信号转换还原成电脉冲信号,如图 2-5 所示。

图 2-5 光导纤维

由于光波的频率范围很宽,因此光纤具有很宽的频带;光可以在光纤中进行几乎毫无损耗的传播,因此可以实现远距离高速数据传输。此外,由于是非电磁传输,因此无辐射,光纤的抗干扰能力强,保密性好,误码率低。但光纤传输系统价格较贵(尽管光纤本身并不贵,但光纤设备复杂),因此一般用作网络通信的主干线。3 种有线传输介质的性能比较如表 2-1 所示。

表 2-1　双绞线、同轴电缆和光导纤维的性能比较

特　　　性	种　　　类		
	双绞线	同轴电缆	光导纤维
带宽	155Mb/s	500Mb/s	2Gb/s
成本高低	较低·	一般	非常高
安装难易程度	容易	容易	难度大
衰减性	100m	1km	60km
抗干扰性和抗窃听性	很差	较好	特别好

2. 无线传输介质

(1) 微波。微波是利用高频无线电波在空气中的传播来进行通信的,发送站将数据信号载波到高频微波信号上定向发射,接收站将信号截下进行接收处理或转发。微波是直线传播的,具有高度的方向性,因此传输距离要受到地球表面曲率所造成的视线距离的限制,如果传输超过一定距离(最长不能超过 50km),就要通过中继站进行接力传输。

微波传输频带较宽,成本比同轴电缆和光纤低,但误码率高。微波传输安装迅速、见效快,易于实现,是在不能铺设线路条件下的远程传输、移动网络通信等场合中最经济、便利的通信手段。

(2) 卫星通信。卫星通信是利用地球同步卫星做微波中继站进行远距离传输的。地球同步卫星位于地面上方 36000km 的高空,其发射角度可以覆盖地球的 1/3 地区,3 颗同步卫星就可以覆盖整个地球表面。通过同步卫星上的转发设备,将来自地面的微波信号发送给所覆盖的区域并转发给其他同步卫星,因此传输距离不受视线距离的限制,可以发送给全球任何一个区域。卫星通信传输的突出特点是,具有一发多收的传输功能,覆盖面积大,传输距离远,并且传输成本不随传输距离的增加而提高,特别适合于广域网络远程互联。但卫星通信成本高,传播延迟较长,并且存在安全保密等方面的问题。

2.2.5　数据通信的主要性能指标

数据通信的任务是传送数据信息,人们希望传输速度快、信息量大、可靠性高,以及经济和便于使用维护,把这些要求具体到技术上,主要有以下几项指标。

(1) 传输速率。传输速率是指每秒钟能够传输数据代码的位数,单位为比特每秒(b/s)。在计算机网络中传输的是二进制数 0 和 1,用单位脉冲表示,传输速率即是每秒钟的单位脉冲数。

(2) 带宽。带宽指信道能够传送信号的频率宽度,也就是可传送信号的最高频率与最低频率之差。信道带宽由传输介质、接口部件、传输协议以及被传输信息特征等因素决定,体现了信道的传输性能,一般信道的带宽越大,其容量就越大,传输速率就越高。

(3) 误码率。误码率是衡量数据通信系统正常工作情况下的可靠性度量指标。其意义是:二进制码在传输过程中被传错的概率,当所传送的数据序列为无限长时,它近似地

等于被传错的二进制码数与所传二进制总码数的比值。在计算机网络系统中,对误码率有较高的要求,一般要低于0.000001,即平均每传送1Mb才允许错1b。

如果用交通运输来形象地比喻数据通信,那么数据传输介质就相当于是交通公路,传输速率就是公路上允许行驶的车速,带宽就是公路的车道数,误码率就是交通事故发生的概率。显然,公路上的车道越多,车速越高,交通事故率越低,车辆的流通速度就越高,交通系统的运行状态就越好。

2.3　计算机网络技术

计算机网络是管理信息系统运行的基础。由于一个企业或组织中的信息处理都是分布式的,把分布式信息按其本来面目由分布在不同位置的计算机进行处理,并通过通信网络把分布式信息集成起来,是管理信息系统的主要运行方式。因而,计算机网络是管理信息系统的基本使用技术。

2.3.1　计算机网络的概念与分类

1. 计算机网络的概念

计算机网络是用通信介质把分布在不同地理位置的计算机和其他网络设备连接起来,实现信息互通和资源共享的系统。计算机网络的重要概念有以下几个。

(1) 网络介质:数据传输的物理通道,有同轴电缆、双绞线、光纤、微波、卫星信道等。

(2) 协议:网络设备间进行通信的一组约定。如IEEE 802.3、802.4、FDDI、ATM等。网络协议具体规定了设备间通信的电气性能、数据组织方式等。

(3) 节点:网络中某分支的端点或网络中若干条分支的公共交汇点。

(4) 链路:是指两个相邻节点之间的通信线路。

2. 网络拓扑结构

拓扑是描述线和点及其之间关系特性的几何术语。在网络中用它来描述计算机之间的连接形式,称为网络的拓扑结构。最完美的连接应是每一个网络节点都直接与其他节点相连,称为全互联结构,那么它的通信效率、安全性等将处于最好状态。但这在节点较多时不仅需要大量的电缆,更困难的是每个节点要有插口连接这些电缆,这是不现实的。目前几种常用的拓扑结构有星型、总线型、环型,每一种结构都各有利弊,在实际联网时要慎重考虑。

(1) 星型。它以一台中央设备(通常是交换机或集线器)为中央节点,使用电缆将其他网络工作站、网络服务器等各种设备与中央节点相连,如图2-6所示。它的主要优点是组网连接简便,易于扩展,只要完成设备与中央节点的连接即可;信息传输简便,经过中央节点即可实现网络上任意两个设备的连接;每个节点都连接到中央点,便于故障的检测和隔离。它的缺点是连接电缆费用较大,而且对中央节点的依赖性较强,中央节点一旦出现故障,则全网瘫痪。

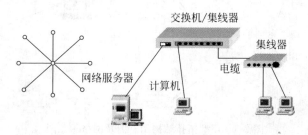

图 2-6　星型拓扑结构示意图

(2) 总线型。它是安装最简单的拓扑结构,所有的网络设备都连接到一条主干电缆上,如图 2-7 所示。这条电缆称为总线,信息沿总线进行双向传输。任一时刻,只能有一个节点占用总线发送信息,其他节点只能接收信息。一个节点发送信息之前,先要检查总线上是否有信息在传输,如果有,它只能等待并不断检测直至总线空闲为止。因为许多节点共享总线,所以信息在到达目的地的途中要经过若干节点,每个节点都要检查信息的目的地址,如果和自己的地址匹配,就将它通过网卡接收下来,然后处理这些信息。它的各个节点的接头之间通常有一最短距离,避免各节点间信号干扰,而且主干电缆的两个端点必须正确终止,如果没有终止,信号会反弹回总线,引起冲突和干扰。

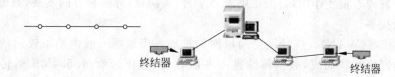

图 2-7　总线型拓扑结构示意图及网络示意图

总线型网的优点是要求最少的电缆,易于安装和扩展,而且成本较低。它的缺点是由于网络信息的传输依赖于每一个节点的正常工作,因此即使一个节点的连接出现故障,也可能会导致整个网络出现问题;信号在总线上衰减使信号减弱,而且信息沿公用线路传送,正确性和安全性较差;另外故障检测困难,可能需要检查全网的连接。

(3) 环型。它的拓扑结构看起来像首尾相连的总线结构,但它在功能上与总线结构有很大差别。环型网上的数据流在计算机之间单向传输,如图 2-8 所示。信息被传递给相邻节点时,每个节点对它重新传输,这种结构保证了信息能可靠地穿越一个大型网络。令牌传递方法经常用于在环型结构中控制信息传递,令牌沿网络传递,得到令牌控制权的设备可以传输数据,数据沿环传输到目的地,目标设备发给源设备一个确认,然后令牌传递给另一个设备。

对于大型网络,与星型和总线型结构相比,环型网络有许多好处,因为信号由经过的每个设备再生,它可以传输更长的距离而不衰减,令牌传递有助于建立一个有序的网络,每台设备得到传输数据的机会相同,在负载繁重的条件下,能提供较通畅的网络访问。它的缺点是一个节点的故障可能引起整个环路的工作瘫痪,另外添加或拆除一个节点比较

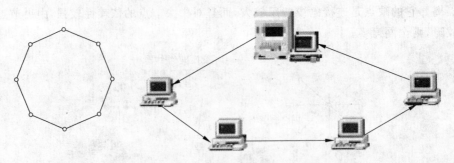

图 2-8　环型拓扑结构示意图及网络示意图

麻烦,通常要断开整个环路,并中断网络的正常工作。

不同的网络结构各有其特点,在系统建设中必须根据系统的响应时间、信息量、系统投资、可靠性要求等进行综合分析。

3. 计算机网络的分类

计算机网络根据网络应用范围和应用方式不同,可分为以下几类。

(1) 局域网(LAN)。局域网指传输距离在 $0.1\sim10\text{km}$,传输速率在 $1\sim10\text{Mb/s}$ 的,范围较小的一种网络。局域网是计算机网络发展最快的一个分支,经过 20 世纪 60 年代的技术准备、70 年代的技术开发和 80 年代的商品化阶段,现在已经在企、事业单位的计算机应用中发挥着重要作用,目前正朝着多平台、多协议、异机种方向发展,数据速率和带宽也在不断提高。

(2) 广域网(WAN)。广域网是局域网的扩展。广域网一般由相距较远的局域网经由公共电信网络互联而成,数据传输速率一般在 $1.200\text{Kb/s}\sim1.554\text{Mb/s}$,传输可遍及全球。

(3) 综合业务数字网(ISDN)。综合业务数字网是一种能在一个网络内传送多种业务信息的网络,包括数据、图像、语音、文字等,能够满足一个单位的日常业务中的网络应用需要。随着网络技术的发展,带宽和传输速率的不断提高,目前的网络技术已经能够满足 ISDN 的要求,ISDN 已经成为网络系统发展的重要方向。

(4) Internet。Internet 即"因特网",是最大的国际互联网。该网起源于美国国防部的 ARPA,包含各种不同领域的应用系统,能够提供商务、政治、经济、娱乐、新闻、科技等各类信息,实现全球范围的信息资源共享。Internet 发展很快,目前 Internet 已形成覆盖全球的网络,成为远程网的代名词。我国的 CHINANET、CERNET 等都是该网的一部分。

由于局域网技术在信息系统建设中具有重要地位,以下主要对局域网技术进行讨论。

2.3.2　局域网技术

1. 网络体系结构

网络体系结构按其发展过程,经历了文件服务器/工作站集中式处理和客户/服务器分布式处理等阶段。

（1）文件服务器/工作站。20世纪60年代到80年代，网络应用主要是集中式的，采用主机/终端模式，数据处理和数据库应用全部集中在主机上，终端没有处理能力，这样，当终端用户增多时，主机负担过重，处理性能显著下降，造成"主机瓶颈"。80年代以后，文件服务器/工作站结构的微机网络开始流行起来，这种结构把 DBMS 安装在文件服务器上，而数据处理和应用程序分布在工作站上，文件服务器仅提供对数据的共享访问和文件管理，没有协同处理能力。这种方式可充分发挥工作站的处理能力，但网络负担较重，严重时会造成"传输瓶颈"。

（2）客户/服务器（Client/Server）。客户/服务器是20世纪80年代产生的崭新应用模式，这种模式把 DBMS 安装在数据库服务器上，数据处理可以从应用程序中分离出来，形成前后台任务。客户机运行应用程序，完成屏幕交互和输入、输出等前台任务，服务器则运行 DBMS，完成大量的数据处理及存储管理等后台任务。由于共享能力和前台的自治能力，后台处理的数据不需要在前后台间频繁传输，从而有效解决了文件服务器/工作站模式下的"传输瓶颈"问题。客户/服务器模式有以下几方面的优点。

① 通过客户机和服务器的功能合理分布、均衡负荷，从而在不增加系统资源的情况下提高了系统的整体性能。

② 系统开放性好，在应用需求扩展或改变时，系统功能容易进行相应的扩充或改变，从而实现系统的规模优化。

③ 系统可重用性好，系统维护工作量大为减少，资源可利用性大大提高，使系统整体应用成本降低。

（3）分布式处理。分布式处理环境是以计算机网络为依托，把各个同时工作的分散计算单元、不同的数据库、不同的操作系统连接成一个整体的分布式系统，为多个具有不同需要的用户提供一个统一的工作环境。

分布式处理环境是网络技术发展的必然，大多数组织机构（如银行、企业系统等）本身就是分布式的，自然会要求分布式处理。同时，工业生产体系结构由树型发展成为网状、贸易的全球化、人们对资源共享的要求普遍化，都要求采用分布式信息处理，以适应客观世界的本来运行模式。国际标准化组织（ISO）与国际电报电话委员会（CCITT）联合制定了一个分布式系统的标准，称为"开放式分布处理"，目的就是为大范围的分布式应用提供一个统一的参考模型。

（4）Intranet/Extranet。Intranet（企业内部网）是把 Internet 技术应用到企业内部建立的基于开放技术的新型网络体系结构，可以说是组织内部的 Internet。

Intranet 采用浏览器/服务器系统结构，这种结构实质上是客户/服务器结构在新的技术条件下的延伸。在传统的客户/服务器结构中，Server 仅作为数据库服务器，进行数据的管理，大量的应用程序都在客户端进行，这样，每个客户都必须安装应用程序和工具。因而，客户端很复杂，系统的灵活性、可扩展性都受到很大影响。在 Intranet 结构下，客户/服务器结构自然延伸为三层或多层结构，形成浏览器/服务器（Browser/Server）应用模式。浏览器/服务器结构，如图 2-9 所示。

这种方式下，Web Server 既是浏览服务器，又是应用服务器，可以运行大量的应用程序,从而使客户端变得很简单。其工作方式有 Java Applet、JDBC 等。

图 2-9 浏览器/服务器结构

Extranet 则是使用 Internet/Intranet 技术使企业与其他企业或客户联系起来,完成共同目标的合作网络,是 Intranet 与 Internet 之间的桥梁。

Extranet 既不像 Internet 那样提供公共服务,也不像 Intranet 那样仅仅提供对内服务,它可以有选择的向公众开放其服务或向有选择的合作者开放其服务,为电子商贸或其他商业应用提供有用的工具。通常情况下,Extranet 只是 Intranet 和 Internet 基础设施上的逻辑覆盖,而不是物理网络的重构。

2. 网络操作系统

网络操作系统是管理网络资源的系统软件,是网络运行的基础。一般说来,网络操作系统对系统的性能有着显著影响。网络操作系统的作用是:在服务器端,管理各类共享资源;在工作站端,向用户和应用程序提供一个网络界面。网络操作系统的性能包括以下方面:硬件无关性、桥接能力、支持多服务器、支持多用户、存取安全控制、网络管理、用户界面、支持多协议的能力等。

3. 几种典型的局域网络简介

局域网的类型划分至今没有公认的标准,在信息系统应用中,往往根据网络操作系统的不同,把网络划分为 Novell 网、Windows NT 网、UNIX 网;而在系统设计中,又往往根据底层实现的不同,划分为以太网、令牌环网等。根据介质中数据传输控制方法的不同,介绍几种常用的局域网络。

(1) 以太网(Ethernet)。以太网是按照 IEEE 802.3 协议建立的局域网络,采用载波侦听多路访问技术,即当一个节点有报文发送且已准备就绪时,先检测信道,如信道空闲,就在下一个时间片占用信道并发送报文,若信道忙,该节点就不能发送。由于报文在信道上传输有一定延迟,而节点发送报文是随机的,因而存在着发报冲突。IEEE 802.3 协议规定了 CSMA/CD(载波侦听多路访问/冲突检测)协议标准,这样,所有站点在发送信息的同时也能检测冲突,一旦有冲突就推迟发送。

在大型网络中,随着传输冲突的增加,以太网效率会急剧下降,因而,一般只能作为小型网络或工作组网络的选型,不宜作为主干网。

(2) 令牌环网(Token Ring)。令牌环网即 IEEE 802.4 协议,采用按需分配信道的原则,即按一定的顺序在网络节点间传送称为"令牌"的特定控制信息,得到令牌的节点若有信息要发送,则将令牌置为忙,表示信道被占用,随即发送报文。报文发送完毕后将令牌置为空,传给下一站点。这种方法在较高通信量的情况下仍能保证一定的传输效率。

(3) 快速以太网(Fast Ethernet)。快速以太网保留了以太网的 CSMA/CD 技术,是以太网的发展,但速度可达 100Mb/s,近年来又有千兆位以太网面世。快速以太网在一定程度上缓解了网络瓶颈现象,在小型网络应用中有较高效率,但传输距离有限,不适合作为大型网络的主干网。

（4）FDDI（光纤分布式数据接口）。FDDI 采用光纤作为传输介质，以令牌环方式仲裁站点对介质的访问，传输速率可达 100Mb/s；采用双环备份方式，传输距离远，可靠性高，互操作能力强，适合于作为局域网络主干网选型。

（5）ATM（异步传输模式）。ATM 是一种以信元为单位在设备间传输信息的方式，传输速率为 155Mb/s，最高可达 622Mb/s，信元内可携带任何信息进行传送。ATM 采用面向连接的服务方式，支持不同速度的设备，具有较高的灵活性。缺点是价格昂贵，至今没有统一的国际标准，在局域网应用中，正受到快速以太网的威胁。

2.3.3　网际互联——Internet 技术

局域网技术在 20 世纪 80 年代获得了广泛的应用，为管理信息系统的普及应用提供了技术上的可行性。但随着管理信息系统的发展和信息技术应用水平的不断提高，一个企业或组织往往需要更为广泛的信息联系，这些应用超出了局域网的应用范围，同时由于局域网用户的信息交互主要集中在局域网内部，如果建设更大规模的网络，又由于信息流量、传输距离等因素的制约而显得既不现实也无必要。因而，把不同的局域网通过主干网互联起来，既能满足信息技术应用日益发展的需要，又可以充分保护已有的投资，成为网络技术发展的重要方向。

网际互联即通过主干网络把不同标准、不同结构，甚至不同协议类型的局域网在一定的网络协议的支持下联系起来，从而实现更大范围的信息资源共享。为了实现网络互联，国际标准化组织（ISO）提出了开放系统互联（Open System Interconnection，OSI）参考模型，凡按照该模型建立起来的网络就可以互联。现有的网络互联协议已或多或少地遵循OSI 的模式。

Internet 即是在 TCP/IP 协议下实现的全球性的互联网络，称为"Internet 网际"，我国称之为"因特网"。

Internet 的前身是美国国防部高级研究计划局（ARPA）建立的 ARPANET 广域网，1982 年，Internet 由 ARPANET、MILNET（军事网络）等合并而成，1987 年开始，一些非军事性、非研究性的商用网络联入其中，并逐渐形成了包括各行各业在内的国际互联网。

Internet 网络大致形成三层结构，最底层是大学、企业网络，中间层是地区网络，最上层是全国主干网。网络使用户不受地域的分隔和局限，可在网络达到的范围内实现资源的共享。不管用户在什么地方，都可以使用网络上的程序、数据与设备。

为了在网络之间交换信息，需要在不同范围内实现网络的相互联接，从而形成了由多个网络组成的互联网。Internet 就是全球最大的互联网，大量的各种计算机网络正在源源不断地加入到 Internet 中。通过 Internet，用户访问千里之外的计算机，就像用本地计算机一样。

计算机网络在结构上包括两个部分，一部分是连接于网络上的供网络用户使用的计算机的集合，这些计算机称为主机（Host），用来运行用户的应用程序或为用户提供资源和服务，网络上的主机也称为节点。计算机网络的另一部分是用来把主机连接在一起并在主机之间传送信息的设施,称为通信子网。

ARPANET(Advanced Research Project Agency Network)可以作为计算机网络的最早和最著名的例子,由美国国防部高级研究计划局创建。当时建立这个网络的目的是为了在战争中保证计算机系统工作的不间断性,最初(1969 年年底)只有 4 个试验性节点,但不久就扩展到几百个。后来,与 ARPANET 联接的有卫星网(SATNET),以及和 ARPA 签约的学校和政府机构各自的局域网等,达到几千台主机,十万个以上用户,形成了整个 ARPA 互联网络。

USENET(世界性新闻组网络)是另一个著名的,也许可以算是最大的计算机网络,这个网络中的计算机都使用 UNIX 操作系统。UNIX 系统使用 UUCP(UNIX to UNIX Copy Protocol,UNIX 到 UNIX 复制程序)程序能够在两台相连的计算机之间复制文件,USENET 就是以这种通信方式为基础发展起来的,加入该网只需用一台运行 UNIX 系统的计算机和一个用于建立拨号连接的 Modem。由于西方大学几乎都有这样的设备,所以 USENET 得以迅速发展。USENET 中每一台机器都能与另一台直接通信,它没有集中的管理与控制,处于某种"无政府状态"之下,然而受到数以百万计的用户的支持,运行非常成功。USENET 在很多国家形成了分支网,如它在欧洲的部分称为 EUNET。

与 Internet 关系最为直接的计算机网络是 NSFnet。美国国家科学基金会(NSF)在建立著名的计算机科学网(CSNET)之后,又转向建立横跨全美的国家科学基金会网 NSFnct,这个网络可以说是走向 Internet 的真正起点。NSFnet 后来成为 Internet 基干网,Internet 起初就是以它为基础并联接其他几个网络而发展起来的。同 ARPANET 一样,NSFnet 也采用 TCP/IP 网络通信协议,这形成了 Internet 的标准协议。

网络的出现,改变了计算机的工作方式,而 Internet 的出现,又改变了网络的工作方式。

对用户来说,Internet 不仅使他们进行数据处理时不再被局限于分散的计算机上,同时也使他们脱离了特定网络的约束。任何人只要进入 Internet,就可以利用其中各个网络和各种计算机上难以计数的资源,同世界各地的人们自由通信和交换信息,以及去做通过计算机能做的各种事情。Internet 一经出现,在短短几年时间里,就遍及美国,并伸延到世界各大洲。

中国科学院高能物理所从 1987 年起,通过国际联网线路进入 Internet 使用电子邮件,1991 年以专线方式实现同 Internet 的连接,并开始为全国科学技术与教育界的专家提供服务。自 1994 年以来,高能物理网、中科院教育与科研示范网、国家教委科研教育网、国家公共数据网以及其他一些计算机网先后完成同 Internet 的联接。

纵观 Internet 的形成过程,我们很难给 Internet 下一个确切的定义,只能通过说明其特点的方法来描述什么是 Internet,即 Internet 是采用 TCP/IP 协议作为其标准网络协议的世界上最大的互联网络。

人们用各种名称来称呼 Internet,如互联网络、交互网、网际网、全球信息资源网等。Internet 实际上是由世界范围内众多计算机网络联接而成的一个逻辑网络,它并不是一个具有独立形态的网络,而是由计算机网络汇合成的一个网络集合体。

2.3.4　OSI 参考模型

由于不同的局域网有不同的网络协议,不同的传输介质也各有其电气性能,为了使不同的网络能够互联,必须建立统一的网络互联协议。为此,国际标准化组织(ISO)在1984年公布了一个作为未来网络协议指南的模型——开放系统互联参考模型(OSI 模型)。在 OSI 模型中,所强调的"开放"指的是任何遵守开放系统互联参考模型和有关协议标准的计算机系统均能实现互联。一个系统在与其他系统互联时遵守了 OSI 标准,则可称其为开放系统。OSI 中的"系统"是指一个能够执行信息处理或信息传送的自治的整体,是组成这个整体的计算机、外部设备、传输设备、终端、有关软件以及操作人员的集合。

OSI 将整个网络的通信分为由低到高的 7 个层次,规定了每层的功能以及不同层如何协作完成网络通信。以这个理论模型为基础,ISO 等机构联合制定了一系列协议标准,规定了各层协议以及对上一层所提供的服务。OSI 参考模型结构和工作原理,如图 2-10所示。

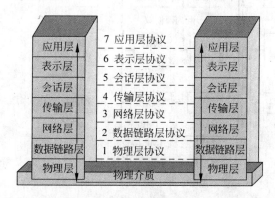

图 2-10　OSI 参考模型结构和工作原理

(1) 物理层。物理层是建立在通信介质的基础上,实现系统和通信介质连接的物理接口。本层主要处理与电、机械、功能和过程有关的各种特性,以便建立、维持和拆除物理连接。

(2) 数据链路层。在物理层的基础上,用以建立相邻节点之间的数据链路,传送数据帧。本层将不可靠的物理传输信道变为可靠的信道,并将数据组织成适于正确传输的帧形式的数据块。帧中包含应答、流控制、差错控制等信息,以确保数据正确传输。

(3) 网络层。控制通信子网的工作,解决路径选择、流控制问题以使不相邻节点之间的数据能够正确传送。

(4) 传输层。提供两端点间可靠、透明的数据传输,管理多路复用。

(5) 会话层。在两体间建立通信伙伴关系,进行数据交换,完成一次对话连接。

(6) 表示层。用以处理数据表示,进行转换,消除网内各实体间的语义差异,执行通用数据交换的功能,提供标准应用接口、公共通信服务。

(7) 应用层。负责应用管理、执行应用程序,为用户提供 OSI 环境的各种服务,管理和分配网络资源,建立应用程序包等。

　　OSI 的 7 层功能可分为 3 组:1、2 层解决网络信道问题;3、4 层解决传输服务问题;5、6、7 层处理对应用进程的访问。从控制的角度来看,1、2、3 层为传输控制层,解决网络通信问题;5、6、7 层为应用控制层,解决应用进程通信问题;第 4 层则是传输与应用之间的接口。上述的几种典型局域网协议,实际上都对应着 OSI 参考模型的下三层,如图 2-11 所示。

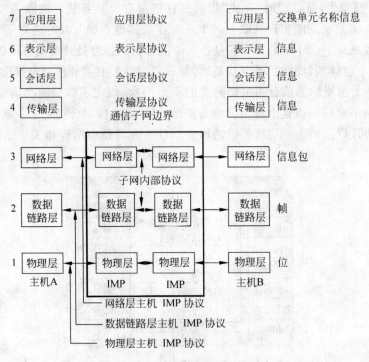

图 2-11　OSI 参考模型网络结构

　　数据在 OSI 模型中的传输过程为:在发送方,信息由高到低经过每一层时都加上这一层的有关控制信息,在这里用信息头(Head)表示,当然在特定情况下有些头也可以是空的;在接收方,信息由低到高,在相应层将同等层的头去掉,最终实现在应用层的用户之间信息交换,如图 2-12 所示。

网络标识	主机标识

图 2-12　IP 地址的结构

2.3.5　Internet 的网络地址和域名

　　在 Internet 中为了定位每一台计算机,需要给每台计算机分配或指定一个确定的“地址”,称其为 Internet 的网络地址。

　　Internet 的网络地址是指联入 Internet 的节点计算机的网络互联地址(称为 IP 地址)。IP 地址是包含 4 个字节,共 32 位的二进制数,它逻辑上分成两个部分,一部分标识主机所属的网络(网络标识),另一部分标识主机本身(主机标识),如图 2-13 所示。

图 2-13　A 类 IP 地址结构

常见的 IP 地址分为 A、B、C 3 类,与它对应的网络有时被称为 A 类、B 类、C 类网络。

A 类网络用第 1 组数字(即第一个字节)标识网络本身,后面 3 组数字作为联接于网络上的主机的地址,并且规定第一个字节的第一位必须为 0,其结构如图 2-13 所示。

A 类 IP 地址一般分配给国家级网络。

B 类网络用第一、二组数字表示网络的地址,后面两组数字代表网络上的主机地址,且第一个字节的前两位为 10,如图 2-14 所示。

图 2-14　B 类 IP 地址结构

B 类地址一般分配给大型网络,如跨国公司的大型网络。

C 类网络用前 3 组数字表示网络的地址,最后 1 组数字作为网络上的主机地址,且第一个字节的前 3 位为 110,如图 2-15 所示。C 类地址分配给小型网络,如大量的局域网和校园网。

图 2-15　C 类 IP 地址结构

为了方便,IP 地址一般用以圆点隔开的 4 个十进制数表示,如某个 C 类 IP 地址为:192.168.0.81,其中每个十进数都是 0~255 间的整数。

与 IP 地址有关的另一个术语为子网掩码,其结构与 IP 地址一样也由 4 个字节的 32 位二进制数组成,一般也用由圆点隔开的 4 个十进制数表示。在同一个子网中子网掩码相同,它的作用是帮助人们方便地获得某台计算机所处的网络标识和主机标识。

设 b 为某一子网的子网掩码,a 为该子网的某台计算机的 IP 地址(这里 a、b 分别为 32 位的二进制数)。a 与 b 的关系如下。

(1) a∧b 为该子网的网络标识。

(2) a∧b̄ 为该台计算机的主机标识。

实际上,对于 A、B、C 类网络来讲,它们最简单的子网掩码分别为:255.0.0.0、255.255.0.0、255.255.255.0。

为了使 IP 地址便于用户使用,同时也易于维护和管理,Internet 通过所谓的域名管理系统(Domain Name System,DNS)对每一个 IP 地址指定一个(或几个)容易识别的名称,该名称就是域名。通过这个域名与 IP 地址的对照表可比较直观、容易记忆地识别网络上的计算机。

DNS 用分层的命名方法,对网络上的每台计算机赋予一个直观的唯一性域名,其结构如下:

计算机名.组织机构名.网络名.最高层域名

最高层域名代表建立网络的部门、机构或网络所隶属的国家、地区。例如,常见的网络名或最高层域名有 EDU(教育机构)、GOV(政府部门)、MIL(军队)、COM(商业系统)、NET(网络信息中心和网络操作中心)、ORG(非营利组织)、INT(国际上的组织)、AU(澳大利亚)、CN(中国)、UK(英国)等。

2.3.6　Internet 的基本功能

通过 Internet 可获得各式各样的服务,这些服务都是通过 Internet 的基本功能来实现的。一般认为,Internet 的基本功能有:网络通信、计算机远程登录、文件传输、网络信息服务。

1. 网络通信

在 Internet 上,电子邮件(E-mail)系统是使用非常方便和用户最多的网络通信工具。E-mail 已成为备受欢迎的通信方式。人们可以通过 E-mail 系统同世界上任何地方的朋友交换电子邮件,只要对方也是 Internet 的用户,或者是同 Internet 相联的其他网络上的电子邮件用户。

如果你是 Internet 的用户,在你使用的计算机系统账号下设有一个电子邮箱,用来接收所有发给你的邮件。当你登录系统后,第一件事通常是检查邮箱中新到的邮件,并作出必要的处理。

Internet 为用户提供完善的电子邮件传递与管理服务。

基于电子邮件服务,在 Internet 上还可以建立各种专题兴趣讨论小组,用户可以寻求兴趣相投的人们,并通过电子邮件互相讨论共同关心的问题。当你加入一个小组后,可以收到其中任何人发出的信息,自然你也可以把信息发送给小组的每个成员。

2. 计算机远程登录

计算机远程登录是通过 Internet 进入和使用远距离的计算机系统,就像使用本地计算机一样。远端的计算机可以在同一间屋子里或同一校园内,也可以在数千公里之外的其他地方。

计算机远程登录使用的工具是 Telnet,它在接到远程登录的请求后,就试图把你所在的计算机同远端计算机连接起来。一旦连通,你的计算机就成为远端计算机的终端。你通过计算机远程登录的方式进入远端计算机系统后,就可以执行操作命令,提交作业,使用系统资源。在完成操作任务以后,通过注销(logout)退出远端计算机系统,同时也退出 Telnet,回到本地系统。

Telnet 的使用方法为,在命令行下输入:telnet 202.204.60.8(这里 202.204.60.8 是你要登录的计算机的 IP 地址)。系统会询问用户名(Username)和口令(Password),如果回答正确,你的计算机实际上就成了远端计算机(上例中 IP 地址是 202.204.60.8 的计算机)的终端了。如果你登录的用户对远端计算机来说有足够的权限,那么你甚至可以对远端计算机进行一些危险的操作,如删除远端计算机上的某些重要文件等。

3. 文件传输

在科学技术交流中,经常需要传输大量的数据。这也是 Internet 使用初期的主要用途之一。用 Internet 传输实验与观测数据、科技文献、数据处理和科学计算软件,是对外进行科技合作与交流的重要手段。

FTP 是 Internet 上最早使用的文件传输程序。它同 Telnet 一样,能够使用户登录到 Internet 的一台远程计算机,把其中的文件传送回自己的计算机系统,或者反过来,把本地计算机上的文件传送到远方的计算机系统。

FTP 与 Telnet 的不同之处在于,Telnet 把用户的计算机模拟成远端计算机的一台终端,用户在完成远程登录后,便具有远端计算机上的本地用户一样的权限。然而 FTP 没有给予用户这种地位,它只允许用户对远端计算机上的文件进行有限的操作,包括查看文件、交换文件以及改变文件目录等。

这时系统会询问用户名和口令。正确输入用户名和口令后,即可在 FTP 命令符下使用 FTP 的子命令进行文件传输操作了。如 put a. txt 是把本地当前目录下的名为 a. txt 的文件传送到 IP 地址为 202. 204. 60. 8 的计算机的当前子目录;而 get b. txt 是将远端计算机当前子目录下名为 b. txt 的文件取到本地计算机的当前子目录下。

用 FTP 传输文件,用户事先应在远端系统注册。不过 Internet 上有许多 FTP 服务器允许用户以"anonymous(隐名)"为用户名和以电子邮件地址为口令进行连接。这种 FTP 服务器为未注册用户设定特别的子目录,其中的内容对访问者完全开放。

4. 网络信息服务

网络信息服务是 Internet 独具特色和最富有吸引力的功能。信息服务包含信息查询服务(即常说的上网浏览)及信息资源发布服务。

在 Internet 上开发了许多信息查询工具,例如 WWW 浏览器(后面将具体介绍其工作原理)、Gopher 等。这些工具一般都有友好的用户界面,使用非常方便。

Internet 是人们索取信息的场所,也就是发布和储存信息的地方。Internet 的信息被分布在各种信息服务器上。过去,Internet 信息资源的开发与提供,主要由专门的机构和人员去完成。随着 Internet 的普遍使用和商业应用的开始,发布与提供信息同检索信息一样,也成为一种用户需求,这种服务由一定的工具支持。

Gopher 是菜单式的信息查询系统,提供面向文本的信息查询服务。有的 Gopher 也具有图形接口,可在屏幕上显示图标与图像。Gopher 服务器对用户提供树型结构的菜单索引,引导用户查询信息,不过现在 Gopher 这种字符界面的查询工具已很少有人使用了。

2.3.7　Internet 的用户与联接

如果你的计算机是孤立的系统,或者是在同 Internet 没有联接关系的网络上,那么,首先需要将你的计算机同 Internet 联接,才能使你进入 Internet 并享受 Internet 的服务。

在 Internet 中用户主要有如下两种类型。

（1）最终用户

最终用户可使用各种 Internet 服务，一般称为上网用户。

（2）Internet 服务商（ISP）

ISP 通过高档计算机系统和通信设施与 Internet 相连，为最终用户提供多种 Internet 服务，收取服务费用。如 CHIANNET 就是一个比较大的 ISP，有些公司连入 CHINANET，便成为规模较小的 ISP，如 Fhnet。

无论是单位用户还是个人用户，要联入 Internet，必须选择 ISP。根据需要，用户可以单机或以局域网的方式联入 Internet。

另外，无论是以单机还是以局域网方式联入 Internet，由于其使用的线路不同分为如下几类。

（1）通过普通电话线用 Modem 联入 Internet。

（2）通过 ISDN 或 ASDL 联入 Internet。

（3）通过其他专线（如 X.25、DDN 等）联入 Internet。

图 2-16 是通过普通电话线用 Modem 拨号上网的方式。

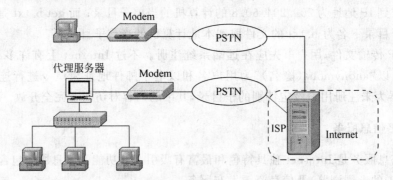

图 2-16　普通电话拨号将单个计算机或局域网联入 Internet 示意图

2.3.8　全球网络信息发布与查询系统

由于 Internet 将数量如此巨大的计算机及用户连接在一起，它便很自然地成为一种交流信息的方便手段，在 Internet 上先后出现了许多信息查询的工具。

基于 Internet 建立的全球网络信息发布与查询系统称为 WWW（World Wide Web）系统，可译为“环球网”，或音译为“万维网”。

WWW 系统由信息发布和信息查询两大部分组成。

WWW 系统的信息发布通过 Internet 的 WWW 服务器完成，它是 Internet 上的信息资源和服务的提供者。一个 WWW 服务器在物理上是一台主机系统以及在它之上运行的服务器软件和可供用户访问的数据的总和。数据的管理、操纵以及对数据的查询服务，是在服务器软件支持下完成的。

WWW 系统中，用户查询信息时借助一个被称为浏览器（Browser）的客户端程序，现在常用的有微软公司的 IE 和网景公司的 Netscape。WWW 的客户程序和服务器程序之间通过超文本传送协议 HTTP(HyperText Transfer Protocol)进行通信。HTTP 提供的功能包括实现客户机同 WWW 服务器的连接,发出带文件名的访问请求,接收文件,以及关闭连接等。

为了能使客户程序找到全 Internet 范围内的某种信息资源,WWW 系统使用称为统一资源定位符(Uniform Resource Locator,URL)的一种地址标准(俗称网址),客户程序就是凭借 URL 找到相应的服务器并与之建立联系和获得信息的。

服务器提供的信息一般是超文本置标语言(HyperText Markup Language,HTML)写成的信息文件(一般以.htm 或.html 为文件扩展名),有时也称为 WWW 网页或 Web 网页。

由于 HTML 是一种统一的标准语言,不管服务器程序如何不同,或服务器所在节点机的操作系统如何不同,HTML 文件提供的信息最终都能由客户程序所解释和显示。

WWW 系统可查询的信息不仅包括用 HTML 语言写成的文件,也包括其他已经存在的某种格式的信息,如由 FTP 服务器提供的信息文件,或现成的数据库。

WWW 的基本技术是超文本,它可使用户从同一文档的某一位置跳转到另一个位置,或者完全跳转到另一个文档,甚至跳转到驻留在数万里以外的某个服务器上的文档中。由于图像也可以用于链接到其他文档,所以“超文本”这个术语在大部分情况下已被“超链接”的说法所替代。单击“超链接”选项时,实际上激活的是一系列交互操作,单击动作所产生的请求(其作用和在浏览器地址栏内输入相应的 URL 是一样的)将被发往该Web 页所在的服务器。如果用户通过拨号访问 Internet,访问请求通过连接线路(如电话线或 ISDN 线路)从其计算机传送给 Internet 服务提供商,从那里再通过 Internet 到达超链接(或 URL)指向的远程服务器,远程服务器处理该请求并作出适当的答复,该答复通常沿原路径返回,最终通过浏览器显示在用户的计算机屏幕上,如图 2-17 所示。

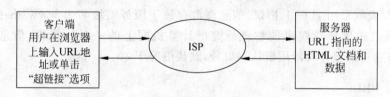

图 2-17　拨号用户使用 WWW 系统的工作原理

2.3.9　统一资源定位符

统一资源定位符(Uniform Resource Locator,URL)是一种地址寻址方式。对于每个服务器的信息资源,规定一个相应的地址(俗称“网址”),它就是 URL。

不妨把 URL 理解为网络信息资源的定位标识,它是计算机系统文件名概念在网络环境下的扩展。用这种方式标识信息资源时,不仅要指明信息文件所在的目录和文件名本身,而且要指明它存在于网络上的哪一个节点计算机,以及它可以通过何种方式进行访问等。

URL 有两种类型：绝对 URL 和相对 URL。

1. 绝对 URL

绝对 URL 指明网络信息资源所在的绝对位置，它的语法为：

`access－method://server－name [:port]/directory/file－name`

其中，第一字段 access-method 指定信息服务的提供或访问方式。在 WWW 系统中最普遍采用的方式是执行 HTTP 协议。除 HTTP 以外，这个字段可能的取值包括 file，FTP，Gopher，Telnet 等，分别表示相应的服务方式。

在"：//"之后的第二字段 server-name 是服务器所在网络节点在 Internet 上的域名或 IP 地址。

第三字段[：port]指明所用服务的端口号，用数字标识。不同的端口号代表不同种类的服务。[ ]表示端口号是可选择项，如果省略，表示使用与相应服务方式对应的标准端口号。几种常用服务方式的标准端口号为：

服务方式	标准（默认）端口号
FTP	21
Telnet	23
Gopher	70
HTTP	80

服务器的管理员可以指定不同于默认值的端口号，表示在同一种服务方式下的某种特殊的服务。在[：port]之后的字段是标准的，包括完全路径在内的文件名。下面是 URL 的一个例子：

`http://www.ihep.ac.cn/china.html`

该 URL 表示采用 HTTP 协议，信息资源存放于服务器域名为 www.ihep.ac.cn 的计算机上，这是中国科学院高能物理研究所计算机网上的一台计算机，信息文件名为 china.html，它提供服务时使用默认端口号，默认值等于 80。

2. 相对 URL

相对 URL 指明网络信息资源所在服务器的相对位置。当用户正在阅读位于网络服务器上的某个文件（如 http://www.yoyodyne.com/pub/nfile.html）时，可以使用相对 URL 来指向位于同一目录下的另外一个文件。相对 URL 也称为部分 URL。如果用户访问上面的文件后，接着访问 http://www.yoyodyne.com/pub/之下的另外一个文件 anotherfile.html，则不必使用 http://www.yoyodyne.com/pub/anotherfile.html，只需给出 anotherfile.html 即可。

相对 URL 为存放一组相关文件提供了一种便利的手段，即把它们置于同一个服务器的公共目录之下。在一个文件被访问后接着访问另一个文件时，只需用文件名做 URL。

对于本地的信息源来说，全部采用相对 URL 是合适的，这样做的好处是在把服务器上的信息全部移到另一台服务器时,不需要对每个 URL 进行修改,使移植工作十分方便。

2.3.10　超文本置标语言

所有 WWW 的信息文件都用 HTML 这种语言格式写成。用 HTML 标签语言写成的 ASCII 文本,在 UNIX 系统上,一般以. html 为扩展名,在 Windows 系统上一般以. htm 为扩展名。

一个使用 HTML 语言编写的信息文件,为下文描述方便,在其代码前加注行号,行号并非 HTML 语言内容。

2.4　数据库技术基础

当人们需要用数据来帮助做决策和采取行动时,如果这些数据能够在限定的时间内被检索处理,并递交给需求者,那么这些数据就产生了价值,成为信息。为了使数据成为有意义的信息,需要将数据有序地组织起来(即建立数据库),以便对数据进行有效的处理。因此,我们认为对于管理信息系统的建设来说,数据库是管理信息系统的主要技术基础。

2.4.1　数据库系统的产生和构成

人们对于数据的处理由来已久。开始是纯手工的处理,随着计算机的出现,人们将保存的数据存放在计算机文件中,但由于早期的计算机不提供文件间运算,因此容易出现大量数据冗余。数据库的产生为人们科学地组织数据提供方法、原理,并为人们提供了对数据进行定义、操作、控制的工具。由于数据库系统提供了数据演算语言,因此应用程序很容易实现对数据库文件的各种操作。数据库发展历程如图 2-18 所示。

图 2-18　数据处理的 3 个发展阶段

1. 数据库系统的产生

数据库是以一定的组织方式存储在一起的相关数据的集合,它能以最佳的方式,最少的数据冗余为多种应用服务,程序与数据具有较高的独立性。

数据库技术的萌芽可以追溯到 20 世纪 60 年代中期,60 年代末到 70 年代初数据库技术日益成熟,有了坚实的理论基础,其主要标志为以下 3 个事件。

(1) 1969 年,IBM 公司研制开发了基于层次结构的信息管理系统(Information Management System,IMS)。

(2) 美国数据系统语言协会(Conference On Data System Language,CODASYL)的

数据库任务组(DataBase Task Group,DBTG)于 20 世纪 60 年代末到 70 年代初提出了 DBTG 报告。DBTG 报告确定并建立了数据库系统的许多概念、方法和技术。DBTG 基于网状结构,是数据库网状模型的基础和代表。

(3) 1970 年,IBM 公司 San Jose 研究实验室研究员 E. F. Codd 发表了题为"大型共享数据库数据的关系模型"论文,提出了数据库的关系模型,开创了关系方法和关系数据研究,为关系数据库的发展奠定了理论基础。

20 世纪 70 年代,数据库技术有了很大发展,出现了许多基于层次或网状模型的商品化数据库系统,并广泛运用在企业管理、交通运输、情报检索、军事指挥、政府管理和辅助决策等各个方面。

这一时期,关系模型的理论研究和软件系统研制也取得了很大进展。1981 年 IBM 公司 San Jose 实验室宣布具有 System R 全部特性的数据库产品 SQL/DS 问世。与此同时,加州大学伯克利分校研制成功关系数据库实验系统 Ingres,接着又实现了 Ingres 商务系统,使关系方法从实验室走向社会。

20 世纪 80 年代以来,几乎所有新开发的数据库系统都是关系型的。微型机平台的关系数据库管理系统也越来越多,功能越来越强,其应用遍及各个领域。

2. 数据库系统的构成

数据库系统是由计算机系统、数据、数据库管理系统和有关人员组成的具有高度组织性的总体。数据库系统的主要组成部分有以下几类。

(1) 计算机系统。计算机系统指用于数据库管理的计算机硬软件系统。数据库需要大容量的主存以存放和运行操作系统、数据库管理系统程序、应用程序以及数据库、目录、系统缓冲等。辅存方面则需要大容量的直接存取设备。此外,系统应具有较高的网络功能。

(2) 数据库。数据库既有存放实际数据的物理数据库,也有存放数据逻辑结构的描述数据库。

(3) 数据库管理系统(DBMS)。数据库管理系统是一组对数据库进行管理的软件,通常包括数据定义语言及其编译程序、数据操纵语言及其编译程序和数据管理例行程序。

(4) 人员。人员包括数据库管理员、系统程序员和用户。

① 数据库管理员。为了保证数据库的完整性、明确性和安全性,必须有人来对数据库进行有效的控制。行使这种控制权的人叫数据库管理员,负责建立和维护模式,提供数据的保护措施并编写数据库文件。所谓模式,指的是对数据库总的逻辑描述。

② 系统程序员。系统程序员是设计数据库管理系统的人员,必须关心硬件特性及存储设备的物理细节,实现数据组织与存取的各种功能,实现逻辑结构到物理结构的映射等。

③ 用户。用户包括应用程序员、专门用户和参数用户。

应用程序员:负责编制和维护应用程序,如库存控制系统、工资核算系统等。

专门用户:指通过交互方式进行信息检索和信息补充的用户。

参数用户:指那些与数据库的交互作用是固定的、有规则的人,如售货员、订票员等就是典型的参数用户。

3. 数据库管理系统的功能

数据管理系统(DBMS)的功能体现于:对外,它是向数据库的使用提供数据服务的软件系统,使用户系统能够很方便地远离数据的具体细节去使用数据库;对内,它实现对数据的存储管理,保证数据是正确的、一致的、完整的,如表 2-2 所示。

表 2-2 数据管理系统的功能

功能	数据查询	数据更新	数据插入	数据删除
内容	查询语句能够在数据库中找出一定条件的数据	数据更新只改变当前数据库中已有的数据	数据插入是指不改变当前数据库中的任何数据而增加数据	数据删除是指从数据库中删除现有的数据

2.4.2 数据库设计的主要内容

信息是人们对客观世界各种事物特征的反映,而数据则是表示信息的一种符号。从客观事物到信息,再到数据,是人们对现实世界的认识和描述过程,这里经过了 3 个世界(或称领域)。

(1) 现实世界(Reality Field),指人们头脑之外的客观世界,它包含客观事物及其相互联系。

(2) 概念世界(Information Field),又称信息世界,是现实世界在人们头脑中的反映。客观事物在概念世界中称为实体,为了反映实体和实体的联系,可以采用后面介绍的实体联系模型(E-R 模型)。

(3) 数据世界(Data Field),是信息世界中信息的数据化。现实世界中的事物及其联系在数据世界中用数据模型描述。

从现实世界、概念世界到数据世界是一个认识的过程,也是抽象和映射的过程,与此相对应,设计数据库也要经历类似的过程,即数据库设计的步骤包括用户需求分析、概念(结构)设计、逻辑(结构)设计和物理(结构)设计 4 个阶段,如图 2-19 所示。

其中:

概念(结构)设计是根据用户需求设计数据库模型,概念模型可用实体联系模型(E-R 模型)表示,也可以用 3NF(3 范式)关系群表示。

逻辑(结构)设计将概念模型转换成某种数据库管理系统(DBMS)支持的数据模型。

物理(结构)设计为数据模型在设备上选定合适的存储结构和存取方法。

下面重点介绍实体联系模型和数据模型。

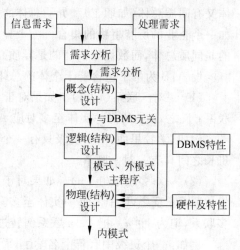

图 2-19 数据库设计步骤

2.4.3　实体联系模型

信息模型最常用表示方法是实体—联系方法,即由 P. P. Chen 于 1976 年提出的 E-R (Entity-Relation)方法,其主要思想是用 E-R 图来描述组织的信息模型。E-R 模型反映的是现实世界中的事物及其相互联系,是对现实世界的一种抽象,它抽取了客观事物中人们所关心的信息,而忽略非本质的细节,并对这些信息进行精确的描述。与 E-R 模型有关的概念有如下几个。

1. 实体(Entity)

实体是概念世界中描述客观事物的概念。实体可以是具体的人、事、物,也可以是抽象的概念或联系,例如,一个职工、一个学生、一个部门、一门课、学生的一次选课、部门的一次订货、老师与院系的工作关系(即某位老师在某院系工作)等都是实体。

2. 属性(Attribute)

属性指实体具有的某种特性。一个实体可以由若干属性来描述。例如,学生实体可由学号、姓名、性别、出生年月、院系、入学时间等属性来刻画,对应于 03050402、周斌、男、1984、经济管理、2006。这些属性组合起来表征了一个学生。

3. 联系(Relationship)

在现实世界中,事物内部以及事物之间总是存在着这样或那样的联系,这种联系必然要在信息世界中得到反映。在信息世界中,事物之间的联系可分为两类:一是实体内部的联系,通常指组成实体的各属性之间的联系;一是实体之间的联系,这里我们主要讨论实体之间的联系。

实体有个体和总体之分。个体如“张三”、“李四”等。总体泛指个体组成的集合。总体又有同质总体(如职工)和异质总体之分。异质总体是由不同性质的个体组成的集合,如一个企业的所有事物的集合。一个异质总体可以分解出多个同质总体,数据文件描述的是同质总体,而数据库描述的是异质总体。

设 A,B 为两个包含若干个体的总体,其间建立了某种联系,其联系方式可分为 3 类。

(1) 一对一联系(1:1)。如果对于 A 中的一个实体,B 中至多有一个实体与其发生联系;反之,B 中的每一实体至多对应 A 中一个实体,则称 A 与 B 是一对一联系。

例如,学校里面,一个班级只有一个正班长,而一个班长只在一个班中任职,则班级与班长之间具有一对一联系。

(2) 一对多联系(1:n)。如果对于 A 中的每一实体,实体 B 中有一个以上实体与之发生联系;反之,B 中的每一实体至多只能对应 A 中的一个实体,则称 A 与 B 是一对多联系,记为 1:n。把 1:n 联系倒转过来便成为 n:1 联系。

例如,一个班级中有若干名学生,而每个学生只在一个班级中学习,则班级与学生之间具有一对多联系。而学生实体集与宿舍房间实体集之间具有多对一的联系。

（3）多对多联系（$m:n$）。如果 A 中至少有一实体对应于 B 中一个以上实体；反之，B 中也至少有一个实体对应于 A 中一个以上实体，则称 A 与 B 为多对多联系。

例如，一门课程同时有若干学生选修，而一个学生可以同时选修多门课程，则课程与学生之间具有多对多联系。

下面再用一个综合实例来说明上述 3 类联系。

某医院每个病区有一名科室主任，每名主任只能在一个病区任职，则科室主任与病区之间为一对一联系；每个病区有若干名医生，病区与医生之间为一对多联系；每名医生诊治若干名病人，每个病人有若干名医生管理，病人和医生之间是多对多联系。

可以用 E-R 图描述实体及属性之间的关系。E-R 图是概念模型的图形表示法，它是 P. P. Chen 于 1976 年提出的实体—联系方法（Entity-Relationship Approach）。E-R 图提供了表示实体、属性和联系的方法和图形符号，如表 2-3 所示。

表 2-3　E-R 方法的有关概念及图表

序号	概念	定　　义	E-R 图
1	实体	概念世界中描述客观事物的概念	
2	属性	实体具有的某种特征	
3	联系	实体之间或实体内部属性之间的关系 ① 一对一，用 $1:1$ 表示 ② 一对多，用 $1:n$ 表示 ③ 多对多，用 $m:n$ 表示	

2.4.4　数据模型

数据模型是对客观事物及其联系的数据化描述。在数据库系统中，对现实世界中数据的抽象、描述以及处理等都是通过数据模型来实现的。数据模型是数据库系统设计中用于提供信息表示和操作手段的形式构架，是数据库系统实现的基础。它更多地强调数据库的框架、数据结构格式，而不关心具体对象的数据。建立宏观的数据模型是数据库设计者的任务。目前，数据模型主要有 3 种：层次模型（Hierarchical Model）、网状模型（Network Model）和关系模型（Relational Model）。20 世纪 80 年代以来，计算机系统商推出的数据库管理系统几乎全部是支持关系模型的。由于关系模型在数据库系统中的地位相当重要，因此我们仅介绍关系模型。

关系模型是建立在数学概念的基础上，应用关系代数和关系演算等数学理论处理数据库系统的方法。从用户的观点来看，在关系模型下，数据的逻辑结构是一张二维表。每一个关系为一张二维表，相当于一个文件。实体间的联系均通过关系进行描述，如表 2-4 所示。

表 2-4　关系数据模型

特征	①数据库完备性　②数据库整体性　③对关系的完备操作　④减少数据冗余
关系模式	①属性　②域　③关系模式的表示方式
操作	①查找　②删除　③修改　④插入

关系数据模型是指用表描述对象之间联系的模型。目前,所有的 DBMS 都是基于关系数据模型的,所以即使 E-R 模型也有必要向关系数据模型转化。例如,表 2-5 用 3 行 4 列的二维表表示了具有 4 元组(4-Tuple)的“付款”关系。每一行即一个 4 元组,相当于一个记录,用来描述一个实体。

表 2-5　关系数据模型的一种关系——“付款”关系

结算编码	合同号	数量	金额
J1012	HT1008	1000	30000
J0024	HT1107	600	12000
J0036	HT1115	2000	4000

1. 关系模型中的主要术语

(1) 关系。一个关系对应于一张二维表。

(2) 元组。表中一行称为一个元组。

(3) 属性。表中一列称为一个属性,给每列起一个名即为属性名。

(4) 主码(Primary Key,主关键字)。表中的某个属性组,它的值唯一地标识一个元组。表 2-5 中的结算编号和合同号共同组成了主码。

(5) 域。属性的取值范围。

(6) 分量。元组中的一个属性值。

(7) 关系模式。对关系的描述,用“关系名(属性 1,属性 2,…,属性 n)”来表示。

对于关系模型来说,其数据模型就是一系列用二维表表示的关系。

2. 关系模型具有的特点

(1) 关系模型的概念单一。对于实体和实体之间的联系均以关系来表示,例如:库存(入库号、日期、货位、数量),购进(入库号、结算编号、数量、金额)。

对于关系之间的联系则通过相容(来自同一域)的属性表示,例如上例中的“入库号”。这样表示,逻辑清晰,易于理解。

(2) 关系是规范化的关系。规范化是指在关系模型中,关系必须满足一定的给定条件,最基本的要求是关系中的每一个分量都是不可分的数据项,即表不能多于二维。

(3) 关系模型中,用户对数据的检索和操作实际上是从原二维表中得到一个子集,该子集仍是一个二维表,因而易于理解,操作直接、方便,而且由于关系模型把存取路径对用户屏蔽,用户只需指出“做什么”,而不必关心“怎么做”,因而大大提高了数据的独立性。

由于关系模型概念简单、清晰、易懂、易用,并有严密的数学基础以及在此基础上发展起来的关系数据理论,简化了程序开发及数据库建立的工作量,因而迅速获得了广泛的应用,并在数据库系统中占据了统治地位。

2.4.5　关系的规范化

如何才能构造一个好的关系模式呢? 对这一问题的研究得到了关系数据库的规范化理论。规范化理论研究关系模式中各属性之间的依赖关系及其对关系模式性能的影响,需探讨关系模式应该具备的性质和设计方法。规范化理论提供了判别关系模式优劣的标准,为数据库设计工作提供了严格的理论依据。

规范化理论是 E. F. Codd 在 1971 年提出的。他和后来的研究者为数据结构定义了 5 种规范化模式(Normal Form,范式)。关系必须是规范化的关系,应满足一定的约束条件。范式表示的是关系模式的规范化程度,也即满足某种约束条件的关系模式,根据满足的约束条件的不同来确定范式。如满足最低要求,则为第一范式(First Normal Form,1NF)。符合 1NF 而又进一步满足一些约束条件的为第二范式(2NF),等等。在 5 种范式中,通常只使用前 3 种,下面仅介绍这 3 种范式。

1. 第一范式(1NF)

属于第一范式的关系应满足的基本条件是元组中的每 2 个分量都必须是不可分割的数据项。例如,表 2-6 所示关系不符合第一范式,而表 2-7 则是经过规范化处理,去掉了重复项而符合第一范式的关系。

表 2-6　不符合第一范式的关系

教师代码	姓名	工　　资	
		基本工资	附加工资
1001	张兴	500.00	60.00
1002	李明	799.00	70.00
1003	王进	400.00	50.00

表 2-7　符合第一范式的关系

教师代码	姓名	基本工资	附加工资
1001	张兴	500.00	60.00
1002	李明	799.00	70.00
1003	王进	400.00	50.00

2. 第二范式(2NF)

所谓第二范式,指的是这种关系不仅满足第一范式,而且所有非主属性完全依赖于主码。例如,表 2-8 所示关系虽满足 1NF,但不满足 2NF,因为它的非主属性不完全依赖于由教师代码和课题代码组成的主关键字,其中,姓名和职称只依赖于主关键字的一个分量——教师代码,研究课题名只依赖于主关键字的另一个分量——研究课题号。这种关系会引起数据冗余和更新异常,当要插入新的研究课题数据时,往往缺少相应的教师代码,以致无法插入;当删除某位教师的信息时,常会丢失有关研究课题信息。解决的方法是将一个非 2NF 的关系模式分解为多个 2NF 的关系模式。

表 2-8　不符合第二范式的教师与研究课题关系

教师代码	姓名	职称	研究课题号	研究课题名

在本例中,可将表 2-8 所示关系分解为如下 3 个关系。

① 教师关系:教师代码、姓名、职称。

② 课题关系:研究课题号、研究课题名。

③ 教师与课题关系:教师代码、研究课题号。

那么,这些关系都符合 2NF 要求。

3. 第三范式(3NF)

所谓第三范式,指的是这种关系不仅满足第二范式,而且它的任何一个非主属性都不传递依赖于任何主关键字。如表 2-9 所示,产品关系属第二范式,但不是第三范式。这里,由于生产厂名依赖于产品代码(产品代码唯一确定该产品的生产厂家),生产厂地址又依赖于厂名,因而,生产厂地址传递依赖于产品代码。这样的关系同样存在着高度冗余和更新异常问题。

表 2-9　不符合第三范式的产品关系

产品代码	产品名	生产厂名	生产厂地址

消除传递依赖关系的办法是将原关系分解为如下几个 3NF 关系。

① 产品关系:产品代码、产品名、生产厂名。

② 生产厂关系:生产厂名、生产厂地址。

3NF 消除了插入、删除异常及数据冗余、修改复杂等问题,已经是比较规范的关系。

2.4.6　数据库操作

数据库操作主要有基本表的建立与删除、数据查询及更改等。SQL(Structured Query Language)语言产生在 1974 年,由 Boyoce 和 Cham Berlin 提出,在 System R 关系数据库中实现。1986 年,美国国家标准局将 SQL 作为关系数据库语言的国家标准。随后 SQL 又被国际标准化组织批准为关系数据库语言的国际标准。下面介绍如何使用关系数据库标准语言——结构化查询语言 SQL 来完成上述操作。

1. 基本表的建立与删除

(1) 建立。建立基本表的语句格式为：

CREATE TABLE <表名>(列名 1 类型[,列名 2 类型 …])

常用的类型有 Char(字符型)、Int(整型)、Numeric(数值型)、Datetime(日期时间型)、Bit(逻辑型)、VarChar(变长字符型)等。

(2) 修改。修改基本表定义的语句格式为：

ALTER TABLE <表名> ADD 列名类型

(3) 删除。删除基本表的语句为：

DROP TABLE <表名>

2. 数据查询

SQL 的核心语句是数据库查询语句,其一般格式为：

SELECT <目标列> FROM <表名>[WHERE <条件表达式>]
[GROUP BY <列名 1>][ORDER BY <列名 2>[ASC|DESC]

语句含义：根据 WHERE 子句中的条件表达式,从指定表中找出满足条件的元组(如二维表中的记录),按目标列选出元组分量形成结果表。ORDER 子句确定结果表按指定的列名 2 按升序(ASC)或降序(DESC)排序。GROUP 子句将结果按列名 1 分组,每个组(所有"列名 1"值相同的为一组)产生结果表中一个元组。

3. 数据更新

SQL 的数据更新语句包括修改、删除和插入 3 种操作。

(1) 数据修改(UPDATE)。UPDATE 语句的一般格式为：

UPDATE <表名>
SET <列名 1>=<表达式 1>[,<列名 2>=<表达式 2>]…
[WHERE <条件表达式>]

功能：修改指定表中满足条件的元组,将指定的列名 1 的值用表达式 1 的值替换,将指定的列名 2 的值用表达式 2 的值替换……

(2) 数据删除(DELETE)。DELETE 语句的一般格式为：

DELETE FROM <表名>
[WHERE <条件表达式>]

功能：删除指定表中满足条件的元组。

(3) 数据插入(INSERT)。INSERT 语句的一般格式为：

INSERT INTO <表名>(<列名 1>[,<列名 2>] …)
VALUES(<常量 1>[,<常量 2>] …)

功能：向指定表中插入一个元组且使得列名 1 的值为常量 1，列名 2 的值为常量 2……

2.4.7 数据库保护

为了保证数据的安全可靠和正确有效，DBMS 必须提供统一的数据保护功能，主要包括数据的安全性、完整性、并发控制和数据库恢复等内容。

(1) 数据的安全性指的是保护数据库以防止不合法的使用所造成的数据泄露、更改和破元。数据的安全可通过对用户进行标识和鉴定、存取控制、OS 级安全保护等措施得到一定的保障。

(2) 数据的完整性是指数据的正确性、有效性与相容性。关系模型的完整性有实体完整性、参照完整性及用户定义的完整性。

① 实体完整性，指二维表中描述主关键字的属性不能取空值。如学生基本信息表中的属性"学号"被定义为主关键字，则"学号"的值不能为空。

② 参照完整性，指具有一对多联系的两个表之间子表中与主表的主关键字相关联的那个属性(外部码)的值要么为空，要么等于主表中主关键字的某个值。

③ 用户定义的完整性，是针对某一具体数据库的约束条件，由应用环境确定。如月份是 1～12 的正整数，职工的年龄应大于 18 岁小于 60 岁等。

(3) 并发控制是指当多个用户同时存取、修改数据库时，可能会发生互相干扰而得到错误的结果并使数据库的完整性遭到破坏，因此必须对多用户的并发操作加以控制、协调。

(4) 数据库恢复是指当计算机软、硬件或网络通信线路发生故障而破坏了数据或对数据库的操作失败使数据出现错误或丢失时，系统应能进行应急处理，把数据库恢复到正常状态。

实验二　数据库技术的应用

实验目的

了解数据库软件在管理信息系统中的应用。

实验内容

(1) 数据库管理系统建立数据库、表，查询等数据库基本操作。
(2) 结合教材的物资入库管理模型，设计一个数据库。

实验要求

要求学生能对数据组织和数据库进行操作，能用前面学过的计算机知识进行简单实践。

练习题

一、单项选择题

1. 数据流的具体定义是(　　)。
    A. 数据处理流程图的内容　　　　　　B. 数据字典的内容
    C. 新系统边界分析的内容　　　　　　D. 数据动态性分析的内容

2. 通常唯一识别一个记录的一个或若干个数据项称为(　　)。
    A. 主键　　　　　B. 副键　　　　　C. 鉴别键　　　　　D. 索引项

3. 在索引表中,被索引文件每个记录的关键字相对应的是(　　)。
    A. 文件名　　　　B. 记录项　　　　C. 数据项　　　　D. 相应的存储地址

4. 数据查询语言是一种(　　)。
    A. 程序设计语言　　　　　　　　B. 面向过程语言
    C. 面向问题语言　　　　　　　　D. 描述数据模型语言

5. 局域网与使用调制解调器进行计算机通信的远程网相比,它的信息传送速度要(　　)。
    A. 高得多　　　　B. 低得多　　　　C. 差不多　　　　D. 无法比较

6. 在数据库系统中,数据存取的最小单位是(　　)。
    A. 字节　　　　　B. 数据项　　　　C. 记录　　　　　D. 文件

7. 计算机系统的基本组成,一般应包括(　　)。
    A. 硬件和软件　　　　　　　　　B. 主机和外部设备
    C. CPU 和内存　　　　　　　　　D. 存储器和控制器

二、填空题

1. 虽然开发 MIS 通常采用工程方法,但决不能把 MIS 开发看成是一个单纯的工程设计过程,MIS 开发更是一个学习过程和人与人之间的_____过程。

2. 索引链接文件用于处理不等长记录时,把记录分成若干等长的元,第一个元为_____,其余为_____。

3. 从协议层次模型的角度看,防火墙应覆盖网络层、传输层与_____。

三、问答题

1. 线性表的顺序结构和链表结构各有何优缺点?
2. 数据文件有哪些类型?各有何优缺点?
3. 文件组织是数据在计算机内存中的组织,请简要评述。
4. 简述客户/服务器模式的网络结构有何优点。

四、应用题

1. 简述数据通信系统的组成及其工作模型。
2. 简述实体联系模型。
3. 简述第一范式和第二范式。
4. 简述数据库的安全性、完整性、并发控制和数据库恢复。
5. 网络通信信道有哪几种?它们各有何优缺点?

第3章 管理信息系统开发

　　管理信息系统的开发是一个复杂的系统工程,它涉及计算机处理技术、系统理论、组织结构、管理功能、管理知识等各方面的问题,受到多方面条件的制约,至今没有一种统一完备的开发方法。在管理信息系统建设的长期实践中,已形成了多种系统开发的方式和方法。在系统开发早期,由于缺乏系统开发思想,没能形成工程的概念,导致 20 世纪 60 年代出现了所谓的"软件危机",也促使了一门新科学——"软件工程"的诞生。

学习目标

　　(1) 掌握信息系统开发的原则、基本过程与信息系统开发方式。
　　(2) 掌握企业信息系统的结构化开发方法。
　　(3) 掌握信息系统的原型化开发方法。
　　(4) 掌握信息系统的面向对象开发方法。

引导案例

交通银行信贷管理信息系统案例

　　中创软件推出的"银行信贷管理系统平台解决方案"是基于中创软件自主创新的中间件技术,依托 15 年的金融应用开发背景,针对金融信贷管理领域的信息化应用现状及发展需求推出的。依据该方案,中创软件在交通银行成功实施了"交通银行信贷管理信息系统(C 管理信息系统)",主要实现了一个适合前台、中台、后台操作的信贷业务处理平台,建立了全行信贷管理信息系统。

　　(1) 基于 InforFlow 的流程服务引擎

　　InforFlow 是中创软件参考国际工作流管理联盟(WFMC)规范实现的工作流中间件,为工作流自动化和构建流程应用提供基础平台。InforFlow 基于 J2EE 架构,实现了流程逻辑与业务逻辑的分离,能够可视化的进行业务流程的分析、定义和业务单元的组装,从而使应用开发人员更关注于业务逻辑的实现,降低了复杂流程应用的开发难度。

　　InforFlow 由工作流引擎、流程设计器和流程管理监控工具等部分组成。流程设计器拥有所见即所得的开发环境,提供基于 XML 的流程建模功能;工作流引擎完成对运行时流程的控制功能,应用系统可以通过工作流接口同工作流引擎进行交互;流程监控管理工具可以查询分析各类流程数据,用于管理决策,并可提供图形化的流程运行图,如图 3-1 所示。

　　通过 InforFlow 工作流中间件,将信贷业务的体系结构划分为表示逻辑、流程逻辑、业务逻辑、数据管理逻辑 4 种不同层次的基本逻辑。通过这样的分解,最大限度地降低系统内部的耦合性,提高系统适应变化的能力,并大大提高系统并行开发效率。

　　InforFlow 提供对业务流程逻辑的控制,当交行信贷业务过程发生变化时,只要调整相应的流程定义就可以轻松实现业务过程的改变和重组。

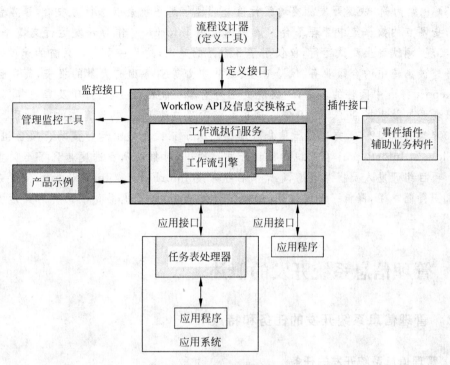

图 3-1　InforFlow 体系结构图

（2）基于 InforReport 的报表服务引擎

交通银行信贷管理信息系统使用 InforReport 实现对报表的快速开发。当用户有新的报表需求时，可使用 InforReport 报表设计器快速实现报表，并通过信贷系统的报表管理模块实现报表的快速发布。

同时，利用 InforReport 引擎与展示控件所提供的丰富的数据分析能力，简化了生成报表时所需要的复杂的 SQL 语句，大大减轻了数据库服务器的压力；报表的分析与生成在独立运行的报表服务器上实现，将这种对资源占用比较大的功能与正常的应用服务分离开来，减轻了应用服务器的负担，提高了交行信贷系统所支持的最大并发量与数据吞吐量。

案例特点如下。

（1）系统的灵活性与可适应性。InforFlow 为交行信贷审批过程的定义带来了高度的灵活性，大大提高了业务过程适应变化的能力。转移条件、任务分配条件的定义使得系统可以在不修改程序、不修改流程定义的前提下就实现对用户授权等功能。而对审批过程的变化则只需要修改流程定义，不需要修改程序就可以适应变化。

（2）对业务过程进行图形化描述。InforFlow 提供的图形化流程建模工具使得审批过程一目了然。交行信贷项目组采用所见即所得的 InforFlow Designer 作为流程设计工具，同时作为和客户进行有效沟通的重要途径。系统开发还采用 InforFlow 监控工具作为流程开发和测试的辅助工具，可以对正在运行中的流程实例以及在运行中产生的数据进行查询与控制，使得管理人员能够掌握授信审批流程实例当前所处的状态和处理情况。

（3）化繁为简，快速开发。交通银行信贷管理信息系统是以总行为中心，覆盖银行全国各信贷网点的数据集中管理平台。该系统采用 InforFlow 作为开发运行支撑平台，从设计、实现、测试到上线试运行，仅仅用了 5 个月的时间，这是一个令人兴奋的速度。

另外该系统中的台账业务、风险管理、放款中心等业务都有大量的报表，而中创软件 InforReport 报表中间件的应用，不仅解决了浏览器端报表的展示、打印及导出等问题，而且将报表开发效率提高了 5～10 倍。这也是该项目快速开发、构建完成的重要因素之一。

2004 年 7 月 12 日，交通银行信贷管理信息系统正式上线试运行成功。项目组认为，InforFlow 和 InforReport 在系统的设计开发过程中，对推动项目进度起到了至关重要的作用。项目组开发人员也深有感慨："项目组采用 InforFlow 和 InforReport，使复杂的业务需求变得简单了，降低了开发难度，缩短了开发周期，同时也提高了系统的灵活性和稳定性。"

3.1　管理信息系统开发的概述

3.1.1　管理信息系统开发的任务和特点

1. 管理信息系统开发的任务

管理信息系统开发的任务就是开发一个能满足用户需要、高效并有力支持管理决策目标的、具有先进技术的管理信息系统。具体地说，可从以下 4 个方面来分析管理信息系统开发的任务。

（1）满足用户需要。由于原来没有管理信息系统或旧系统存在问题，制约着组织的发展，不能满足用户的需要，因此新系统必须保证其最终系统能够被用户接受，实现用户的需求。

（2）功能完整。功能是否完整是指系统能否覆盖组织的主要业务管理范围。同时，还表现在各部分接口是否完备，数据采集和存储格式是否统一，各部分是否协调一致。

（3）技术先进。正确认识各种先进技术的优劣长短，根据组织的实际情况和未来发展将其合理地运用到管理信息系统开发中去。尽量采用成熟的技术，不要为了先进而采用最新但未经考验的技术。

（4）实现辅助决策。许多组织的决策任务非常复杂、耗时。例如，在国美电器、永乐家电等家电业零售巨头已经进驻福州的情况下，全国性连锁家电零售商苏宁电器在考虑是否进驻福州以及在何处建新的卖场时，其决策行为将受到市场竞争、员工素质、与其他卖场是否邻近以及是否靠近主要交通干线等多种因素的综合影响。因此，许多组织都需要能够帮助他们做出最佳决策的决策支持系统。

2. 管理信息系统开发的特点

（1）管理信息系统的开发动力来自需求牵引。随着国内外市场竞争的加剧，信息必然成为组织的战略资源，组织必须运用先进的手段和方法来获取和利用信息资源，提高组织的竞争力。组织的这种潜在需求,必然推动和加速管理信息系统的开发。

（2）管理信息系统开发的前提是科学合理的管理。管理信息系统的开发有"三分技术,七分管理,十二分数据"之称,可见管理重要性。只有在合理的管理体制、完善的规章制度、稳定的生产秩序、配套的科学管理方法和完整准确的原始数据的基础上,才能有效地开发管理信息系统,避免"Rubbish in,Rubbish out（进来的是垃圾,出去的也是垃圾）"。

（3）开发策略要因地制宜。管理信息系统的开发受到组织经营现状、管理基础、财力情况、管理模式、生产组织方式等多个因素的影响,不可能在短期内达到理想化水平,必须根据组织的实际情况,制定符合组织要求的开发策略。

（4）组织的管理模式、组织形式和运行机制决定管理信息系统的结构和功能。不同的组织、不同的时期,其管理信息系统的具体形式、功能需求及运行机制是不同的。例如,生产企业的功能可分为生产计划管理、材料计划管理、生产管理、财务管理、人事劳资管理、销售及客户管理、市场预测与决策支持等。娱乐休闲型酒店的功能分为接待登记、点单、餐饮、财务、查询、部门及人员管理等。开发人员要深入组织,调查分析,系统地了解用户的需求,才能开发出符合用户预期目标的系统。

（5）投资巨大。开发一个管理信息系统都必须投入大量的资金。投入费用包括购买计算机、网络通信设备等硬件费用,购买软件或开发系统费用等软件费用,以及运行与维护费用等,如表 3-1 所示。

表 3-1　开发一个管理信息系统费用

项　　目		
硬件成本	主机	
	外围设备	打印机、不间断电源、网络服务器
	环境成本	房屋、地毯、空调
	材料	打印纸、磁盘等
软件费用	软件成本	系统软件、应用软件
基建费用	机房建设、改造	
	安装及调试成本	主机、空调及电源、不间断电源等设备
运行维护费用	培训费用	培训维护、操作员费用
	维护费用	维护人员工资、所用工具、材料费用
	使用成本	维护人员工资、消耗材料等

3.1.2　管理信息系统开发的原则

根据管理信息系统开发的任务和特点,在管理信息系统开发中应遵循以下原则。

1. 四个统一原则

管理信息系统的开发要做到四个统一,即"统一领导、统一规则、统一目标规范、统一软硬件环境"。"四统一"给系统开发人员和系统管理人员提出了共同遵守的准则,加强了系统开发过程的管理和控制,对提高系统开发质量和水平、缩短开发时间、减少开发费用、方便系统管理和维护等,都起到了重要指导作用。

2. "一把手"原则

根据发达国家的经验和我国的实践证明,如果组织的"一把手"没有参加管理信息系统开发,而只是作为一个旁观者,那么管理信息系统的开发注定要失败。因为管理信息系统的开发与应用是一个技术性、政策性很强的系统工程,诸如系统开发目标、环境改造、管理体制变革、机构重组、设备配置、人员培训等一系列重大问题均需"一把手"的支持与参与。"一把手"最清楚自己组织的问题,最能合理地确定系统目标,拥有实现目标的人权、财权、指挥权,能够决定投资、调整机构、确定计算机平台等,这是任何人也不能替代的。因此,只有"一把手"亲自参与和支持管理信息系统的开发,才能获得成功。

系统开发的过程也是加强基础管理和提高管理水平的过程。其中,加强基础管理、改变传统习惯、重新组合工作关系、变动人事以及批准各开发阶段设计方案、重大的进程安排、资金的筹集调用等都需"一把手"亲自参与和拍板,这是管理信息系统开发成功的关键。因此,"一把手"要充分认识自己在管理信息系统开发中的地位和作用,积极参与,加强领导,以最少的投入开发出高效的多功能的管理信息系统。

3. 面向用户原则

管理信息系统是为用户开发的,最终要交给用户使用的,由用户通过运行并在使用后作出客观评价的系统。因此,系统开发人员要使管理信息系统开发获得成功,必须坚持面向用户,树立一切为了用户的思想。从总体规划到开发过程的每一个环节都必须站在用户的立场上,一切为了用户,一切服务于用户。

4. 信息工程原则

要用信息工程的方法来开发管理信息系统。因为管理信息系统开发不仅涉及管理思想的转变,管理体制的变革,管理基础工作的健全,还涉及组织的整体状况、环境及经营管理和业务技术等许多个方面,是一项内容繁多、覆盖面广、人机结合的系统工程。因此,必须从组织的全局和实际出发,制定组织管理信息系统的总体规划和设计,妥善处理当前和长远、实用性和科学性、现行管理和管理现代化之间的关系,统筹协调理想目标和实际可能、总体规划目标和子系统分目标、现行系统和目标系统之间的关系,从而保证管理信息系统的开发顺利进行。

5. 阶段性原则

系统开发过程要划分若干个工作阶段,明确规定各个阶段的任务和成果,制定各个阶段的目标和评价标准,由开发领导小组或技术负责人来对阶段性成果进行评审,发现问题及时提出修改方案,保证系统开发质量。值得注意的是,不能混淆工作阶段,如系统开发人员热衷于编制程序,在没充分弄清系统需求之前就急于考虑机器的选型、网络的方案、系统软件的选择等,匆匆忙忙地购置、安装、调试后就开始程序的编制工作。其结果必然造成各种资源的浪费,时间的延长,甚至导致整个系统开发的失败。

6. 适用性和先进性原则

管理信息系统开发,既不能盲目追求技术的先进性而采取不成熟的技术,造成系统不能正常运行或运行不可靠、不稳定;也不能起点太低,采用过分落后的技术或简单地模仿手工,造成系统功能弱、性能差。因此,在管理信息系统开发中应注重适用性与先进性相结合,一方面要把适用性放在第一位,满足现行管理的实际需求,尽快解决管理工作中的实际问题;另一方面要采用先进的管理思想和先进的技术,开发出功能全、起点高的系统。

3.1.3　管理信息系统开发的组织与管理

管理信息系统开发周期长、耗费大、参与人员多,并涉及管理体制、管理方法的变革,为了保证系统开发成功,并取得良好的经济效益和社会效益,必须对系统开发工作进行精心地组织与管理。

1. 正确的思想认识

正确的思想认识主要是指企业的领导、管理人员、计算机应用人员对管理信息系统的含义、必要性有正确的理解,不应对管理信息系统有片面和错误的认识。只有各有关人员对管理信息系统有了正确的认识,管理信息系统工作才能顺利健康地发展;企业的领导只有对管理信息系统的含义、必要性有了正确的认识,才会积极主动地支持和参与这项工作,正确地领导这项工作的开展。

2. 良好的基础工作

良好的基础工作是管理信息系统的保证。首先,管理信息系统处理生产、管理、销售业务是在预先编制好的程序的指挥下进行的,要求管理工作规范化、标准化。其次,系统能否输出正确的管理信息,不仅取决于处理程序的正确与否,还取决于计算机录入数据的正确与否。这就要求管理部门健全各种规章制度,保证数据的真实和准确。最后,如果系统不能取得其所需的录入数据,即录入数据不完整,则要么系统不能正常运行,要么不能提交正确的输出。

基础工作较差的企业开展管理信息系统工作,应先进行基础工作的整顿。对于有一定规范管理基础的企业,也应进一步提高,以满足管理信息系统的需要。在此需注意的一点是,我们不能消极等待,要积极创造条件,改善基础工作。同时,管理信息系统工作的开展也将促进基础工作的加强,推进企业经营工作的规范化、标准化、制度化、合法化,是一个改进管理的过程。

3. 分阶段投入人力、物力、财力

管理信息系统的开发是一项浩大的工程,需耗费大量的人力、物力、财力。一般而言,建立一个管理信息系统少则一年,多则几年,必须按各个阶段的不同需要,分期投入,分期

开发,及时把握开发进度和安排费用支出,合理分配人力、财力和物力,保证系统开发顺利进行。

4. 进度计划与控制

在总体规划阶段就应制订系统开发大致的进度计划,随着系统分析、系统设计的不断深入,再制订详细的开发进度计划,并指定专人负责。在计划执行过程中,项目负责人要对各项任务进行定期检查。

5. 阶段性评审

系统各阶段完成后,要进行阶段评审,审核各阶段的工作符合要求后才可进入下一阶段工作,尤其是要做好系统分析阶段的评审工作,把好质量关,为系统的成功开发打下坚实的基础。

3.1.4 管理信息系统开发的人员

管理信息系统的开发不仅需要制定明确的开发任务、遵循开发原则,而且还要有高素质的开发人员。只有这样,才能保证管理信息系统开发的成功。

采取购买商品化软件与自行开发相结合的方式实现管理信息系统时,企业一般都应配有系统分析人员、系统设计人员、系统编程人员和系统维护人员。这时无外乎有两种情况:一是对购买的商品化软件进行二次开发;二是购买的商品化软件仅用于企业业务的一部分,其他的部分由本企业的力量进行开发。无论哪种情况,软件开发人员都是必不可少的。

如果是用上级主管企业推广的管理软件实现管理信息系统时,企业一般都应配备维护人员。这是因为推广企业的维护力量一般都不强,在软件运行中出现问题或管理工作发生变动,需对软件进行修改时,要立即进行维护往往也较困难,而对管理软件来说往往都需要立即进行维护。另外还有一个原因是,软件开发是上级主管部门的工作人员,使用人员是下属企业的工作人员,由于上下级的关系,要叫软件开发人员进行维护也存在一定的困难。

管理信息系统工作,总体而言,一般需要以下几类人员:系统分析人员、系统设计人员、系统编程人员、硬件维护人员、软件维护人员、数据录入员、系统操作员、系统管理员。就一个基层企业来说,并不要求具备所有上述人员。到底需要什么样的人员,是由本企业开展管理信息系统的不同方式和程序所决定的,如表 3-2 所示。

表 3-2　人员职责及知识结构

职　位	职　责	知　识　结　构
系统分析人员	明确使用单位要求;确定可行方案;确定可行系统的需求及逻辑模型	企业管理系统知识、系统分析和设计技术、计算机基础、数据处理理论
系统设计人员	设计系统逻辑模型	数据结构、数据库理论、系统开发、系统软件、计算机语言、企业管理

职　　位	职　　责	知 识 结 构
系统编程人员	为物理模型编制正确的程序	程序设计技术、数据结构、计算机知识、管理知识、系统开发及软件
硬件维护人员	计算机机房、计算机及其辅助设备等硬件的维护与管理工作	计算机原理、无线电基础、汇编语言操作系统
软件维护人员	应用软件的维护	企业管理知识、数据库技术、数据结构、系统开发与程序设计
系统操作员	系统日常运行；打印输出；简单故障排除；数据录入	汉字输入技术、计算机使用
数据录入员	录入数据	汉字输入技术、计算机使用
系统管理员	参与系统开发；系统运行管理	企业管理知识、系统开发、计算机知识、数据处理知识、项目管理

3.2　管理信息系统开发方法

3.2.1　结构化系统开发方法

20 世纪 70 年代,西方发达国家在不断的摸索中汲取了以前系统开发的经验教训,总结出了系统结构化分析与设计的方法,即结构化系统开发方法(Structured System Development Methodology)。它是自顶向下的结构化方法、工程化的系统开发方法和生命周期方法的结合,是迄今为止开发方法中最传统、应用最广的一种开发方法。

1. 结构化系统开发方法的基本思想

结构化概念最早是用来描述结构化程序设计方法的。结构化方法不仅提高了编程效率和编程质量,而且大大提高了程序的可读性、可测试性、可修改性和可维护性。"结构化"的含义是"严格的、可重复的、可度量的"。后来,这种思想被引入管理信息系统开发领域,逐步形成结构化系统分析与设计方法。

结构化系统开发方法的基本思想是,将结构与控制加入到项目中,以便使活动在预定的时间和预算内完成。用系统工程的思想和工程化的方法,按用户至上的原则,结构化、模块化、自顶向下地对系统进行分析与设计。

具体地说,就是先将整个管理信息系统的开发划分成若干个相对比较独立的阶段,如系统规划、系统分析、系统设计、系统实施等。在前 3 个阶段采用自顶向下的方法对系统进行结构化划分,即从组织管理金字塔结构的最顶层入手,层层分解逐步深入至最基层,先考虑系统整体的优化,然后再考虑局部的优化。在系统实施阶段,采用自底向上的方法逐步实施,即按照前几个阶段设计的模块,组织人员从最基层的模块做起(编程),然后按照系统设计的结构,将模块一个个拼接到一起进行调试,自底向上,逐渐地构成整体系统,如图 3-2 所示。

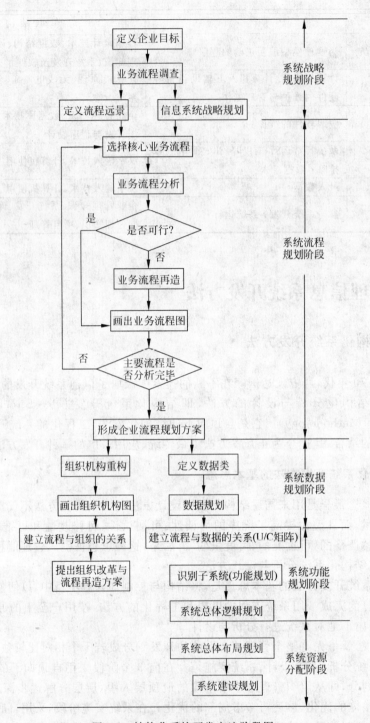

图 3-2 结构化系统开发方法阶段图

2. 结构化系统开发方法的五大阶段

在结构化的系统开发方法中,信息系统的开发应用,也符合系统生命周期的规律。随着企业和组织工作的需要、外部环境的变化,对信息的需求也会相应地增加,这就要求设计和建立更新的信息系统。系统投入使用后一段时期内,可以在很大程度上满足企业管理者对信息的需求。但随着时间的推移,由于企业规模或信息应用范围的扩大或设备老化等原因,信息系统又逐渐不能满足需求了。这时企业对信息系统又会提出更高的要求,周而复始,循环不息。这种方法将整个开发过程划分成 5 个首尾相连的阶段,构成结构化系统开发的生命周期,主要包括系统规划、系统分析、系统设计、系统实施、系统运行 5 个阶段,如图 3-3 所示。

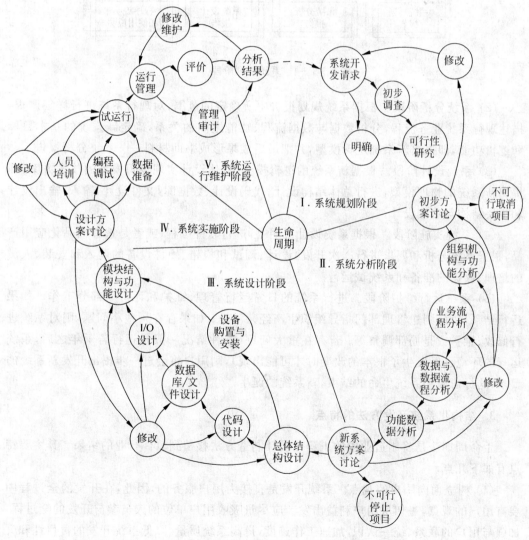

图 3-3 结构化系统开发方法

（1）系统规划阶段。首先，根据用户的系统开发请求，对企业的环境、目标现行系统的状况进行初步调查。其次，依据企业目标和发展战略，确定信息系统的发展战略，对建设新系统的需求做出分析和预测，明确所受到的各种条件约束，研究建设新系统的必要性和可能性。最后，进行可行性分析，写出可行性分析报告，可行性分析报告审议通过后，将新系统建设方案及实施计划编成系统规划报告，如图 3-4 所示。

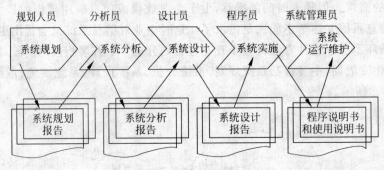

图 3-4　系统规划阶段

（2）系统分析阶段。根据系统规划报告中所确定的范围，对现行系统进行详细调查，描述现行系统业务流程，分析数据与数据流程、功能之间的关系，确定新系统的基本目标和逻辑功能，即提出新系统逻辑模型，并把最后成果形成书面材料——系统分析报告。

（3）系统设计阶段。根据新系统的逻辑模型，具体设计实现逻辑模型的技术方案，即提出新系统的物理模型，进行总体结构设计、代码设计、数据库/文件设计、输入/输出设计和模块结构与功能设计。

（4）系统实施阶段。根据系统设计说明书，进行软件编程（或者是选择商品化应用产品，根据系统分析和要求进行二次开发）设计、调试和检错、硬件设备的购入和安装、人员的培训、数据的准备和系统试运行。

（5）系统运行维护阶段。进行系统的日常运行管理、维护和评价 3 部分工作。如果运行结果良好，则送管理部门指导组织生产经营活动；如果存在一些小问题，则对系统进行修改、维护或是局部调整等；若存在重大问题（这种情况一般是运行若干年之后，系统运行的环境已经发生了根本的改变时才可能出现），则用户将会进一步提出开发新系统的要求，这标志着旧系统生命的结束，新系统的诞生。

3. 结构化系统开发方法的特点

生命周期法是将制造业中的工程化设计制造方法移植到软件行业的结果。其主要特点有如下几点。

（1）树立面向用户的观点。系统开发是直接为用户服务的，因此，在开发的全过程中要有用户的观点，一切从用户利益出发。应尽量吸收用户单位的人员参与开发的全过程，加强与用户的联系、统一认识，加速工作进度，提高系统质量，降低系统开发的盲目性和失败的可能性。

（2）自顶向下的分析与设计和自底向上的系统实施。按照系统的观点，任何事情都是互相联系的整体。因此,在系统分析与设计时要站在整体的角度,自顶向下地工作。但在系统实施时,先对最底层的模块编程,然后一个模块、几个模块地调试,最后自底向上逐步构建整个系统。

(3) 严格按阶段进行。整个管理信息系统开发过程划分为若干个工作阶段,每个阶段都有明确的任务和目标,各个阶段又可分为若干工作和步骤,逐一完成任务,从而实现预期目标。这种有条不紊地开发方法,便于计划和控制,基础扎实,不易返工。

(4) 加强调查研究和系统分析。为了使系统更加满足用户要求,要对现行系统进行详细地调查研究,尽可能弄清现行系统业务处理的每一个细节,做好总体规划和系统分析,从而描述出符合用户实际需求的新系统逻辑模型。

(5) 先逻辑设计后物理设计。在进行充分的系统调查和分析论证的基础上,弄清用户要"做什么",并将其抽象为系统的逻辑模型,然后进入系统的物理设计与实施阶段,解决"怎么做"的问题。这种做法符合人们的认识规律,从而保证系统开发工作的质量和效率。

(6) 工作文档资料规范化和标准化。根据系统工程的思想,管理信息系统的各个阶段性的成果必须文档化,只有这样才能更好地实现用户与系统开发人员的交流,才能确保各个阶段的无缝连接。因此必须充分重视文档资料的规范化、标准化工作,充分发挥文档资料的作用,为提高管理信息系统的适应性提供可靠保证。

4. 结构化系统开发方法的优缺点

这种方法强调将系统开发项目划分成不同的阶段。每个阶段都有明确的起始至完成的进度安排,对开发周期的各个阶段进行管理控制。在每个阶段的末期,要对该阶段的工作作出常规评价。对当前阶段的任务是否有需要修改和返工的部分,任务完成符合要求后,是否进入下一阶段继续开发等问题要及时作出决策。开发过程要及时建立诸如数据流程图、实体关系图以及编程技术要求等的各种文档。这些文档对系统投入运行后的系统维护工作十分重要。由于它们及时对各阶段的工作进行评价,从而能对使各阶段的工作任务符合系统需求和组织标准提供有力的保证措施。总之,采用这种方法有利于系统结构的优化,设计出的系统比较容易实现而且具有较好的可维护性,因而得到了广泛的应用。

但是,这种方法的开发过程过于烦琐,周期过长,工作量太大。在系统开发结束前,用户不能使用系统,却要求系统开发人员在调查中充分掌握用户需求、管理状况以及预见未来可能发生的变化,不符合人类的认识规律,在实际工作中难以实施,导致系统开发的风险较大。该方法的另一缺点是对用户需求的改变反应不灵活。尽管有这些局限性,结构化系统开发法(生命周期法)还是经常应用在大型、复杂的影响企业整体运作的企业事务处理系统(TPS)和管理信息系统的开发项目中,也经常应用在政府项目中。

3.2.2　原型法

原型法(Prototyping Approch)是 20 世纪 80 年代随着计算机技术的发展,特别是在关系数据库系统(RDBS)、第 4 代程序生成语言(4GL)和各种系统开发生成环境产生的基础之上,提出的一种新的系统开发方法。与结构化系统开发方法相比,原型法放弃了对现行系统的全面、系统的调查与分析,而是根据系统开发人员对用户需求的理解,在强有力的软件环境支持下,快速开发出一个实实在在的系统原型,并提供给用户,与用户一起反复协商修改,直到形成实际系统。

1. 原型法的基本思想

原型法的基本思想是:在软件生产中,引进工业生产中在设计阶段和生产阶段中的试制样品的方法,解决需求规格确立困难的问题。首先,系统开发人员在初步了解用户需求的基础上,迅速地开发出一个廉价试验型的系统,即"原型";然后将其交给用户使用,通过使用,启发用户提出进一步的需求,并根据用户的意见对原型进行修改,用户使用修改后的系统又提出新的需求。这样不断反复修改,用户和开发人员共同探讨改进和完善,直至最后完成一个满足用户需求的系统。

2. 原型法开发的步骤

(1) 确定用户的基本需求。系统开发人员对组织进行初步调查,与用户进行交流,收集各种信息,进行可行性分析,从而发现和确定用户的基本需求。用户的基本需求包括:系统的功能、人机界面、输入和输出要求、数据库基本结构、保密要求、应用范围、运行环境等。但基本不涉及编程规则、安全问题或期末的处理(如工资管理系统在年终产生的报表)。

(2) 开发一个初始原型。系统开发人员根据用户的基本需求,在强有力的工具软件支持下,迅速开发一个初始原型,以便进行讨论,并从它开始迭代。通常初始原型只包括用户界面,如数据输入屏幕和报表,但初始原型的质量对生成新的管理信息系统至关重要。如果一个初始原型存在明显缺陷,就需要重新构造一个新原型。

(3) 使用和评价系统原型。用户通过对原型的操作、检查、测试和运行,获得对系统最直接的感受,不断发现原型中存在的问题,并对功能、界面(屏幕、报告)以及原型的各个方面进行评价,提出修改意见。

(4) 修改原型。根据上一阶段所发现的问题,系统开发人员和用户共同修正、改进原型,得到最终原型。第 3 阶段和第 4 阶段需要多次反复,直至用户满意为止。

(5) 判定原型完成。判定原型是否完成就是判断有关用户的各项需求是否最终实现。如果已经实现,则进入整理原型提供文档阶段,否则继续修改。

(6) 整理原型,提供文档。整理原型,提供文档是把原型进行整理和编号,并将其写入系统开发文档资料中,以便为下一步的运行、开发服务。其中包括用户的需求说明,新系统的逻辑方案、系统设计说明,数据字典、系统使用说明等。所开发出的系统和相应的文档资料必须得到用户的检验和认可,如图 3-5 所示。

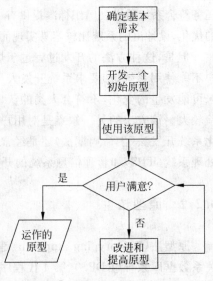

图 3-5　原型法开发的阶段

3. 原型法的开发工具

用常规的编程方法开发原型需要相当长的时间。它必须在快速开发工具的支持下，才能快速模型化和及时改进。其工具主要有以下几种。

(1) 字典编辑器：完成数据流程图、数据字典、数据处理过程的编辑。

(2) 概要设计编辑器：根据新系统的数据流程图和数据字典，将数据流程图转换成功能结构图。

(3) 详细设计编辑器：完成处理功能的算法描述、解释，输入/输出界面的实现及文件管理等功能。

(4) 程序自动生成器：根据模块的设计说明，生成源程序清单。

(5) 图形编辑器：完成数据流程图的编辑。编辑原系统的业务流程图和新系统的数据流程图，并自动对数据流图进行平衡性、一致性和完备性的检验，保证数据流程图与数据字典的说明之间完全一致。

(6) 文档编辑器：自动向用户提供各阶段的主要文档资料。

(7) 原型人员工作台：提供给原型开发人员使用的，具有交互功能、使用方便并能产生反馈信息的工作站。

4. 原型法的优点

由于原型法不需要对系统的需求进行完整的定义，而是根据用户的基本需求快速开发出系统原型，开发人员与用户在对原型的不断"使用—评价—修改"中，逐步完善对系统需求的认识和系统的设计，因而，它具有如下优点。

(1) 原型法符合人类认识事物的规律，更容易使人接受。人们认识任何事物都不可能一次完成，认识和学习过程都需循序渐进，人们总是在环境的启发下不断完善对事物的描述。

(2) 改进了开发人员与用户的信息交流方式。由于用户的直接参与，能及时发现问题，并进行修改，这样消除了歧义，改善了信息的沟通状况。它能提供良好的文档、项目说明和示范，增强了用户和开发人员的兴趣，从而大大减少设计错误，降低开发风险。

(3) 开发周期短、费用低。原型法充分利用了最新的软件工具，丢弃了手工方法，使系统开发的时间、费用大大减少，效率和技术等大大提高。

(4) 应变能力强。原型法开发周期短，使用灵活，对于管理体制和组织结构不稳定、有变化的系统比较适合。由于原型法需要快速形成原型和不断修改演讲，因此，系统的可变性好，易于修改。

(5) 用户满意程度提高。由于原型法以用户为中心来开发系统，加强了用户的参与和决策，向用户和开发人员提供了一个活灵活现的原型系统，实现了早期的人机结合测试，能在系统开发早期发现错误和遗漏，并及时予以修改，从而提高了用户的满意程度。

5. 原型法的缺点

尽管原型法有上述优点，但是它的使用仍有一定的适用范围和局限性，主要表现在以下几方面。

（1）不适合开发大型管理信息系统。对于大型系统，如果不经过系统分析来进行整体性划分，很难直接构造一个模型供人评价。而且这易导致人们认为最终系统过快产生，开发人员忽略彻底的测试，文档不够健全。

（2）原型法建立的基础是最初的解决方案，以后的循环和重复都在以前的原型基础上进行，如果最初的原型不适合，则系统开发会遇到较大的困难。

（3）对于原基础管理不善，信息处理过程混乱的组织，构造原型有一定的困难。而且没有科学合理的方法可依，系统开发容易走上机械地模拟原来手工系统的轨道。

（4）没有正规的分阶段评价，因而对原型的功能范围的掌握有困难。由于用户的需求总在改变，系统开发永远不能结束。

（5）由于原型法的系统开发不很规范，系统的备份、恢复，系统性能和安全等问题容易被忽略。

3.2.3　面向对象的开发方法

面向对象（Object Oriented，OO）法是一种认识客观世界，从结构组织模拟客观世界的方法。面向对象法产生于 20 世纪 60 年代，在 20 世纪 80 年代后获得广泛应用。它一反那种功能分解方法只能单纯反映管理功能的结构状态，以及数据流程模型（DFD）只是侧重反映事物的信息特征和流程，信息模拟只能被动迎合实际问题需要的做法，而面向对象的角度为人们认识事物，进而开发系统提供了一种全新的方法。这种方法以类、继承等概念描述客观事物及其联系，为管理信息系统的开发提供了全新思路，必将成为 21 世纪的重要开发方法之一。

1.　面向对象法的基本思想

OO 方法认为：客观世界是由许多各种各样的对象所组成的，每种对象都有各自的内部状态和运动规律，不同的对象之间的相互作用和联系就构成了各种不同的系统。设计和实现一个客观系统时，如果能在满足需求的条件下，把系统设计成由一些不可变的（相对固定）部分组成的最小集合，这个设计就是最好的。因为它把握了事物的本质，因而不会再被周围环境（物理环境和管理模式）的变化以及用户没完没了的变化需求所左右，而这些不可变的部分就是所谓的对象。客观事物都是由对象组成的，对象是在原来事物基础上抽象的结果。任何复杂的事物都可以通过对象的某种组合而构成。

2.　面向对象法的基本概念

（1）对象：对象是现实世界中具有相同属性、服从相同规则的一系列事物的抽象，也就是将相似事物抽象化，其中的具体事物称为对象的实体。任何事物在一定前提下都可以看成是对象。例如，面对同一条大街，如果你的问题是寻找同伴，则你看到的对象是流动人群；如果你的问题是搭车，则你看到的是流动的车辆；如果你的问题是逛商场，则你看到的是繁华的商场。从计算机角度看，对象是把数据（即对象的属性）和对该数据的操作(即对象的行为)封装在一个计算单位中的运行实体;从程序设计者角度看,对象是一个高内聚的程序模块;从用户角度看,对象为他们提供所希望的行为。对象可以是具体的,如一个人、一张桌子、一辆轿车等;对象也可以是概念化的,如一种思路、一种方法等。

(2) 对象的属性:对象的属性是实体所具有的某个特性的抽象,它反映了对象的信息特征,而实体本身被抽象成对象。

(3) 类:类是具有相同属性和相同行为描述的一组对象,它为属于该类的全部对象提供了统一的抽象描述。例如,动物、人、高校、管理信息系统都是类。

(4) 消息:消息是向对象发出的服务请求。在 OO 方法中,完成一件事情的方法就是向有关对象发送消息。消息体现了对象的自治性和独立性,对象间可以通过消息实现交互,模拟现实世界。

消息传递:同样输入→不同对象→不同结果(终态)。

过程调用:同样输入→同样输出。

(5) 行为:行为是指一个对象对于属性改变或消息收到后所进行的行动的反映。一个对象的行为完全取决于它的活动。

(6) 操作:对象行为、动态功能或实现功能的具体方法。每一种操作都会改变对象的一个值或多个值。操作分为两类:对象自身承受的操作,操作结果改变了自身的属性;施加于其他对象的操作,操作结果作为消息发送出去。

(7) 关系:关系是指现实世界中两个对象或多个对象之间的相互作用和影响。例如,师生关系、上下级关系、机器与配件的关系等。

(8) 接口:对象受理外部消息所指定操作的名称或外部通信协议。

(9) 继承:指一个类承袭另一个类的能力和特征的机制。继承的优点是避免了系统内部类或对象封闭而造成的数据与操作冗余,并保持接口的一致性。在传递消息时,也无须了解接口的详细情况。而继承机制的最主要优点是支持重用,在层次方面优于传统结构化方法中的过程调用。

3. 面向对象法的开发过程

按照 OO 方法的基本思想,可将其开发过程分为 4 个阶段。

(1) 系统调查和需求分析。对所要研究的系统面临的具体管理问题以及用户对系统开发的需求进行调查研究,弄清目的是什么,给出前进的方向。

(2) 系统分析阶段(Object Oriented Analysis,OOA)。在繁杂的问题领域中抽象地识别出对象及其行为、结构、属性等。

(3) 系统设计阶段(Object Oriented Design,OOD)。根据系统分析阶段的文档资料,作进一步地抽象、归类、整理,运用雏形法构造出系统的雏形。

(4) 系统实现阶段(Object Oriented Programming,OOP)。根据系统设计阶段的文档资料,运用面向对象的程序设计语言加以实现。

4. 面向对象法的特点

面向对象法是以对象为中心的一种开发方法,具有以下特点。

（1）封装性（Encapsulation）。在 OO 方法中，程序和数据是封装在一起的，对象作为一个实体，它的操作隐藏在行为中，状态由对象的"属性"来描述，并且只能通过对象中的"行为"来改变，外界一无所知。可以看出，封装性是一种信息隐蔽技术，是面向对象法的基础。因此，OO 方法的创始人 Coad 和 Yourdon 认为面向对象就是"对象＋属性＋行为"。

（2）抽象性。在面向对象法中，把抽出实体的本质和内在属性而忽略一些无关紧要的属性称为抽象性。类是抽象的产物，对象是类的一个实体。同类中的对象具有类中规定的属性和行为。

（3）继承性。继承性是指子类共享父类的属性与操作的一种方式，是类特有的性质。类可以派生出子类，子类自动继承父类的属性与方法。可见，继承大大地提高了软件的可重用性。

（4）动态链接性。动态链接性是指各种对象间统一、方便、动态的消息传递机制。

5. 面向对象法的优缺点

面向对象的方法更接近于现实世界，可以很好地限制由于不同的人对于系统的不同理解所造成的偏差；以对象为中心，利用特定的软件工具直接完成从对象客体的描述到软件结构间的转换，解决了从分析和设计到软件模块结构之间多次转换的繁杂过程，缩短了开发周期，是一种很有发展潜力的系统开发方法。

它需要一定的软件基础支持才可以应用，但在大型管理信息系统开发中不进行自顶向下的整体划分，而直接采用自底向上的开发，因此很难得出系统的全貌，会造成系统结构不合理，各部分关系失调等问题。

面向对象系统开发的趋势：分析和设计更加紧密难分。由于重用性提高，程序设计比重越来越小，系统测试和维护得到简化和扩充，开发模型越来越注重对象之间交互能力的描述。

3.2.4 计算机辅助设计法

1. CASE 的基本思想

严格地讲，CASE（Computer Aided Software Engineering，计算机辅助软件工程）只是一种开发环境而不是一种开发方法。它是 20 世纪 80 年代末从计算机辅助编程工具、第四代语言（4GL）及绘图工具发展而来的。目前，CASE 仍是一个发展中的概念，各种 CASE 软件也较多，没有统一的模式和标准。采用 CASE 工具进行系统开发，必须结合一种具体的开发方法，如结构化系统开发方法、面向对象方法或原型化开发方法等，CASE 方法只是为具体的开发方法提供了支持每一过程的专门工具。因而，CASE 工具实际上把原先由手工完成的开发过程转变为以自动化工具和支撑环境支持的自动化开发过程。

2. CASE 方法的特点

CASE 方法具有下列特点。

（1）解决了从客观对象到软件系统的映射问题，支持系统开发的全过程。

（2）提高了软件质量和软件重用性。

（3）加快了软件开发速度。

（4）简化了软件开发的管理和维护。

（5）自动生成开发过程中的各种软件文档。

现在，CASE 中集成了多种工具，这些工具既可以单独使用，也可以组合使用。CASE 的概念也由一种具体的工具发展成为开发信息系统的方法学。

3. 开发工具

为提高软件开发效率和减轻开发人员的劳动强度而设计的软件称为软件工具。软件工具是为支持计算机软件的开发、维护、模拟、移植或管理而研制的程序系统。

软件工具涉及的面很广，种类繁多，目前分类方法也很多，较为流行的分类方法是按生存周期分类，通常分为五大类。

（1）软件需求分析工具。利用形式化语言描述，与自然语言相近，可产生需求分析的文档和相关的图形，如 DFD 图。例如，问题描述语言 PSL、问题分析器 PSA 都是需求分析工具。

（2）软件设计工具。一种是图形、表格、语言的描述工具，如结构图、数据流程图、判定表、判定树、IPO 图等；另一种是转换与变换工具，如程序设计语言 PDL，可实现算法描述到接近可执行代码的描述转换。

（3）软件编码工具。如各种高级语言编译器、解释器、编辑连接程序、汇编程序等。软件编码工具是软件开发的主要工具。

（4）软件测试和验收工具。如静态分析程序 DAVE、程序评测系统 PET。

（5）软件维护工具。如 PERT、TSN、GANTT 图等。

有些软件工具支持多个软件开发阶段，因此，难以明确地将其归入上述 5 类中的某一类。对于依赖数据库技术的管理信息系统开发，目前主要采用面向对象的开发工具。很多 DBMS 支持多个软件开发阶段，既作为系统开发平台又作为系统开发编程工具。

3.2.5　管理信息系统开发方式及选择

信息系统的开发方式是指企业组织获得应用系统服务的方式，主要解决由谁来承担系统开发任务，建设所需信息系统的问题。目前主要的开发方式有自行开发、委托开发、联合开发、利用软件包开发等。这几种开发方式各有优点和不足之处，需要根据使用单位的技术力量、资金情况、外部环境等各种因素进行综合考虑和选择。

1. 自行开发

自行开发即由用户依靠自己的力量独立完成系统开发的各项任务。根据项目预算，企业自行组织开发队伍，完成系统的分析和设计方案，组织实施，进行运行管理。随着第四代开发工具的不断发展，应用程序的编写越来越容易，使得用户自行开发在技术上变得更加可行。一些有较强专业开发分析与设计队伍和程序设计人员、系统维护使用队伍的组织和单位，如大学、研究所、计算机公司、高科技公司等，就可以自行开发，完成新系统的建设。

（1）自行开发的步骤

对于功能比较简单的系统，由企业内部用原型法在很短的时间内就可完成。对于功能比较复杂的系统，要将原型法和结构化方法结合，即在建立一个最终系统之前，构造一个系统模型，开发过程采用结构化的类似步骤。一般经过调查研究，识别需求，确定新系统目标，制订项目计划，研究和建立新系统的模型，选择系统的软件和硬件，用户对模型提出意见，对模型进行修改直到用户满意，系统运行和维护等步骤。开发过程应注意两点：大力加强领导，实行"一把手"原则；向专业开发人士或公司进行必要的技术咨询，或聘请他们作为开发顾问。

（2）自行开发方式的优缺点

自行开发方式的优点是开发速度快，费用少，容易开发出适合本单位需要的系统，方便维护和扩展，有利于培养自己的系统开发人员。缺点是由于不是专业开发队伍，除缺少专业开发人员的经验和熟练水平外，还容易受业务工作的限制，系统整体优化不够，开发水平较低。同时开发人员一般都是临时从所属各单位抽调出来的，他们都有自己的工作，精力有限，这样就会造成系统开发时间长，开发人员调动后系统维护工作没有保障的情况。

2. 联合开发

联合开发由用户（甲方）和有丰富开发经验的机构或专业开发人员（乙方）共同完成开发任务。一般是由用户负责开发投资，根据项目要求组建开发团队，建立必要的规则，分清各方的权责，以合同的方式明确下来，协作完成新系统的开发。这样可以利用企业的业务优势与合作方信息技术优势互补，开发出适用性较强、技术水平较高的应用系统。但是，用户要选择有责任心、有经验的合作方，如专业性开发公司、科研机构等，进行联合开发，共同完成信息系统的分析、设计和实施。这种开发方式适合于用户有一定的信息系统分析、设计及软件开发人员，但开发队伍力量较弱，需要外援，希望通过信息系统的开发来建立、完善和提高自己的技术队伍，以便于系统维护工作的单位。

这种开发方式的优点是相对比较节约资金，可以培养、增强用户的技术力量，便于系统维护工作、系统的技术水平提高。缺点是双方在合作中的沟通容易出现问题，因此，需要双方及时达成共识，进行协调和检查。

3. 委托开发

委托开发是由用户委托给富有开发经验的机构或专业开发人员，按照用户的需求承担系统开发的任务。用户首先要明确自己的需求，然后选择委托单位，签订开发合同，并预付部分资金。开发方根据合同要求，独立地完成系统分析、设计、实施。用户对系统验收通过后直接投入运行。采用这种开发方式，关键是要选择好委托单位，最好是对本行业的业务比较熟悉的、有成功经验的开发单位，并且用户的业务骨干要参与系统的论证工作,开发过程中需要开发单位和用户双方及时沟通,进行协调和检查。这种开发方式适合于用户没有信息系统的系统分析、系统设计及软件开发人员或开发队伍力量较弱、信息系统内容复杂、投资规模大,但资金较为充足的单位。

委托开发方式的优点是省时、省力,开发的系统技术水平较高。缺点是费用高、系统维护与扩展需要开发单位的长期支持,不利于本单位的人才培养。

4. 利用现成的软件包开发

信息技术的发展促使软件的开发向专业化方向发展,软件开发的标准化和商品化成为软件发展的趋势。专门从事管理信息系统开发的公司已经开发出一批使用方便、功能强大的应用软件包。所谓应用软件包是预先编制好的、能完成一定功能的、供出售或出租的成套软件系统。它可以小到只有一项单一的功能,比如打印邮签,也可以是具有复杂功能,运行在主机上的大系统。为了避免重复劳动,提高系统开发的经济效益,可以利用现成的软件包开发管理信息系统,也可购买现成的应用软件包或开发平台,如财务管理系统、小型企业管理信息系统、供销存管理信息系统等。这种开发方式对于功能单一的小系统的开发颇为有效。但不太适用于规模较大、功能复杂、需求量的不确定性程度比较高的系统的开发。

利用现成的软件包开发这一方式的优点是能缩短开发时间,节省开发费用,技术水平比较高,系统可以得到较好的维护。缺点是功能比较简单,通用软件的专用性比较差,难以满足特殊要求,需要有一定的技术力量根据使用者的要求做软件改善和编制必要的接口软件等二次开发的工作。

5. 开发方式的选择

由上可知,不同的开发方式有不同的优点和缺点,如表 3-3 所示。需要根据用户的实际情况进行选择,也可以综合使用各种开发方式。

表 3-3　4 种开发方式的比较

方式 特点比较	自行开发	委托开发	联合开发	利用现成软件包开发
分析和设计能力的要求	较高	一般	逐渐培养	较低
编程能力的要求	较高	不需要	需要	较低
系统维护的难易程度	容易	较困难	较容易	较困难
开发费用	少	多	较少	较少

选择开发方式是一个复杂的决策过程,不能仅从经济效益原则来考虑,应当有一个正确的决策机制,对企业的实力、信息系统的地位和应用环境等综合考虑。阿普尔特概括的“造”与“买”的决策影响因素,如表 3-4 所示,值得企业决策者借鉴。但无论哪一种开发方式都需要用户的领导和业务人员参与,并在管理信息系统的整个开发过程中培养、锻炼、壮大使用单位的管理信息系统开发、设计人员和系统维护队伍。

表 3-4 "造"与"买"的决策影响因素

决策准则	适于自行制造	适于购买
企业战略	IT 应用或基础结构提供了独有的竞争优势	IT 对战略和企业经营提供支持,但不属于战略型 IT
核心能力	IT 应用维护的知识、人员等是企业的核心能力	IT 应用维护的知识、人员等不是企业的核心能力
信息/流程可靠性与机密程度	IT 系统和数据库的内容及流程高度机密	安全方面的故障会带来一些问题,但不至于导致致命后果
合作伙伴是否可得	没有值得信赖的、称职的合作伙伴能够负责 IT 应用和基础设施	能够找到可靠的、称职的、愿意合作的经销商
应用软件或需求方案	IT 的应用或基础结构具有特异性	能够找到满足大多数需求的应用软件及解决方案
成本/效益分析	购买软件产品或服务的成本,以及合作管理的支出超过自我服务的支出	购买软件产品或服务的成本明显低于自我服务的支出
实施时间	企业有充分的时间利用内部资源开发应用系统,建立基础设施	利用内部资源开发应用系统和建立基础设施所需时间太长,不能及时满足需求
技术演进及复杂性	企业有能力拥有一支专业性开发队伍	企业无力应付迅速变动、日益复杂化的企业技术需求
实施的难易程度	拥有块速开发 IT 应用系统的软件开发工具	没有用于快速开发的软件开发工具,或工具不理想

实验三　企业调研

实验目的

进入具体的企业了解企业在管理信息化方面的需要,为课程的后继进行做准备。

实验内容

1. 调研的目的

(1) 对开发对象进行调研是管理信息系统设计工作开展之前必不可少的阶段,是进行系统分析与设计的前提和基础。

(2) 通过详细、准确地调研考察,我们可以对开发对象有一个全面的了解,准确把握对象的信息系统需求,在此基础上为开发对象设计合适的解决方案。

(3) 同时细致的调研工作可以提高系统设计的工作效率,增强目标系统的适应性。

(4) 通过调研活动可以识别开发对象存在的问题或约束,从而能有效保证系统实施的成功率。

2. 调研的对象

调研的对象包括各种形式组织,在此列举以下一些对象以做参考。

(1) 生产企业及其职能班级:如文具厂、电子厂的人力资源班级等。

(2) 商贸企业:如商场、超市、书店、经销商、贸易公司等。

(3) 教育单位:如大学、中学、小学、学院、部处、图书馆、后勤等。

(4) 行政机构:如县、市、区、政府,部、厅、局单位,民间组织等。

(5) 服务行业:如饭店、旅馆、娱乐、中介代理、修理、物业管理、信息咨询等。

(6) 金融业:如保险、银行、证券等。

(7) 流通企业:如物流公司、交通运输单位等。

(8) 其他行业:建筑、装修、IT、出版发行、展览、医疗、广告等。

3. 调研的方法

(1) 对身边的事物进行积极的思考,并充分发挥社会关系和主观能动性,寻找并选择合适的研究对象。

(2) 积极主动地与准研究对象的有关班级或人员联系沟通,传递自己的诚恳态度与热切需求,必要时建议与相关负责人联系以便于调研工作顺利进行。如果需要提供介绍信,可向指导教师申请。

(3) 准备合理的调研工作日程安排和详细的调研准备方案,方案包括调研的范围、内容、方式、问卷设计等,调查前通过多方面了解待调研对象。

(4) 调研过程中要多问、多想、多看,尽可能索要书面文档(规章、报表、文件、技术文档),对调研内容做好笔录并进行整理,相关的流程图要自己画出来,不清楚的地方和问题可进一步通过电话或邮件询问,必要时应反复调查。

4. 调研的方法

(1) 访谈、问卷、实践等多种调查方式相结合,尽可能采访不同级别的对象,关注课程设计相关的主要内容。

(2) 问卷及图表设计可参考相关资料。

实验要求

(1) 调研对象必须是客观实际对象,需要提供联系人的姓名及联系方式。

(2) 调研的内容必须充分真实可靠。对于由于商业实验报告等原因无法获得的必需资料,应积极通过仔细观察和其他途径进行分析、归纳、推理。

(3) 调研结束后提交所掌握材料的目录及具体的收集或整理的文档。

(4) 业务流程是调研的重点内容,调研获取的材料必须包含这部分内容。

(5) 如获取的材料不充足,需要进行进一步的调研活动,必要时需考虑更换调研对象。

练习题

一、单项选择题

1. MIS 战略规划的组织除了包括成立一个领导小组、进行人员培训外,还包括(　　　)。

　A. 制订规划　　　　B. 规定进度　　　　C. 研究资料　　　　D. 明确问题

2. (　　　)指的是企业管理中必要的、逻辑上相关的、为了完成某种管理功能的一组活动。

　A. 管理流程　　　　B. 业务过程　　　　C. 系统规划　　　　D. 开发方法

二、填空题

1. MIS 战略规划是一个组织的_____的重要组成部分,是关于 MIS 长远发展的规划。

2. 规划领导小组应由单位(企业、部门)的_____负责。

三、问答题

1. 系统战略规划的作用和内容各是什么?

2. 什么是企业流程重组?

3. 制订 MIS 战略规划时使用 BSP 法主要想解决什么问题?

四、应用题

试论述为什么从开发管理信息系统的角度来讲,企业流程重组的过程就是为了找出合理的信息流。

第 4 章　管理信息系统规划

从一个组织或企业的角度来看,实现信息化这个长远的战略目标需要通过信息系统规划加以具体化。而在信息系统规划框架下安排一个又一个具体的信息系统建设项目就成为实现信息化的一个又一个台阶,规划就这样成为信息化战略和具体项目之间的联系和桥梁。

学习目标

(1) 掌握信息系统规划的基本概念。
(2) 掌握企业信息系统规划的诺兰模型。
(3) 掌握信息系统规划的 BSP 方法、CSF 方法等。
(4) 理解业务流程重组与信息系统规划的关系。

引导案例

A 钢铁集团公司管理信息系统的系统规划

A 钢铁集团公司(以下简称 A 钢)杨总经理上任后发现,A 钢在信息管理手段上较为落后,所有信息管理方面的工作极大部分都手工进行。即便是有些单项业务使用了计算机,也极具形式化的特征。例如,生产经营日报的汇总打印实际上是管理人员手工将经营日报的各项数据计算出来后再录入计算机并打印出来的。杨总与高层领导们商量以后,决定 A 钢拨出相应经费建立企业管理信息系统。

杨总指派有很高协调能力的宣传部部长傅希岭组织协调这项工作的开展。傅部长接手这项任务后的第一项工作就是组建 A 钢信息中心,并亲自担任信息中心主任。组建的信息中心除傅部长外,还有一位懂技术且原则性很强,能全身心投入的马副主任,以及熟悉计算机硬件及系统软件的小范及其同事们,共 10 人左右。

傅部长及马副主任接手这项工作以后,找到了北京某大学管理学院的李教授,通过与李教授谈话,决定为了使企业中上层领导对企业管理自动化有一个知识性的了解并配合企业管理信息系统的开发工作,傅部长请示杨总经理后邀请李教授及其他该大学相关专家在 A 钢讲授了针对处级以上领导的企业管理及其信息化的相关知识。

这之后,李教授组织管理学院及信息工程学院管理信息系统方面的专家到 A 钢搜集 A 钢相关资料,了解目前的业务情况,并分别与各部门的主要管理人员面谈,以了解 A 钢管理信息系统的需求范围与内容。

几周后,李教授及各位专家根据收集来的资料及对其他企业的管理信息系统的了解,列出了 A 钢管理信息系统的主要功能需求及信息需求,并应用一些方法对各项功能进行了整理分析,得到了 A 钢管理信息系统的总体功能结构,并据此与计算机及网络公司初步进行了经费估算,规划了人力分配、进度计划。最后经杨总经理同意,决定将整个系统的建设分为三期工程来完成。第一期工程开发建设物资管理、销售管理、技术管理、生产计划管理、生产调度、财务管理及总经理综合信息服务 7 个子系统。李教授的课题组通过几周的工作写出了"A 钢管理信息系统可行性研究报告"。

A 钢随后组织了一次研讨会,由李教授及其他专家向 A 钢的各级主管领导和外请专家就 A 钢管理信息系统的系统规划工作做了一个详细的报告。外请专家及 A 钢各级领导确认了报告的内容并对一些问题提出了修改意见与建议。

随后杨总指派 A 钢信息中心与大学课题组就经费与完成时间进行了商谈,最后双方同意以 350 万元的经费及一年半的时间完成这个系统的第一期工程,并签署了合作协议。

4.1　管理信息系统规划的步骤概述

4.1.1　管理信息系统规划的概念

管理信息系统规划就是根据组织的总体发展战略和资源状况,对组织信息系统近、中、长期的使命和目标,实现策略和方法,实施方案等内容作出的统筹安排。

一个组织的信息系统规划可以分为战略性规划和执行性规划两部分。战略性规划是宏观指导性的长远规划,执行性规划是对战略规划的具体化和细化。

4.1.2　管理信息系统的战略规划

管理信息系统的战略规划是关于管理信息系统的长远发展的计划,一般包括 3 年或更长期的计划,也包含 1 年的短期计划。由于管理信息系统的建设是一项耗资巨大、历时很长、技术复杂且又内外交叉的工程,信息已成为企业的生命线,信息系统和企业的运营方式、文化习惯息息相关,因此,管理信息系统战略规划是企业战略规划的一个重要部分。

在开发系统之前,为了节省信息系统的投资,合理分配和利用信息资源,必须认真地制订管理信息系统战略规划。通过制订规划,找出存在的问题,正确地识别为实现企业目标管理信息系统必须完成的任务,促进信息系统的应用,带来更多的经济效益。一个好的规划可以作为一个标准,考核信息系统人员的工作,明确他们的方向,调动他们的积极性。总之,管理信息系统战略规划对企业开发管理信息系统是非常重要的。

管理信息系统的战略规划的内容主要包括:组织的战略目标、政策和约束、计划和指标的分析;管理信息系统的目标、约束以及计划指标的分析;系统的功能结构、信息系统的组织、人员、管理和运行;组织业务流程重组;信息系统的效益分析和计划实施等。

4.1.3　管理信息系统战略规划的步骤

管理信息系统的战略规划制订一般应包括以下步骤,如图 4-1 所示。

(1)确定规划的基本问题。如确定规划的年限、规划的方法,确定是集中式还是分散式的规划等。

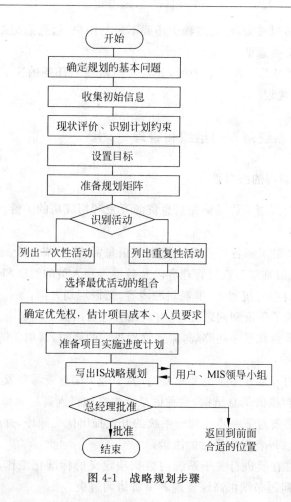

图 4-1　战略规划步骤

（2）收集初始信息。包括从各级干部、卖主相似的企业、本企业内部各种信息系统领导小组、各种文件以及书籍和杂志中收集信息。

（3）现状评价和识别计划约束。包括目标、系统开发方法、计划活动、现存硬件和它的质量、信息部门人员、运行和控制、资金、安全措施、人员经验、手续和标准、中期和长期优先序、外部和内部关系、现存的设备、现存软件及其质量，以及企业的思想和道德状况。

（4）设置目标。主要由总经理和计算机领导小组来设置，包括服务的质量和范围、政策、组织及人员等，它不仅包括信息系统的目标，而且应有整个企业的目标。

（5）准备规划矩阵。列出信息系统规划内容之间相互关系所组成的矩阵，确定各项内容以及它们实现的优先顺序。

（6）识别上面所列的各种活动，判断是一次性的工程项目性质的活动，还是一种重复性的经常进行的活动。由于资源有限，不可能所有项目同时进行，只有选择一些好处最大的项目先进行，要正确选择工程类项目和日常重复类项目的比例，以及风险大的项目和风险小的项目的比例。

（7）确定项目的优先权和估计项目的成本费用。以此编制项目的实施进度计划，然后把战略长期规划书写成文,在此过程中还要不断与用户、信息系统工作人员以及信息系统领导小组的领导交换意见。

(8)写出的规划经总经理批准生效,并宣告战略规划任务的完成。如果总经理没批准,只好再重新进行规划。

4.1.4　管理信息系统规划的组织和管理

1. 高层管理者参与的必要性

高层管理者参与规划工作是确保信息资源开发利用成功的关键。其原因主要有以下几个方面。

(1)高层管理者最了解各项战略决策中的信息需求,单靠一个规划组来规划这种来自高层的信息资源,很难理解高层管理者以及各层管理人员的看法和信息需求,所以作为高层管理者必须亲自参与规划,了解规划的内容,把握规划方向。

(2)规划中出现了争议和问题时,只有高层管理者出面才能解决。

(3)规划中经常会发现一些弊病,需要管理机构的调整,其调整的最终决策权在高层管理者。

(4)信息系统的开发效率是至关重要的,为了避免信息资源开发上的浪费,必须有一个自顶向下的全局范围的信息结构,这种信息结构必须得到高层管理者的确认。

(5)总体规划需要对下一步各项子系统的开发提出优先顺序,并做出开发预算,这些内容也必须由高层管理者做出最后的决策。

(6)总体规划往往要进行关于系统内数据项定义的标准化工作,在数据项定义过程中经常会出现一些问题必须由高层管理者负责协调解决。

由此可见,总体规划必须在高层管理者的直接参与和管理下进行。规划的组织则依据不同的规划范围有着不同的形式。

2. 系统规划的组织管理

信息系统规划工作需要成立一个责权明确的领导小组。它在组织的最高层管理者的直接管理下,由一名负责全面规划工作的信息资源规划者和一个核心小组所组成,并通过一批用户分析员与广大的最终用户相联系。核心小组和用户分析员应该是脱产地从事总体规划工作,而广大的最终用户则是临时性或短期的参与规划工作。

全部规划工作应由强有力的核心小组来完成。核心小组成员由高层管理人员与数据处理人员(大约四五人)组成,具体包括:组织内的业务负责人、财务培训人、数据处理负责人、系统分析负责人等。核心小组成员应由外请顾问培训和指导,以便正确行使其权力。

信息系统的最终用户是指那些直接使用计算机信息系统的各层管理人员,这些人员中要抽出一部分人在总体规划期间代表所在的部门参与工作,称为用户分析员。用户分析员的人数应该适合组织的规模,并能覆盖全部业务范围。用户分析员要经过培训,学会总体规划方法,并具体负责本部门的规划工作。

4.1.5　诺兰模型

诺兰模型是西方国家进行管理信息系统规划的指导性理论之一。西方发达国家信息系统发展经验表明:一个企业或地区信息系统的发展具有一定的规律性,一般要经历从初级到成熟的成长过程。美国哈佛大学教授里查德·诺兰(Richard Nolan)总结了这一规律,于 1973 年首次提出了信息系统发展的阶段理论,被称为诺兰模型。到 1980 年,诺兰进一步完善该模型,把信息系统的成长过程划分为 6 个不同阶段,如图 4-2 所示。

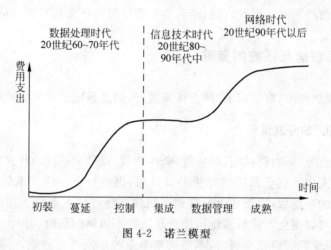

图 4-2　诺兰模型

(1) 初装阶段

计算机的作用被初步认识,个别人具有初步使用计算机的能力。各单位一般从财务部门开始购置计算机,初步开发管理应用程序,财务部门工作效率得到较大提高。

(2) 蔓延阶段

个别部门尝试的成功,计算机的应用很快从少数部门扩散到其他部门,并开发了大量的应用程序,使单位的事务处理效率有了提高,这就是所谓的“蔓延”阶段。在这个阶段中,数据处理能力发展迅速,但同时出现了许多有待解决的问题,如数据冗余性、不一致性、难以共享等。可见,此阶段只有一部分计算机的应用收到了实际的效益。

(3) 控制阶段

计算机数量超出控制,计算机投资比例增长快速,但大量独立性的单项系统应用却带来很多矛盾。这就要求企业加强组织协调,限制盲目扩大计算机应用规模,抑制支出无序增长,对整个企业的系统建设进行统筹规划,特别是利用数据库技术解决数据共享问题。诺兰认为,第三阶段将是实现从以计算机管理为主到以数据管理为主转换的关键,一般发展较慢。

(4) 集成阶段

在控制的基础上,对子系统中的硬件进行重新连接,建立集中式的数据库和各种信息系统。由于重新装配大量设备,这阶段预算费用又一次迅速增长。

（5）数据管理阶段

计算机信息处理系统为数据资源的统一管理打下了基础，企业开始重视数据的加工处理，提高系统对企业业务的支持水平，数据成为企业的重要资源。

（6）成熟阶段

信息系统可以满足单位中各管理层次（高层、中层、基层）的要求，真正实现信息资源的管理。

诺兰模型总结了发达国家信息系统发展的经验和规律。一般认为模型中的各阶段都是不能跳跃的。这一理论对预测企业信息系统的未来变动、对企业信息系统规划具有指导作用。因此，在确定开发管理信息系统的策略或者在制定管理信息系统规划的时候，首先明确本单位当前处于哪一生长阶段，然后根据该阶段特征来指导管理信息系统建设。

4.1.6　开发管理信息系统的策略

通常，系统规划按照"自上而下"的方法来进行，信息系统的开发实施有 3 种策略。

1. "自下而上"的开发策略

从各个基层业务（如物资供应、财务管理、生产管理等）子系统的日常业务处理开始进行分析和设计。完成下层子系统的分析和设计后，再进行上一层子系统的分析和设计。实现一个个具体的功能后，逐步地由低级到高级建立管理信息系统。这种方法边实施边见效，容易开发，可以避免大规模系统可能出现运行不协调的危险。但由于在实施具体子系统时，不能像想象的那样完全周密，不能从整个系统出发考虑问题，易导致功能和数据的重复和不一致，随着系统的发展，往往要做许多重大修改，甚至重新规划、设计。

2. "自上而下"的开发策略

从企业高层管理入手，强调从整体上协调和规划，由全面到局部，由长远到近期，从探索合理的信息流出发来设计信息系统。它首先考虑企业的总体目标、总功能，划分子系统，然后进行各子系统的具体分析与设计。这种开发策略具有系统性、逻辑性强的优点。其缺点是对制定较大的系统来说，由于工作量大而影响具体细节，系统开发费用大。这是一种更重要的策略，是信息系统的发展走向集成和成熟的要求。

3. 综合开发的开发策略

由于"自上而下"的方法适用于系统的总体规划，"自下而上"的方法适用于系统设计、系统实施，所以，实际使用时往往将两种方法结合起来，发挥各自的优点。即采用"自上而下"方法进行总体规划，把企业的管理目标转化为对信息系统的近期和长远目标，新系统的设计和实现采用"自下而上"的方法。

通常，"自下而上"的策略用于小型系统的设计，适用于对开发工作缺乏经验的情况。在实践中，对于大型系统往往使用综合开发方法，即先"自上而下"地做好管理信息系统的战略规划，再"自下而上"地逐步实现各系统的应用开发。这是建设管理信息系统的正确策略。

4.2　管理信息系统规划的常用方法

制定管理信息系统战略规划的方法有多种,主要有关键成功因素法(Critical Success Factors,CSF)、战略目标集转化法(Strategy Set Transformation,SST)和企业系统规划法(Business System Planning,BSP)3 种。还有几种用于特殊情况,或者作为整体规划的一部分使用,如企业信息分析与集成技术(BIAIT)、产出/方法分析(E/MA)、投资回收法(ROI)、征费法(Chargeout)、零线预算法、阶石法等。

4.2.1　关键成功因素法

1970 年哈佛大学 William Zani 教授在管理信息系统模型中用了关键成功变量,这些变量是决定管理信息系统成败的因素。过了 10 年,麻省理工学院 John Rockart 教授把 CSF 提高为管理信息系统的战略。应用这种方法,可以对企业成功的重点因素进行辨识,确定组织的信息需求,了解信息系统在企业中的位置。所谓的关键成功因素,就是关系到组织的生存与组织成功与否的重要因素,它们是组织最需要得到的决策信息,是管理者重点关注的活动区域。不同组织、不同的业务活动中的关键成功因素是不同的,即使在同一组织同一类型的业务活动中,在不同的时期其关键成功因素也有所不同。因此,一个组织的关键成功因素应当根据本组织的相关信息判断,包括企业所处的行业结构、企业的竞争策略、企业在本行业中的地位、市场和社会环境的变动等。

CSF 即通过分析找出企业成功的关键因素,然后再围绕这些关键因素来确定系统的需求,并进行规划。其步骤如下。

(1) 了解企业和信息系统的战略目标。

(2) 识别影响战略目标的所有成功因素。

(3) 确定关键成功因素。

(4) 识别性能指标和标准。

确定关键成功因素所用的工具是树枝因果图。例如,某企业有一个目标,是提高产品竞争力,可以用树枝图画出影响它的各种因素,以及影响这些因素的子因素,如图 4-3 所示。

如何确定这些因素中哪些因素是关键成功因素,不同的企业是不同的。对于一个习惯于高层人员个人决策的企业,主要由高层人员个人在此图中选择。对于习惯于群体决策的企业,可以用德尔斐法或其他方法把不同人设想的关键因素综合起来。在高层中应用关键成功因素法,一般效果好,因为每一个高层领导人员总在考虑什么是关键因素。一

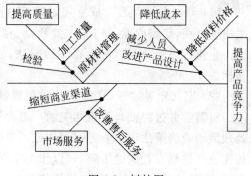

图 4-3　树枝图

般不太适合在中层领导中应用,因为中层领导所面临的决策大多数是结构化的,其自由度较小,对他们最好应用其他方法。

4.2.2　战略目标集转化法

1978 年 William King 把组织的战略目标看成是一个"信息集合",由使命、目标、战略和其他战略变量等组成。战略规划过程是把组织的战略目标转化为管理信息系统战略目标的过程,如图 4-4 所示。

图 4-4　战略目标集转化法

（1）识别组织的战略集。先考察一下该组织是否有写成文的战略或长期计划,如果没有,就要去构造这种战略集合。

（2）将组织战略集转化成管理信息系统战略集。管理信息系统战略应包括系统目标、系统约束以及设计原则等。这个转化的过程包括对应组织战略集的每个元素识别对应管理信息系统战略约束,然后提出整个管理信息系统的结构。最后,选出一个方案送总经理。

4.2.3　企业系统规划法

企业系统规划法是由 IBM 公司于 20 世纪 70 年代提出的一种企业管理信息系统规划的结构化的方法论。它与 CSF 法相似,首先自上而下地识别系统目标,识别业务过程,识别数据,然后自下而上地设计系统,以支持系统目标的实现,如图 4-5 所示。

1. 主要步骤

BSP 法从企业目标入手,逐步将企业目标转化为管理信息系统的目标和结构。它摆脱了管理信息系统对原组织结构的依赖性,从企业最基本的活动过程出发,进行数据分析,分析决策所需数据,然后自下而上设计系统,以支持系统目标的实现。BSP 主要步骤如图 4-6 所示。

（1）研究开始阶段。成立规划组,进行系统初步调查,分析企业的现状,了解企业有关决策过程,组织职能部门的主要活动、存在的主要问题、各类人员对信息系统的看法。要在企业各级管理部门中取得一致看法,使企业的发展方向明确,使信息系统支持这些目标。

（2）定义业务过程（又称企业过程或管理功能组）。定义业务过程是 BSP 方法的核心。所谓业务过程就是逻辑相关的一组决策或活动的集合,如订货服务、库存控制等业务处理活动或决策活动。业务过程构成了整个企业的管理活动。识别业务过程可对企业如何完成其目标有较深的了解,可以作为建立信息系统的基础。按照业务过程所建造的信息系统,其功能与企业的组织机构相对独立,因此,组织结构的变动不会引起管理信息系统结构的变动。

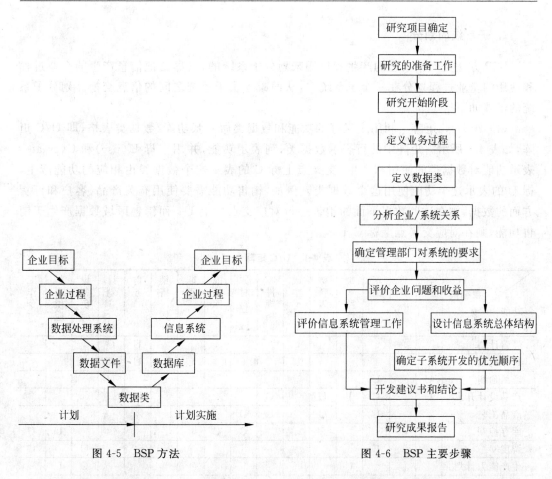

图 4-5　BSP 方法　　　　　图 4-6　BSP 主要步骤

（3）业务过程重组。在业务过程定义的基础上，分析哪些过程是正确的；哪些过程是低效的，需要在信息技术支持下进行优化处理；哪些过程不适合计算机信息处理，应当取消。检查过程的正确性和完备性后，对过程按功能分组，如经营计划、财务规划、成本会计等。

（4）定义数据类。定义数据类是 BSP 方法的另一个核心。所谓数据类就是支持业务过程所必需的逻辑上相关的一组数据。例如，记账凭证数据，包括凭证号、借方科目、贷方科目、金额等。一个系统中存在着许多数据类，如顾客、产品、合同、库存等。数据类是根据业务过程来划分的，即分别从各项业务过程的角度将与它有关的输入/输出数据按逻辑相关性整理出来归纳成数据类。

（5）设计管理信息系统总体结构。功能和数据类都定义好之后，可以得到一张功能/数据类表格，该表格又可称为功能/数据类矩阵或 U/C 矩阵。设计管理信息系统总体结构主要工作就是可以利用 U/C 矩阵来划分子系统，刻画出新的信息系统的框架和相应的数据类。

（6）确定子系统实施顺序。由于资源的限制，信息的总体结构一般不能同时开发和实施，总有个先后次序。划分子系统之后，根据企业目标和技术约束确定子系统实施的优先顺序。一般来讲，对企业贡献大的、需求迫切的、容易开发的系统优先开发。

（7）完成 BSP 研究报告，提交建议书和开发计划。

2. 子系统的划分

BSP 方法是根据信息的产生和使用来划分子系统的,它尽量把信息产生的企业过程和使用的企业过程划分在一个子系统中,从而减少了子系统之间的信息交换。划分子系统的步骤如下。

(1) 作 U/C 矩阵。利用定义好的功能和数据类做一张功能/数据类表格,即 U/C 矩阵,如表 4-1 所示。矩阵中的行表示数据类,列表示功能,并用字母 U(use)和 C(create)表示功能对数据类的使用和产生,交叉点上标 C 的表示这个数据类由相应的功能产生,标 U 的表示这个功能使用这个数据类。例如,销售功能需要使用有关产品、客户和订货方面的数据,则在这些数据下面的销售一行对应交点标上 U;而销售区域数据产生于销售功能,则在对应交叉点上标 C。

表 4-1　U/C 矩阵(一)

数据类\功能	客户	订货	产品	加工路线	材料表	成本	零件规格	原材料库存	成品库存	职工	销售区域	财务	计划	设备负荷	材料供应	工作令
经营计划						U						U	C			
财务规划						U						U	C			
产品预测	U		U									U	U			
产品设计开发	U		C		U		C									
产品工艺			U		C		U	U								
库存控制								C	C						U	U
调度			U											U		C
生产能力计划				U										C	U	
材料需求			U		U										C	
作业流程			C											U	U	
销售区域管理	C	U	U													
销售	U	U	U								C					
订货服务	U	C	U													
发运		U	U													
通用会计	U		U									U				
成本会计		U				C										
人员计划										C						
人员考核										U						

(2) 调整 U/C 矩阵。开始时数据类和过程是随机排列的,U、C 在矩阵中的排列也是分散的,必须加以调整。

首先,功能这一列按功能组排列,每一功能组中按资源生命周期的 4 个阶段排列。功能组指同类型的功能,如“经营计划”、“财务计划”属计划类型,归入“经营计划”功能组。

其次,排列“数据类”这一行,使得矩阵中 C 最靠近主对角线。因为功能的分组并不绝对,在不破坏功能成组的逻辑性基础上,可以适当调配功能分组,使 U 也尽可能靠近主对角线。表 4-1 的 U/C 矩阵经上述调整后,得到表 4-2 表示的 U/C 矩阵。

（3）画出功能组对应的方框，并起个名字，这就是子系统，如表 4-2 所示。

表 4-2　U/C 矩阵（二）

功能	数据类	计划	财务	产品	零件规划	材料表	原材料库存	成品库存	工作令	设备负荷	材料供应	加工路线	客户	销售区域	订货	成本	职工
经营计划	经营计划	C	U													U	
	财务规划	U	U	U												U	U
技术准备	产品预测		U	U									U	U			
	产品设计开发			C	C	U											
	产品工艺			U	U	C	U										
生产制造	库存控制						C	C	U		U						
	高度	U							C	U							
	生产能力计划									C	U	U					
	材料需求			U		U					C						
	作业流程								U	U	U	C					
销售	销售区域管理			U									C		U		
	销售			U									U	C	U		
	订货服务			U									U		C		
	发运			U				U							U		
财会	会计			U									U				U
	成本会计														U	C	
人事	人员计划																C
	人员考核																U

（4）用箭头把落在框外的 U 与子系统联系起来，表示子系统之间的数据流。例如，数据类"计划"，由经营子计划系统产生，而技术准备子系统要用到这一数据类。

4.2.4　3 种系统规划方法的比较

（1）关键成功因素法能抓住主要问题，使目标的识别重点突出。由于高层领导比较熟悉这种方法，所以使用这种方法所确定的目标，高层领导乐于努力去实现。这种方法最有利于确定企业的管理目标。

（2）战略目标集转化法从另一个角度识别管理目标，它反映了各种人的要求，而且给出了按这种要求的分层，然后转化为信息系统目标的结构化方法。它能保证目标比较全面，疏漏较少，但它在突出重点方面不如前者。

（3）企业系统规划法虽然也首先强调目标，但它没有明显的目标导引过程。它通过识别企业"过程"引出系统目标，企业目标到系统目标的转化是通过对功能/数据类矩阵的分析得到的。由于数据类也是在业务过程基础上归纳出的，所以说识别企业过程是企业系统规划法战略规划的中心，而不能把企业系统规划法的中心内容当成 U/C 矩阵。

以上 3 种规划方法各有优缺点，可以把它们综合成 CSB 方法来使用，即用 CSF 方法确定企业目标，用 SST 方法补充完善企业目标，然后将这些目标转化为信息系统目标，再用 BSP 方法校核企业目标和信息系统目标，确定信息系统结构。这种方法可以弥补单个方法的不足，较好地完成规划，但过于复杂而削弱了单个方法的灵活性。因此，没有一种规划方法是十全十美的，企业进行规划时应当具体问题具体分析，灵活运用各种方法。

4.3　信息采集与可行性研究

管理信息系统的开发需要基于现行系统。研究与了解当前信息处理系统对企业活动的支持，即从总体上了解企业和组织概况、基本功能、信息需求及主要薄弱环节等内容，并进行可行性研究，是制定系统规划的基础。

4.3.1　信息采集

信息采集（Information Gathering）是系统规划中与用户交互的过程，通过信息采集，了解有关组织的信息、人员的信息、工作方面的信息以及环境方面的信息，了解一个企业的总貌及其对信息的总需求，为合理地确定系统目标、进行系统规划和可行性研究打好基础。

1. 信息采集的主要内容

信息采集即对现有文档、系统用户和管理人员、外源信息等的收集并整理与整个系统有关的资料、情况及存在的问题，主要内容包括以下几方面。

（1）企业概况。企业发展规模,行业性质,组织目标和结构,产、供、销的概貌,人员、设备与资金的现状,以及管理水平等。

（2）组织环境。自然环境和社会环境,与外部单位之间的物质、资金或信息的来往关系等。

（3）现行信息系统概况。现行管理信息系统功能、技术水平、工作效率、可靠性、人才队伍、管理体制,现行管理信息系统在企业中的作用、存在的问题等。

（4）认识问题。企业的领导者、管理部门对管理信息系统的态度、支持的程度,对管理信息系统的看法以及对信息的需求。

（5）资源情况。开发管理信息系统的人力、资金、环境、条件、时间等。

2. 信息采集方法

采集信息常用的方法有：召开由主管领导和上层管理人员介绍情况的调查会,印发调查提纲或调查表,走访企业的领导人和管理人员,有目的有选择地参加某些业务工作,阅读与分析现有系统的资料等。访谈、问卷调查是经常使用的方式。

（1）访谈。访谈是与用户沟通最直接的方法,其主要目的在于通过与用户的交谈,获得与系统有关的信息,同时帮助用户确定需求。

根据进行谈话的方式,可以将访谈分为主题式访谈和无主题式访谈两种。事先拟定访谈内容的方向、设定访谈的焦点、将焦点集中于某一个主题上,以便于在访谈时可以与受访者针对该主题彼此交换意见、沟通心得,称为主题式访谈。这种方式可以使访谈系统地进行。事先并没有确定访谈的要点,也未拟定访谈的方向,交谈的内容完全根据当时谈话的情形以及彼此交谈的意愿而定,称为无主题式访谈。其交谈内容的空间很大,受访者可以就任何有关建立新系统的方法提出自己的意见。

访谈问题的类型可以归纳为开放型问题与封闭型问题两种,可根据具体情况决定采用哪种类型的问题。开放型问题可使受访者自行针对问题表达意见、陈述看法,访谈的重点在于借助与受访者的交谈,以获得有关系统的信息。一个成功的访谈,能增进与受访者的友谊,同时也有利于系统的开展。

任何一个访谈在进行之前都要制订计划,确定访谈的目的与对象,并规划此次访谈的目标；配合访谈的目标,事先准备访谈的重点大纲以作为谈话内容的依据,以免误导访谈的方向；了解受访者的个人背景资料,以便于访谈的进行；事先与受访者约定访谈的时间、地点及大概需要花费的时间。同时,也应向受访者说明访谈的重点,让受访者可以先行准备相关的资料。访谈对象一般从业务单位的最高层次的部门主管开始,由上而下,逐一访谈相关人员。

用户访谈时,应该慎用"问题"一词,以免产生负面影响。当询问用户有什么问题时,用户往往强调当前系统的局限性而非期望的特征或改进的需求。除了重点讨论外,应该询问用户需要什么功能,要强调如何改进用户的工作,从而和用户建立更好的关系。

访谈后要有正式的文件记录。每次访谈后,调查人员与受访者通常都会达成某种彼此都能接受的结论,这些结论必须经过双方确认,以便于正式地纳入访谈记录。

（2）问卷调查。问卷是为了解调查目标的实质内容所设计的一连串与系统有关的问题。问卷问题的类型常因所要获得的信息内容与复杂性而有所不同,也常因问题的深浅度不同而有不同的问题结构。一般来说,问卷问题的类型可归纳为封闭性问题与开放性问题两种。

封闭性问题可以节省被测者的时间,被测者可以很容易地接受。问卷的内容可以运用统计的方法进行定量分析。但问题的设计必须以可以量化作为设计原则,不适宜量化表达的问题则不宜设计。过分要求特定的答案内容,会限制被测者答案的选择性。

开放性问题使被测者可以自由地针对问题来回答。调查人员很可能从回答的内容中找出系统的问题所在,也容易了解现行系统的实质内涵。但开放性问题的受测时间长,被测者不易接受,会影响回收的成效。

问卷问题设计的最终目的是能从所设计的问题中得到想要的信息,如果无法得到需要的信息,那么设计的问卷就失去了实质的意义。设计问卷问题一般是先确定想要得到的信息内容,再针对想要得到的信息去设计问卷的内容。一份问卷一般需要 5 个主要的组成部分,分别是问卷缘由说明、填表须知、被测者联系资料、问卷分类资料、问卷调查资料,设计者可根据需要增减或合并。

问卷内容通常用于询问较简短的问题。一份问卷要能适合被测者的背景,要能使被测者很容易作答,也要使被测者了解问卷的用途。

4.3.2 可行性研究

管理信息系统建设要求总是基于某种需求,在这种需求实现之前必须认真地研究系统建设的必要性和可能性两个方面的问题,即进行可行性研究(Feasibility Study)。在系统可行性研究中,系统分析人员和业务管理人员,根据企业内部和外部的条件和环境,科学、实际地提出系统目标。

1. 可行性研究的任务

可行性研究的任务就是用最少的代价在尽可能短的时间内确定问题是否能够解决,可行性研究的目的不是解决问题,而是确定问题是否值得去解决。要达到这个目的,必须分析几种主要的可能解法的利弊,从而判断原定的系统目标和规模是否现实,系统完成后所能带来的效益是否大到值得投资开发这个系统的程度。

一般来说,系统可行性研究可从技术可行性(Technical Feasibility)、经济可行性(Economic Feasibility)和运行可行性(Operational Feasibility)3 个方面来考虑。

(1) 技术可行性。要确定使用现有的技术能否实现系统,就要对要开发系统的功能、性能、限制条件进行分析,确定在现有的资源条件下,技术风险有多大,系统能否实现。这里的资源包括已有的或可得到的硬件、软件资源,现有技术人员的技术水平和已有的工作基础。

技术可行性一般要考虑的情况包括,在给出的限制范围内,能否设计出系统并实现必需的功能和性能;可用于开发的人员是否存在问题;可用于建立系统的其他资源是否具备;相关技术的发展是否支持这个系统;开发人员在评估技术可行性时,一旦估计错误,将会出现的灾难性后果。

（2）经济可行性。进行开发成本的估算以及取得效益的评估,确定要开发的系统是否值得投资开发。对于大多数系统,一般衡量经济上是否合算,应考虑一个最小利润值。经济可行性研究范围较广,包括成本-效益分析、公司经营长期策略、开发所需的成本和资源、潜在的市场前景等。

成本-效益分析的目的是从经济角度评价开发一个新的系统是否可行。成本-效益分析首先是估算新系统的开发成本,然后与可能取得的效益进行比较和权衡。效益分有形效益和无形效益两种。有形效益可以用货币的时间价值、投资回收期、纯收入等指标进行度量;无形效益主要从性质上、心理上进行衡量,很难直接进行量的比较。系统的经济效益等于因使用新的系统而增加的收入加上使用新的系统可以节省的运行费用。运行费用包括操作人员人数、工作时间、消耗的物资等。

（3）运行可行性。包括法律可行性和操作使用可行性等方面。法律方面主要是指在系统开发过程中可能涉及的各种合同、侵权、责任以及各种与法律相抵触的问题。操作使用方面主要指系统使用单位在行政管理、工作制度和人员素质等因素上能否满足系统操作方式的要求。

2. 可行性研究的过程

可行性研究需要的时间长短取决于工程的规模。进行可行性研究的典型过程有以下步骤。

（1）确定系统规模和目标。分析人员访问关键人员,仔细阅读和分析有关的材料,以便对问题定义阶段书写的关于规模和目标的报告书进一步确认,改正含糊或不正确的叙述,清晰地描述对目标系统的一切限制和约束。这个步骤的工作,实质是为了确保分析人员正在解决的问题确实是要求他解决的问题。

（2）研究目前正在使用的系统。现有的系统是信息的重要来源。显然,如果目前有一个系统正被人使用,那么这个系统必定能完成某些有用的工作,因此,新的目标系统必须也能完成它的基本功能;另外,如果现有的系统是完美无缺的,用户自然不会提出开发新系统的要求,因此,现有的系统必然有某些缺点,新系统必须能解决旧系统中存在的问题。此外,使用旧系统需要的费用是一个重要的经济指标,如果新系统不能增加收入或减少使用费用,那么从经济角度看新系统不如旧系统。

应该仔细阅读分析现有系统的文档资料和使用手册,也要实地考察现有的系统。应该注意了解这个系统可以做什么,为什么这样做,还要了解使用这个系统的代价。在了解上述信息的时候,用户叙述的往往是"症状"而不是实际问题,分析人员必须分析总结所得到的信息。

绝大多数系统都和其他系统有联系,应该注意了解并记录现有系统和其他系统之间的接口情况,这是设计系统时的重要约束条件。

（3）导出新系统的高层逻辑模型。优秀的设计过程通常是从现有的物理系统出发,导出现有系统的逻辑模型,再参考原有系统的逻辑模型,设想目标系统的逻辑模型,最后根据目标系统的逻辑模型建造新的物理系统。

　　通过前一步的工作,分析员对目标系统应该具有的基本功能和所受的约束已有一定的了解,概括地表达出对新系统的设想,即系统高层逻辑模型。

　　(4) 导出和评价供选择的解法。分析人员应该从系统逻辑模型出发,导出若干较高层次的物理解法供比较和选择。导出供选择的解法的最简单途径是从技术角度出发考虑解决问题的不同方案。例如,分析人员可以使用组合的方法导出若干可能的物理系统,从而为整个工程提供一种可能的方案。

　　当从技术角度提出了一些可能的物理系统之后,应该根据技术可行性的要求初步排除一些不现实的系统。例如,如果要求系统的响应时间不超过几秒钟,则批处理执行的系统方案就不合适。只有在去掉了行不通的方案之后,才能最终确定可行的一组方案。

　　操作的可行性也是应该考虑的。分析人员根据使用部门事务处理原则和习惯,检查技术上可行的那些方案,去掉操作过程中用户很难接受的方案。

　　分析员还应该估计系统开发的成本和运行费用,并且估计相对于现有系统来说这个系统可以节省的开支或可以增加的收入。在这些估计数字的基础上,对每个可能的系统进行成本-效益分析。一般说来,只有投资预计能带来利润的系统才值得进一步考虑。

　　(5) 推荐可行的方案。根据上述可行性研究结果,决定是否进行这项工程。如果分析人员认为值得继续研究,那么应选择一个最好的解法,并且说明选择这个解法方案的理由。

　　(6) 草拟开发计划。分析人员应该草拟一份开发计划,包括工程进度表和成本估计表。同时把各阶段的结果写成清晰的文档,提请用户和使用部门审查。

　　可行性研究的成果是可行性研究报告。可行性研究报告要根据对现行系统的分析研究,提出若干个新系统开发的开发方案,供用户和管理者进行决策。

4.4　企业流程重组

4.4.1　业务流程重组的概念

　　业务流程重组(Business Process Reengineering,BPR)的中文译法还有企业过程再工程、企业流程再造等。它是 20 世纪 80 年代初源于美国的一种企业变革模式,是在全面质量管理(TQM)、敏捷制造(AM)、准时制造(JIT)、零缺陷(Zero Defect)等优秀管理经验的基础上发展得到的一种变革经营、提高企业整体竞争力的变革模式。

　　BPR 是由一些信息咨询公司为客户构建系统时积累起来的。比较完整的概念归纳是由哈佛大学迈克尔·哈默(Michael Hammer)提出的:BPR 以企业过程为对象,从顾客的需求出发,对企业过程进行根本地再思考和彻底地再设计;以信息技术(IT)和人员组织为使能器(enabler),以求达到企业关键性能指标(如成本、质量、服务和速度等)和业绩的巨大提高或改善,从而保证企业战略目标的实现。

　　BPR 理论以一种再生的思想重新审视企业,并对传统管理学赖以存在的基础——分工理论提出质疑,是管理学史上的一次巨大变革。其出发点是为了使顾客满意,企业战略发展；途径是改变企业过程；手段是通过 IT 的应用和人员组织的调整；特征是企业性能的巨大提高；目标在于实现管理的现代化。定义中"根本地"的意思是指不是枝节的、表面的，而是本质的、革命性的，是对现存系统进行彻底的怀疑；"彻底地"的意思是要动大手术，是要大破大立，不是一般性的修补；"巨大提高"是指成十倍、百倍地提高，是在原来线性增长的基础上的一个非线性跳跃，是量变基础上的质变。

　　BPR 是在企业规模化以后，由组织过程重新出发，从根本思考每一个活动的价值贡献，运用现代的信息科技手段，最大限度地实现技术上的功能集成和管理上的职能集成，以打破传统的职能型组织结构，建立全新的过程型组织结构，使组织内部的非增值活动压缩到最少，使全体活动都面向顾客需要、市场需求的满足而存在，从而实现企业经营在成本、质量、服务和速度等方面巨大的改善，如表 4-3 所示。其主要技术在于简化和优化过程。其过程简化的主要思想是战略上精简分散的过程，职能上纠正错位的过程，执行上删除冗余的过程。战略上分散的过程，例如一个高科技企业把主要精力投入房地产，结果经营不善，企业很快破产；职能上的错位过程，例如高校的主要战略方向是教学、科研，却往往教师只占 1/3，大部分是后勤职工，明显是错位的，解决的办法就是要后勤社会化；执行上的冗余过程很常见，有些手续、过程完全是多余的。

表 4-3　业务流程重组和其他管理方法的比较

管理方法 项目	业务流程重组 （BPR）	企业规模优化 （Rightsizing）	全面质量 （TQM）	自动化 （Automation）
途径	重新根本地思考企业运营方式	人员减缩	满足顾客要求	利用科技自动化
变化范围	激进地组织变革	人事、工作权责	由下而上	系统
导向	企业流程	部门功能	工作流程	细步程序
改善的目标	剧烈彻底地改善	缓和改善	缓和改善	缓和改善

4.4.2　业务流程重组的管理原则

　　企业业务流程重组实际上是站在信息的高度，对业务流程的重新思考和再设计，是一个系统工程，存在于系统规划、系统分析、系统设计、系统实施与评价等规划与开发过程之中。

　　进行信息系统分析时，要充分认识信息作为战略性竞争资源的潜能，创造性地对现有业务流程进行分析，找出现有流程存在的问题及产生问题的原因，分析每一项活动的必要性，并根据企业的战略目标，采用关键成功因素法等，在信息技术支持下，分析哪些活动可以合并、哪些管理层次可以减少、哪些审批检查可以取消等。

1．业务流程重组的核心原则

流程设计变革中必须坚持以下 3 个核心原则。

（1）以流程为中心。业务流程重组不同于以往的任何企业变革，不仅企业的流程设计、组织机构、人事制度等发生根本变革,更重要的是组织的出发点、领导和员工的思维方式、企业的日常运作方式、企业文化等都得到再造,使企业的经营业绩取得巨大的提高,最终使企业由过去的职能导向型转变为以顾客为中心的流程导向型。

(2)坚持以人为本的团队式管理。以流程为中心的企业必须坚持以人为本的新的发展观,既关心人,也关心流程。作为流程小组成员,他们共同关心的是流程的绩效;作为个人,他们需要学习,为以后的发展做准备。

(3)以顾客为导向。在市场竞争中,一个企业要成功必须能赢得顾客,因此,业务流程重组时必须以顾客为导向,站在顾客的角度考虑问题。

2. 业务流程重组的操作性原则

(1)围绕结果设计组织而不是以作业来组织。围绕结果就是围绕企业最终要为顾客提供的产品的流程进行设计和组织,而不是依据以往的工作顺序进行。

例如,一家公司由销售到安装按这样的装配线进行:第1部门处理顾客需求;第2部门把这些需求转换为内部产品代码;第3部门把信息传达每个工厂和仓库;第4部门接收这些信息并组装产品;第5部门运送并安装。顾客订单信息按顺序移动,但这个流程却经常出现问题。因此,公司进行业务流程重组时,放弃原来的生产方式,将各部门的责任整合,并由一个顾客服务代表监督整个流程,顾客只要跟这个代表联系就可知道订单进展状况。

(2)让使用作业结果的人执行作业。假设一个销售人员接到顾客提出改进产品的要求,如果能及时按要求改进,公司就会得到一大笔订单。在传统企业里,销售人员只能把样品的规格数据交给开发部门,然后只能等待,既不能对开发工作日程进行监督,也不能对开发中的问题提出建议。其实销售人员是公司里对这件事最清楚、最关心的,其结果直接影响其销售业绩。这显然是一个既糟糕而又习以为常的流程。只有让使用作业结果的人执行作业,才能使责任和利益相统一,既调动作业实施者的积极性,又使流程成为有人负责的过程。

(3)把信息处理与信息生产的工作合并。一直困扰企业管理的一个问题是信息在传送过程中的缺失和曲解,如果从信息产生的地方一次性采集信息,把信息处理与信息生产的工作合并,避免重复输入,就可以解决这个问题。

(4)将地域上分散的资源加以整合。传统企业的资源被人为地分割,应该进行变革,但人们通常认为地域上资源的分散是无法变革的。分散的资源对使用者能提供更好的服务,却造成成本的不经济,可以利用 IT 技术,将地域上分散的资源加以整合,优化资源配置,获得规模经济。

(5)利用信息技术进行重组企业,而不是让旧的流程自动化。不少企业投入大量资金进行自动化建设,结果却令人失望,主要原因在于用新科技自动化老式的经营方法,原封不动地保留了原来的流程。计算机只是加快制造流程的速度,不能解决根本上的绩效不佳。因此,要灵活运用现代信息技术再造流程,使绩效得到大幅提高。

(6)联系平行的活动过程,代替把各项活动的结果进行整合。企业再造的工程要求从一开始各环节就需要相互联系,不能指望在一个详尽的分析结果基础上设计一个完美的新流程。因为太长的分析使人们失去耐性,也会使小组成员失去对原有流程的客观判断能力,找不到再造的切入点。

以银行为例,银行有贷款、信用卡、资产融资等各种不同的信用业务,各业务单位一般无法知道顾客有没有超过信用额度,使公司的贷款超过上限。可以设计一个协调平行功能,在流程活动中进行协调,而不是等他们完成后才去协调。

(7) 在工作中进行决策并实现自我控制。再造是以"再造"这一流程为中心的,成败的关键在于这一流程的结果,而不是再造的任务过程。再造是一个创造性的流程,无法规定和衡量再造的每一个任务的完成情况,决策只能在再造工作中逐渐形成,使行为者自我管理和自我控制。

(8) 新流程应用之前应该进行可行性试验。新流程设计后,如果直接实施,可能会使客户受到粗糙或不完善流程的缺陷的影响。而通过多次反复试验,可以使流程得到不断改进和完善。

4.4.3　企业流程识别的方法

企业流程识别有许多方法,例如基于时间维的识别方法、基于产品—服务—资源生命周期的识别法、逆推判别法、信息载体跟踪法等。

(1) 基于时间维的识别方法。企业的许多工作的过程管理,时间上分为事前、事中、事后 3 个阶段,事前要做计划,事中要组织、执行计划,事后要统计与分析。基于时间维的识别方法适合现有企业流程的识别以及新流程的识别。

例如,按照基于时间维的识别方法,识别物品管理的流程,其中事前包括物品计划(需求计划、采购计划等)、签订采购合同;事中包括物品采购、物品储存、物品使用等活动;事后包括物品结账、物品统计、物品分析等活动。

(2) 基于产品—服务—资源生命周期的识别方法。现实社会中的组织、企业、公司无一例外是产品制造型、服务型或资源型的。无论哪种类型,运作周期可以分为计划、获得、保管和处置 4 个阶段,每一个阶段都有一些典型的流程。例如产品制造型企业或组织,在计划阶段,有需求调查、市场研究、设计、生产能力计划、核算等企业流程;在获得阶段,有采购原材料、补充人员、生产调度、加工制造、检测;在保管阶段,有成品入库、库存管理、质量管理、包装等;在处置阶段,有交货、销售、订货服务、发运、付款、废品处理等。对于服务型和资源型企业或组织,也都有类似的 4 阶段生命周期。该模型可以帮助系统分析员识别不同阶段的流程,再根据自身的特点进行修正和完善。

(3) 逆推判别法。逆推判别法是通过时间结果的逆行来进行流程识别。具体地说,就是在试图识别一个流程时,首先确认关心的流程结果是什么,并找出与该结果直接相关的事件或人,即寻找流程的终点,然后再根据输入和输出的相应关系,逆向寻找和识别相应的流程。例如,进行一个管理信息系统的开发,可先找到开发流程的最终目的,即开发出一个新的管理信息系统。既然是开发出一个新的系统,其最终输出一定是运行和维护,那么在这之前一定要对系统进行调试,调试之前一定要实施系统,而系统实施之前一定要进行相应的系统设计,等等。这样一步步地逆推回去,就可以得到一个基于时间的管理信息系统开发流程。

（4）信息载体的跟踪法。从技术的角度来看,管理信息系统利用信息技术,完成企业流程中相关的数据处理。而要完成数据处理,必然要掌握信息以及信息流。无论是企业的管理流程还是运作流程,企业一个流程中或多或少总有相关的信息载体。

该方法执行的步骤为:确定问题;收集与问题相关的信息载体;了解各信息载体产生的时间序列;按产生的时间序列,对全部信息载体进行排序;按所得的排序,依次分析、掌握每个信息载体的各属性;了解在每个信息载体上发生了什么样的数据处理(记录、存储、加工、传输或输出),每个数据处理即为一个活动;将获得的每个数据处理按照次序排列,即得到相关的企业流程。

该方法要求企业流程相关的信息载体是完备的,且其流程是正确的。否则会造成对企业流程错误的识别。

图 4-7 给出了产品售后三包期内的基本服务流程中每个活动发生时产生的相应的信息载体。若不知道三包期内的服务流程,但是在该企业的技术服务中心,可以收集到相应的信息载体,当知道其产生的时间次序后,则可根据此次序排列,得到了一个信息载体产生的流程。依据该流程中每个信息载体的加工时间、内容、相关的人员、发生的地点等,就不难掌握相应的企业流程。

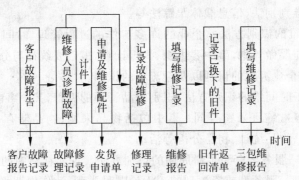

图 4-7　产品售后三包期内的基本服务流程

4.4.4　业务流程重组的步骤

（1）确认组织的战略目标,把企业过程重组方法与组织的目标联系起来,用战略目标引导业务流程重组的进行。否则,没有针对性,实施企业流程重组可能会使组织与预定的战略方向相偏离。

（2）确认可能受到战略影响的企业流程。例如,当企业决定建立一个"网上商店"的战略时,可能受影响的业务流程有订货方式、销售过程等。

（3）确定每一流程的目标。随着企业的发展,有些过程可能会偏离目标,通过确认,可以使旧的流程重新回到正确目标,使流程重组的工作目标明确。

（4）了解每一重组流程所涉及的人员,确定一个训练有素的企业流程重组的总负责人,指导流程重组的全过程。

（5）每个流程参与者画出自己现在工作过程的流程图。一方面,可以使参与者能更好地考虑组织流程的整体需求;另一方面,可以使总负责人明确了解每个参与者对流程的理解。

（6）根据现有的流程图,结合流程的目标,找出实施新的战略目标必须完成的流程,设计一个新的流程雏形。

实验四　BSP 划分子系统

实验目的

掌握常用的系统规划方法 BSP,能够利用 U/C 矩阵划分子系统。

实验内容

利用 BSP 对某高校工商管理学院资料管理系统进行规划。

工商管理学院属于学校二级管理单位,组织机构如图 4-8 和图 4-9 所示。

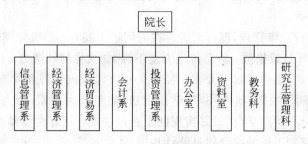

图 4-8　工商管理学院组织结构图

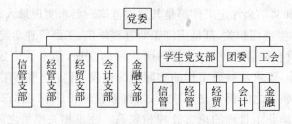

图 4-9　工商管理学院支部结构图

信息系统是企业的一个有机组成部分,并对企业的总体有效性起着关键作用,它一定要支持组织的企业需求并直接影响其目标。另外,一个信息系统的战略应当表达出企业中各个管理层次的需求。

工商管理学院下设有教务科、资料室、研究生管理科、学生工作部以及科研管理工作处等几个科室,各个部分之间相互联系,存在着密不可分的业务往来关系。

教务科主管整个工商学院的教务工作,具体又细分为课程管理、成绩管理、学籍管理、毕业生管理和教师工作量考核。

课程管理依据制订的教学计划,其内容分为:文档部分和课程安排部分。文档部分是专业的培养目标,课程安排根据课程种类的不同有不同的计划,如必修和选修、考试课和考察课。成绩管理是将成绩单报告教务处,之后分为两份,一份给各个班级,另一份教务处保留。学籍管理的数据来源有两个,一个是学生处提供的学生的自然情况,一个是在校期间发生的情况的记载。毕业生管理是与毕业后的同学保持沟通联系,有助于学校的长远建设。

各个层次的管理都需要有录入、查询、修改和打印各种表格的功能,除了毕业生管理以外都要求有统计的功能。教务管理特别要注意代码的管理,如班级代码、学生代码和课程代码,还应注意代码与表的联系及各模块之间的联系。

资料室的任务就是资料管理,所收集的资料是整个工商管理学院的各系的资料、出版内容,密切注视各学科的动态。传统的资料室的工作模式是将各位老师授课情况上报,根据需要订阅资料。但现代的资料室的工作模式是具现代化的管理,将资料管理计算机化,缩短周期,提高效率,资料利用率大大提高。

资料管理工作主要分为图书管理、期刊管理、论文管理、借阅管理和阅览流水登记。在前三项工作中都有丢失、报废和统计功能。论文的主要来源是本科生毕业论文和研究生毕业论文,但论文只保留近两年的。借阅统计要有过期罚款的功能,一旦所借资料超过15天,就要求收取罚金。阅览流水登记实现的主要是查询统计功能,统计每天、一段时间和资料总的阅览人数。

研究生管理实行二级管理,现行系统存在的问题主要有:二级管理信息传递性差,如通知学生等;教学环节较松散;信息传达力度不够,如找导师较费力;目前是手工工作的系统。鉴于以上问题,用户有如下要求:各种文件由计算机管理和发布(通过计算机、网络等);论文外审,随机抽样,随机外审,学校批送,避免人为因素;成绩管理的信息系统查询、计算所修学分和所差学分,最好实现网上查询功能;拥有由导师组成的专家库;另外,最好是具有研究生工作的综合信息统计功能。

学生工作部主管学生工作,毕业生管理、党支部工作、学生的综合测评、宿舍管理、学籍管理、贷款及困难补助和奖学金评定工作都是其管辖范围。要求实现录入、查询、打印功能,各个环节的工作都与学生密切相关,都是围绕工商管理学院、工商管理学院的本科生展开的。

工商管理学院设有科研管理科,主管科研课题的立项,学术研究成果的登记管理,学术报告的审批等工作,要求从科研工作的实际情况出发,开发合理实用的软件成果。

综上所述,各个模块之间都是密切联系,如教务管理和学生工作部的工作有一定的传递联系,资料管理与毕业生管理的论文处理相联系。注意相关模块之间存在的关系,做好总体设计的下一部分的工作。

系统的总体逻辑结构即子系统的划分采用系统规划法,其关键步骤是定义企业过程、定义数据类和定义信息系统总体逻辑结构设计。

通过调研,识别出排课、教务审核、毕业管理、学籍管理、测评和奖学金评定等 25 个业务过程。支持业务过程的逻辑相关的数据即数据类有课程表、工作量统计表、毕业生信息、班级情况、个人情况、成绩单等共计 25 个。

利用 U/C 矩阵进行子系统划分,如表 4-4 所示。

表 4-4　U/C 矩阵

数据类 ╲ 功能类	课程表	工作量统计	毕业生信息	班级情况	个人情况	成绩单	毕业生名单	就业信息	综合测评表	奖学金评定	困难补助单	积极分子登记	发展党员公示	研究生信息	研究生成绩单	选题报告	科研项目	论文统计表	报告审批单	考核评估表	图书登记表	期刊登记表	论文登记表	借还记录	阅览登记表
排课	C				A																				
教务审核	U	C																							
毕业管理			C				U	U																	
学籍管理				C	C	U																			
成绩统计	U					C																			
毕业生工作							C	C				U	U												
测评									C	U		U	U												
奖学金评定						U			U	C			B												
困补						U					C														
积极						U			U	U		C													
党员						U			U	U			C												
研考															C										
研入														C											
研绩														U	C										
选题															U	C									
立项																	C		U						
统计																	U	U	C						
审批																	U		C						
科考																	U	U	U	C					
科评															D										
图管																					C			U	
期管																						C		U	
论管					U											U							C	U	
借管																								C	
阅览																					E				C

已在上面分别列出企业过程及产生的相应的数据类,划分得如下几个子系统:A——教务管理子系统;B——本科生管理子系统;C——研究生管理子系统;D——科研管理子系统;E——资料管理。

实验要求

系统规划是管理信息系统开发的前提条件。在这个阶段,要根据企业具体的情况进行系统开发的长远战略规划。请自行选择一个企业或企业的某个部门为其开发管理信息系统,并对该企业或部门及其相关业务进行阐述,运用 BSP 方法划分出各个子系统,并初步进行资源分配。

练习题

一、单项选择题

1. 诺兰阶段模型把信息系统的成长过程划分为(　　)个阶段。

　　A. 3　　　　　　　　B. 4　　　　　　　　C. 5　　　　　　　　D. 6

2. 信息系统发展的(　　)理论被称为诺兰阶段模型。

　　A. 成熟　　　　　B. 形成　　　　　C. 优化　　　　　D. 阶段

3. MIS 的战略规划可以作为将来考核(　　)工作的标准。

　　A. 系统分析　　　B. 系统设计　　　C. 系统实施　　　D. 系统开发

4. BSP 法的优点在于能保证(　　)独立于企业的组织机构。

　　A. 信息系统　　　B. 数据类　　　C. 管理功能　　　D. 系统规划

5. U/C 矩阵是用来进行(　　)的方法。

　　A. 系统开发　　　B. 系统分析　　　C. 子系统划分　　　D. 系统规划

6. 定义信息系统总体结构的目的是刻画未来信息系统的框架和相应的(　　)。

　　A. 功能组　　　B. 开发方案　　　C. 开发顺序　　　D. 数据类

7. 结构化系统开发方法在开发策略上强调(　　)。

　　A. 自上而下　　　B. 自下而上　　　C. 系统调查　　　D. 系统设计

8. 原型法贯彻的是(　　)的开发策略。

　　A. 自上而下　　　B. 自下而上　　　C. 系统调查　　　D. 系统设计

二、填空题

1. 开发管理信息系统的策略有_____和_____两种。

2. U/C 矩阵中的数据类是指支持业务过程所必需的_____的数据。

3. BSP 方法将_____和_____两者作为定义企业信息系统总体结构的基础。

4. 关键成功因素指的是对企业成功起_____作用的因素。

三、问答题

1. 结构化系统开发方法的优缺点是什么?

2. 原型法优缺点是什么?

3. 使用 U/C 矩阵进行子系统划分的步骤有哪些?

4. 为什么使用 U/C 矩阵进行子系统划分,其结果不是唯一的?

四、应用题

1. 举例说明诺兰阶段模型在实际应用中的作用。

2. 论述处在"成熟"阶段的组织如何进行管理信息系统的战略规划。

3. 结合实际应用讨论"自下而上"和"自上而下"两种 MIS 的开发策略各有何优缺点。

第5章 管理信息系统分析

系统分析阶段就是一个从粗到细,由表及里的调查分析过程,即部门结构、各部门所做的工作以及这些工作是如何协调的过程;并在此基础上,分析各部门所做工作的合理性,实际工作中问题的原因以及改进措施。掌握在此过程中用到的一系列工具的特点和使用方法。

学习目标

(1) 掌握管理信息系统分析阶段的主要任务。
(2) 掌握管理信息系统需求分析的主要方法。
(3) 掌握管理信息系统功能分析的工具。
(4) 掌握管理信息系统数据流程分析的主要工具:DFD、数据字典等。

引导案例

A钢管理信息系统的系统分析

在和A钢签订了为其开发包括物资管理、产品销售管理、计划管理、生产调度管理、财务管理、技术管理、总经理综合信息服务7个子系统的开发合同后,李教授在其领导的课题组内召开了一次会议,在会议上李教授为7个子系统分别指定了一个技术负责人,并为整个项目指定了一个总体技术负责人。

课题组的各位专家设计了3张表格分别用于调查A钢各相关部门的组织机构、目标功能和信息需求。

随后李教授率领课题组成员进驻A钢。由A钢公司办组织所有与上述7个子系统相关的机构的主要业务人员开了一个动员会,会上由杨总经理首先阐述了企业计算机应用系统对A钢规范化管理的重大意义,并动员大家协助该系统的开发工作,然后由李教授及项目总体技术负责人给各位业务人员讲解如何填写调查部门业务的3张调查表。

会后,A钢信息中心傅希岭主任与7个子系统相关部门(物资处、销售处、技术处、财务处、计划处、生产调度处、总经理办公室)的主管领导进行协调,分别指定了熟悉业务的人员填写用于调查各部门业务的3张调查表。

一周以后,课题组依据收上来的调查表绘制出了A钢的组织机构图,归纳总结出了组织机构各部门的工作任务;对每一项管理业务的处理流程及所处理的数据利用相应的描述工具进行了规范化描述;对一些调查表中无法或很难描述清楚的问题,课题组专门组织系统分析人员与相关的业务人员进行了面谈,在交互过程中逐步弄清了通过调查表较难了解到的功能及信息需求。

在完成对现有各组织机构及业务的描述后,系统分析人员利用相应的系统分析方法通过各项业务和数据间的关系分析了现有的业务流程,发现了一些问题,在解决了这些问题后,通过对各业务流程的整理归纳,提出了新系统的功能结构,并对该功能结构中的每一项功能从内容上进行了具体描述。

课题组将上述所做工作整理后形成了"A 钢管理信息系统系统分析报告"。

5.1　系统分析概述

开发一个新的管理信息系统或改进现有的管理信息系统时,只有首先弄清现状,确定拟解决的问题,再选择合适的分析方法并遵循一定的工作程序,才能进行后续的设计、实施、运行与评价。这种工作思路与认识事物和解决问题的普遍规律相一致。因此,系统分析是管理信息系统开发过程中最基础、最重要的一环,是管理信息系统开发全过程的基石。系统分析的准确与否、全面与否,决定着后面系统的设计和实施的成败。

系统分析与信息系统规划和计划工作有着紧密的联系,系统分析就是需要对所用信息系统(新的或原有的)进行改造去解决什么问题的分析,其实质在于确定系统必须做什么。系统分析阶段要求系统分析人员从分析公司现有业务的流程开始,建立信息系统与组织商业计划的联系,解决企业计划问题所涉及的具体内容,建立一个业务逻辑模型,并使这个业务逻辑模型成为设计新的物理模型(系统设计阶段的主要任务)的基础。

系统需求是系统分析的基础,对一个信息系统的需求分析主要包括 4 个方面,即信息需求、组织需求、控制需求和设备需求,这些需求分析工作在项目的可行性研究和信息系统计划阶段需要进行详细讨论,但是要把这些需求转变成为系统的逻辑模型,完成系统分析报告或系统需求说明书,需要在系统分析阶段借助一系列的分析工具和辅助技术。系统分析的内容如图 5-1所示。

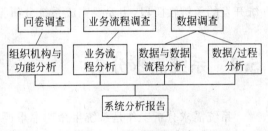

图 5-1　系统分析的内容

系统分析的主要内容应该包括:业务和数据的流程是否通畅、是否合理;数据、业务过程和实现管理功能之间的关系;老系统管理模式改革和新系统管理方法的实现是否具有可行性,等等。要完成这些工作,需要进行系统需求分析、系统功能分析、数据流程分析、数据字典和 E-R 图的实现、子系统的确定与资源分布、新系统的逻辑方案建立、系统分析说明书编写。系统分析的目的是将用户的需求及其解决方法确定下来,这些需要确定的结果包括:开发者关于现有组织管理状况的了解,用户对信息系统功能的需求,数据和业务流程,管理功能和管理数据指标体系,新系统拟改动和新增的管理模型,等等。系统分析所确定的内容是今后系统设计、系统实现的基础。系统分析过程分 3 步进行。

(1)概要分析,即对企业管理现状、组织结构现状、信息和应用现状进行概要分析和调查,获得第一手资料。

(2)详细分析,即将调查获得的文档资料进行分析、汇总和处理,弄清组织结构与管理功能间的关系、数据字典和数据间关系、实体-关系模型(E-R 图)、功能与数据间的关系

（U/C 矩阵）、子系统划分、计算机软硬件环境支持需求或网络方案等，并进一步进行详细调查和确认。

（3）系统分析成果总结，即对前两步得到的分析结果进行总结，确定新系统拟采用的逻辑方案，编制系统分析阶段的成果文档-系统分析说明书。

总结系统分析的目标和内容：系统分析的目标就是清楚用户对信息的需求，了解现有系统存在的问题、新系统的工作流程、现有的技术条件和经济条件，提出新系统应具有的功能。要完成上述工作目标，系统分析的内容应该从详细调查入手，对管理业务和数据流程进行调查，借助各种调查方法，使用系统流程图、组织结构图、数据流程图以及决策树和判定树等达到对管理业务和数据流程的详细了解。开展对调查资料的系统化分析，通过目标分析、需求分析和功能分析，确定组织结构与管理功能、功能与数据、子系统规划、数据处理和数据存储，以及信息系统技术环境分析，最终提出新系统的逻辑模型。

从工作任务来看，系统分析阶段的工作则主要集中在分析业务流程、数据与数据流程、功能/数据，最后提出分析处理方式和新系统逻辑方案。从工作进程来看，系统分析阶段是信息系统规划与计划工作的继续，只是它更关注局部的、详细的工作，而信息系统战略计划更加面向全局的、具有商业目标的工作。因此，系统分析更具体、更细致。它的任务是定义和制定新的系统应该"做什么"，暂且不涉及"怎样做"。这个阶段工作的关键是"理解"和"表达"，即系统分析要明确用户的需求，并通过逻辑模型表达出来，作为信息系统开发的关键性阶段，主要要完成系统分析报告和系统需求说明书。

5.2　系统需求分析

系统需求分析工作是系统生命期中重要的一步，也是决定性的一步。只有通过系统需求分析，才能把用户对系统功能和性能的总体要求描述转换为具体的需求规格说明，从而奠定系统开发的基础。忽略需求活动是一种代价不小的错误。对于每个错误列出的需求，将在下游时期付出高达 $50 \sim 200$ 倍的修正代价，甚至给系统维护带来无法预期的工作量，更糟的是可能危及系统生存。系统需求分析也是一个不断认识和逐步细化的过程。该过程将系统计划阶段所确定的系统范围逐步细化到可以详细定义的程度，且分析出各种不同的系统元素，然后为这些元素找到可行的解决办法。

好的需求分析应该把技术的轴心放在顾客的最高期望，而不是他们最低的期望。必须用创新的方式满足用户难以表达的需求，让系统完美地配合其需求。分析员的资质和与用户的良好沟通是需求分析成功的重要条件。了解用户需求是一件持续性的工作，不是做完就结案的短期任务。了解用户对系统的需求需要技巧、创意和持续不断的努力。必须认识用户的核心需求，将技术和沟通等资源集中起来满足它。需求分析包括需求的汇集、记录和分析 3 项关联活动。需求汇集最困难的部分不是记录用户要什么，而是探索性、开发性地帮助用户找出他们到底要什么。需求汇集与规格化是毫无止境的活动，只有对用户的要求有一个清晰、稳定的了解之后才能说项目的需求开发完成了。

5.2.1　需求分析过程

1. 问题识别

研究可行性报告和系统实施计划,确定对目标系统的需求,并且提出实现这些需求的条件,以及需求应达到的标准。

(1) 功能需求:列出所开发软件在职能上应做什么,这是最主要的需求。

(2) 性能需求:给出系统主要技术性能指标,包括容量、运行时间和安全性等。

(3) 环境需求:这是对系统运行时软、硬件所处环境的要求。

(4) 可靠性需求:按实际运行环境,系统在投入运行后不发生故障的概率。

(5) 安全保密需求:应对安全、保密的需求做出恰当的规定,以便设计。

(6) 用户界面需求:在需求分析时,必须对用户界面细致地做出规定。

(7) 源使用需求:系统运行环境资源和开发资源需在需求分析时确定。

(8) 成本与进度需求:根据合同规定开发进度和费用,作为管理的依据。

应当预先估计系统可能达到的目标,给系统的扩充与修改留有余地,同时要关注非功能性需求。

2. 问题分析与综合

从数据流和数据结构出发,逐步细化所有系统功能,找出系统各元素间的联系、接口特性和设计上的限制,分析它们是否满足功能要求、是否合理。依据功能、性能和运行环境需求等,剔除不合理部分,增加需要部分,最终综合成为系统解决方案,给出目标系统详细逻辑模型。分析和综合工作反复进行,直到正确地制定该系统的需求规格说明书为止。

常用的分析方法有面向数据流的 SA 方法、面向数据结构的 Jackson 方法、面向对象的 OOP 方法,以及用于建立动态模型的状态迁移图或 Petri 网等。这些方法都采用图文结合的方式,可以直观地描述系统逻辑模型。

3. 文档编制

已经确定的需求应当得到清晰、准确的描述并且编成文档。通常把描述需求的文档叫做需求规格说明书。为了表达用户系统输入、输出要求,还需制定数据要求说明书并编写初步用户手册,着重反映被开发系统的用户界面和用户使用的具体要求。从目标系统的精细模型出发,更准确地估计所开发项目的成本与进度,从而修改、完善并且确定系统开发实施计划。

4. 需求分析评审

需求分析的最后一步应对功能的正确性、完整性、清晰性及其他需求给予评价。评审的主要内容是定义的目标、文档及文档描述、接口描述、数据流与数据结构、图表、主要功能覆盖、约束条件、风险、其他方案、潜在需求、检验标准、初步用户手册、遗漏与估算变化等。为了保证系统需求定义的质量，评审应指定专门机构负责，且严格按规程进行。评审结束后应由评审负责人签署评审意见。通常在评审意见中包括一些修改意见。必须按照这些修改意见进行修改，待修改完成后还要再评审，直至通过才可进入设计阶段。

5.2.2　需求开发的步骤

系统需求开发是以项目汇集顾客需求，且转换成系统必要规格的部分。需求开发包括用户需求的汇集与归集、需求记录和需求分析3个相关活动。上面的过程有些粗略，下面提供的开发程序有助于进一步了解此过程。

(1) 找出一组关键性使用者。

(2) 访问一般使用者，建立一组初步需求。

(3) 建立一套简易的使用者接口雏形。

(4) 对重要的一般使用者展示简易的使用者接口雏形，取得用户的意见反馈。持续简化、展示和修订界面，直到一般使用者有兴趣为止。

(5) 开发一套依据使用者的接口雏形外观和使用者接口风格的说明，检查其内容，纳入变动管制系统下进行管制。

(6) 完全扩充使用者接口雏形，直到该雏形能够完全展示软件各部分功能。让使用者接口雏形能够涵盖整个系统层面。

(7) 将完全扩充了的雏形当做定案规格，纳入变动管制系统进行处理。

(8) 依据使用者接口雏形，写出详细的一般使用文件并且转换成相应的软件格式。

(9) 建立分别记录算法与其他软、硬件互动关系的非使用者接口需求文件。

5.2.3　需求分析原则

(1) 必须能够表达和理解问题的数据域和功能域。系统定义与开发工作的最终目的是解决数据处理问题，将一种形式的数据转换成另一种形式的数据。其转换过程必定经历数据输入、加工和结果产生等。程序处理的数据域应当包括数据流、数据内容和数据结构。数据流即数据通过一个系统时的变化方式。数据结构即各种数据元素的逻辑组织。

(2) 必须自顶向下、逐层分解和细化问题。若将系统需要处理的问题作为整体看就显得太大、太复杂，且难理解。可把一个问题以某种方式分解为几个较易理解的部分，并且确定各部分间的接口，从而实现整体功能。在需求分析阶段，可对系统的功能域和信息域进一步分解。这种分解可以是同一层次上的横向分解，也可以是多层次上的纵向分解。这样的分解就可让复杂问题简单化。

(3) 必须给出系统的逻辑视图和物理视图。给出系统的逻辑视图（逻辑模型）和物理视图（物理模型）对满足处理需求所提出的逻辑限制条件和系统中其他成分提出的物理限制条件是必不可少的。系统需求的逻辑视图给出系统需要达到的功能和需要处理数据之间的关系，而不是实现的细节。系统需求的逻辑描述是系统设计的基础。系统需求的物理视图给出处理功能和数据结构的实际表示形式。分析员必须弄清系统元素对系统的限制，并且考虑相应的功能和信息结构的物理表示方式。

5.2.4　需求分析方法

需求分析方法由对系统数据域和功能域的系统分析过程及其表示方法组成。它定义系统逻辑模型和物理模型的方式。大多数需求分析法是由数据驱动的，这些方法提供一种表示数据域的机制。根据这种表示，确定系统功能及其他特性，最终建立一个待开发系统的抽象模型，即目标系统逻辑模型。数据域有数据流、数据内容和数据结构 3 种属性。一种需求分析方法总要利用其中的一种或几种属性。目前已经出现许多需求分析方法，每种分析方法都引入不同的记号和分析策略，现予以简要介绍。

1. 支持数据域分析的机制

所有的方法都直接或间接地涉及数据流、数据内容或数据结构等数据域的属性。在多数情况下，数据流的特征是用输入转换成输出的变换过程描述的，数据内容可用数据字典明确表示，或者通过描述数据或数据对象的层次结构隐含地表示。

2. 功能表示的方法

功能一般用数据变换或加工来表示。每项功能都可以用规定的记号标识。功能的说明可用自然语言文本表达，也可以用形式化的规格说明语言表达，还可以用上述两种方式的混合——结构化语言描述。

3. 接口的定义

接口的说明通常是数据表示和功能表示的直接产物。某个具体功能的流进和流出数据流应是其他相关功能的流出或流入数据流。因此，通过数据流分析可以确定功能间的接口。

4. 问题分解的机制以及对抽象的支持

问题分解和抽象主要依靠分析员在不同抽象层次上表示数据域和功能域，以逐层细化的手段建立分层结构来实现。所有的分析方法都提供一种逐层分解的机制，每项子功能还可以在更低一级抽象层次上表示。

5. 逻辑视图和物理视图的应用

大多数方法允许分析员在着手设计问题的逻辑解决方案之前先分析现系统物理视图。通常同一种表示法既可用来表示逻辑视图，也可用来表示物理视图。为了比较精确地定义系统需求，可以建立一个待开发系统的抽象模型，用基于抽象模型的术语描述系统的功能和性能，形成系统需求规格说明。这种抽象模型是从外部现实世界问题域抽象而来的，在高级层次上描述和定义系统服务。

对简单问题，不必建立抽象系统模型；对复杂问题，必须建立适当的比较形式化的抽象系统模型。不同类型问题需要建立不同类型的系统模型。对于涉及大量数据处理的

MIS,其中心问题是数据处理,包括数据的采集、传送、存储、变换和输出等,需要明确数据结构和算法,可以采用实体-联系模型。如果通过数据库获取和存放信息,还需考虑数据组织方式和存取方法,建立数据库模型。因此在分析过程中,数据模型是首先考虑的问题。

系统模型的建立是对现实世界中有关实体和活动的抽象和优化,首先应该建立双方能够理解的共同基准。在此基础上,建立系统模型,包括系统提供的各种系统服务。模型表示的细节应有系统输入、系统输出、系统数据处理和系统控制等。建立系统模型以后,还要进行检查。除静态检查外,系统描述可以部分模拟执行,将执行情况与对外部现实世界系统观察得到的系统跟踪信息进行对照,检查模型是否符合要求。

5.2.5　需求调查

1. 需求调查的设计

需求调查的设计应该围绕组织内部信息流所涉及领域的各个方面。但应该注意的是,信息流是通过物流而产生的,物流和信息流又都是在组织中流动的,故所调查的内容就不能仅仅局限于信息和信息流,而应该包括企业的生产、经营、管理等各个方面。也就是说,调查时既要调查企业内部的信息分类和信息之间的关系(为将来确定数据库和数据库间关系做准备),还要弄清楚这些信息在具体管理活动中是如何被使用和处理的。需求调查内容的设计可以大致地归纳为如下几类。

(1) 组织机构和功能业务。其内容包括当前企业的组织结构、各职能部门的管理功能;其目的是为今后确定系统的功能层次结构和子系统划分做基础准备。

(2) 组织目标和发展战略。其内容包括当前企业的发展计划和战略目标;其目的是为即将开发的管理信息系统在系统功能、运行环境、开发语言、功能扩充、信息扩充、企业与外部间的信息交换和功能连接以及系统的先进性、适应性等方面的设计提供参考、预留接口等。

(3) 工艺流程和产品构成。其主要内容包括当前企业的生产工艺流程或业务管理流程、产品构成或报表栏目格式等;其目的是为将来设计管理信息系统的子系统划分、模块处理过程提供可遵循的依据等。

(4) 数据与数据流程。其主要内容包括当前企业关心和要处理的数据及分类、数据信息的流动情况等;其目的是为将来建立数据字典、绘制 E-R 图,进而确定数据库及其结构、数据库之间的联系和在系统中的分布等提供依据。

(5) 业务流程与工作形式。其主要内容包括管理业务的实际处理过程、处理方法等;其目的是为将来设计程序处理模块提供依据。

(6) 管理方式和具体业务的管理方法。其主要内容包括当前企业的管理制度、规范、方法,甚至企业的组织形式等;其目的是为今后开发管理信息系统时制定运行管理制度、确定对信息和功能的操作权限等提供依据。

(7) 决策方式和决策过程。其主要内容包括企业的高层人员的决策方式、程序等;其目的是为待开发的管理信息系统的决策支持系统提供设计依据。

(8) 可用资源和限制条件。其内容包括当前企业的管理现状条件,如人员素质、计算机及相关硬件设施状况、系统及应用软件拥有状况、IT 普及应用水平、财力状况、企业的规模等；其目的是为将来开发管理信息系统时技术培训计划的制订、设备硬件配置、软件引进、开发语言和运行环境、管理信息系统的规模、数据库分布、信息与功能应用扩充等提供依据。

(9) 现存问题和改进意见。其主要内容包括当前企业或现行系统在管理或应用中存在的处理不畅通、不规范、不一致等，以及哪些地方需要改进、如何改进等；其目的是为拟建的系统提供要改进的部分、改进的方法等。

以上只是一种大致的划分，实际工作时应视具体情况增加或修改之。围绕上述范围可根据具体情况设计调查问卷的问题或问卷调查表的栏目，以真正调查清楚处理对象现阶段工作的详细情况，为后面的分析设计工作做准备。

2. 需求调查的方法

开发管理信息系统，进行需求分析调查时，采取的调查方式可以是多种多样的。这些调查工作的方式方法可以大致分为：(小组)座谈访谈、开放式或封闭式问卷调查、问题送达与确认，以及现场观察法等。在具体的实践中，座谈和问卷(调查表)调查是两种较为普遍的方法。

(1) 座谈式

座谈式调查方法就是通过集体讨论或单独询问的方式对拟建系统的各方面情况进行分析。它多用于当系统分析人员对当前企业知之不多时，为了快速地了解和熟悉企业的管理现状，进而获取开发管理信息系统必需的基础信息所采用的一种调查方法。因为在开发管理信息系统时，有时系统分析员对企业的管理活动比较熟悉或很熟悉，有时系统分析人员是一个纯粹的计算机专业人员，对企业的管理活动几乎一无所知，此时采取座谈式的需求调查作为需求分析的开始是适宜的。

(2) 问卷(调查表)调查

将调查的问题设计成表格，规划好表格栏目，然后分发给企业内不同层次、不同管理岗位的人员直接填写。这种方法是一种广泛被采用的快速调查方法，但是采取这种方法时应注意和考虑几个方面：是否要针对不同的调查对象设置不同的调查表，设计的调查表是否包含了系统建设所需的全部基础资料信息，调查表及问题的设计是否合理，等等。

5.2.6　系统需求分析文档

系统需求文档主要是系统需求规格说明和数据要求说明。需求规格说明包括引言、任务概述、业务需求调查、系统分析(新旧系统数据和功能分析)；数据要求说明包括引言、数据逻辑描述和数据采集等。

5.3　系统功能分析

系统功能分析是以需求调查分析所得到的文档资料为基础，进行初步汇总和分析。所有这些工作都是基于管理和业务的，来自于客观管理实践活动和从事管理的人的客观行为。系统的功能分析主要有 4 个方面的内容：组织结构分析、组织结构与业务功能之间的联系分析、业务功能一览表、业务处理过程分析。其中，组织结构分析通常是通过企业组织结构图来实现的，如图 5-2 所示，将调查中所了解的组织结构具体地描绘在图上，作为后续分析和设计之参考，不需要程序实现。

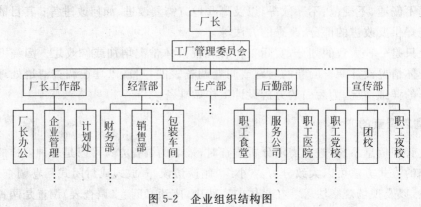

图 5-2　企业组织结构图

　　组织结构与业务功能之间的联系分析通常是通过组织结构与业务功能关系图来实现的，利用系统调查中所掌握的资料着重反映组织结构与业务功能之间的关系，它是后续分析和新系统设计的基础，常作为划分子系统的参考依据。业务功能一览表把组织内部各项管理业务功能都用一张表的方式罗列出来，是今后进行业务功能与数据间关系分析、确定新系统拟实现的管理功能和分析建立管理数据指标体系的基础，同时也为今后划分子系统设计功能层次结构提供参考依据。业务处理过程分析把具体的管理活动的处理过程以流程图的方式绘制出来，是基于实际管理活动的纸面描述，它为今后分析业务功能与数据间关系、设计程序模块提供主要依据。

5.3.1　组织结构分析

　　组织与功能分析一般包括组织机构与组织结构、组织功能关系、功能结构和功能重构及组织变革等方面的内容。这一分析的目的并不仅仅是以相关图表表达现行系统的组织功能结构，更重要的是通过分析发现结构中存在的问题，提出合理可行的目标系统结构方案。由于历史原因，我国企业大多仍采用职能制或直线职能制。在这种结构下，一定的组织结构与组织机构所赋予的职能决定一定的功能结构，而一定的功能结构决定一定的业务流程和后续流程。

　　也就是说，组织结构与组织机构的不合理性必然带来功能结构的不合理。由于这种结构下职能与机构的强相关性，机构的变动将引起职能变动，影响功能结构和后续流程的变动。随着体制与外部环境的演变，企业组织结构和组织机构将发生改变。现在企业体制远未定型，充满变数，因此，在研究现行结构、定义目标结构时，要站在发展变化的高度，发现现行结构中存在的问题，预测未来结构的变化趋势，提出结构与机构的调整、变革方案。

　　组织机构图是组织机构调查的结果，调查者可向上级领导了解系统的组织情况。每个组织构成都可用组织机构图描述。组织机构图是一个层次结构图。计算机进入管理系统后,相当一部分管理职能将由计算机完成,使管理职能与管理机构相对独立,因此系统的功能组合与分配又应尽可能地方便各机构中的管理人员使用。为此,对功能需求分析的同时还需要对机构的设置及发展做一定的分析,特别是弄清机构与功能的对应关系。任何一个企业的组织机构的变化是常事,因而组织机构的稳定是相对的。

组织结构图把企业组织分成若干部分,并且标明各部分之间可能存在的各种关系。这里所说的各种关系包括上下级领导关系(组织机构图)、物流关系、资金流关系和资料传递关系等。所有这些关系都伴随着信息流,这正是调查者最关心的。要在组织机构图的基础上,把每种内在联系用一张图画出来,或者在组织机构图上加上各种联系符号,以更好地反映、表达各部门间的真实关系。组织结构图不是简单的组织机构表,在描述组织结构图时注意不能只简单地表示各部门之间的隶属关系。

系统必须设定所要实现的功能,功能是做某项工作的能力。功能要以组织结构为背景来识别和调查,因为每个组织都是一个功能机构,都有各自不同的功能。调查时要按部门的层次关系进行,然后用归纳法找出它的功能,形成各层次的功能结构。组织结构与功能结构又不完全一致,各组织、各部门的功能由于种种原因有可能重叠,许多功能可能还需要多个部门协力完成。一个部门的功能也可能不是唯一的,可能需要完成多项功能。把各部门的功能以及相互之间的功能合作关系用一张二维表绘制出来就是组织与功能关系表。

5.3.2 业务功能分析

1. 功能结构图

以组织结构图为背景分析清楚各部门的功能后,分层次地将其归纳、整理,形成各层次的功能结构图;自上而下逐层归纳、整理,形成以系统目标为核心的整个系统的功能结构图。现行系统的许多处理功能多数由手工完成。手工处理慢,而处理功能分得较细,环节又多,甚至由于某些历史原因造成一些不合理的处理设置。那么,在分析归纳过程中,就要把不合理的流程取消,把功能相似或工作顺序相近的处理功能尽量合并,还要分析归纳后的功能是否达到新系统目标,以及应设置的功能是否已经具备等。经分析后的系统功能结构一般是多层次的树形结构,一般最后一级功能是不可再分的,如图 5-3 所示。

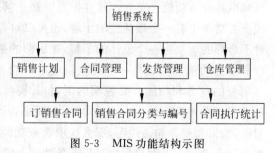

图 5-3 　MIS 功能结构示图

2. 业务功能一览表

业务功能一览表以图示或表的形式把组织内部各项管理业务功能罗列出来,它是今后进行功能与数据间关系分析,确定新系统拟实现的管理功能和分析建立管理数据指标体系的基础,同时也为今后划分子系统,设计功能层次结构提供参考依据。图 5-4 是一家企业的资产财务部业务、职能与职权的概述。

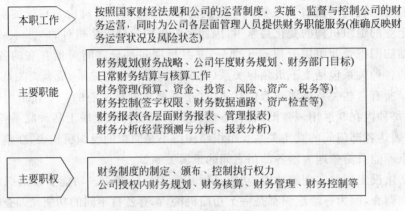

图 5-4　某财务部的职能、职权

在组织中,常常有这种情况,组织的各个部分并不能完整地反映该部分所包括的所有业务。因为在实际工作中,组织的划分或组织名称的取定往往是根据最初同类业务人员的集合而定的。随着生产的发展,生产规模的扩大和管理水平的提高,组织的某些部分业务范围越来越大,功能也越分越细,由原来单一的业务派生出许多业务。这些业务在同一组织中由不同的业务人员分管,其工作性质逐步有了变化。当这种变化发展到一定的程度,就会引起组织本身的变化,裂变出一个新的、专业化的组织,由它来完成某一类特定的业务功能。如最早的质量检验工作就是由生产科、成品库和生产车间各自交叉分管的,后来由于产品激烈的市场竞争和管理的需要,就产生了质量检验科。对于这类变化,事先是无法全部考虑到的,但其功能是可以发现的。如果都以功能为准设计和考虑系统,那么系统将会对组织结构的变化有一定的独立性,将获得较强的生命力。所以在分析组织情况时还应该画出其业务功能一览表。这样做可以在了解组织结构的同时,对于依附于组织结构的各项业务功能也有一个概括性的了解,也可以对各项交叉管理、交叉部分各层次的深度以及各种不合理的现象有一个总体的了解,在后面的系统分析和设计时切记这些问题。

业务功能一览表是一个完全以业务功能为主体的树形表,其目的在于描述组织内部各部分的业务和功能。要说明的是,每片树叶都必须是一项不可再分的基本业务功能,判断其是否分解到底的一个有效办法,是看是否可以用一句话来说明一个基本活动的内容和目的,如果需要几句话说明,那么这项业务功能就可能需要细分。但是,不要忘了这句话中要有一个动词。下面仅列举某厂业务功能一览表(如图 5-5 所示)来说明其具体的画法。

业务功能一览表的处理是系统分析阶段基础性很强的工作,但只对业务功能进行分解说明,因此,对业务的分析还需要对业务过程进行描述,从而明确过程(业务)的基本处理。一个业务过程是一个具有明确起点和终点的行为,其过程有明确的输入和输出。过程并不一定与组织结构一一对应,业务过程确定的是要做的是什么,而不是如何做。也就是说,要关注的是了解各种职能业务做什么,而不是如何做。通常每个业务过程是以一个动词开始进行描述的,如选择供应商,填写订单等。图 5-6 和图 5-7 是一些常见过程的描述。

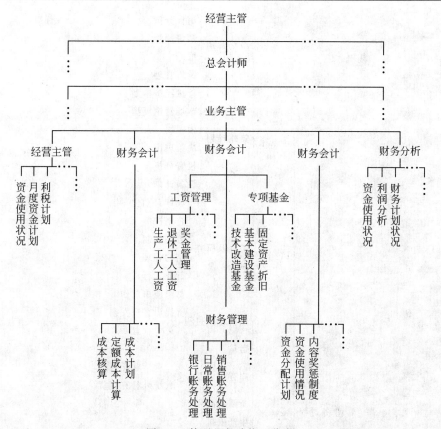

图 5-5　某厂业务功能一览表

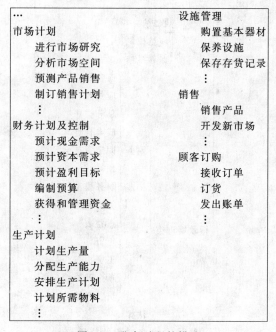

图 5-6　业务过程的描述

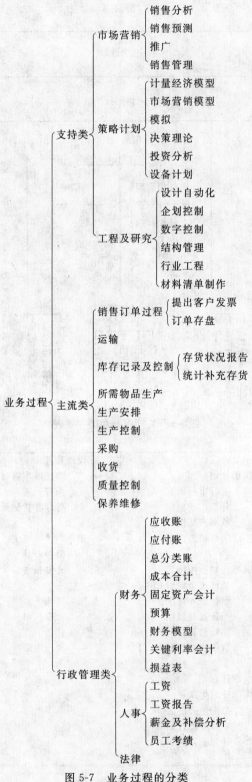

图 5-7　业务过程的分类

5.3.3　组织、业务功能、数据库与系统功能之间的联系分析

矩阵图表分析工具是分析组织、业务过程、数据库及系统功能之间联系的主要工具。下面首先从组织结构与业务功能之间的联系分析开始说明矩阵图表这样一个分析工具。

组织结构与业务功能关系图利用系统调查中所掌握的资料着重反映组织结构与管理功能之间的关系，它是后续分析和设计新系统的基础，常作为划分子系统的参考依据。

组织结构图反映了组织内部和上下级关系。但是对于组织内部各部分之间的联系程度，组织各部分的主要业务职能和它们在业务过程中所承担的工作等却不能反映出来，它仅仅是企业内部管理活动的纵向关系的反映，这将会给后续的业务处理过程分析、数据与数据流程分析、业务功能与数据间关系分析等带来困难。因此，为了弥补这方面的不足，弄清楚横向关系，还必须进行组织结构与业务功能之间的联系分析，绘制组织结构与业务功能矩阵图，以反映组织各部分在承担业务时的关系。组织结构与业务功能之间的关系，如图 5-8 所示，图中横向表示各组织名称；纵向表示业务功能名；中间栏填写组织在执行业务过程中的作用。

功能	序号	组织 \ 业务	计划科	质量科	生产科	供应科	销售科	采购科	仓库	工资科	人事科	财务科	审计科	…
功能与业务	1	进货管理	*	√		√		√	√			√		
	2	销售管理		√		√	*		√			√		
	3	现金银行				√	√					*	√	
	4	账务系统				√	√		√			√	*	
	5	固定资产			*				√					
	6	工资核算		√						*	√	√		
	7	…												

图 5-8　组织结构与业务功能矩阵

图中："﹡"表示该项业务是对应组织的主要业务（即主持工作的单位），或"M"表示主要参与者；"×"表示该单位是参加协调该项业务的辅助单位，或"S"表示部分参与者；"√"表示该单位是该项业务的相关单位（或称有关单位）；"空格"表示该单位与对应业务无关。

可以利用一系列的矩阵来说明关于商业过程的组织实体、特殊信息系统、数据库之间的关联。首先给出 4 个矩阵图，标号为①～④，它们是：①组织与业务（商业）过程；②信息系统与业务过程；③数据库与组织；④数据库与信息系统。

（1）组织与业务过程

图 5-9 列出了从上层到下层的业务过程的组织实体。这个图示与前面介绍的组织和业务过程的处理基本一致。这里用星号（﹡）表明该组织对该商业过程负主要责任，黑圆点（·）表示该组织参与该商业过程。

在实施信息系统过程中负责该过程的人员其实就是使用该信息系统的人。此处不从员工分析开始，因为员工和组织比过程有更大的变动性。为了将信息系统建立在一个长期的基础上，在考虑负责执行这些过程的部门和个人之前，首先要保证这些过程是得到支持的。这个图示指出了能够找到过程和信息需要的关键部门。它同时还指出某特殊过程

可能出现的重叠(几个部门有相同的主要责任)。在建立各部门之间的信息系统优先级别时,或在获取某一应用的详细说明书时,无疑是要参考这个图表的。

组织 △1 业务过程		控制			市场营销			生产		
		成本会计	应收账户	应付账户	销售管理	销售	销售计划	库存控制	生产安排	运输
订单处理	订单收取		•		*	•				
	订单处理		•		*	•	•		•	
	提出发票	*			*	•				
	货运		•			•	•			
库存	库存会计	*				•	*	•	•	
	库存控制	*						*	•	*
	成本	*							•	
产品建立	生产安排	•							*	
	所需物料							*	*	
	商业控制							•	*	

图 5-9　组织与业务过程

(2) 信息系统与业务过程

开发信息系统的组织通常不是从无开始的,大多已有一个现成系统以支持业务过程。图 5-10 中以叉号(×)表明该信息系统(上方水平方向的系统)是支持该业务过程的。这表明了现存系统所支持与被支持的区域。例如,图 5-10 中市场研究过程就受到信息系统的支持,因为该过程主要依据外部信息,而外部信息是难以用数字形式获得的。该图还指出了可能重叠的地方。例如,库存会计和库存控制过程都受到 5 个信息系统的支持,通过进一步的研究可以确定是否确实存在重叠(文卷档案等的重叠)。

信息系统 △2 业务过程	订单处理	订单发票	应收账户	库存控制	采购	生产安排	物料账单	商店场地控制
订单收取	×							
订单处理	×							
提出发票	×	×						
货运	×	×						
库存会计	×			×		×	×	×
库存控制	×			×		×	×	×
成本				×				
生产安排				×		×		
所需物料				×		×	×	
商业控制				×		×	×	×
市场研究								

图 5-10　业务过程与信息系统

（3）数据库与组织

图 5-11 给出了数据库与组织的对照表。这个图表明了哪些组织依据哪些数据库的信息。在图中，"销售"和"竞争销售"栏并无数据库。数据库的产生可能需要较高的优先次序，因为与此相关的领域对于市场营销部门极为重要。通过本图的分析表明信息使用者是依赖于公共资料数据文件的，同时本图还强调了组织和制作一个易于使用的数据库的重要性。

组织〔3〕数据库	控制			市场营销				生产	
	成本会计	应收账户	应付账户	销售管理	销售	销售计划	库存控制	生产安排	运输
客户		×		×	×			×	×
产品	×			×	×		×		
供货商							×		
员工						×		×	
价格				×	×				
件							×	×	
销售									
竞争销售									

图 5-11　数据库与组织对照表

（4）数据库与信息系统

数据库是为信息系统和组织提供信息的重要的来源，如图 5-12 所示。

信息系统〔4〕数据库	订单处理	订单发票	应收账户	库存控制	采购	生产安排	物料账单	商店场地控制	生产计划	市场研究
客户	×	×								
产品	×	×		×	×	×	×			
供货商					×					
员工										
设备					×					
价格	×									
件				×	×	×				

图 5-12　信息系统与数据库

这个矩阵图和前一个矩阵将数据库与实体联系起来。图中有叉号的地方表明数据库提供信息以支持某个信息子系统。在图中可以看到两处空白，说明没有生产计划和市场研究方面的数据库。这并非不正常。但如果管理者为这两个方面定下高的优先次序，同时也有资源实现它，那么管理者就指出了需要改进的地方。这个矩阵还表明，某些数据库档案在许多信息系统中得到了广泛的应用。在这些情况下，一体化和整合性的要求是很明确的。这个分析为将来信息系统的开发提供了另一个重要的认识。

以上 4 个矩阵图是开发信息系统以支持业务和商业模型的重要分析工具。在决定最终要求和建立发展项目的先后次序后,管理者的影响力至关重要。

5.3.4　功能重构与组织变革

由于机构原因带来的功能交叉、重复、缺失需要改进,信息化以后不许再出现职责不明、互相推诿的现象。计算机对功能处理的要求与手工系统不可能、也不应该是一一对应关系,需要以合理的信息流重新定义业务流和工作流,该合并的合并,该取消的取消,该增加的增加,该整合的整合,确保信息入口的统一,出口的规范。若要根据信息流的要求进行功能重构和职能的再分配,必将引起职能与机构的变化。因此在进行功能重构时,需要结合流程重组进行组织变革,使组织和系统更好地适应。在这个过程中,需要提出目标系统的结构和功能重组方案,并让用户参与方案评审。确定后要告诉用户做了哪些改变,并为改变制订实施方案。

5.4　业务流程分析

业务流程分析包括流程分析的内容与任务、业务流程图的绘制和流程重组等方面的内容。业务流程分析的基础是业务流程调查和现有信息载体的相关调查。业务流程分析的目的是通过剖析现行业务流程,经过调整、整合,重构目标系统。业务流程分析的基本工具是业务流程图,业务流程图采用标准的符号进行绘制。业务流程分析是数据流程分析的基础,对整个系统分析具有基础性作用。MIS 开发过程可以看成一系列进化的流程图,即业务流程图→数据流程图→处理流程图→程序流程图→代码→测试→构建,环环相扣。

5.4.1　业务流程分析的任务

业务流程调查是工作量大、烦琐而又细致的工作。它的主要任务是调查系统中各环节的管理业务活动,要求掌握管理业务的内容、作用及信息的输入、输出,数据存储和信息处理方法及过程等,为建立 MIS 数据模型和逻辑模型打下基础。在此基础上,用尽量标准的符号描述出来,绘制成现行系统业务流程图(Transition Flow Diagram,TFD)。TFD是掌握现行系统状况,确立系统逻辑模型不可缺少的环节。其步骤如下。

(1) 绘出各业务部门的 TFD。

(2) 与业务人员讨论 TFD 是否符合实际情况。

(3) 利用管理科学理论,分析业务流程中的问题。

(4) 与业务人员讨论,按照 MIS 要求提出改进业务流程的方案。

(5) 将新业务流程提交决策和评审机构,进而确立切实合理的业务流程。

除对业务流程做调查外,还要对业务系统的其他需求做调查,以供后阶段分析使用。

这些需求可归纳为以下两项内容。

（1）对业务系统事务处理能力的需求，包括事务处理活动组织、事务处理活动量和事务处理活动的控制。

（2）对业务系统决策功能的需求，包括决策功能，决策信息来源，决策与事务处理之间的联系。

5.4.2　业务流程图

业务流程图是一种描述管理系统内各单位、人员之间的业务关系、作业顺序和管理信息流向的图表。它用一些规定的符号及连线表示某个具体业务的处理过程，帮助分析人员找出业务流程中的不合理流向。TFD 基本上按业务的实际处理步骤和过程绘制，是一种用图形方式反映实际业务处理过程的"流水账"。绘制这本"流水账"对于开发者理顺和优化业务过程是很有帮助的。现行系统 TFD 是分析和描述现行系统的重要工具，是业务流程调查结果的图形化表示。它反映现行系统各机构的业务处理过程和它们之间的业务分工与联系，以及连接各机构的物流、信息流的传递和流动关系，体现现行系统的界限、环境、输入、输出、处理和数据存储等内容。TFD 是一种用尽可能少、尽可能简单的方法描述业务处理过程的方法。由于它的符号简单明了，所以非常易于阅读和理解业务流程，不足的是，对一些专业性较强的业务处理细节缺乏足够的表现手段，比较适用于反映事务处理类型的业务过程。

1. TFD 的基本符号及含义

TFD 基本图形符号有 6 个，符号的内部解释可直接用文字标于图内。这些符号所代表的内容与信息系统最基本的处理功能一一对应，如图 5-13 所示。圆圈表示业务处理单位；方框表示业务处理内容；报表符号表示输出信息（报表、报告、文件、图形等）；不封口的方框表示存储文件；卡片符号表示收集资料；矢量连线表示业务过程联系。TFD 所用符号参见标准 GB 1526—1989。

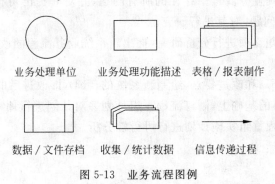

图 5-13　业务流程图例

2. TFD 的绘制

业务流程分析是在已经理出的业务功能基础上将其细化，利用系统调查的资料将业务处理过程中的每个步骤用一个完整的图形将其串起来。TFD 正是根据系统调查表中所得到的资料和问卷调查的结果,按业务实际处理过程,用给定的符号将它们绘制在同一张图上。在绘制 TFD 的过程中发现问题,分析不足,优化业务处理过程,所以绘制 TFD 是分析业务流程的重要步骤。TFD 的绘制并无严格的规则,只需简明扼要地如实反映实际业务过程。

5.4.3 业务流程重组

成功实施 MIS 的企业都是首先理解自身业务流程,然后进行简化、重组,最后才实现操作自动化。关于业务流程重组的内容在第 4 章已进行了讨论,这里只简单讨论业务流程重组的目标和步骤。

1. 重组的目标

实行业务流程重组(Business Process Reengineering,BPR)是为最大限度地实现技术上的功能集成和管理上的职能集成,以打破传统的职能型组织结构,建立全新的过程型组织结构,从而实现企业经营在成本、质量、服务和速度等方面的重大改善。它的重组模式以作业流程为中心,打破了金字塔状的组织结构,使企业适应了信息社会的高效率和快节奏,适合企业员工参与企业管理,实现了企业内部各方面的有效沟通,具有较强的应变能力和较大的灵活性。业务流程重组关注的是企业的业务流程,"业务流程"是指一组共同为顾客创造价值而又相互关联的活动。哈佛商学院教授 Michael Porter 将其描绘成一个价值链(Value Chain)。

2. 重组的步骤

(1) 深入分析流程调查资料。对业务流程调查资料进行规范化处理并且正确绘制各层次的业务流程图,在 TFD 基础上,结合内外环境对业务流程进行初步分析、概括和诊断。

(2) 找出现行系统业务流程中存在的所有问题,并对其提出可行的解决办法。这是在第一步的基础上找问题,对其进行研究。

(3) 对找出的问题逐项进行分析研究,提出新系统业务流程的改进模式和改进要点,形成流程改进报告。

(4) 根据现行 TFD 和改进要点,绘制新系统的 TFD,即改进后的业务流程。

(5) 在新的 TFD 的基础上,制订流程重组计划并对计划进行评审。

(6) 对提出的流程重组实施计划进行可行性分析。

3. 重组的原则

(1) 组织结构应以产出为中心,而不是以任务为中心。

(2) 让需要得到流程产出的人自己执行流程。

(3) 将信息处理工作纳入产生这些信息的实际工作中。

(4) 将各地分散的资源视为一体。

(5) 将并行工作联系起来,而不是仅仅联系它们的产出。

(6) 使决策点位于工作执行的地方,在业务流程中建立控制程序。

(7) 从信息来源地一次性地获取信息。

5.5　数据与数据流程分析

数据是信息加工的原材料,MIS 的中心问题是数据处理问题,数据对 MIS 的成功具有特别重要的作用,"十二分数据"的说法足以表明这一点。这部分将分别讨论数据与数据流程。这部分分析将产生新系统逻辑模型的核心部分 DFD 和 DD(Data Dictionary,数据字典),把目标系统的 TFD 转换成 DFD。

5.5.1　数据要求说明

1. 数据分析的目的

企业各环节的运转都离不开数据,离不开数据的采集、加工处理和应用。数据是生产过程和价值形成过程的客观反映,是科学管理的工具,也是企业的资源。数据分析的目的主要表现在确定新系统的信息需求,为信息管理方法的设计做准备,为确定计算机系统结构和系统配置提供依据。

2. 数据分类与收集

为对数据进行组织,需要对数据进行分类。可以按照数据表现形式、数据源、管理职能和管理层次、共享程度、更新频度、数据处理层次等对数据进行分类,还可以根据需要确定数据分类方法。

数据收集实际是资料收集,始于调查阶段。数据收集常伴以分析,数据分析常伴以数据收集。数据收集类型包括各种报表的内容,各种统计数字等。数据收集的来源包括各部门正式文件、现行系统说明文件和各部门外数据来源。数据收集方法包括查阅档案、采访调查、测定、采样、参加实践和会议。数据收集的初步结果通常填入数据汇总表和报表统计表。

在收集过程中,尽量全面地收集企业现行管理系统的数据。这些数据具有包罗万象、逻辑关系不明确、冗余度极大、数据的来源和目的地不明确、格式不规范等特点。为建立数据模型时能以精确、逻辑严密的数据作为基础,须对收集的数据进行去粗取精、去伪存真的加工处理,称为数据分析。数据分析与数据收集不能截然分割,在做数据分析时要不断地收集和取舍原始数据,并进行补充和完善。

3. 数据分析方式

(1) 围绕系统目标分析

该分析可从两个方面进行:从业务处理角度看,为了满足正常的信息处理业务,需要确定需要哪些信息,哪些信息是冗余的,哪些信息暂缺有待收集;从管理角度看,为了满足科学管理需要,应当分析这些信息精度如何,能否满足管理需要,信息及时性如何,可行的处理区间如何,能否满足对生产过程及时进行处理的要求,对于一些定量化的分析能否提供信息支持等。

(2)弄清信息周围环境

对数据进行分析,必须分清这些信息是从现有组织结构中的哪个部门来的,目前用途如何,受周围哪些环境影响较大,它的上、下层次信息结构是什么。

(3)围绕现行业务流程进行分析

分析现有报表的数据是否全面,是否满足管理需要,是否正确反映业务的实物流。分析现有的业务流程有哪些弊病,需要做哪些改进,做出这些改进后的信息与信息流应做出什么样的相应改进,对信息的收集、加工、处理有什么新要求等。根据业务流程分析哪些信息是多余的,哪些信息是系统内部可以产生的,哪些信息是需要长期保存的。

(4)数据特征分析与数据逻辑描述

以上收集的原始资料、单据、报表等很多,正确取舍后,就应对它进行分析。分析的主要目的是使这些各式各样的信息资料转换成能被计算机所容易理解、识别的数据,以便于处理。目前数据库软件把对数据的描述分为 3 个层次,即数据元素、记录和数据文件。关于这些概念的详细描述可参考第 3 章有关数据组织的内容。

4. 数据逻辑描述

数据逻辑描述是对系统涉及的各类数据(静态数据、动态输入/输出数据和内部生成数据)分别描述其名称、定义、类型、格式和使用限制等。数据逻辑描述可以采用二维表方式,描述项包括原始数据名称、主要数据元素、类别、频率和容量等,描述时可把数据分为动态和静态数据。静态数据是指在运行过程中主要作为控制或参考用的数据,它们在很长的一段时间内不会变化,一般不随运行而变。动态数据包括所有在运行中发生变化的数据以及在运行中需要输入、输出的数据及在联机操作中要改变的数据。进行描述时应把各数据元素逻辑地分成若干组,例如函数、源数据或对于其应用更为恰当的逻辑分组,给出每个数据元素的名称、定义、度量单位、值域、格式和类型等有关信息。内部生成数据指向用户或调试人员提供的内部生成数据。数据约定说明对数据要求的制约,应列出对进一步扩充或使用方面的考虑而提出的对数据要求的限制(容量、文件、记录、临界性和数据元素最大值)。

5. 原始数据来源和信息结构概念模型

指出所有可能的数据源;按部门罗列主要数据文件,包括表格、报表、单据、图表的信息载体名称,不要求在此展开结构。

6. 数据采集处理方式

(1)企业外部信息采集处理方式

罗列外部信息的内容、范围;确定外部信息的采集处理方式,包括通过一定渠道收集情报资料,资料的整理、加工、存储,按对象建档;找出现行信息采集中的问题并且提出解决方案。

（2）企业内部信息采集处理方式

按数据发生地摸清内部数据源;按数据发生地及部门层次结构进行采集,建立数据采集管理制度和管理机构;找出数据采集中的问题并且提出解决方案。

（3）原始数据采集处理方式

对采集到的数据载体样本以二维表方式描述,包括原始数据名、类型、频度、产生部门、采集处理部门和采集处理方式。

7. 改进系统信息采集处理方式

原始数据采集按组织方式,可以分为报告制度和专门组织的采集;按数据宽度,可以分为全面采集和非全面采集;按时间连续性,可以分为经常性采集和不定期的一次性采集。需要根据数据的类型和特征确定数据采集方式,也要采用先进的数据采集技术,如扫描等,提高采集的自动化程度,提高速度、精度,缩短采集时间。

8. 采集原始数据的质的要求

若要保证原始数据的采集质量,需要做好采集前的整理准备工作;树立数据采集的质量意识和责任感;建立信息采集责任制;对已采集的数据进行质量核查。

9. 原始数据录入与质的要求

根据数据形式定义录入和转换方式,并且做出技术规定;编制数据录入流程图且对录入数据进行校验;制定保证数据录入质量的技术与管理保证措施。

10. 管理职能的数据需求

信息能否完成管理功能在很大程度上取决于所占有的信息是否充分。可用表格方式给出管理职能对信息的需求,包括表名、信息寿命、产生部门、使用部门、使用方式、共享性、保密性和容量等。

5.5.2　数据流程图

数据流程图描述数据流动、存储、处理的逻辑关系,也称为逻辑数据流程图,一般用DFD(Data Flow Diagram)表示。

在对数据进行收集、整理分析后,可按现行管理系统的 TFD 绘出相应的数据流程图,它抽象地舍去具体的组织结构、工作场所、物流、材料等,仅从信息流动的角度考察实际业务处理情况。

DFD 是描述系统数据流程的主要工具,它有如下两个特征。

（1）抽象性。在 DFD 中只描述信息和数据存储、流动、使用以及加工情况。这有可能抽象地总结出信息处理的内部规律。

（2）概括性。它把系统对各种业务的处理过程联系起来考虑，形成一个总体。前面介绍的 TFD 没有反映出这种数据流之间的关系。

5.5.3　数据流程图的基本成分

数据流程图用到 4 个基本符号，即外部实体、数据处理、数据流和数据存储，现分别介绍如下。

1．外部实体

外部实体指系统以外又与系统有联系的人或事物。它表达该系统数据的外部来源和去处，如顾客、职工、供货单位等。外部实体也可以是另外一个信息系统。

用一个在其左上角外边另加一个直角的正方形来表示外部实体，在正方形内写这个外部实体的名称，如图 5-14 所示。为了区分不同的外部实体，可以在正方形的左上角用一个字符进行区分。在数据流程图中，为了减少线条的交叉，同一个外部实体可在一张数据流程图中出现多次，这时在该外部实体符号的右下角画小斜线，表示重复。若重复的外部实体有多个，则相同的外部实体画数目相同的小斜线。

| a 顾客 | b 职工 | c 经理 | b 职工 | a 顾客 |

图 5-14　外部实体　　　　　　　　　　图 5-15　数据处理

（标识部分、功能描述部分、功能执行部分）

2．数据处理

数据处理指对数据的逻辑处理，也就是数据的变换。在数据流程图中，用带圆角的长方形表示处理，长方形分为 3 个部分，如图 5-15 所示。

（1）标识部分用来标识一个功能，一般用字符串表示，如 P1、P1.1 等。

（2）功能描述部分是必不可少的，它直接表达这个处理的逻辑功能。一般用一个动词加一个作动词宾语的名词表示。恰如其分地表达一个处理的功能有时需要下一番工夫。

（3）功能执行部分表示这个功能由谁来完成，可以是一个人，还可以是一个部门，还可以是某个计算机程序。

3．数据流

数据流是指处理功能的输入或输出，用一个水平箭头或垂直箭头表示。箭头指出数据的流动方向。数据流可以是信件、票据，也可以是电话等。

一般来说，对每个数据流要加以简单的描述，使用户和系统设计员能够理解一个数据流的含义。对数据流的描述写在箭头的上方，一些含义十分明确的数据流，也可以不加说明，如图 5-16 所示。

　　有时很难用简单而适当的语句来描述一个数据流。例如，图 5-17(a)表示储户到储蓄所去存取款时，要将填写好的存(取)单与存折交给营业员，营业员处理完这笔业务后，把存折交还给储户。若把"存取单"与"存折"这两个平行且方向相同的数据流合并为"存取要求"，则可以减少一个数据流，数据流程图就更简单好读一些，如图 5-17(b)所示。至于"存取要求"的具体内容，会随着数据流程图的展开，变得更具体化。

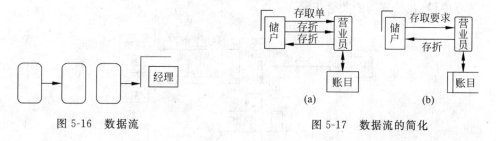

图 5-16　数据流　　　　　　　　　图 5-17　数据流的简化

4. 数据存储

　　数据存储表示数据保存的地方。这里"地方"并不是指保存数据的物理地点或物理介质，而是指数据存储的逻辑描述。

　　在数据流程图中，数据存储用右边开口的长方条表示。在长方条内写上数据存储的名字。名字也要恰当，以便用户理解。为了区别和引用方便，再加一个标识，用字母 D 和数字组成。为清楚起见，用竖线表示同一数据存储在图上不同地方，如图 5-18 所示。

　　指向数据存储的箭头表示送数据到数据存储(存放、改写等)；从数据存储发出的箭头表示从数据存储读取数据，如图 5-19 所示。

图 5-18　数据存储　　　　　　　图 5-19　数据的读取与存储

　　图 5-19 中，"商品编号♯"表示按这个数据项检索，即"商品编号"是关键字。在一些介绍结构化分析的书中，所用符号与本书有所不同，请读者注意。

5.5.4　数据流程图的画法

　　系统分析的根本目的是分析出合理的信息流动、处理、存储。数据流程分析有许多方法，如 HIPO(Hierarchical Plus Input Process Output)法和之前介绍的结构化方法等。

　　各方法的基本思想都是一样的，即把一个系统看成一个整体功能，明确信息的输入与输出，系统为了实现这个功能，内部必然有信息的处理、传递、存储过程。这些处理又可以分别看做整体功能，其内部又有信息的处理、传递、存储过程。如此一级一级地剖析，直到所用处理步骤都很具体为止。

下面以高等院校学籍管理系统为例说明画数据流程图的方法。学籍管理是一项十分严肃而复杂的工作。它要记录学生从入学到离校整个在校期间的情况,以便学生毕业时把其情况提供给用人单位。学校还要向上级主管部门报告具籍变动情况。

首先,把整个系统看成一个功能。它的输入是新生入学时从省、市招生办公室转来的新生名单和档案,输出是学生离校时给用人单位的毕业生档案和定期给主管部门的统计报表,如图 5-20 所示。"学籍表"中记载学生的基本情况,如学籍变动情况、各学期各门课程的学习成绩、在校期间的奖惩记录等。

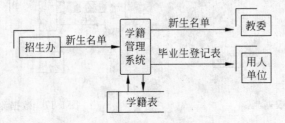

图 5-20   学籍管理系统顶层 DFD

图 5-20 概括地描述了系统的轮廓、范围,标出了最主要的外部实体和数据流。还有一些外部实体、数据流没有画出来,随着数据流程图的展开再逐渐增加。这样做的好处是突出主要矛盾,系统轮廓更清晰。

图 5-21 是进一步分析的出发点。学籍管理包括学生学习成绩管理、学生奖惩管理、学生异动管理 3 部分。虚线框是图 5-20 中处理框的放大。图 5-20 的各个数据流都必须反映在图 5-21 上,此外还有新增的数据流和外部实体。虚线框外新增的数据流在进入或流出虚线框时用"×"标记。数据存储"学籍表"是图 5-20 中原有的,可画在虚线框外,或一半在内一半在外。在图 5-21 中,与学籍表有关的数据流更具体了。

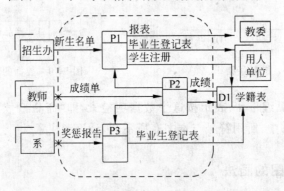

图 5-21   学籍管理系统的第一层 DFD

下面以"成绩管理"为例,较详细地说明逐层分解的思路。

某校现在实行校、系两级学习成绩管理,学校教学管理科、系教务员都登记学生成绩。任课教师把学生成绩单一式两份分别送系教务员和学校教学管理科(简称教管科)。系教务员根据成绩单登录学籍表,学期结束时,给学生发成绩通知,并根据学籍管理条例,确定每个学生升级、补考、留级、退学的情况。教管科根据收到的成绩单登录教管科存的学籍表,统计各年级各科成绩分布报主管领导。补考成绩也作类似处理。这样 P2 框扩展成图 5-22。从图 5-22 看出某些不尽合理的地方。例如"学籍表"结构是一样的,但是系里存一份,教管科也存一份,数据冗余,工作重复。但现实情况就是这样,在调查阶段应如实反映,至于新系统应怎么做,可在对现行系统分析的基础上,提出新系统逻辑模型时再考虑。图 5-22 中的一些处理还需要进一步展开,如 P2.1 框——"分析期末成绩"包括以下几件事。

(1) 把每个学生的各科成绩登录在所在班的"学习成绩一览表"中。

(2) 根据"学习成绩一览表",在学籍表中填写各个学生的成绩。

(3) 根据"学习成绩一览表"评学习成绩优秀奖。

(4) 根据"学习成绩一览表"、以往留级情况(学籍表中有记载)决定学生的升级、补考、留级、退学。

(5) 发成绩通知单,通知补考时间。

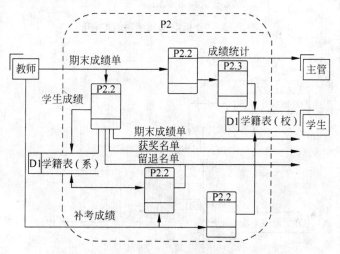

图 5-22　"成绩管理"框的展开

这样 P2.1 框展开如图 5-23 所示。图中的数据存储 D2 即"学习成绩一览表"只与 P2.1 有关,不涉及其他处理框,因此必须画在虚线框内。

在图 5-23 中,除 P2.1.5 框之外,其他各个处理都已十分明确,不需要再分解。而 P2.1.5"确定异动情况"还比较复杂,需要进一步分解。学期结束之后,根据学习成绩,学生的异动有 4 种可能:升级、补考、留级、退学。所有考试、考查科目都及格的学生当然升级,个别科目不及格的学生可以参加补考。该校现行学籍的规定是:一学期有 3 门考试课程不及格,或者考试和考查共有 4 门课程不及格者,将没有补考资格,直接留级;一学期有 4 门考试课不及格,或考试和考查 5 门课程不及格者,将直接退学而不能留级重读;另外,连续留级两次或在校学习期间累计留级两次者,也将退学。因此,确定学生异动情况先要统计学生本学期不及格的科目,涉及留级的情况,还要查看过去的学籍异动情况,判定应该是留级还是退学。这样,P2.1.5 框可展开如图 5-24 所示。

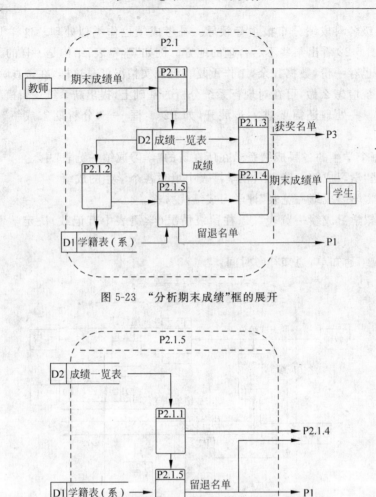

图 5-23　"分析期末成绩"框的展开

图 5-24　"确定异动情况"框的展开

　　关于"学习成绩管理"的分解到此可以结束了。作为一个练习,建议读者走访本校的有关部门,根据实际情况画出"异动管理"、"奖惩管理"的分解图。

5.5.5　画数据流程图的注意事项

　　在系统分析中,数据流程图是系统分析员与用户交流思想的工具。这种图用的符号少,通俗易懂。实践证明,只要稍作解释,用户就能看明白。同时,这种图层次性强,适合对不同管理层次的业务人员进行业务调查。在调查过程中,随手就可记录有关情况,随时可与业务人员讨论,使不足的地方得到补充,有出入的地方得到纠正。在草图的基础上,系统分析员应对图的分解、布局进行适当调整,画出正式图,使之更清晰,可读性更好。

1. 关于层次的划分

从前面的例子看到,系统分析中得到一系列分层的数据流程图。最上层的数据流程图相当概括地反映出信息系统最主要的逻辑功能、最主要的外部实体和数据存储。

这张图应该一目了然,使读者立即有一个深刻印象,知道这个系统的主要功能和与环境的主要联系是什么。

逐层扩展数据流程图是对上一层图(父图)中某些处理框加以分解。随着处理的分解,功能越来越具体,数据存储、数据流越来越多。必须注意,下层图(子图)是上层图中某个处理框的"放大"。因此,凡是与这个处理框有关系的外部实体、数据流、数据存储必须在下层图中反映出来。下层图上用虚线长方框表示所放大的处理框,属于这个处理内部用到的数据存储画在虚线框内,属于其他框的要用到的数据存储则画在虚线框之外或跨在虚线框上。流入或流出虚线框的数据流,若在上层图中没出现,则在与虚线交叉处用"×"表示。逐步扩展是把一个复杂的功能逐步分解为若干较为简单的功能,不是肢解和蚕食,使系统失去原来的面貌,而应保持系统的完整性和一致性。究竟怎样划分层次,划分到什么程度没有绝对的标准,但一般认为有以下规则。

(1) 展开的层次与管理层次一致,也可以划分得更细。处理块的分解要自然,注意功能的完整性。

(2) 一个处理框一般以分解为 4~10 个处理框为宜。在前面的例子中,图 5-24 只有两个处理框,为减少数据流程图的层次,可以把这张图直接并入图 5-23 中,用 P2.1.5.1 和 P2.1.5.2 代替图 5-23 中的 P2.1.5,并重新编号为 P2.1.5 和 P2.1.6,如图 5-25 所示。

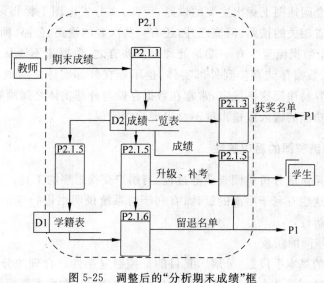

图 5-25　调整后的"分析期末成绩"框

(3) 最下层的处理过程用几句话,或者用几张判定表,或一张简单的 HIPO 图能表达清楚,其工作量一个人能承担。若是计算机处理,一般不超过 100 个程序语句。

2. 检查数据流程图的正确性

对一个系统的理解,不可能一开始就完美无缺。开始分析一个系统时,尽管对问题的理解有不正确、不确切的地方,但还是应该根据我们的理解用数据流程图表达出来,然后对其进行核对,逐步修改,获得较为完美的图纸。

通常可以从以下几个方面检查数据流程图的正确性。

(1) 数据守恒,或称输入数据与输出数据匹配。数据不守恒有两种情况,一种是某个处理过程用以产生输出的数据没有输入,这肯定是遗漏了某些数据流,另一种是某些输入在处理过程中没有被使用,这不一定是一个错误,但产生这种情况的原因以及是否可以简化值得研究。

(2) 在一套数据流程图中的任何一个数据存储,必定有流入的数据流和流出的数据流,即写文件和读文件,缺少任何一种都意味着遗漏了某些加工。

画数据流程图时,应注意处理框与数据存储之间数据流的方向。一个处理过程要读文件,数据流的箭头应指向处理框,若是写文件则箭头指向数据存储。修改文件要先读后写,但本质上是写,箭头也指向数据存储。若除修改之外,为了其他目的还要读文件,此时箭头画成双向的。

(3) 父图中某一处理框的输入、输出数据流必须出现在相应的子图中,否则就会出现父图与子图的不平衡。这是一种比较常见的错误,而不平衡的分层使人无法理解。因此,应特别注意检查父图与子图的平衡,尤其在对子图进行某些修改之后。父图的某框扩展时,在子图中用虚线框表示,这样有利于检查。父图与子图的关系类似于全国地图与分省地图的关系。在全国地图上标出主要的铁路、河流,在分省地图上标得则更详细,除了有全国地图上与该省相关的铁路、河流之外,还有一些次要的铁路、公路、河流等。

(4) 任何一个数据流至少有一端是处理框。换言之,数据流不能从外部实体直接到数据存储,不能从数据存储直接到外部实体,也不能在外部实体之间或数据存储之间流动。初学者往往容易违反这一规定,常常在数据存储与外部实体之间画数据流。其实,记住数据流是处理功能的输入或输出就不会出现这类错误。

3. 提高数据流程图的易理解性

数据流程图是系统分析员调查业务过程,与用户交换思想的工具。因此,数据流程图应该简明易懂。这也有利于后面的设计,有利于对系统说明书进行维护。可以从以下几个方面提高易理解性。

(1) 简化处理间的联系

结构化分析的基本手段是"分解",其目的是控制复杂性。合理的分解是将一个复杂的问题分成相对独立的几个部分,使每个部分可单独理解。在数据流程图中,处理框间的数据流越少,各个处理就越独立,所以应尽量减少处理框间输入及输出数据流的数目。

(2) 均匀分解

如果在一张数据流程图中,某些处理已是基本加工,而另一些却还要进一步分解三四层,这样的分解就不均匀。不均匀的分解不易被理解,因为其中某些部分描述的是细节,而其他部分描述的是较高层的功能。遇到这种情况应考虑重新分解,努力避免特别不均匀的分解。

（3）适当命名

数据流程图中各种成分的命名与易理解性有直接关系,所以应注意适当命名。处理框的命名应能准确地表达其功能,理想的命名由一个具体的动词加一个具体的名词(宾语)组成,在下层尤其应该如此,例如,"计算总工作量"、"开发票",而"存储和打印提货单"最好分成两个,"处理订货单"、"处理输入"也不太好,"处理"是空洞的动词,没有说明究竟做什么,"输入"也是不具体的宾语,而"做杂事"几乎等于没有命名。难于为某个成分命名往往是分解不当的迹象,应考虑重新分解。

同样,数据流、数据存储也应适当命名,尽量避免产生错觉,以减少设计和编程等阶段的错误。

数据流程图也常常要重新分解,例如,画到某一层时意识到上一层或上几层所犯的错误,这时就需要对它们重新分解。重新分解可以按下述方法进行。

（1）把需要重新分解的某张图的所有子图拼成一张。

（2）把图分成几部分,使各部分之间的联系最少。

（3）重新建立父图,即把第(2)步所得的每一部分画成一个处理框。

（4）重新画子图,只要把第(2)步所得的图沿各部分边界分开即可。

（5）为所有处理重新命名、编号。

5.6　数据字典

数据流程图描述了系统的分解,即描述了系统由哪几部分组成、各部分之间的联系等,但还没有说明系统中各个成分的含义。例如,在前面的例子中,数据存储"学籍表"包括哪些内容,在数据流程图中表达不够具体、准确。又如,处理框 P2.1.6"判定留级或退学",如何决定,图上也看不出来。只有当数据流程图中出现的每一个成分都给出定义之后,才能完整、准确地描述一个系统。为此,还需要其他工具对数据流程图加以补充说明。

数据字典就是这样的工具之一。数据字典最初用于数据库管理系统。它为数据库用户、数据库管理员、系统分析员和程序员提供某些数据项的综合信息。这种思想启发了信息系统的开发人员,使其想到将数据字典引入系统分析。

系统分析中所使用的数据字典主要用来描述数据流程图中的数据流、数据存储、处理过程和外部实体。数据字典把数据的最小组成单位看成是数据元素(基本数据项),若干个数据元素可以组成一个数据结构(组合数据项)。数据结构是一个递归概念,即数据结构的成分也可以是数据结构。数据字典通过数据元素和数据结构来描写数据流、数据存储的属性,它们之间的关系如图 5-26 所示。数据元素组成数据结构,数据结构组成数据流和数据存储。

图 5-26　数据结构与数据元素

　　建立数据字典的工作量很大,相当烦琐。但这是一项必不可少的工作。数据字典在系统开发中具有十分重要的意义,不仅在系统分析阶段,在整个研制过程中以及今后系统运行中都要使用它。

　　数据字典可以用人工方式建立。事先印好表格,填好后按一定顺序排列就是一本数据字典。它也可以建立在计算机内,数据字典实际上是关于数据的数据库,这样使用、维护都比较方便。

5.6.1　数据字典的各类条目

　　数据字典中有 6 类条目:数据元素、数据结构、数据流、数据存储、处理过程、外部实体。不同类型的条目有不同的属性需要描述,现分别说明如下。

1. 数据元素

　　数据元素是最小的数据组成单位,也就是不可再分的数据单位,如学号、姓名等。对每个数据元素,需要描述以下属性。

　　(1)名称。数据元素的名称要尽量反映该元素的含义,便于记忆。

　　(2)别名。一个数据元素,可能其名称不只一个,若有多个名称,则需加以说明。

　　(3)类型。类型说明取值是字符型还是数字型等。

　　(4)取值范围和取值的含义。它指数据元素可能取什么值或每一个值代表的意思。

　　数据元素的取值可分为离散型和连续型两类。如人的年龄是连续型,取值范围定义为 0～150 岁,当然,这里的"连续"与高等数学中的"连续"含义不同;按通常编排学号的办法,学号是离散的;再如"婚姻状况"取值为范围是"未婚、已婚、离异、丧偶",也是离散型。

　　一个数据元素是离散的还是连续的视具体需要而定。例如,在一般情况下,用岁数表示一个人的年龄是连续的;但有时只用"幼年、少年、青年、壮年、老年"表示,或者区分为成年、未成年即可,这时年龄便是离散型的。

　　(5)长度。长度指出该数据元素由几个数字或字母组成,如学号按某校现在的编法由 7 个数字组成,其长度就是 7 个字节。

　　除以上内容外,数据元素的条目还包括对该元素的简要说明、与它有关的数据结构等,如图 5-27 所示。

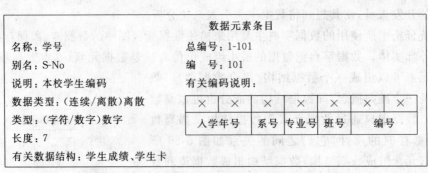

图 5-27　数据元素条目

2. 数据结构

图 5-28 是数据结构条目的一个例子。

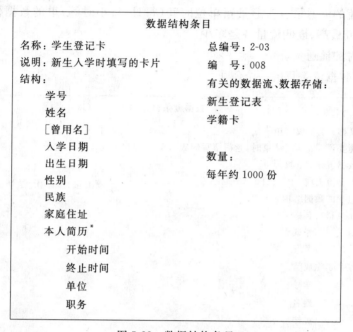

数据结构条目

名称：学生登记卡　　　　　　　　总编号：2-03
说明：新生入学时填写的卡片　　　编　号：008
结构：　　　　　　　　　　　　　有关的数据流、数据存储：
　　　　学号　　　　　　　　　　新生登记表
　　　　姓名　　　　　　　　　　学籍卡
　　　　［曾用名］
　　　　入学日期
　　　　出生日期　　　　　　　　数量：
　　　　性别　　　　　　　　　　每年约 1000 份
　　　　民族
　　　　家庭住址
　　　　本人简历*
　　　　　　开始时间
　　　　　　终止时间
　　　　　　单位
　　　　　　职务

图 5-28　数据结构条目

数据结构的描述重点是数据之间的组合关系，即说明这个数据结构包括哪些成分。

一个数据结构可以包括若干个数据元素或（和）数据结构。这些成分中有 3 种特殊情况。

（1）任选项

任选项是可以出现也可以省略的项，用"［］"表示，如图 5-28 中的"［曾用名］"是任选项，可以有，也可以没有。

（2）必选项

在两个或多个数据项中，必须出现其中的一个称为必选项。例如，任何一门课程是必修课，或选修课，二者必居其一。必选项的表示办法是将候选的多个数据项用"{}"括起来。

（3）重复项

重复项即可以多次出现的数据项。例如，一张订单可订多种零件，每种零件有品名、规格、数量，这些属性用"零件细节"表示。在订单中，"零件细节"可重复多次，表示成"零件细节"。前面这个例子中的"本人简历"也是这种情况。

3. 数据流

关于数据流，在数据字典中描述以下属性。

（1）数据流的来源。数据流可以来自某个外部实体、数据存储或某个处理。

（2）数据流的去处。某些数据流的去处可能不只一个，如"期末成绩"这个数据流流到 P2.1,P2.2 两个处理,两个去处都要说明。

（3）数据流的组成。它指数据流所包含的数据结构。一个数据流可包含一个或多个数据结构。若只含一个数据结构,应注意名称的统一,以免产生二义性。

（4）数据流的流通量。流通量指单位时间（每日、每小时等）里的数据传输次数。可以估计平均数或最高、最低流量各是多少。

（5）高峰时的流通量。

图 5-29 是数据流条目的一个例子。

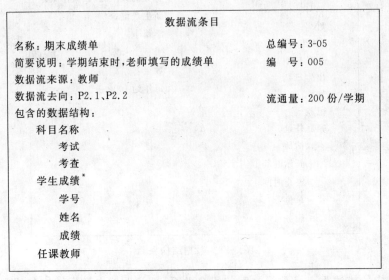

数据流条目

名称：期末成绩单　　　　　　　　　　　　　总编号：3-05

简要说明：学期结束时,老师填写的成绩单　　　编　号：005

数据流来源：教师

数据流去向：P2.1、P2.2　　　　　　　　　　流通量：200 份/学期

包含的数据结构：

　　　科目名称

　　　　考试

　　　　考查

　　　学生成绩*

　　　　　学号

　　　　　姓名

　　　　　成绩

　　　任课教师

图 5-29　数据流条目

4. 数据存储

数据存储的条目主要描写该数据存储的结构,及有关的数据流、查询要求。例如,数据存储 D2"学生成绩一览表"的条目,如图 5-30 所示。

数据存储条目

名称：学生成绩一览表　　　　　　　　　　总编号：4-02

说明：学期期末,按班汇集学生各科成绩　　　编　号：D2

结构：

　　　班级　　　　　　　　　　　　　　　有关的数据流：

　　　学生成绩*　　　　　　　　　　　　　P2.1.1→D2

　　　　学号　　　　　　　　　　　　　　D2→P2.1.2

　　　　姓名　　　　　　　　　　　　　　D2→P2.1.4

　　　　成绩*　　　　　　　　　　　　　D2→P2.1.3

　　　科目名称　　　　　　　　　　　　　D2→P2.1.5

　　　　考试　　　　　　　　　　　　　信息量：每学年 150 份

　　　　考查　　　　　　　　　　　　　有无立即查询：有

　　　　成绩

图 5-30　数据存储条目

有些数据存储的结构可能很复杂,如"学籍表",包括学生的基本情况、学生动态、奖惩记录、学习成绩、毕业论文成绩等,其中每一项又是数据结构。且这些数据结构有各自的条目说明,因此在"学籍表"的条目中只需列出这些数据结构,而不要列出这些数据结构的内部构成。数据流程图是分层的,下层图是上层图的具体化。同一个数据存储可能在不同层次的图中出现。描述这样的数据存储,应列出最底层图中的数据流。

5. 处理过程

对于数据流程图中的处理框,需要在数据字典中描述处理框的编号、名称、功能,有关的输入、输出。对功能进行描述,应使人能有一个较明确的概念,知道这一框的主要功能。详细的功能还要用"小说明"进一步描述。图 5-31 是 P2.1.4"填写成绩单"的条目。

```
                    处理过程条目
名称:填写成绩单                        总编号:5-007
说明:通知学生成绩,有补考科目的说明补考日期     编　号:P2.1.4
输入:D2-P2.1.4 I
输出:P2.1.4-学生(成绩通知单)
处理:查 D2(成绩一览表),打印每个学生的成绩通知单,若有不及格科目,不够直接留
     级,则在"成绩通知"中填写补考科目、时间,若直接留级则注明留级
```

图 5-31　处理过程条目

6. 外部实体

外部实体是数据的来源和去向。因此,在数据字典中关于外部实体的条目主要说明外部实体产生的数据流和传给该外部实体的数据流,以及该外部实体的数量。外部实体的数量对于估计本系统的业务量有参考作用,尤其是关系密切的主要外部实体。图 5-32 是描述"学生"这个外部实体的条目。"学生"这个外部实体与学籍管理系统有很多联系,如入学时要填写各种登记表,若要休学、复学等则要提出申请。在此例中,未画出整个系统的数据流程图,因此该条目的数据流比较少。

```
                    外部实体条目
名称:学生                              总编号:06-001
说明:                                 编号:001
输出数据流:                            个数:约 4000 个
输入数据流:
P2.1.4-学生(成绩通知)
```

图 5-32　外部实体条目

5.6.2　数据字典的使用与管理

数据字典实际上是"关于系统数据的数据库"。在整个系统开发过程以及系统运行后的维护阶段,数据字典是必不可少的工具。数据字典是所有人员工作的依据、统一的标

准。它可以确保数据在系统中的完整性和一致性。具体讲,数据字典有以下作用。

(1) 按各种要求列表。可以根据数据字典把所有数据元素、数据结构、数据流、数据存储、处理逻辑、外部实体按一定的顺序全部列出,保证系统设计时不会遗漏。

如果系统分析员要对某个数据存储的结构进行深入分析,需要了解有关的细节,了解数据结构的组成乃至每个数据元素的属性,数据字典也可提供相应的内容。

(2) 相互参照,便于系统修改。根据初步的数据流程图,建立相应的数据字典。在系统分析过程中,常会发现原来的数据流程图及各种数据定义中有错误或遗漏,需要修改或补充。有了数据字典,这种修改就变得容易多了。

例如,在某个库存管理系统中,"商品库存"这个数据存储的结构是:代码、品名、规格、当前库存量。一般地讲,考虑能否满足用户订货有这些数据项就够了,但如果要求库存数量不能少于某个"安全库存量",则这些数据项还不够。这时,在这个结构中就要增加"安全库存量"这个数据项,这一改动可能影响其他项,如"确定顾客订货"的处理逻辑。以前只要"当前库存量大于或等于顾客订货量"就认为可以满足用户订货,现在则只有"当前库存量减顾客订货量之差大于或等于安全库存量"才能满足顾客订货。有了数据字典,这个修改就容易了。因为在该数据存储的条目中,记录了有关的数据流,由此可以找到因数据存储的改动而可能影响的处理逻辑,不至于遗漏而造成不一致。

(3) 由描述内容检索名称。在一个稍微复杂的系统中,系统分析员可能没有把握断定某个数据项在数据字典中是否已经定义,或者记不清楚其确切名字时,可以由内容查找其名称,就像根据书的内容询问图书的名字。

(4) 一致性检验和完整性检验。根据各类条目的规定格式,可以发现以下一些问题。

① 是否存在没有指明来源或去向的数据流。

② 是否存在没有指明数据存储或所属数据流的数据元素。

③ 处理逻辑与输入的数据元素是否匹配。

④ 是否存在没有输入或输出的数据存储。

数据字典的使用可以有两种方式:人工方式和计算机方式。人工方式是把各类条目按前面介绍的描述格式写在卡片上或写在纸上,并分类建立一览表。计算机方式是在人工方式基础上,整理存入计算机。一些大、中型计算机有专门的自动化数据字典软件包对数据进行管理,查询、修改都十分方便。但在开发初期,对于规模不太大的系统,手工方式更方便实惠。

为了保证数据的一致性,数据字典必须由专人(数据管理员)管理。其职责就是维护和管理数据字典,保证数据字典内容的完整一致。任何人,包括系统分析员、系统设计员、程序员,修改数据字典的内容都必须通过数据管理员。数据管理员要把数据字典的最新版本及时通知有关人员。

5.6.3　处理逻辑表达工具

计算机处理包括数学运算、信息交流和逻辑判断 3 部分,其中难以描述的是逻辑判断。为了描述 TFD 或 DFD 中处理模块的复杂功能及实现步骤,在系统分析和程序设计过程中经常使用一些特有的工具,如判断树、判定表及结构化描述语言。

1. 结构化语言

结构化语言是受结构化程序设计思想启发而扩展出来的。结构化程序设计只允许3 种基本结构,结构化语言也只允许 3 种基本语句,即简单的祈使语句、判断语句、循环语句。与程序设计语言的差别在于结构化语言没有严格的语法规定。与自然语言的不同在于它只有极其有限的词汇和语句。结构化语言使用 3 类词汇:祈使句中的动词、数据字典中定义的名词以及某些逻辑表达式中的保留字。

(1)祈使语句

祈使语句指出要做什么事情,包括一个动词和一个宾语。动词指出要执行的功能,宾语表示动作的对象,如计算工资、发补考通知。

使用祈使语句,应注意以下几点。

① 力求精练,不应太长。

② 不使用形容词和副词。

③ 动词要能明确表达执行的动作,不用意义太泛的动词,意义相同的动只确定使用其中之一。

④ 名词必须在数据字典中有定义。

(2)判断语句

判断语句类似结构化程序设计中的判断结构,其一般形式是:

```
如果    条件
则   动作 A
否则   (条件不成立)
     动作 B
```

判断语句中的"如果"、"否则"要成对出现,以避免多重判断嵌套时产生二义性。另外,书写时每层要对齐,以便阅读。

例如,某公司给购货在 5 万元以上的顾客以不同的折扣率。如果这样的顾客最近 3个月无欠款,则折扣率为 15%;虽然有欠款但与公司已经有 10 年以上的贸易关系,则折扣率为 10%,否则折扣率为 5%。公司的折扣政策用判断语句表达如下:

```
如果    购货额在 5 万元以上
   则   如果   最近 3 个月无欠款
       则   折扣率为 15 %
       否则   如果   与公司交易 10 年以上
           则   折扣率为 10 %
           否则   折扣率为 5 %
否则   无折扣
```

(3)循环语句

循环语句表达在某种条件下重复执行相同的动作,直到这个条件不成立为止。例如图 5-23 中的处理 P2.1.3"评奖学金"要计算同年级同专业每个学生一学期的总成绩,可用循环语句写成:

对每一个学生
　　计算总成绩

2. 判定树

若一个动作的执行不只是依赖一个条件,而是与多个条件有关,那么这项策略的表达就比较复杂。如果用前面介绍的判断语句,就有多重嵌套。层次一多,可读性就下降。用判定树来表示,可以更直观一些。

3. 判定表

一些条件较多、在每个条件下取值也较多的判定问题,可以用判定表表示。其优点是能把各种组合情况一个不漏地表示出来,有时还能帮助发现遗漏和矛盾的情况。通过下面这个例子说明判定表的应用与有关问题。

例如,某校关于学生升留级的规定为:"一学期有3门考试课程不及格者,直接留级;一学期考试和考查4门课程不及格者,不予补考,直接留级。"这里实际上涉及3种可能的行动:直接留级、补考、升级。全部课程及格者升级,不及格课程过多者直接留级,有不及格课程但未达到直接留级者补考。条件涉及两个方面:考试不及格的门数、考查不及格的门数。若直接以这两个"门数"为条件,则前者有4种情况:全部及格、1门不及格、2门不及格、3门或3门以上不及格;后者有5种情况:全部及格、1门不及格、2门不及格、3门不及格、4门或4门以上不及格。这样两个条件可以组合成$4×5=20$种情况。因此,列出的决策表在化简以前就有20列。但若根据问题的要求,适当选取判定的条件,则可以更简单一些。例如,第一个条件(C1)按考试科目不及格门数是否达到3门分两种情况,第二个条件(C2)按不及格门数(包括考试、考查)分为3种情况,列表说明如表5-1所示。

表 5-1　条件取值分析

条　　件	取值	含　　义
C1:考试科目	0 1	不及格门数<3 不及格门数≥3
C2:全部科目	0 1 2	全部及格 0<不及格门数<4 不及格门数≥4

这样,共有$2×3=6$种组合,列出的判定表如表5-2所示。

表 5-2　学生/升留级判定表

	1	2	3	4	5	6
C1:考试科目	0	0	0	1	1	1
C2:全部科目	0	1	2	0	1	2
A1:直接留级			×	×	×	×
A2:补考		×				
A3:升级	×					

用判定表来表达一个复杂的问题,优点之一是不会遗漏某些可能的情况。从前面的例子中可以看出,只要各个条件的各种情况都列举出来,就可以用形式化的方法进行简化。这种方法的另一个好处是各个条件的地位是"平等"的,不用考虑条件的先后顺序。

4. 3 种表达工具的比较

这 3 种表达逻辑的工具各有优点,除谈到的几个方面外,还可从直观性、可修改性等方面进行比较,如表 5-3 所示。

表 5-3　表达逻辑工具的比较

	结构化语言	判断树	判断表
直观性	一般	很好	一般
用户检查	不便	方便	不便
可修改性	好	一般	差
逻辑检查	好	一般	很好
机器可读性	很好	差	很好
机器可编程	一般	不好	很好

这 3 种工具的适用范围可概括比较如下。

(1) 决策树适用于 10~15 种行动的一般复杂程度的决策。有时可将决策表转换成决策树,便于用户检查。

(2) 判定表适合于多个条件的复杂组合。虽然判定表也适用于很多数目的行动或条件组合,但数目庞大时使用也不方便。

(3) 如果一个判断包含了一般顺序执行的动作或循环执行的动作,则最好用结构化语言表达。

5.7　新系统逻辑模型的建立

系统分析的重要任务之一,就是构造新系统的逻辑模型。它既是系统分析的重要成果,也是下一阶段系统设计的主要依据。新系统逻辑模型主要包括新系统的系统目标及边界,新系统业务处理流程、数据处理流程,新系统总体功能结构和子系统的划分及功能结构 5 方面内容。其中,业务处理流程、数据处理流程及子系统的划分等已做介绍,下面着重介绍新系统目标分析及边界的确定、新系统的总体功能结构。

5.7.1　系统目标

通过对现系统的详细调查分析,以及已对系统目标和功能等做过的分析和研究,在新系统逻辑模型建立之前,必须确定比较明确和比较具体的系统目标。

(1) 系统功能目标。系统功能目标是指系统所能处理的特定业务和完成这些处理业务的质量。系统功能以系统管理者提供的信息量和管理者对系统提供的信息程度、方式和内容的满意度作为衡量标准。

（2）系统技术目标。系统技术目标是指系统应当具有的技术性能和应当达到的技术水平，常用运行效率、响应速度、吞吐量、审核能力、可靠性、灵活性、可修改性、操作使用方便性和通用性等技术指标进行衡量。

（3）系统经济目标。系统经济目标是指系统开发的预期投资费用和经济效益。预期投资费用分别从研制阶段和运行维护投资两方面进行估算。预期经济效益则应从直接经济效益和间接经济效益两方面进行预测。其中，直接经济效益可用货币额来度量，而间接经济效益往往从提高管理水平、优化管理方法和提高管理素质方面考虑。

5.7.2　系统总信息流程图及边界的确定

了解系统各层次 DFD 的分析方法后，把各 DFD 按层次综合绘制在一起，就得到了新系统的总信息流程图，包括总 DFD、细化 DFD 和数据流卡片、数据存储卡片和处理逻辑表达工具。在此基础上，再对新系统应具有的边界进行确定分析。确定系统边界的目的是明确新系统涉及的范围、规模和功能，使系统开发的成本尽可能低，功能尽可能全。

1. 确定系统边界的原则

（1）根据确定的系统目标、资源条件和估算的整个信息系统的信息量，合理地确定系统的范围和功能。

（2）应对企业做全面规划和初步设计，依条件分阶段实施。现阶段设计应为远期目标的子系统留下接口，保证系统开发的完整性。

（3）划分系统范围时，应按客观需要择取必要的系统结构和功能，不应受现行系统限制。

（4）新系统在结构合理、信息完整的基础上，力求简单实用。

（5）新系统应当合理利用人和计算机资源进行分工。

2. 确定系统边界采取的步骤

（1）绘制系统的总信息流程图，将有关的数据流卡片、数据存储卡片、处理逻辑工具等相关资料尽量绘制出来。

（2）根据系统方案的要求、用户要求、先行系统运行的环境及确定系统边界的原则，在总信息流程图上圈出系统范围。

（3）与用户讨论，协商修改有关内容。

（4）确定系统范围，做出分析说明。

5.7.3　新系统功能模型

根据以上子系统的划分，便可建立新系统的功能模型，步骤如下。

（1）根据划分的子系统，绘出各子系统新的 DFD。

（2）建立各子系统的功能模型。

（3）建立系统总的功能模型。

5.7.4　新系统逻辑模型

（1）新系统业务流程（TFD）。

（2）新系统数据流程（DFD&DD）。

（3）新系统逻辑结构（子系统划分）。

（4）新系统数据资源分布（C/S 或 B/S 模式）。

（5）新系统管理模型（数学模型和管理模型）。

5.8　系统分析报告

系统分析阶段的成果就是系统分析报告。它反映这一阶段调查分析的全部情况，全面地总结了系统分析工作，是下一步设计与实现系统的纲领性文件。

系统分析报告形成后，必须组织各方面人员一起对报告以及形成的逻辑方案进行论证，尽可能地发现其中的问题、误解和疏漏。对于问题与疏漏需要及时纠正。对于有争论的问题需要重新核实当初的原始调查资料或进一步深入调查研究，对于重大的问题甚至可能需要调整或修改系统目标，重新进行系统分析。一份好的系统分析报告应该充分展示前段调查的结果，还要反映系统分析的结果，即新系统的逻辑方案，并且提出新系统的设想。系统分析报告的内容有如下 5 个方面。

1. 现行系统情况简述

现行系统情况简述是指主要对分析对象的基本情况做概括性的描述。它包括现行系统的主要业务、组织机构、存在的问题和薄弱环节，现行系统与外部实体之间有哪些物资以及信息的交换关系，以及用户提出开发新系统请求的主要原因等。

2. 新系统目标

新系统的总目标是什么，其目标如何；新系统拟采用什么样的开发战略和开发方法；人力、资金以及计划进度安排；新系统计划实现后，各部分应该完成什么样的功能；某些指标预期达到什么样的程度；哪些工作是现行系统没有而计划在新系统中增补的；等等。

3. 现行系统状况

现行系统状况主要用两个流程图描述，即现行系统 TFD 和现行系统 DFD。

4. 系统的逻辑方案

系统的逻辑方案主要反映系统分析的结果和对今后建造新系统的设想，主要包括如下 6 个内容。

（1）系统的结构以及系统所涉及的范围。它包括新系统的功能结构和子系统划分。

（2）DFD 的进一步说明。它说明新系统与现行系统在界限、处理功能、数据流和数据存储等方面有哪些主要变化，重点是计算机处理和数据存储部分。

（3）数据组织形式。它说明新系统采用文件组织形式还是数据库组织形式。

（4）输入和输出的要求。这部分也是系统与环境的接口，对输入/输出的种类、形式和要求等做一般说明。详细内容将在系统设计阶段考虑。

（5）新系统计算机软、硬件初步配置方案。

（6）与新系统相配套的管理制度和运行体制的建立。

实验五　系统分析

实验目的

熟悉建立新系统逻辑模型的过程，掌握业务流程图、数据流程图和数据字典的编写。

实验内容

工商管理学院的资料室任务就是收集学院各个系的资料，内部出版，并且密切注视各学科的发展动态。资料室的工作主要是图书管理、期刊管理、论文管理、借阅管理以及阅览流水登记。传统的资料室的工作模式是将各位教师授课情况上报，根据具体的需要为各个教研室定期订阅图书、期刊等。

（1）资料室与各个系紧密联系，教师有什么要求就要填写初选订单登记表，之后由资料室负责人进行订购查重，各种资料到货后，进行验收分类入库，并按书到货的先后顺序编排流水号。

（2）资料室都要订阅下一年的报刊。目录首先下放到学校，学校再转交给各个系，各系再分发到各个教师，但在这之前给各系首先发的是订阅表。每年订阅的期刊在 100 种左右，基本上与教师授课有关。期刊基本上是每本一种，除非是需求量大的。

（3）资料室还对毕业生论文进行管理，论文的来源有两种：本科生毕业论文和研究生论文。每届论文的保存期限是两年，两年之后就做报废处理。

（4）借阅管理。在借出资料的时候，要填写借阅登记表，以记录借出时间。当归还资料时，相应的要填写还书登记表，还书表中有过期罚款处理，若借书超出规定的期限，就要填写此项。

（5）资料室还有一项工作，就是阅览流水登记。有该项记录不仅可以按序号统计每天查看资料的人数，而且对于有破损的资料还可以根据此表查找到阅览人以追究其责任。

目前资料管理系统还停滞在手工操作阶段，所以资料室教师的工作量仍然很大，过程依旧很烦琐。资料室的管理员不但要对上报来的初选订单登记进行订购查重，图书到货后还要验收登记，还要对 5 个系的专业书籍进行分类。期刊的管理与图书管理相比更是有过之而无不及,因为期刊还要分为年、季、月、半月刊等不定刊。

另外,在借阅管理方面的有关制度还不甚完善,过期罚款项工作还没有严格实现,所以不但需要将资料管理的各项工作计算机化,而且还要进一步的完美化,用信息系统管理各种资料,以减轻管理员的工作量,提高效率,达到更好的办公效果。

业务流程图是描述当前系统业务处理流程的图,由于它是非结构化的工具,所以使用比较灵活,适用于开发人员与用户交流。它可以简略,也可以详细,在系统分析中,一般先用它介绍系统的业务情况,然后再用数据流程图作为新系统逻辑模型。资料管理系统的业务流程图如图 5-33 所示。

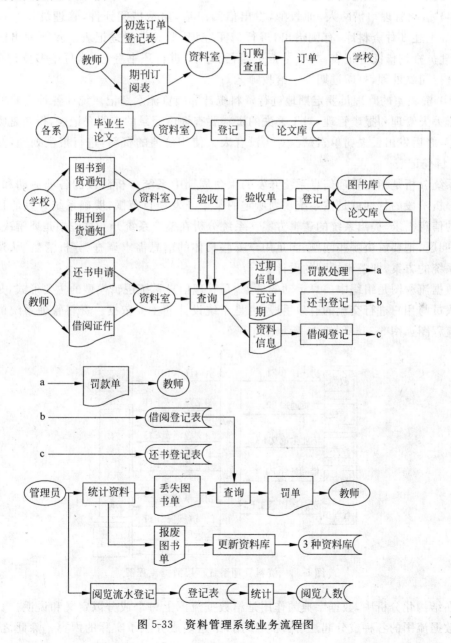

图 5-33　资料管理系统业务流程图

资料管理系统的业务说明是对上述流程图的详细描述,主要有以下几个过程。

(1)需要订购的资料为图书和期刊,各种资料在订购阶段,首先要求各系将初选订单登记表上报到资料室,资料室负责人员根据初选表进行订购查重,最终确定严格的订单,交由学校专门负责采购的人员。

(2)资料到货后,学校采购人员将资料到货通知单下放到学院的资料室,资料室管理员根据订单进行验收,准确无误后进行登记,形成资料入库,即图书登记表和期刊登记表。

(3)论文的来源有两种,本科毕业生论文和研究生毕业论文。论文由各系发送到资料室,登记入库,形成论文登记表。

(4)借阅管理。借阅人,即教师,发出借阅申请,出示借阅证件,管理员核对证件之后,查询上述3种资料库,有则借出,进行借阅登记,形成借阅登记表。教师发出还书申请,管理员查询借阅登记表,判断是否过期,无过期,进行还书登记,填写还书登记表;过期则进行罚款处理,打印过期罚单给教师。

(5)资料室的管理员要定期地进行资料统计和阅览流水登记。统计各种资料的目的是进行丢失管理和报废管理,对于丢失的资料要查询已记录的借阅登记表,得知是哪位教师所借,之后发出丢失罚单索赔。对于没有太大使用价值的资料,进行报废处理,并更新3种资料登记表。

系统分析是指在管理信息系统开发的生命周期中系统分析阶段的各项活动和方法。系统分析阶段的目标就是按系统规划所定的某个开发项目范围,明确系统开发的目标和用户的信息需求,提出系统的逻辑方案。系统分析在整个系统开发过程中是要解决"做什么"的问题,把要解决哪些问题、满足用户哪些具体的信息需求调查、分析清楚,从逻辑上提出系统的方案,即逻辑模型的设计。

数据流程图是组织中信息运动的抽象,是管理信息系统逻辑模型的主要形式,是系统分析人员与用户进行交流的有效手段,也是系统设计的主要依据。资料管理系统的顶层数据流程图如图 5-34~图 5-36 所示。

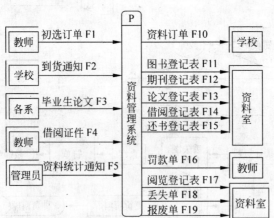

图 5-34　资料管理系统顶层数据流程图

在结构化分析中,数据字典的作用是给数据流图上每个成分以定义和说明。数据字典对数据流图的各种成分起注解、说明作用,给这些成分赋予实际的内容。除此之外,数

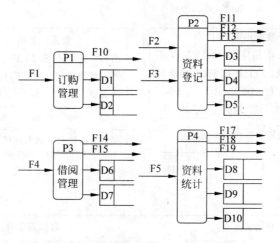

图 5-35　资料管理系统一级细化 DFD

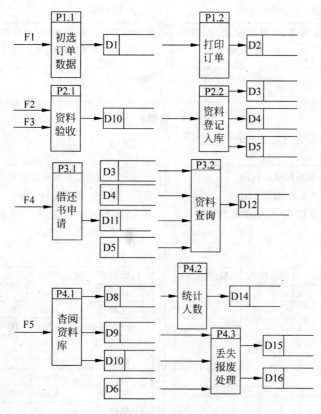

图 5-36　资料管理系统二级细化 DFD

据字典还要对系统分析中其他需要说明的问题进行定义和说明。

　　数据字典描述的主要内容有：数据流、数据元素、数据存储、加工外部项，其中数据元素是组成数据流的基本成分。以下分别从各个条目介绍资料管理的数据字典，如图 5-37～图 5-40 所示。

数据元素条目

名称：流水号 编号：I001

所属数据流：F11、F12、F13、F14、F15

所属数据存储：D3、D4、D5、D6、D7

类型： 位数：8 取值范围：

说明：流水号是资料到货顺序

数据元素条目

名称：证件号 编号：I002

所属数据流：F4、F5、F14、F15、F17

所属数据存储：D5、D6、D8

类型：字符 位数：8 取值范围：

说明：证件号是教师的唯一标识

图 5-37 数据元素条目

数据流条目

名称：初选订单 编号：F1

来源：教师

去向：处理"订购管理"P1

数据结构：序号、资料名称、作者、出版
社、价格、数量、需要

说明：

数据流条目

名称：图书登记表 编号：F11

来源：资料入库登记

去向：资料室

数据结构：日期、流水号、图书名称、作者、
版本、分类、出版社、价格

说明：

图 5-38 数据流条目

数据存储条目

名称：初选订单登记表 编号：D1

相关处理：由处理 P1 写入，元素取数据的处理
有 P1.1、P1.2

数据结构：

数据元素名称	类型	位数	取值范围
序号	Char	8	
资料名称	Char	10	
作者	Char	6	
出版社	Char	20	
价格	Money	—	
数量	Int	8	

说明：

数据存储条目

名称：图书登记表 编号：D2

相关处理：由处理 P2 写入，元素取数据的处理
有 P2.2、P3.2

数据结构：

数据元素名称	类型	位数	取值范围
日期	Date	—	
流水号	Char	8	
图书名称	Char	10	
作者	Char	6	
出版社	Char	6	
版本	Char	8	
分类	Char	20	
价格	Money	—	

说明：

图 5-39 数据存储条目

数据处理条目	数据处理条目
名称：资料验收　编号：P2.1 输入：存储"订单"（D2） 输出：存储"验收单"（D10） 处理：对 D2 中的每个数据作如下处理， 　　　IF 订单.序号＝到货单.序号 　　　　则将记录写入 D10	名称：资料查询　编号：P3.2 输入：存储"借阅证件号"（D11） 输出：存储"资料信息"（D12） 处理：对 D11 中的每个记录进行核对， 　　　IF 证件号！＝0 　　　　则允许借阅资料
说明：各条相符写入验收单。	说明：在 D3、D4、D5 中查看是否有资料，查询后输出资料信息（有资料或无资料），再做相应的处理。

图 5-40　数据处理条目

实验要求

系统分析是系统开发过程的首要环节，是系统设计的依据。根据所选择的系统进行系统分析，绘制先行系统业务流程图和数据流程图，并编写相应的数据流程图要素的数据字典。

练习题

一、单项选择题

1. 数据字典建立应从（　　）阶段开始。
   A. 系统设计　　　　B. 系统分析　　　　C. 系统实施　　　　D. 系统规划

2. 数据流（　　）。
   A. 也可以用来表示数据文件的存储操作
   B. 不可以用来表示数据文件的存储操作
   C. 必须流向外部实体
   D. 不应该仅是一项数据

3. 管理业务流程图可用来描述（　　）。
   A. 处理功能　　　　B. 数据流程　　　　C. 作业顺序　　　　D. 功能结构

4. 管理信息系统的开发过程不包括（　　）。
   A. 设备设计过程
   B. 学习过程
   C. 人与人之间的对话过程
   D. 通过改革管理制度来适应信息系统的需要

5. 决策树和决策表用来描述（　　）。
   A. 逻辑判断功能　　　B. 决策过程　　　　C. 数据流程　　　　D. 功能关系

6. 描述数据流程图的基本元素包括（　　）。
   A. 数据流，内部实体，处理功能，数据存储

　　B. 数据流,内部实体,外部实体,信息流

　　C. 数据流,信息流,物流,资金流

　　D. 数据流,处理功能,外部实体,数据存储

7. 系统分析报告的主要作用是(　　　)。

　　A. 系统评价的依据　　　　　　　　　B. 系统设计的依据

　　C. 系统实施的依据　　　　　　　　　D. 系统规划的依据

二、填空题

1. 管理业务流程图是反映管理系统的_____模型,数据流程图描述的是信息系统的_____模型。

2. 可行性分析的内容包括技术可行性、_____可行性和_____可行性。

3. 系统分析阶段作详细调查时主要调查_____状况和_____。

4. 系统分析阶段主要完成新系统的_____设计,系统设计阶段主要完成新系统的_____设计。

5. 建立数据字典是为了对_____图上的各个_____做出详细的定义和说明。

6. 数据字典配合数据流程图,运用_____对系统的逻辑模型进行描述。

三、问答题

1. 处理逻辑的定义包括哪些内容?

2. 在系统分析阶段,为什么要分析数据变动频率的大小?

3. 数据字典对数据项定义是针对数据的哪种特性进行的? 定义的内容是什么?

4. 系统详细调查中,有关系统输出方面应调查哪些问题?

5. 什么是管理业务流程图? 它的作用是什么?

6. 什么是数据流程图? 它主要反映什么情况?

7. 数据字典中数据结构描述的是什么内容?

四、应用题

1. 试根据以下储蓄所取款过程画出数据流程图:储户将填好的取款单及存折交储蓄所,经查对存款账,将不合格的存折和取款单退回储户,合格的存折和取款单被送交取款处理,处理时要修改存款账户,处理的结果是将存折、利息单和现金交储户,同时将取款单存档。

2. 试根据以下业务过程画出领料业务流程图:车间填写领料单给仓库要求领料,库长根据用料计划审批领料单,未经批准的领料单退回车间,已批准的领料单被送给仓库管理员,仓库管理员查阅库存账,若有货,通知车间领料,也就是把领料通知单发给车间,否则将缺货通知单发给供应科。

3. 某企业负责处理订货单的部门每天能收到 40 份左右的来自顾客的订货单,订货单上的项目包括订货单编号、顾客编号、产品编号、数量、订货日期、交货日期等。试根据这一业务情况和有关数据流程图(略),写出数据字典中的"订货单"数据流定义。

4. 根据下述库存量监控功能的处理逻辑画出判断树:若库存量小于等于 0,按缺货处理;若库存量小于等于库存下限,按下限报警处理;若库存量大于库存下限,而又小于等于储备定额,则按订货处理;若库存量大于库存下限,小于库存上限,而又大于储备定额,则按正常处理;若库存量大于等于库存上限,而又大于储备定额,则按上限报警处理。

第6章 管理信息系统设计

系统设计阶段,首先进行总体设计,逐层深入,直至完成系统每一模块的详细设计和描述工作,说明系统设计阶段的工作分为两部分,即系统的总体设计(或概要设计)和详细设计。

学习目标

（1）掌握管理信息系统设计的主要任务。
（2）掌握管理信息系统总体设计的主要内容。
（3）掌握管理信息系统详细设计的主要内容。
（4）了解管理信息系统设计说明书的主要内容。

引导案例

A 钢管理信息系统的系统设计

李教授领导的课题组完成了 A 钢铁集团计算机管理信息系统的系统分析工作之后,马上召开了课题组的内部会议。会上李教授明确了开发组下一阶段的工作。

首先李教授指派开发组中对计算机硬件及网络非常熟悉的曾教授,根据系统分析报告中给出的系统功能及信息需求,与若干家计算机公司一起研究设计 A 钢管理信息系统的计算机及其网络硬件、系统软件的选型问题。通过比较各家给出的设计方案及报价,与A 钢信息中心的傅主任、马副主任共同选定了由北京太极计算机公司提出的计算机和网络硬件及系统软件方案。为了使开发组及 A 钢铁集团能很快地掌握相关硬件及系统软件的使用与维护方法,开发组的骨干成员请相应计算机供应商进行了专门培训。

在完成系统的硬件及系统软件平台的设计工作后,开发组的总体技术负责人高博士指示各子系统的负责人带领各自的开发人员,以系统分析报告为基础,考虑到所采用的计算机硬件平台、数据库管理系统及开发工具,依据现有系统的业务流程,设计新系统的数据处理流程,进而对相应的数据类进行设计(如增加新数据类,去除无用数据类,改造某些数据类等)。根据得到的新系统的数据流程最后确定 A 钢管理信息系统的功能结构,此时的功能结构实际上就是新系统的应用软件结构。

完成上述工作后,在得到了新系统的数据处理流程和系统应用软件结构的同时,还得到了新系统的数据类(由数据字典给出)。在总体技术负责人高博士的带领下,开发组依据得到的数据类的结构(即数据字典)完成了整个系统的数据库设计工作,并对其中系统全局性应用的共享编码类数据,如物资编码、供应商编码、产品编码、会计科目编码等,进行了全系统内各子系统之间的协调。

开发组的设计人员对新系统的应用软件结构中的组成部分——功能模块进行了进一步的设计工作。这些工作包括对每一模块的用户界面、处理过程、输入/输出的设计。

6.1　系统设计概述

6.1.1　系统设计的目标

系统分析最终是提出系统分析说明书,建立管理信息系统的逻辑模型,而系统设计阶段的目标则是根据新系统的逻辑模型建立基于计算机与通信系统的物理模型,即根据新系统逻辑功能的要求,考虑实际条件(即经济、技术和运行环境等),进行各种具体设计,提出系统实施方案。可以说系统分析是从用户要求出发,对现有系统进行详细的调查研究,把物理因素一个个抽去,建立系统的逻辑模型,是从具体到抽象,而系统设计则是从管理信息系统的逻辑模型出发,以系统说明书为依据,一步步地加入新系统的物理内容,建立系统的物理模型,是由抽象到具体,从而做好了系统实施前的一切准备。

系统设计的内容可以分为总体设计和详细设计两个阶段。系统总体结构设计是将整个系统划分成子系统,决定系统的总体结构、硬件设备和软件配置等。总体设计之后进行详细设计。先从代码设计开始,再进行输入/输出设计、数据库设计、结构程序设计等。系统设计的主要内容包括以下 6 个方面。

(1) 根据系统分析说明书所描述的系统目标、功能、环境与约束条件,确定子系统划分、系统设置与机器选型,确定合适的计算机处理方式和计算机总体结构,确定合适的计算机系统配置。

(2) 根据系统分析所得到的系统逻辑模型——数据流程图和数据字典,导出系统的功能模块结构图。

(3) 根据系统分析说明书,进行代码设计,完成输入设计、输出设计,安全性、可靠性设计。

(4) 根据系统分析说明书及系统的硬、软件配置进行数据库设计。

(5) 根据系统分析说明书及以上设计结果,对每一功能模块的详细处理过程进行描述。

(6) 系统设计阶段完成以后,应以系统设计说明书的形式给出本阶段的设计结果。

系统设计主要是依据系统分析阶段生成的系统分析报告和开发者的知识与经验进行的。系统设计也是一个建模的活动,它将分析阶段得出的逻辑模型(即需求模型)转化为物理模型(即解决方案),一般来说系统设计是一种技术工作,要求有更多的系统分析员和其他的技术人员(如数据技术人员等)参与。系统设计阶段的目标是定义、组织和构造最终解决方案系统的各个组成部分。

系统设计方法主要有结构化设计方法(以数据流程图为基础构成系统的模块结构)、Jackson 方法(以数据结构为基础建立系统模块结构)、面向对象的设计方法(以对象行为封装、继承性、多形性为基础建立系统模块结构)。

本章主要介绍以数据流程图为基础构成系统模块结构的结构化设计方法。

6.1.2 系统设计的原则

系统设计的优劣直接影响新系统的质量及经济效益。系统设计应在保证实现逻辑模型的基础上,尽可能地提高系统的各项性能。系统设计应按以下几项原则进行。

1. 系统的效率性原则

系统的效率性指系统的处理能力、处理速度、响应时间等与时间有关的指标。对于不同处理方式的系统,其工作效率有不同的含义,如联机实时处理系统的工作效率为响应时间(从发出处理要求到得到应答信号的时间),批处理系统的工作效率为处理速度(处理单个业务的平均时间)。对于一个实时录入、成批处理的事务处理系统,用常用处理能力(标准时间周期内处理的业务个数)来表示系统的工作效率。

一般来说,影响效率性的因素取决于:系统中硬件及其组织结构;人机接口是否合理;计算机处理过程的设计质量(如中间文件的数量、文件的存取方式、子程序的安排及软件的编制质量等)。

2. 系统的可靠性原则

系统的可靠性指系统在运行过程中抗干扰(包括人为的和机器的干扰)和保证正常工作的能力。这种能力体现在工作的连续性和工作的正确性方面。系统的可靠性包括:检错、纠错能力;在错误干扰下不会发生崩溃性瘫痪,重新恢复及重新启动的能力;硬件、软件的可靠性及存储数据的精度等。系统的平均无故障时间是衡量可靠性的一个指标。

提高系统可靠性的途径主要有:①选取可靠性较高的主机和外部设备;②硬件结构的冗余设计,即在高可靠性的应用场合应采用双机或双工的结构方案;③对故障的检测、处理和系统安全方面的措施,如对输入数据进行校验,建立运行记录和监督跟踪,规定用户的文件使用级别,对重要文件的备份等。

3. 系统的准确性原则

系统的准确性是指系统所能提供的信息的准确程度。系统的准确性与系统硬件、软件的功能直接相关。此外,也与编程质量、人工处理质量和效率等有关。

4. 系统的可维护性原则

系统的可维护性是指系统易于理解、易于修改和扩充的性能。由于系统环境的不断变化,系统本身也需要不断修改和完善。一个可维护性好的系统,各部分独立性强,容易进行变动,从而能提高系统的性能,不断满足对系统目标的变化要求。此外,如果一个信息系统容易被修改以适应其他类似组织的需要,这无疑将比重新开发一个新系统成本要低得多。要提高系统的可维护性,在系统分析和设计的过程中,可采用结构化、模块化的方法。

5. 系统的经济性原则

系统的经济性是指系统的收益应大于系统支出的总费用。系统支出费用包括系统开发所需投资和系统运行、维护的费用之和，系统收益除有货币指标外，还有非货币指标。在系统设计时，系统经济性常是确定设计方案的一个重要因素。

上述 5 个原则在一定程度上既是互相矛盾又是相辅相成的。例如，为了提高可靠性而采取各种校验和控制措施，则会延长机器工作时间，降低工作效率或提高成本。从系统开发和维护的角度考虑，系统的可维护性是最重要的指标，只有可维护性好才能使系统容易被修改以满足对其他指标的要求，从而使系统始终具有较强的生命力。对于不同的系统，由于功能及系统目标的不同，对上述各项原则的要求会有所侧重。如对联机情报检索系统而言，响应时间是最重要的指标；而对银行系统而言，可靠性与安全性则是首要考虑的因素。

6.2　系统总体设计

软件需求分析的目的是解决客观需要做什么，确定软件系统开发目标、系统需求规格，而软件设计的任务是解决怎么做，如何实施软件需求，将需求规格转换为体系结构，划分出程序的模块组成、模块间的相互关系，确定系统的数据结构，即组成系统的元素、程序、文件、数据库、文档等。

系统总体设计的目的是根据需求分析得到的软件需求规格说明书为用户提供一个最佳的系统设计方案，确定出最恰当实现软件功能、性能要求集合的软件系统结构，以模块结构图的形式描述系统应完成的功能，为系统详细设计提供齐备的文档，为系统的具体实现提供依据。

管理信息系统的总体结构设计是建立在系统分析工作的基础上的，主要完成下述工作：系统物理配置方案设计、系统功能模块设计、系统数据存储的总体结构设计。

6.2.1　选取合适的系统体系

根据用户的需求选取一种合适的系统体系，一种适用的系统体系决定了系统的框架，对于用户来讲，并不关心是如何具体实现的，用户关心的只是使用的方便及其实用性，但对于系统设计人员及程序人员来说，却要知道系统到底是什么样的系统，所以系统的选取是系统设计的第一步。常用系统体系有层次体系、客户/服务器结构、浏览器/服务器结构、三层客户/服务器结构。

1. 层次体系

层次体系就是利用分层的方式来处理复杂的功能。层次体系要求上层系统可以使用下层子系统的功能，而下层子系统不能够使用上层系统的功能。一般下层每个程序接口执行当前的一个简单的功能,而上层通过调用不同的下层程序,并按不同的顺序来执行这些下层程序,层次体系就是以这种方式来完成多个复杂的业务功能的。比如某一系统为了快速开发程序界面,界面编写语言是 Delphi 中文版,而为了实现某些特定的功能又采用了 Microsoft Visual C++ 6.0 编写 COM,调用 SDK 进行具体实现,这种方式就是层次体系的结构,层次体系结构多应用于单机系统。

2. 客户/服务器结构

客户/服务器结构简称 C/S 结构,由服务器提供应用(数据)服务,多台客户机进行连接,其结构如图 6-1 所示。

客户/服务器应用模式的特点是基于“肥客户机”结构下的两层结构。客户端软件一般由应用程序及相应的数据库连接程序组成。服务器端软件一般是某种数据库系统。当前的实际应用中多数服务器就是一台数据库服务器(如 DB2、Oracle 数据库),而客户端就是用 Delphi 或其他开发工具编写的客户软件,通过 ODBC 或 ADO 同数据库服务器通信,组成一个应用系统。

客户/服务器应用模式的缺点是客户方软件安装维护困难、数据库系统无法满足成百上千的终端同时联机的需求、由于客户/服务器间的大量数据通信不适合远程连接,使其只适合于局域网应用。

3. 浏览器/服务器结构

在当前 Internet/Intranet 领域,浏览器/服务器结构是非常流行的系统体系,简称 B/S 结构,如图 6-2 所示。

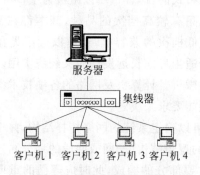

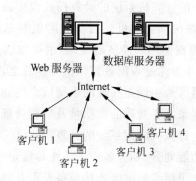

图 6-1　客户/服务器结构　　　　　　　图 6-2　浏览器/服务器结构

这种结构最大的优点是:客户机统一采用浏览器,这不仅让用户使用方便,而且使得客户机不存在安装及维护的问题。软件开发和维护工作转移到了 Web 服务器端。在 Web 服务器端,程序员使用脚本语言编写响应页面。

当前主要的浏览器是 Netscape Navigator 和 Internet Explorer,Internet Explorer 和 Windows 捆绑销售,而 Netscape Navigator 是可以免费下载的。国内大部分客户机基于 Internet Explorer,而服务器使用 ASP、JSP 或 PHP 编写。客户机同 Web 服务器之间的通信采用 HTTP 协议,浏览器只有在接收到请求后才和 Web 服务器进行连接,Web 服务器马上与数据库通信并取得结果,再把数据库返回的结果转发给浏览器,浏览器接收到返回信息后马上断开连接。Web 服务器可以共享系统资源,支持几千、几万甚至更多用户。

4. 三层客户/服务器结构

三层客户/服务器结构是在常规客户/服务器结构基础上提出的,系统在客户机和数据库服务器间添加一个应用服务器,如图 6-3 所示。

应用服务器分为如下两类:基于中间件的应用服务器,其代表为 IBM 的 CICS 和 BEA 的 Tuxedo;基于 Web 的应用服务器,其代表为 IBM 的 WebSphere 和 BEA 的 Weblogic。应用服务器的基本原理类似于 B/S 结构。

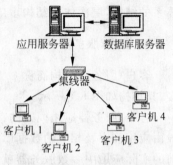

图 6-3　三层客户/服务器结构

6.2.2　系统物理配置方案设计

1. 硬件结构的设计

计算机硬件平台的选择在很大程度上决定了整个系统的成本,也决定了整个系统的性能指标。一般来说,如果系统的数据处理是集中式的,则可采用单主机多终端模式,此时要求以大型机或性能较高的小型机作为主机。

对于具有一定规模的企业管理应用,按其管理功能来看,其应用本身就是分布式的,此时所选择的计算机系统的计算模式也应该是分布式的,即客户端以微机为主,可以选用名牌机、品牌机和兼容机。目前名牌机和品牌机只有较高档次的品种,基本都在 P586/166 以上,根据实用和经济的原则,也可以选用较低档次的兼容机,还可以选用无盘或有盘工作站,并考虑是否配备打印机等。总之,做到适当考虑长远发展而又经济实用。

服务器可采用性能一般的小型机或性能高的微机。计算机及网络的各项技术参数的选择可依据系统要处理的数据量及数据处理的功能要求来决定。

在选定计算机应用系统的计算模式之后,就可以确定系统的网络拓扑结构,并根据系统的逻辑功能划分(如有多少子系统),确定网络的逻辑结构(子网或网段的划分),这实际上也就决定了网络的主要连接设备及服务器等重要部分的构成,此时应遵循的重要原则就是应尽量使信息交换量大的应用放在同一网段内。

目前的结构基本上都是总线结构与星形结构结合起来的典型结构,这样的结构可以说是当前组网的通用形式,它具有结构简单、可靠性高、系统稳定性好等特点。从传输技术的角度讲,它实际上是采用了一种叫 MAC 对 MAC 的帧交换技术,充分利用了大容量动态交换带宽。同时在多个节点间建立多个通信链路,最大限度地减少网络数据的帧转发延迟。并利用虚拟网络技术动态调整网络结构,提高网络资源利用率。基于产品的专用网管系统更为网络系统的实时维护提供了强有力的工具。虽然系统结构简单,但是它却充分利用了交换式网络技术来解决通信阻塞的问题,从而避免了 Ethernet、FDDI 的通信竞争问题。另外,由于建网以后整个网络的性能基本上归到服务器身上,所以在以后的网络升级中,只需增加服务器处理能力即可(包括服务器升级或增加服务器数量)。

中心网络设备方案,这里实际上就是网络集线器 hub、机柜、机架和配线架的选用,根据工作站的数量和速度的要求来确定 hub 的档次和数量。

2. 系统软件结构设计

系统软件结构的设计工作实际上是对确定的硬件结构中的每台计算机指定相应的计算机系统软件,包括操作系统、数据库管理系统、应用服务器系统、开发工具软件等。

(1) 操作系统的选择

网络操作系统的选用应该能够满足计算机网络系统的功能要求和性能要求,一般要选用网络维护简单,具有高级容错功能,容易扩充,可靠,具有广泛的第三方厂商的产品支持、保密性好,费用低的网络操作系统。服务器上操作系统一般选择多用户网络操作系统,如 UNIX、NetWare、Windows NT 等。其中,UNIX 的特点是稳定性及可靠性非常高,但是系统维护困难、系统命令枯燥;NetWare 适用于文件服务器/工作站工作模式,以前市场占有率很高,但现在应用得较少;Windows NT 安装、维护方便,具有很强的软硬件兼容能力,并且同 Windows 系列软件的集成能力也很强,被认为是最有前途的网络操作系统。客户机上的操作系统一般是采用易于操作的图形界面的操作系统,现在多数选择 Windows 系列,如 Windows 98、Windows 2000 等。

(2) 数据库管理系统的选择

管理信息系统中,数据库服务器是必不可少的网络组成部分。因此,数据库管理系统软件的选择对管理信息系统的建设有着举足轻重的影响。

在数据库管理系统的选择上,主要考虑数据库的性能、数据库管理系统的系统平台、数据库管理系统的安全保密性能、数据的类型等。对于 UNIX 操作系统,在数据库的稳定性、可靠性、维护方便性、对系统资源的要求等方面,Informix 数据库总体性能比其他数据库系统好;而在 Windows NT 平台上,SQL Server 与系统的结合比较完美。

在建立数据库时,应尽量做到布局合理、数据层次性好,能分别满足不同层次的管理者的要求。同时数据存储应尽可能降低冗余度,理顺信息收集和处理的关系,不断完善管理,使其符合规范化、标准化和保密原则。

目前市场上流行的数据库管理系统 Oracle、Sybase Central、SQL Server、Informix 是开发大中型管理系统时数据库系统软件的首选,而 Visual FoxPro、Microsoft Access 在小型管理信息系统建设中应用较多。

在数据库选择方面,另一个要注意的因素是数据库软件的行业占有性。如果在某一行业中企业采用 Sybase Central 的比例很高,那么同一行业中的其他企业建设管理信息系统时一般也应采用相应的数据库系统软件,以便于相互的数据交换。

(3) 应用服务器系统软件及开发工具的选择

系统软件结构中的另一个方面是应用服务器软件及系统开发工具的选择。系统开发工具的选取首先依据的是管理信息系统应用的模式,即 C/S 模式或 B/S 模式,若系统确定开发的应用为 B/S 模式,就应选择支持 B/S 模式的应用服务器软件及开发工具。如果网络操作系统选择的是 Windows NT,则微软公司的 Internet Information Server 即 IIS 是建立支持 Web 应用的首选应用服务器软件。目前 B/S 模式应用的开发工具很多,如 Delphi、ASP、Power Builder 等,其较高版本都支持 B/S 模式应用的开发。当然,若管理信息系统采用 B/S 模式,则客户端计算机上还需安装浏览器软件,现在用得最多的是微软公司的 IE 4.0 及以上版本。

C/S 模式的开发工具及运行环境一般安装在客户端计算机上,用于 C/S 模式应用开发的系统工具软件用得较多的有 PowerBuilder、Delphi、Visual Basic、Visual C++等。

例如,某企业供销管理信息系统的系统软件配置方案可以设置如下:A、B 两楼内的 4 台服务器均采用 Windows NT Server 4.0 网络操作系统;A、B 两楼内的 2 台数据库服务器均采用 Oracle 8.0 作为数据库服务器软件;A、B 两楼内的 2 台应用服务器均采用 IIS 3.0 作为 Web 应用服务器软件;主办公大院内的客户端应用采用 B/S 模式工作,客户端操作系统采用 Windows 98,浏览器采用 IE 4.0,应用开发工具采用 ASP 和 Delphi 5.0;物资仓库、产品货场、货运站的客户端采用 C/S 模式工作,这样可以减少网络上的数据传输量,操作系统采用 Windows 98,应用开发及运行环境采用 PowerBuilder 6.0。

6.2.3　功能模块设计

1. 总体设计的一般过程

（1）系统方案确定

根据从需求分析阶段获得的文档,如系统数据流程图,从可供选择的方案中进一步设想与选择最佳的系统实现方案。系统分析员综合分析各种方案的利弊,推荐最佳方案,并做出详细的实现进度计划。用户与有关专家认真审查分析员推荐的方案,然后提交部门负责人审批。

（2）功能分解

软件结构设计首先要把复杂的功能进一步分解成简单的功能,遵循模块划分独立性原则,使划分过的模块的功能对大多数程序员而言是易懂的。功能的分解导致对数据流程图的进一步细化,并选用相应图形工具来描述。

（3）软件结构设计

功能分解后,用层次图（HC）、结构图（SC）来描述模块组成的层次系统,即反映软件结构。当数据流程图细化到适当的层次,由结构化的设计方法可以直接映射出结构图。

（4）数据库设计、文件结构的设计

系统分析员根据系统的数据要求确定系统的数据结构、文件结构。对需要使用数据库的应用领域,分析员再进一步根据系统数据要求做数据库的模式设计。

（5）制订测试计划

为保证软件的可测试性,软件设计一开始就要考虑软件测试问题。这个阶段的测试计划仅从 I/O（输入/输出）功能考虑做的黑盒法测试计划。详细的测试用例与计划待到详细设计阶段再做。

（6）编写文档

编写的文档有：概要设计文档、用户手册、测试计划、详细项目开发实现计划、数据库设计结果。

（7）审查与复审概要设计文档

2. 结构化系统设计方法

结构化设计（Structured Design，SD）是国际上应用最广、技术上也较完善的系统设计方法，是基于面向数据流设计（Data Flow Oriented Design）的设计方法。数据流是软件开发者分析设计的基础，在需求分析（SA）阶段用数据流程图（DFD）来描述数据从系统的输入端到输出端所经历的一系列变换或处理，再用结构图（SC 图）描述。这就是包括 SA 与 SD 在内的基于数据流的系统设计方法。结构化设计主张采用自顶向下逐步求精的设计方法。

SD 方法的步骤如下。

（1）对 DFD 进行复审，必要时修改或细化。

（2）根据 DFD 确定软件结构属于变换型还是事务型。

（3）把 DFD 映射成 SC 图。

（4）改进 SC 图，使设计更完善。

从 DFD 映射成 SC 图要先区分 DFD 的类型是变换型还是事务型。

（1）变换型系统结构

变换型设计分以下几个步骤。

① 对变换型数据流程图，要划分出数据输入、数据输出和变换中心 3 个部分，在 DFD 上用虚线标明分界线。

② 画出初始的 SC 图，顶层是主控模块，下层（第一层）一般包括输入、输出、变换 3 个模块。沿数据调用线标注数据流的名称。

③ 根据 DFD 来逐步细化分解输入、输出、变换 3 个过程，将 SC 图也细化和优化。根据输入、输出、变换各需要几个模块，逐步自顶向下分解，直至画出每个底层模块为止。

例如，招工考试成绩统计系统初始结构图如图 6-4 所示，细化后的结构图如图 6-5 所示。

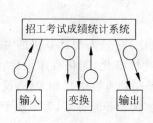

图 6-4　招工考试成绩统计
系统初始结构图

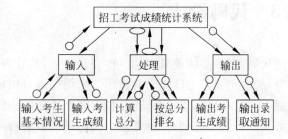

图 6-5　招工考试成绩统计系统细化后的结构图

（2）事务型系统结构

事务型设计分为以下 3 个步骤。

① 在 DFD 中确定事务中心、接收数据、全部处理路径 3 个部分。

② 画出初始 SC 图框架，把 DFD 的 3 个部分分别转换为事务控制模块、接收模块和处理模块。

③ 分解和细化接收分支和处理分支。事务中心常是各条处理路径的起点，包括由事务中心通往受事务中心控制的所有处理路径。向事务中心提供启动信息的路径是系统接收数据的路径，有时不止一条。处理路径通常是多条，每条路径的结构可以不一样，有的可能是变换型，有的则是事务型。这一步主要是分解处理路径。在结构图画出后，要细化和优化。模块大小要适中，模块的扇入、扇出不能过大。

例如，学生成绩管理系统示意图如图 6-6 所示，经过事务变换后得到的学生成绩管理系统结构图如图 6-7 所示。

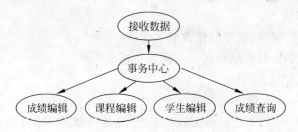

图 6-6　学生成绩管理系统示意图

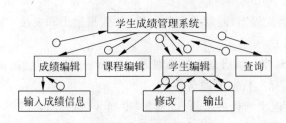

图 6-7　学生成绩管理系统结构图

6.3　代码设计

代码，客观实体或属性的一种表示符号，在管理信息系统中，它是人与计算机的共同语言，起着沟通人与计算机的作用。采用代码可以使数据表达标准化，简化程序设计，加快输入，减少出错，节省存储时间，提高处理速度。代码设计是一项重要的基础工作，设计时必须进行统一规划、长远考虑。代码是代表事物名称、属性、状态等的符号，为了便于计算机处理，一般用数字、字母或它们的组合来表示。

系统设计阶段的代码设计是未来系统数据规范化管理的基础，特别要强调的是，共享代码的设计质量直接影响到将来系统的效率。代码设计的主要工作是完成对共享数据类中的关键字段的码结构设计并形成代码库。所谓共享数据类是指多个子系统都要用到的数据类,如"物资基本信息"、"产品基本信息"等。

6.3.1　代码设计的作用

(1) 它为事物提供一个概要但不含糊的认定,便于数据的存储和检索。代码缩短了事物的名称,无论是记录、记忆还是存储,都可以节省时间和空间。

(2) 使用代码可以提高处理的效率和精度。按代码对事物进行排序、累计或按某种规定算法进行统计分析,处理都十分迅速。

(3) 代码提高了数据的全局一致性。这样,同一事物即使在不同场合有不同的名称,也可以通过编码系统统一起来,提高了系统的整体性,减少了因数据不一致而造成的错误。

(4) 代码是人和计算机的共同语言,是两者交换信息的工具。

代码设计在系统分析阶段就应当开始。由于代码的编制需要仔细调查和多方协调,是一项很费事的工作,需要经过一段时间,因此,只有在系统设计阶段才能最后确定。

在手工处理系统中,许多数据,如零件号、设备号、图号等,早已使用代码。为了给尚无代码的数据项编码,为了统一和改进原有代码,使之适应计算机处理的要求,在建立新系统时,必须对整个系统进行代码设计。

现代化企业的编码系统已由简单的结构发展成为十分复杂的系统。为了有效地推动计算机应用并防止标准化工作走弯路,我国十分重视制定统一编码标准的问题,并已公布了 GB 2260—1980 中华人民共和国行政区划代码、GB 1988—1980 信息处理交换的 7 位编码字符集等一系列国家标准编码,在系统设计时要认真查阅国家和部门已经颁布的各类标准。

6.3.2　代码设计原则

合理的编码结构是信息处理系统是否具有生命力的一个重要因素,在代码设计时,应注意遵循以下一些原则。

(1) 适用性。设计的代码在逻辑上必须能满足用户的功能需要,在结构上应当与系统的处理方法相一致。例如,在设计用于统计的代码时,为了提高处理速度,往往使之能够在不需调出有关数据文件的情况下直接根据代码的结构进行统计。

(2) 单义性。每个代码必须具有单义性,或称唯一性,即每个代码应唯一标识它所代表某一种事物或属性;每一种材料、物资、设备等只能有一个代码,不能重复,保持代码单义性。

(3) 可扩充性。代码设计时要预留足够的位置,以适应不断变化的需要。否则,在短时间内,随便改变编码结构对设计工作来说是一种严重浪费。一般来说,代码愈短,分类、准备、存储和传送的开销愈低;代码愈长,对数据检索、统计分析和满足多样化的处理要求就愈好。但编码太长,留空太多,多年用不上,也是一种浪费。

(4) 规范性。代码要系统化,代码的编制就应尽量标准化,尽量使代码结构对事物的表示具有实际意义,以便于理解及交流。

(5)明义性。要注意避免引起误解,不要使用易于混淆的字符,如 0、Z、I、S、V 与 0、2、1、5、U 易混;不要把空格作代码;要使用 24 小时制表示时间;等等。

(6)合理性。要注意尽量采用不易出错的代码结构,例如,"字母-字母-数字"的结构(WW2)比"字母-数字-字母"的结构(如 W2W)发生错误的机会要少一些;当代码长于 4 个字母或 5 个数字字符时,应分成小段,这样人们读写时不易发生错误。如 726-499-6135 比 7264996135 易于记忆,并能更精确地记录下来。

6.3.3　代码的总数

若已知码的位数为 P,每一位上可用字符数为 S_i,则可以组成码的总数为:

$$C = \prod_{i=1}^{P} S_i$$

例如,对每位可用字符为 0~9 的 3 位码,共可组成 $C = 10 \times 10 \times 10 = 1000$ 种码。

6.3.4　代码的种类

1. 顺序码

顺序码又称系列码,它是一种用连续数字代表编码对象的码。例如:用 1001 代表张三;1002 代表李四;等等。

顺序码的优点是短而简单,使记录的定位方法简单,易于管理,处理容易,设计也容易。但这种码没有逻辑基础,不适宜分类,本身也不能说明任何信息的特征,在项目比较多的时候,编码的组织性和体系性较差。此外,追加编码只能在连续号的最后添加一个号,删除则造成空码。所以,顺序码通常只起序列作用,作为其他码分类中细分类的一种补充手段。

2. 区间码

区间码把数据项分成若干组,每一组代表一个区间,码中数字的值和位置都代表一定意义。典型的例子是我国公民身份证号码和邮政编码。表 6-1 是某学校的学生分类和代码。码 2001-004-005-01-01 代表该学生是 2001 级管理学院市场营销专业 1 班学生张三。

表 6-1　学生分类和代码

年　级	学　院		专　业		班级	学　生	
	名称	码	名　称	码		姓名	码
2001	经济	001	工商管理	004	01	张三	01
2002	艺术	002	市场营销	005	02	李四	02
2003	工程	003	财务会计	006	03	王五	03
2004	管理	004	证券金融	007	04	钱六	04

区间码的优点是：信息处理比较可靠，排序、分类、检索等操作易于进行。但这种码的长度与它分类属性的数量有关，有时可能造成码很长。在许多情况下，码有多余的数。同时，这种码的修改也比较困难。

3. 表意码（助记码）

表意码是把直接或间接表示编码化对象属性的文字、数字、记号原封不动地作为编码。例如：TV——电视，B(Black)——黑色，C(Colour)——彩色，cm——厘米，mm——毫米，kg——千克。表意码的特点是可以通过联想帮助记忆，容易理解。但随着编码数量的增加，其位数也要增加，给处理带来不便。因此，助记码适用于数据项数目较少的情况（一般少于 50 个），否则可能引起联想出错。

表意码适用于物资的性能、尺码、重量、容积、面积和距离等。例如：TV-B-12 代表 12 英寸黑白电视机，TV-C-20 代表 20 英寸彩色电视机。

4. 合成码

合成码是把编码对象用两种以上的编码进行组合，可以从两个以上的角度来识别、处理的一种编码。合成码的特点是容易进行大分类、增加编码层次，做各种分类统计也很容易。缺点是位数和数据项目个数比较多。

6.3.5 代码结构中的校验位

代码输入的正确性将直接影响整个系统处理工作的正确性。当人工重复抄写代码或将代码通过人工输入计算机时，发生错误的可能性更大。为了保证正确输入，人们有意识地在编码设计结构中原有代码的基础上另外增加一个校验位，使它变成代码的一个组成部分。校验位通过事先规定的算法计算出来。代码一旦输入，计算机会用同样的数学运算方法按输入的代码数字计算出校验位，并将它与输入的校验位进行比较，以验证输入是否有错。

校验位可以发生以下各种错误。

（1）抄写错误，如 1 写成 7。

（2）易位错误，如 1234 写成 1324。

（3）双易错误，如 26919 写成 21963。

（4）随机错误，包括以上 2 种或 3 种综合性错误或其他错误。

校验位的生成过程如下。

（1）对代码的每一位数加权求和。

例如，对原代码 12345 各位乘以权数 65432，则乘积之和：

$$S = 1 \times 6 + 2 \times 5 + 3 \times 4 + 4 \times 3 + 5 \times 2 = 6 + 10 + 12 + 12 + 10 = 50$$

（2）用加权和除以模数 M 求余数。

设模数 $M=11$，则：

$$S/M = 50/11 = 4 \cdots\cdots\cdots\cdots\cdots 6$$

（3）模数减去余数的差数即为校验位。

$11-6=5$，即校验码为 5。

所以带校验码的代码为 123455。

从校验位的生成过程可以看出,校验码的产生取决于模数和权数的取法。其中,权重因子可以采用自然数 $1,2,3,4,\cdots$;几何级数 $2,4,8,16,\cdots$;质数 $3,5,7,9,\cdots$。模数通常可以选用 10、11、13。

6.3.6　代码设计步骤

(1) 确定代码对象。从整体出发,在充分调查分析的基础上,确定对象所属的子系统、需要编码的项目,确定编码的名称。

(2) 考察是否已有标准代码。如果已有国家标准、部门标准代码,就必须遵循标准;如果没有标准代码,也应该参照国际标准化组织、其他国家、其他部门或其他单位的编码标准,以便将来标准化的需要。

(3) 确定代码的使用范围。代码的设计不应该局限于某一企业或某一部门,它应该具有广泛的适用性。不仅能在本单位使用,还能在外单位使用。

(4) 确定代码的使用时间。无特殊情况代码应可永久使用。

(5) 决定编码方法。根据编码的对象、目的、使用范围、使用期限等特性,选定合适的代码种类及校验方式。

(6) 编写代码表,对代码做详细的说明并通知有关部门,以便正确使用代码。

(7) 编写相应的代码使用管理制度,保证代码的正确使用。

代码使用时应尽量减少传抄以避免人为错误,在输入代码时,建议用缩写形式输入,然后由系统自动生成相应正确的代码。

6.4　数据库设计

信息系统的主要任务是通过大量的数据获得管理所需要的信息,这就必须存储和管理大量的数据。因此建立一个良好的数据组织结构和数据库,使整个系统都可以迅速、方便、准确地调用和管理所需的数据,是衡量信息系统开发工作好坏的主要指标之一。

数据结构组织、数据库或文件设计就是要根据数据的不同用途、使用要求、统计渠道、安全保密性等,来决定数据的整体组织形式、表或文件的形式,以及数据的结构、类别、载体、组织方式、保密等级等一系列的问题。

一个好的数据结构和数据库应该充分满足物流发展变化,并充分满足组织的各级管理要求,同时还应该使得后继系统具有开发工作方便、快捷,系统开销(如占用时间)、网络传输速度低,易于管理和维护等特点。

管理信息系统的主要任务是通过处理大量的数据获得管理所需要的信息,这就必须存储和管理大量的数据。因此,建立一个良好的数据库,使整个系统都可以迅速、方便、准确地调用和管理所需的数据,是评价管理信息系统开发工作好坏的主要指标之一。

数据库设计就是要依据数据流程图和数据字典,使其满足下面几个条件。

（1）符合用户的要求，即能正确地反映用户的现实环境，它应包含用户需处理的所有"数据"，并能支持用户需进行的所有"加工"。

（2）能被某个现有的数据库管理系统所接受。

（3）具有较高的质量，如易于维护、易于理解、效率较高等。

6.4.1　数据的整体结构

数据的合理组织是十分重要的，应从以下几个方面考虑。

（1）科学管理上的需要。管理信息系统是针对今后管理开发的。因此，在设计数据结构和文件时，应尽可能满足科学管理的要求和实际使用方便的要求。一般是把某一层次的管理及某一方面的管理所要处理的数据组织在一起。

（2）数据管理上的需要。数据是储存以为管理服务的，在设计时除保证各方面信息的完整性外，还要把同一方面的内容、同一管理层次的要求相对集中地组织在一起，这样既可全面地反映客观事物，又能集中反映出其某一侧面。

（3）减少数据冗余。减少数据冗余不但可以节省存储容量，还可避免由于数据的不一致所带来的问题，它是衡量数据结构的一个指标。但这与上述相对集中又是矛盾的，因为反映这些侧面的数据集合之间是有交集的，这就不可避免地产生数据的冗余，在设计时就要妥善处理，使数据冗余降到最低程度。

6.4.2　数据库设计步骤

数据库设计包括以下几个阶段。

1. 数据库结构设计

结构设计操作的对象是实体、属性及其相互关系、域和约束，设计应考虑如下几方面。

（1）确定实体。对要处理的实体进行确定和命名。

（2）分析实体之间的关系。实体之间是属于一对一、一对多、多对多中哪一种关系。

（3）确定每个实体集的属性，并对每个属性命名，还要分析确定它们之间的关系是属于哪一种。

（4）选择属性并确定其关系。

（5）分析属性间的约束条件，即分析每个实体集内各个属性间的约束，标识主关键字、函数依赖、多值依赖、定义结构完整性约束。

（6）确定属性的取值范围。对各属性值的取值范围进行分析，并决定其类型和长度。

2. 操作特性设计

操作特性是指对关系数据库的查询、数据处理和报表处理等应用方面的特性。其设计应考虑如下几方面。

（1）汇总数据库所要进行的操作，即指明数据库所有要进行的查询、报表、处理的动态特性。

（2）指出每个实体所要进行的查找、插入、删除、修改的操作。

（3）确定每个操作的条件、内容和结果。

3. 设计数据库

（1）数据库需求分析。其需求分析主要是分析用户对数据的要求、处理要求及限制条件。

（2）数据库逻辑设计。数据库逻辑设计是将用户的数据需求用逻辑数据模型表达出来。

（3）数据库物理设计。数据库物理设计是对数据库的名称和结构及数据库的安全性、一致性、完整性等做出必要的安排。

（4）子模式设计。

（5）应用程序设计及调试。

4. 数据库维护

数据库系统除能高效而巧妙地检索和处理数据以外，还能保护数据库中的数据，使其不受干扰和破坏。数据库维护包括以下几方面内容。

（1）安全性保护。安全性保护主要是对数据库实现存取控制，以防止数据泄密。

（2）完整性保护。完整性是指保证数据的正确性、有效性。

（3）并发控制。在多个用户同时存取一个数据的操作情况下，应防止数据被破坏。

（4）数据库恢复。数据库因故障或偶然事故遭受破坏时，使它恢复到某一正确状态。

6.5 输出设计

管理信息系统的目的是提供用户工作所需的信息。多数用户并不关心系统设计的细节，用户判断整个系统的好坏就是看系统输出结果在多大程度上能否帮助他们完成自己的工作。尽管有些用户可能直接使用系统或从系统输入数据，但都要应用系统输出所需要的信息。输出设计的目的正是为了正确及时地反映和组成用于生产和服务部门的有用信息。系统设计过程与实施过程相反，即先确定要得到哪些信息，再考虑为了得到这些信息需要准备哪些原始资料作为输入，是从输出设计到输入设计的过程。

6.5.1 输出设计的内容

如表 6-2 所示，输出设计的内容包括以下几方面。

（1）输出信息使用方面的内容，包括信息的使用者、使用目的、报告量、使用周期、有效期、保管方法和复写份数等。

（2）输出信息的内容，包括输出项目、位数、数据形式（文字、数字）。

（3）输出格式，如表格、图形或文件。

（4）输出设备，如打印机、显示器、卡片输出机等。

（5）输出介质，如输出到磁盘还是磁带上，输出用纸是专用纸还是普通白纸等。

表 6-2 输出设备和介质一览表

输出设备	行式打印机	卡片或纸带输出机	磁带机	磁盘机	终端	绘图仪	缩微胶卷输出机
介质	打印纸	卡片或纸带	磁带	磁盘	屏幕	图纸	缩微胶卷
用途和特点	便于保存，费用低	可代其他系统输入之用	容量大，适于顺序存取	容量大，存取更新方便	响应灵活的人机对话	精度高，功能全	体积小，易保存

6.5.2 输出的设备和方式

在系统设计阶段，设计人员应给出系统输出的说明，这个说明既是将来编程人员在软件开发中进行实际输出设计的依据，也是用户评价系统实用性的依据。因此，设计人员要能选择合适的输出设备和方式，并清楚地表达出来。

1. 输出设备

如表 6-3 所示，常用的输出设备有：显示器、打印机、绘图仪、磁盘、电子邮件、网络、自动传真机、计算机输出缩微胶卷影片以及其他的专用设备。这些设备各有特点，应根据用户对输出信息的要求，结合企业具体情况选择使用。

表 6-3 常见的输出设备

输出设备	描述
打印机	在各种型号的纸上产生文字、图形、符号
屏幕	在显示器上产生文字、图形、符号
绘图仪	在专用的纸或图上产生文字、图形、符号
电子邮件	使用局域网、广域网或因特网的电子信息系统
网络输出	使用超文本形式和 FTP 等传输协议，提供到网站的链接以上传或下传多媒体信息
自动传真机	通过传真机索取和接收专门信息的信息系统
计算机输出缩微胶片	在微型胶片上以图像的形式记录信息
声音输出	音频输出，用户能够理解
其他专门设备	专用输出设备，包括 ATM、POS 等

2. 输出方式

为了提高系统的规范化程度和编程效率，在输出设计上应尽量保持输出流内容和格式的统一性，也就是说，同一内容的输出对于显示器、打印机、文本文件和数据库文件应具有一致的形式。显示器输出用于查询或预览，打印机输出提供报表服务，文本文件格式用于为办公自动化系统提供剪辑素材，而数据库文件可满足数据交换的需要。

（1）显示输出方式。显示输出方式是将计算机产生的数据和结果按用户的要求通过一定输出设备显示出来供用户查看，这是一种既快速又直观的信息输出方式。屏幕、监视器、液晶显示器或视频输出终端是最普通的计算机输出设备，因为用户经常在显示器前工作，无论他们是多用户的终端还是 PC。屏幕输出的一个重要优势是直观和及时，因为显示器能够实时地反映信息的状态。因此,在输出设计时,应设计这种输出方式的功能模块或程序。

(2) 磁盘文件输出方式。软磁盘输出方式是将产生的有关结果信息输出到软磁盘介质中的一种方式。如果信息交换的双方都有计算机但还没有建立网络联系,磁盘文件传输方式是一个很好的选择,它减少了键盘输入可能导致的差错。如果使用磁盘文件传送数据,信息交换双方必须事先规定好文件格式,数据发出方按规定格式写入数据,数据接收方按规定格式读取数据。

磁盘文件输出方式是下级部门向上级部门报送资料的一种主要方式,磁盘输出方式也是数据备份保存的一种主要方式。

(3) 网络传输和卫星通信。在计算机网络和通信技术高度发达的今天,采用网络通信技术可以有效地提高信息的传送效率,降低信息的传输成本,进而提高信息的利用率。通过网络传送可以使发送方所发出的信息直接转换为接收方的输入数据,减少了不必要的重复输入。网络输出同时支持多种媒体(文本、图形、声音、视频等)的传输。由于网络传输的一系列优越性,这种输出方式将逐步成为今后管理信息系统的一种主要输出形式。网络输出要求信息的发送方和接收方都要在统一的网络协议和数据标准规范下来完成相应的输入和输出。

(4) 打印输出方式。打印输出方式是指计算机自动地将用户所需管理信息从打印机上输出的方式。技术的进步使打印机的打印速度比以前更快、性能更好、价格更便宜、对纸张的要求更低。虽然从社会可持续性发展的要求来看,将来的趋势是企业采用显示输出或网络输出方式以达到无纸化办公,但目前大部分企业在日常工作中仍然主要依靠打印输出方式。因为大多数人在处理信息时还是习惯于看纸上的内容,而不愿去读屏幕上的文档。而且有些场合必须要使用打印输出,如交回式文档。

打印输出也有不足之处,一是购买、打印、储存和处理纸张的成本很高;二是打印的信息生命期较短,可能会很快过期。

(5) 其他信息传递方式。

① 音频输出。许多企业使用自动电话系统来处理电话业务并为客户提供信息。例如,通过使用声讯电话可以核实考试成绩、检查电话卡账户余额或查询股票价格。

② 自动传真和回传系统。一些企业使用自动传真和回传系统,通过该系统,传真会在几秒钟内传到用户的传真机上,用户能够以传真的方式打印输出。例如,计算机企业允许用户通过传真索取产品数据、关于新驱动设备的信息或技术支持。

③ 专门输出形式。今天的零售终端(POS)就是能够处理信用卡交易、打印详细收据、改变存货记录的一种计算机终端。自动柜员机(ATM)处理银行转账、打印存款单据和提现收据。在企业内部或外部,一个系统的输出经常成为另一系统的输入,如企业里应收账款系统的支付数据为总账系统的输入。

3. 输出形式

数据的输出形式有 3 种:报表形式、图形形式、文字形式。常用的是报表输出形式和图形输出形式。究竟采用哪种输出形式,应根据系统分析和管理业务的要求而定。一般来说，对于基层或职能部门的管理者，应采用报表方式给出详细的记录数据；而对于高层领导或宏观、综合管理部门，则应该采用图形方式给出数据统计分析结果或综合发展趋势的直观信息。

（1）报表输出。这是输出形式中最常见的一种方法。报表输出的关键在于如何根据信息使用者的具体要求和使用习惯来编排报表内容，常见的有两种编排形式，一类是二维报表形式；另一类是自由编排格式。好的输出设计应给予信息使用者一定的选择权，使其能在其权限范围内自由选择、组织、编排、显示所需要的信息。

（2）图形信息。管理信息系统用到的图形信息主要有直方图、圆饼图、曲线图、地图等。图形信息在表示事物的趋势、多方面的比较等方面有较大的优势，可以充分利用大量历史数据的综合信息，表示方式直观，常为决策用户所喜爱。

（3）文字形式。

6.5.3　输出报告

输出报告定义了系统的输出。输出报告中既标出了各常量、变量的详细信息，也给出了各种统计量及其计算公式、控制方法。

设计输出报告时要注意以下几点。

（1）方便使用者。

（2）考虑系统的硬件性能。

（3）尽量符合原系统的输出格式，如需修改，应与有关部门协商，征得用户同意。

（4）输出表格要考虑系统发展的需要。例如：是否有必要在输出表中留出备用项目以满足将来新增项目的需要。

（5）输出的格式和大小要根据硬件能力认真设计，并试制输出样品，经用户同意后才能正式使用。

设计输出报告之前应收集好各项的有关内容，填写到输出设计书上，如表 6-4 所示，这是设计的准备工作。

表 6-4　输出设计书

资料代码	GZ-01	输出名称		工资主文件一览表	
处理周期	每月一次	形式	打印报表	种类	0-001
份数	1	报送	财务科		
项目号	项目名称	位数及编辑	备　注		
1	部门代码	X[4]			
2	工号	X[5]			
3	姓名	X[12]			
4	级别	X[3]			
5	基本工资	9999.99			
6	奖金	999.99			

6.6　输入设计

输入设计对系统的质量有着决定性的重要影响。输出数据的正确性直接决定处理结果的正确性,如果输入数据有误,即使计算和处理十分正确也无法获得可靠的输出信息。同时,输入设计是信息系统与用户之间交互的纽带,决定着人机交互的效率。

6.6.1　输入设计的原则

输入设计的目标是在保证向信息系统提供正确信息和满足需要的前提下,尽可能做到输入方法简单、迅速、经济和方便使用者。输入设计必须根据输出设计的要求来确定,并遵循如下原则。

(1) 控制输入量。输入量应保持在能满足处理要求的最低限度,避免不必要的重复与冗余。输入量越少,错误率越小,数据准备时间也越少。

(2) 减少输入延迟。输入数据的速度往往成为提高信息系统运行效率的瓶颈,为减少延迟,可采用周转文件、批量输入等方式。

(3) 减少输入错误。输入的准备及输入过程应尽量简易、方便,并有适当查错、防错、纠错措施,从而控制错误的发生。

(4) 避免额外步骤。在输入设计时,应尽量避免不必要的输入步骤。当步骤不能省略时,应仔细验证现有步骤是否完备、高效。

(5) 尽早保存。输入数据应尽早地用其处理所需的形式记录下来,以避免数据由一种介质转换到另一种介质时需要转录及发生错误。

(6) 及时检查。应尽早对输入数据进行检查,以便使错误及时得到改正。

6.6.2　数据输入设备的选择

输入设计首先要确定输入设备的类型和输入介质,目前常用的输入设备有以下几种。

(1) 读卡机。在计算机应用的早期,读卡机是最常用的输入设备。这种方法把源文件转换成编码形式,由穿孔机在穿孔卡片上打孔,再经验证、纠错,而后进入计算机。这种方法成本较低,但速度慢,且使用不方便,已被键盘-磁盘输入装置取代。

(2) 键盘-磁盘输入装置。由数据录入人员通过工作站录入,经拼写检查,可靠性验证后存入磁记录介质(如磁带、磁盘等)。这种方法成本低、速度快、易于携带、适用于大量数据输入。

(3) 光电阅读器。采用光笔读入光学标记条形码或用扫描仪录入纸上文字。光符号读入器适用于自选商场、借书处等少量数据录入的场合。而纸上文字的扫描录入尚处于试用阶段,读错率和拒读率较高,价格较贵、速度慢,但无疑具有较好的发展前景。

(4) 终端输入。终端一般是一台联网微机,操作人员直接通过键盘键入数据,终端可以在线方式与主机联系,并及时返回处理结果。

6.6.3　输入设计与校验

1. 输入设计

在输入设计中,遵循的准则是"使用方便,操作简单,便于录入,数据准确"。具体做法如下。

(1) 采用人机对话自动引导的方式。为了使用户能清楚完整地输入数据,如输入记账凭证、员工登记、输入期初数据等,一般都采用人机对话方式引导用户进行输入,并给予帮助信息、出错提示信息等。这样会使用户感到使用方便、操作简单。

(2) 减少数据输入量。无论输入部门信息、材料进出还是输入记账凭证,都要涉及汉字的输入问题。由于汉字输入速度较慢,从而大大降低了输入速度。因此,在输入时,允许用户输入编码,系统自动取出相应的汉字。例如:在记账凭证录入时,"银行存款-工商行"的科目代码为 20101,用户只需输入 20101,则"银行存款-工商行"科目名称系统会自动给出,从而减少了数据的输入量,提高了输入速度。

(3) 保证数据的正确性。在管理信息系统中,为了防止随意对生成数据的修改,保证数据的真实性,往往不允许对生成数据进行修改,也就是说数据一经输入,便摆脱了管理者的干预,由信息系统自动进行处理,有误差、错误不容易发现。因此对输入的数据进行正确性检查是一个非常重要的步骤,也是十分关键的环节。

2. 校验方式

输入设计的目标是要尽可能减少数据输入中的错误,在输入设计中,要对全部输入数据设想其可能发生的错误,对其进行校验。

(1) 输入错误的种类

① 数据本身错误。这是由于原始数据填写错误或穿孔出错等原因引起的输入数据错误。

② 数据多余或不足。这是在数据收集过程中产生的差错,如数据(单据、卡片等)的散失、遗漏或重复等原因引起的数据错误。

③ 数据的延误。数据延误也是在数据收集过程中所产生的差错,不过它的内容和数据量都是正确的,只是由于时间上的延误而产生差错。这种差错多由开票、传送等环节的延误而引起,严重时,会导致输出信息无利用价值。因此,数据的收集与运行必须具有一定的时间性,并要事先确定产生数据延迟时的处理对策。

(2) 数据出错的校验方法

数据的校验方法有:由人工直接检查、由计算机用程序校验以及人与计算机两者分别处理后再相互查对校验等多种方法。常用的方法是以下几种,可单独地使用,也可组合使用。

① 静态检验。静态检验即人工校验。这种方法一般是在输入之前,由人工对数据进行检查。也可在数据输入之后,由计算机将输入的有关数据重新输出(打印或输出),然后由人工将计算机输出的数据与原始数据逐个核对,检查它们是否一致。例如,用户有若干张原始单据输入计算机,计算机通过输出模块将用户输入的原始数据以"汇总明细单"输

出,输入员用"原始单据"与"汇总明细单"逐笔核对,进行静态检验。

② 屏幕显示检验。通过 CRT 屏幕将输入数据显示出来,提供人工检验。例如,录入员将凭证输入计算机后,审核员调用"审核模块"将凭证显示在屏幕上进行人工检验。

③ 二次录入检验。二次录入检验也称之为重复输入校验。对同一张单据,由两个操作员各输入一次,然后计算机程序自动进行两次录入数据的校对,如果不相同,则打印或显示出错误信息。

④ 逻辑检验。逻辑检验是对输入的数据是否符合逻辑性,有关数据的值是否合理的一种校验方法,将逻辑检验方法设计在输入程序中,由计算机自动检验。例如,输入日期时,计算机马上进行逻辑性检查;年月日是否大于 0,月份是否在 1~12 之间等。

⑤ 金额计算检验。金额计算检验是指在凭证输入的过程中,由计算机程序自动根据有关数据进行一次金额计算,再与输入的金额核对的一种检验方法。例如:一张凭证中有数量、单价、金额等数据,当输入了数量、单价后,计算机自动计算出金额,如果输入的金额不一致,则金额输入错误。

⑥ 平衡检验。采用借贷记账法,其记账规则是"有借必有贷,借贷必相等"。利用这种平衡关系,可在每张凭证数据输入时,由计算机程序自动进行借贷金额平衡检验。只有借方金额等于贷方金额,方可进行下一步处理,否则数据不对,输出错误信息。

⑦ 校验位校验。根据已编好的代码,通过一定的数学模型,求得一位数字加在代码后面作为校验位,以验证输入的代码的正确性。

⑧ 控制总数校验。采用控制总数校验时,工作人员先手工求出数据的总值,然后在数据的输入过程中由计算机程序累计总值,将两者对比校验。

⑨ 数据类型校验。校验是数字型还是字母型。

⑩ 格式校验。格式校验即校验数据记录中各数据项的位数和位置是否符合预先规定的格式。例如,姓名栏规定为 18 位,而姓名的最大位数是 17 位,则该栏的最后一位一定是空白,该位若不是空白,就认为该数据项错位。

⑪ 顺序校验。顺序校验即检查记录的顺序,例如,要求输入的数据无缺号时,通过顺序校验可以发现被遗漏的记录。又如,要求记录的序号不得重复时,即可查出有无重复的记录。

3. 出错的改正方法

出错的改正方法应根据出错的类型和原因而异。

(1) 原始数据错。发现原始数据有错时,应将原始单据送交填写单据的原单位修改,不应由键盘输入操作员或原始数据检查员等想当然地予以修改。

(2) 机器自动检错。当由机器自动检错时,出错的恢复方法有以下几种。

① 待输入数据全部校验并改正后,再进行下一步处理。

② 舍弃出错数据,只处理正确的数据。这种方法适用于作动向调查分析的情况,这时不需要太精确的输出数据,例如,求百分比等。

③ 只处理正确的数据,出错数据待修正后再进行同法处理。

④ 剔除出错数据。继续进行处理,出错数据留待下一运行周期一并处理。此种方法适用于运行周期短而剔除错误不致引起输出信息准确性显著下降的情况。

6.6.4　原始单据的格式设计

输入设计的重要内容之一是设计好原始单据的格式。研制新系统时,即使原系统的单据很齐全,一般也要重新设计和审查原始单据。设计原始单据的原则如下。

(1) 便于填写

原始单据的设计要保证填写得迅速、正确、全面、简易和节约,具体地说应做到:填写量小,版面排列简明、易懂。

(2) 便于归档

单据大小要标准化,预留装订位置,标明传票的流动路径。

(3) 单据的格式应能保证输入精度

表 6-5 是工资子系统中人事科送交工资组的人事变动通知单格式。当操作人员把表中数据输入计算机后,程序会自动对原工资主文件进行更新,表中第一人的备注项数据为 0,表示此人已调离;第二人备注项为 2,表示个别工资调整;第三人从本单位内部 02 部门调至 01 部门,工资也作了调整;第 4 人备注项为 1,表示该人为新进人员。

表 6-5　输入单证——人事变动通知单

| 人事变动通知单 | | | | | | ___年__月__日 | |
人员代码	姓　名	部　门	基本工资	附加工资	奖　金	备　注
1002	周　重	01	400	40	200	0
2004	王　影	02	350	50	200	2
1007	赵飞翔	01	570	74	400	2
2006	张倚重	02	720	99	400	1
					科长签字_____	
备注栏:0——调离;1——新进;2——修改数据						

6.7　模块功能与处理流程设计

(1) 程序模块

在系统总体设计阶段划分的每个模块,最终需要对应的程序模块来完成。一个程序模块就是一个程序(一个过程)。一个系统模块可由若干个程序模块来完成。

(2) 程序模块划分原则

① 程序模块独立性。程序模块所完成的功能是一个相对独立的特定功能,可以表示需要做的单一事情,并且和其他程序模块的联系尽可能少。也就是说,一个程序模块工作不依赖于另一个程序模块的存在。

② 程序模块的可靠性、通用性、可维护性、简单性。

a. 可靠性。程序模块运行应无差错,才可把它整体地加到系统中去。

　　b. 通用性。在设计模块时尽可能使其通用化,以便扩大应用性。

　　c. 可维护性。设计完善的程序模块应易于修改。

　　d. 简单性。减少复杂性,有利于人们理解,使程序模块易于设计,易于使用;程序模块功能应可以预测;模块接口要避免冗余并保持一致性;程序模块设计力争单入口、单出口。

　　③ 程序模块的大小应适中。程序模块不宜太大,以便于阅读和理解。最主要的是要使模块功能不太复杂,边界明确,模块分解不应降低模块独立性。过小的模块有时不值得单独存在,可以把它合并到上级模块中去。模块数目过多会导致系统接口复杂,组装软件要根据设计约束和移植的需要来进行。

　　(3) 程序框图

　　程序框图的作用是描述程序算法的,主要有程序流程图、盒图(N-S 图)和 PAD 图。编程人员根据程序框图进行编程。

　　(4) 流程图

　　程序流程图使用历史最悠久,广为人们接受,是初学者容易掌握的程序设计工具,但它存在着许多缺点,不适用于描述结构化程序。

　　① 流程图本质上不支持逐步求精,它容易使编程人员过早地考虑程序控制细节,而不是考虑程序整体。

　　② 由于流程线可以任意转移方向,因此不符合结构程序设计的要求。

　　③ 对于大型软件而言,流程图不容易阅读和修改。

　　程序流程图使用的符号如图 6-8 所示。

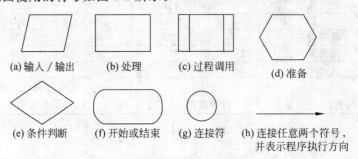

图 6-8　程序流程图使用的符号

6.8　系统安全设计

6.8.1　系统安全的定义与安全级别

1. 系统安全的定义

　　国际标准组织(ISO)定义系统安全是为数据处理系统建立和采取的技术和管理的安全保护,保护计算机硬件、软件、数据不因偶然和恶意的原因而遭到破坏、更改和显露。

　　我国专家定义系统安全是计算机的硬件、软件和数据受到保护,数据不因偶然和恶意的原因而遭到破坏、更改和显露,系统连续正常运行。

2. 安全的内容

物理安全指系统设备及相关设施受到物理保护,免于破坏、丢失等。

逻辑安全包括信息完整性、保密性、可用性。其中,信息完整性指信息不会被非授权修改及信息保持一致性等;信息保密性指高级别信息仅在授权情况下流向低级别的客体与主体;信息可用性指合法用户的正常请求能及时、正确、安全地得到服务或回应。

3. 安全威胁的来源

企业管理信息系统的安全威胁的来源,如图 6-9 所示。

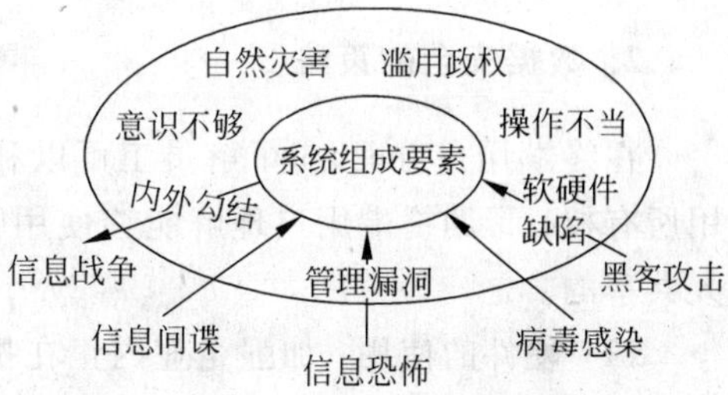

4. 系统安全级别

系统安全级别分为:用户自由保护级、系统审计保护级、安全标记保护级、结构化保护级、访问验证保护级。

图 6-9　管理信息系统安全威胁的来源

（1）用户自由保护级

用户自由保护级将管理信息系统的用户与数据隔离,使用户具有自主安全保护能力,通过口令等保护机制,具有鉴别用户身份的基本能力。

（2）系统审计保护级

系统审计保护级与用户自由保护级一样,不同之处是实施的访问控制粒度为单个用户,并控制访问权限的扩散,对安全相关的事件提供访问审计记录,为用户提供唯一标识,并具有将身份标识与用户所有可审计的行为相关联。

（3）安全标记保护级

安全标记保护级实施强制访问控制的安全保护策略,即以敏感标记为主体和客体,指定其安全等级。安全等级是一个二维数组,第一维是分类等级(如密码、电子印章等),第二维是范畴。

（4）结构化保护级

结构化保护级是一个基于明确定义的形式化安全保护策略,包括自主访问控制、强制访问控制、客体复用、标记等,具有身份鉴别和审计能力。

（5）访问验证保护级

与结构化保护级相比,访问验证保护级有信息安全保护和访问监控器,扩展了审计能力,增加了系统恢复机制。

6.8.2　数据安全与解决方案

1. 数据安全的定义

硬件与软件都无法构成管理信息系统的核心价值,只有存储于计算机中的数据、流动于网络中的信息才是真正的财富。

来自权威机构的统计数字显示,50％以上的数据丢失是由于硬件故障或软件错误造成的,30％以上的数据丢失是由人的错误操作造成的,病毒和自然灾害造成的数据丢失不到15％。由此不难看出,硬件故障、软件错误、人的误操作是数据丢失的最主要原因。

数据安全涉及数据的保密性(Confidentiality)、完整性(Integrity)、可用性(Availability)、可控性(Controllability)。保密性要求对抗对手的被动攻击,保证数据不泄露给未经授权的人;完整性要求对抗对手的主动攻击,防止数据被未经授权的篡改;可用性要求保证数据及信息系统确实为授权使用者所用;可控性要求对数据及系统实施安全监控。

2. 数据安全的策略

在终端用户方面,应了解员工可以利用计算机设备和应用软件做什么,包括数据和应用所有权;帮助终端用户理解能够使用哪些应用和数据,哪些应用和数据是可以和其他人共享的。

(1) 硬件的使用:加强企业内正在执行的指导方针,规定对于工作站,笔记本电脑和手持式设备的正确操作。

(2) 互联网的使用:明确互联网、用户组、即时信息、电子邮件的正确使用方式。

从系统管理员的角度,包括以下几方面内容。

账户管理:了解密码配置,以及在需要的时候,如何切断某个特定用户的使用权限。

补丁管理:了解对发布补丁消息的正确反应,以及如何进行补丁监控和定期的维护。

事件报告制度:不是所有的紧急事件都是同样的重要,所以策略里必须包括一个计划,规定每个紧急事件应该通报哪些人。

数据备份策略:了解信息系统的数据备份需求,制定完备的备份策略。

灾难恢复策略:了解当灾难发生时应怎样以最快的速度使系统恢复正常运转。系统故障恢复技术包括 RAID 技术、数据备份技术、高可用集群、容灾技术等。这些技术从不同的方面保护系统正常运行,并提供故障后业务系统的快速恢复能力。

6.8.3　数据备份

(1) 数据备份和恢复技术

数据备份和恢复技术可解决因各种原因引起的数据丢失问题,并在需要时快速恢复业务数据,为数据的安全性提供可靠的保证。

(2) 数据备份方案

在众多的储存设备中,磁带是数据备份首选的介质。因为磁带能够不断满足对数据备份新的要求,并且价格低廉,扩展能力极强。磁带机出现的历史相当悠久,其存储容量很大、存储安全、单位储存成本也很低。目前,在服务器方面磁带机使用得比较多,因此磁带机也被誉为"服务器的最佳拍档"。

具有自动备份功能的磁带机及磁带库产品将多盘磁带、存放磁带的智能机械臂系统和磁带库管理、控制、监测、诊断系统集成在一个产品里,可以实现自动换带,提高磁带库的可用性。结合专业备份软件,根据系统管理员的设置,可以完成定时间、定文件、定目录、定数据库的自动备份任务,磁带库的自动诊断、感应、识别、恢复或报警,以及磁带库自动日常维护和磁带机自动清洗等。

6.8.4　访问控制设计

可能操作系统的用户可以分为 3 种:没有授权的人、注册的用户以及与系统开发和维护相关的特权用户。

(1) 访问控制的问题

设一个企业有多个管理信息系统的子系统(如 MRP Ⅱ、人力资源管理、营销管理、质量管理),一个子系统有多个功能,有多个用户,有多个角色,每个用户属于一个或多个角色,每个角色可能可以操作多个系统的多个功能。访问控制的问题就是不仅能够实现访问控制的功能,同时还可以方便权限的管理,能够灵活地进行配置以适应系统的不同需求,提高系统的可扩展性。

(2) 基于角色的访问控制设计

基于角色的访问控制设计需要一套既行之有效,又方便灵活的设计方案,要采用各种控制机制和保护技术,根据需要定义各种角色,并设置合适的访问权限。而用户根据其责任和资历再被指派为不同的角色。角色可以看成是一个表达访问控制策略的语义结构,它可以表示承担特定工作的资格。

在用户申请某操作时,系统需要检测用户所拥有的角色集合,并且根据这些角色集合所包含的权限来判断该用户是否可以进行该操作,如果可行则置许可证发放标识为真,这种方式称为用户牵引方式。同时,系统为了执行某些静态约束,比如同一用户不能属于两个互斥的角色,还定义了互斥角色表。

6.9　系统设计报告

系统设计报告也称为系统设计说明书,它是系统设计阶段的主要成果,是新系统的物理模型,也是系统实施的重要依据。其主要内容如下。

(1) 模块设计。系统中各主要功能的结构图名称和它们之间的关系、功能的简要说明,主要模块的控制结构图、过程结构图及伪码等。

(2) 代码设计。各类代码名称、功能,相应的编码表,使用范围,使用要求及对代码的评价等。

(3) 用户界面的详细设计说明。

(4) 数据库及文件的设计说明。

(5) 人工过程的有关设计。它包括工作地的平面布置图,人员配备及组织机构的调整建议。

（6）实施方案的总计划。对工作任务进行分解，即对项目开发中的各项工作（包括文件编制、审批、打印、用户培训、使用设备的安排等）按层次进行分解，指明每项任务的要求及负责人，对各项工作给出进度要求，做出各项实施费用的估算及总预算。

（7）实施方案的审批。参加审议人员除了用户、系统研制人员、程序员外，还包括有关专家、管理人员等，最后由领导批准。系统设计说明书与计算机系统选择方案报告是系统设计阶段的全部工作成果。它们是由各方面人员多次协商、讨论与修改，并且使用户感到比较满意时，经有关领导审批的。一旦确定下来即成为下一步实施阶段的指导性文件。

以下引用一份可参考的系统设计报告的格式和基本内容。

1. 引言

（1）摘要

说明所涉及的系统名称、目标和功能。

（2）背景

项目的承担者；用户；本项目和其他系统或机构的关系和联系。

（3）工作条件与限制

① 硬件、软件、运行环境方面的限制。

② 保密和安全的限制。

③ 有关部门业务人员提供确切的数据及其定义。

④ 有关系统软件文本。

⑤ 网络协议标准文本。

⑥ 国家安全保密条例。

（4）参考和引用资料

（5）专门术语定义

2. 系统总体技术方案

（1）计算机系统配置

① 计算机系统的选择原则。

② 硬件配置：说明硬设备基本配置要求，列出明细表，画出硬件配置图。

③ 软件配置：说明与硬件相协调的系统软件，列出软件明细表，对自制软件或复制软件进行说明。

④ 计算机系统的地理分布。

（2）模块设计

① 各主要模块的控制结构图、相应的过程结构图与伪码，以及它们的名称、功能和接口说明。

② 模块设计的评价与验收。

（3）代码设计

① 代码表的类型、名称、功能、使用范围、使用要求的说明等。

② 代码设计原则与校验码计算分工。

③ 代码设计的评价与验收。从识别信息、信息标准化、节省存储单元、提高运算速度、节省计算机的处理费用以及代码的特性去进行评价。

（4）输入设计

① 输入项目。

② 输入的承担者：对输入工作承担者的安排，指出操作人员的水平与技术专长，说明与输入数据有关的接口软件的来源。

③ 主要功能要求：从满足正确、迅速、简单、经济、方便使用者等方面的要求去说明。

④ 输入要求：主要输入数据类型、来源、所用设备、介质、格式、数值范围、精度等。

⑤ 输入校验：校验方法和效果。

⑥ 输入设计的评价与验收。

（5）输出设计

① 输出项目。

② 输出接收者。

③ 主要功能。

④ 输出要求：输出数据类型、所用设备介质、格式、数值范围、精度等。

⑤ 输出设计的评价和验收。

（6）数据库设计

① 概述：目标、主要功能及用户的安排。

② 需求规定：精度、有效性、时间要求及其他专门要求。

③ 运行环境要求：设备、支撑软件、安全保密等要求。

④ 逻辑结构设计：本系统内所使用的数据结构中有数据项、记录、文件的标识、定义、长度及它们之间的关系。

⑤ 物理结构设计：本系统内所使用的数据结构中有关数据项的存储要求、访问方法、存取单位、存取的物理关系、设计考虑和保密处理。

⑥ 数据库保证：数据库的安全性、保密性、完整性、一致性等。

⑦ 评价和验收。

（7）网络设计

系统的网络结构、功能的设计。

（8）安全保密设计，故障防范措施

3．实施方案说明书

（1）实施方案说明

① 项目的说明：系统名称、子系统名称、程序名称、程序语言及使用的设备等。

② 数据项目的说明。

③ 处理内容的说明。

（2）实施的总计划

① 工作任务的分解：对于项目开发中需完成的各项工作，包括文件编制、审批、打印，用户培训工作，使用设备的安排工作，按层次进行分解，指明每项任务的要求。

② 进度：给予每项工作任务的预定开始日期和完成日期，规定各项工作完成的先后顺序以及每项工作任务完成的标志。

③ 预算：逐项列出本开发项目所需要的费用，如办公费、差旅费、机时费、资料费、通信设备和专用设备的租金等。

（3）实施方案的审批

说明经审批的实施方案概况和审批人员。

实验六　系统设计

实验目的

通过本次实验，使学生掌握系统结构、代码、数据库和输入/输出的设计。

实验内容

系统分析设计的目的就是将系统分析阶段提出的逻辑模型转换为物理模型，即解决"如何做"的问题。其任务是建立系统的物理模型。

根据系统分析阶段的数据流程图导出系统结构图，如图6-10所示。

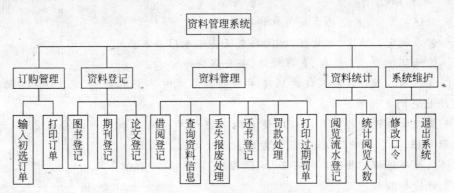

图 6-10　资料管理系统结构图

在进行资料管理信息系统的分析与设计之后，要做的工作就是系统的详细设计。详细设计包括代码设计、数据库设计、输入/输出设计和人机对话设计。

1. 代码设计

（1）编码对象：某高校工商学院资料室资料。

（2）现状：目前仍没有统一编码。

（3）使用范围：工商学院资料室所有资料。

（4）代码结构：如图6-11所示。

（5）资料类别：如表6-6所示。

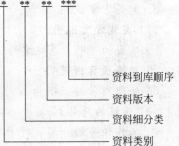

图 6-11　资料管理系统代码设计

表 6-6　资料类别代码

名称	图书	期刊	论文
代码	1	2	3

（6）资料细分类：如表 6-7～表 6-9 所示。

表 6-7　图书详细分类码

名称	经济类	经贸类	金融类	会计	计算机	外文	政治	其他
代码	01	02	03	04	05	06	07	08

表 6-8　期刊资料分类码

名称	年刊	半年刊	季度刊	双月刊	月刊	半月刊	不定刊
代码	01	02	03	04	05	06	07

表 6-9　毕业论文分类码

名称	信管	经管	经贸	会计	投资
代码	01	02	03	04	05

2. 数据库设计

数据库中各表的设计如表 6-10～表 6-14 所示。

表 6-10　图书登记表

列　名	数据类型	长　度	允许空
序号	Char	10	N
图书名称	Char	20	N
作者	Char	8	N
出版社	Char	20	N
价格	Money	—	Y
数量	Int	8	Y

表 6-11　期刊登记表

列　名	数据类型	长　度	允许空
时间	Date	—	N
流水号	Char	10	N
期刊名称	Char	10	Y
主办单位	Char	20	Y
刊期	Char	8	Y
价格	Money		Y

表 6-12　论文登记表

列　名	数据类型	长　度	允许空
时间	Date	—	N
流水号	Char	10	N
姓名	Char	8	Y
专业	Char	8	Y

续表

列　名	数据类型	长　度	允许空
班级	Char	8	Y
论文题目	Char	20	Y
指导教师	Char	8	Y
成绩	Float	—	Y

表 6-13　借还登记表

列　名	数据类型	长　度	允许空
序号	Char	10	N
流水号	Char	10	N
证件号	Char	10	N
姓名	Char	8	Y
资料名称	Char	10	Y
借出时间	Date	—	Y
还书时间	Date	—	Y

表 6-14　阅览流水登记表

列　名	数据类型	长　度	允许空
序号	Char	10	N
姓名	Char	8	N
证件号	Char	10	Y
资料名称	Char	10	Y
阅览时间	Date	—	Y
归还时间	Date	—	Y

3. 输入/输出设计

（1）输入设计

① 输入名称：图书登记表。

② 相关模块：图书登记。

③ 原始数据格式：如表 6-15 所示。

表 6-15　原始数据格式

序号	流水号	图书名称	作者	出版社	价格	数量

④ 输入数据屏幕格式：如图 6-12 所示。

（2）输出设计

① 输出的名称：过期罚款单。

② 相关的模块：打印过期罚单。

③ 输出方式：打印机打印。

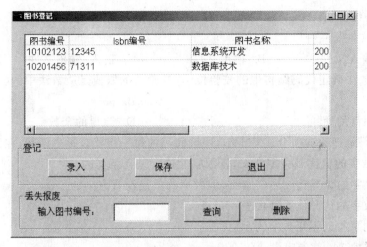

图 6-12　图书登记输入屏幕格式

④ 输出信息周期：不定期。

⑤ 输出信息格式：如图 6-13 所示。

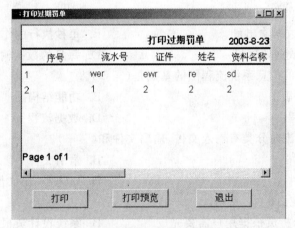

图 6-13　过期罚单输出屏幕格式

实验要求

　　根据系统分析阶段的成果进行系统结构图的设计、代码设计、数据库设计和输入/输出设计。

练习题

一、单项选择题

1. 物理模型设计是系统开发的(　　)阶段的任务。

　　A. 信息系统流程图设计　　　　　　　　　　B. 系统设计

C. 系统分析   D. 系统规划

2. 磁盘文件是一种（   ）。

    A. 输入文件   B. 输出文件   C. 输入/输出文件   D. 周转文件

3. 用质数法确定代码结构中的校验位时，校验位的取值是质数法中的（   ）。

    A. 权   B. 模

    C. 除得的商   D. 除得的余数

4. 区间码是把数据项分成若干组，用区间码的每一组代表一个区间，在码中（   ）。

    A. 数字的值代表一定意义，但数字的位置是无意义的

    B. 数字的位置代表一定意义，但数字的值是没有意义的

    C. 数字的值和位置都代表一定意义

    D. 用字符而不用数字表示意义

5. 文件设计时，首先应设计（   ）。

    A. 共享文件   B. 非共享文件   C. 中间文件   D. 处理文件

6. 代码设计工作应在（   ）阶段就开始。

    A. 系统设计   B. 系统分析   C. 系统实施   D. 系统规划

7. 系统的吞吐量指的是（   ）。

    A. 每天的数据输出量   B. 每秒执行的作业数

    C. 每秒的数据处理量   D. 每日的数据输入量

8. 绘制新系统的信息系统流程图的基础是（   ）。

    A. 组织机构图   B. 功能结构图

    C. 业务流程图   D. 数据流程图

9. 文件按信息流向分类有输入文件、输出文件和（   ）。

    A. 顺序文件   B. 索引文件

    C. 直接文件   D. 输入/输出文件

10. 输出设计应由（   ）。

    A. 系统分析员根据用户需要完成   B. 系统设计员根据用户需要完成

    C. 程序设计员根据输入数据完成   D. 系统设计员根据输入数据完成

11. 系统设计过程中应（   ）。

    A. 先进行输入设计，后进行输出设计

    B. 先进行输出设计，后进行输入设计

    C. 同时进行输入/输出设计

    D. 由程序员进行输入/输出设计

二、填空题

1. 顺序码的优点是记录的定位方法_____，易于管理，但它难于_____。

2. 确定校验位值的方法有算术级数法、_____和质数法等。

3. 抄写代码时把 2345 错写成 2435，属于_____错误。

三、问答题

1. 什么是逻辑校验？试举例说明。

2. 什么是代码? 为什么要设计代码?

3. 什么是数据输入的重复校验?

4. 系统设计报告应包括哪些内容?

5. 什么是数据关系图?

6. 系统设计的任务是什么?

四、应用题

1. 根据以下要求画出销售合同管理子系统的部分信息系统流程图,该子系统共有 3 个功能模块。首先是"建立订货合同台账"模块,从订货合同、材料检验单和客户文件输入数据,输出建立合同台账文件;然后是"排序合并"模块,从合同台账文件中的数据输入,进行排序合并后形成合同分类文件;最后是"打印"模块,从合同分类文件打印出合同分类表。

2. 图 6-14 是一个数据流程图,虚线外是人工处理部分,试按此图画出信息系统流程图。

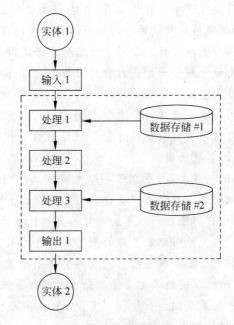

图 6-14　数据流程图

3. 图 6-15 是某库存信息子系统的部分数据流程图。若其中所有处理均由计算机来实现,按此画出信息系统流程图。

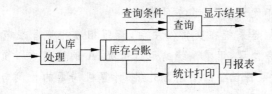

图 6-15　库存信息子系统的部分数据流程图

第7章 管理信息系统实施与维护

学习目标

（1）掌握管理信息系统数据库系统的建立与测试。

（2）理解程序测试与系统联调。

（3）掌握系统试运行、系统转换与系统验收。

引导案例

A 钢管理信息系统实施和维护

A 钢铁集团在通过管理信息系统设计方案之后，开始着手进行具体应用系统的实施。首先，A 钢铁集团专门设立了中央计算机房，并在相关部门设立了计算机室。然后，依据系统设计阶段给出的硬件结构和软件结构进行了设备及所需系统软件购置。为了建立计算机系统的网络环境，由太极计算机公司负责结构化布线，网络系统的安装与调试。

同时，项目组依据系统设计报告开始进行软件开发。为了节省成本及方便工作的进行，A 钢铁集团在北京科技大学建立了模拟环境，专门用于软件的开发工作。

在进行软件开发之前，开发人员在清华大学参加了专门的系统软件及开发工具的培训。在高博士的领导下，项目组依据系统设计报告中给出的目标系统模块设计结果实现了系统分析和设计中提出的各项功能。

在程序设计和系统调试完成之后，成立了一个系统测试小组，由 A 钢铁集团和大学人员共同组成，进行系统的测试。测试小组提供了相应的测试方案和建议的测试数据，在 A 钢铁集团实际应用环境中进行了数据和系统功能的正确性检验。

系统测试顺利通过之后，开始组织对系统的使用人员进行系统应用培训。由于 A 钢铁集团信息中心的网络维护人员和系统维护人员具有很高的业务水平和很强的业务能力，不需要再进行培训，因此培训的对象主要是数据录入员和系统操作员。

完成培训工作之后，进入系统试运行阶段。为此，开始了基本数据的准备、编码数据的准备、系统的参数设置、初始数据的录入等多项工作。

为了保证系统的实施及以后的规范化管理，A 钢铁集团公司制定了计算机系统应用管理规范、计算机房管理制度、计算机系统安全保密制度、计算机系统文档管理规定等一系列的管理规定。

系统在试运行半年无误后，正式交付使用。

A 钢铁集团管理信息系统在交付使用后，遵照相应的管理规范，责成相关部门和个人负责具体的日常业务处理，记录系统的运行情况，A 钢信息中心负责系统的维护，保证系统的正常运行，包括硬件设备的更新与升级、计算机病毒的检测与清除、软件系统的修改与完善、系统故障的排除等。

系统运行至今，其维护工作一直没有间断，部分硬件设备已经被更新，部分软件功能也已经被修改、完善。例如,在系统应用之初,开具销售发票时必须针对一个客户的一个合同,而不能针对一个客户的多笔合同开具销售发票。系统运行后,销售部门提出:一个客户往往同本企业签订多笔合同,希望在开具发票时能够进行更加灵活的处理,不受单一合同的限制。为此,制订了相应的软件修改计划,进行了软件功能的修改和完善。

另外,在系统正常运行半年后,A 钢铁集团还组织相关部门人员及相关领域的专家对已实施的管理信息系统的工作情况、技术性能、经济效益进行了分析和评价并依据评价结果对系统进行了完善和修改。

7.1　程序设计与调试

7.1.1　程序设计

系统实施阶段最主要的工作是程序设计。程序设计是根据系统设计文档(系统设计说明书)中有关模块的处理过程描述,选择合适的计算机程序语言,编制出正确、清晰、健壮、易维护、易理解、工作效率高的程序的过程。

在管理信息系统的开发过程中,程序设计就是实现系统功能的重要手段,因而程序设计是非常重要的一步。

随着计算机应用水平的提高,软件越来越复杂,同时硬件价格不断下降,软件费用在整个应用系统中所占的比重急剧上升,从而使人们对程序设计的要求发生了变化。在过去的小程序设计中,主要强调程序的正确和效率,但对于大型程序,特别是采用了先进的软件开发技术和工具后的程序,人们则倾向于首先强调程序的可维护性、可靠性和可理解性,然后才是效率。

因此,要设计出性能优良的程序,除了要正确实现程序说明书所规定的各项功能外,还要求程序设计时应特别遵循以下 5 项原则。这些原则随着系统技术和计算机技术的发展而不断变化,而不是一成不变的。

1. 可靠性

系统的可靠性指标在任何时候都是系统质量的首要指标。可靠性指标可分解为两个方面:一方面是程序或系统的安全可靠性,如数据存取的安全可靠性、通信的安全可靠性、操作权限的安全可靠性,这些工作一般都要在系统分析和设计时来严格定义;另一方面是程序运行的可靠性,这一点只能靠调试时的严格把关(特别是委托他人编程时)来保证编程工作的质量。

2. 可维护性

系统在运行期间逐步暴露出的隐含错误需要及时排错。同时,用户新增的要求也需要对程序进行修改或扩充。此外,计算机软、硬件的更新换代也要求应用程序作相应的调整或移植。所以说,由于排错、改正、改进的需要,因而系统的可维护性是必要的。考虑到管理信息系统一般要运行 3～10 年的时间,因而系统维护的工作量是相当大的。

3. 可理解性

可理解性要求程序清晰,没有太多繁杂的技巧,能够让他人比较容易读懂。可理解性对于大规模工程化地开发软件非常重要,这是因为程序的维护工作量很大,程序维护人员经常要维护他人编写的程序。如果程序不便于阅读,那么对程序检查与维护工作将会带来极大的困难,而无法修改的程序是没有生命力的程序。

4. 效率

程序效率是指程序能否有效地利用计算机资源(如时间和空间),也就是指系统运行时在尽量占用较少的空间条件下,用较快的速度完成规定的功能。近年来,硬件价格大幅度下降,而其性能却不断完善和提高,所以效率已经不像以前那样重要了。相反,程序设计人员的工作效率则日益重要。提高程序设计人员工作效率,不仅能降低软件开发成本,而且可明显降低程序的出错率,进而减轻维护人员的工作负担。

5. 健壮性

健壮性是指系统对错误操作、错误数据输入能予以识别与禁止的能力,不会因错误操作、错误数据输入及硬件故障而造成系统崩溃。这是系统长期平稳运行的基本前提。

7.1.2　程序设计语言的选择

目前市场上能够提供系统实现时选用的编程工具非常多,这些工具不仅在数量和功能上突飞猛进,而且在其内涵和拓展上也日新月异。这既给程序设计人员开发系统提供了越来越多、越来越方便的手段,同时也要求程序设计人员了解和选用恰当的编程工具,以保证这一环节的质量和效率。

比较流行的软件工具一般为:一般编程语言、数据库系统、程序生成工具、专用系统开发工具、客户(Client)/服务器(Server)型工具,以及面向对象的编程工具,等等。目前,这类工具的划分在许多具体软件上又是交叉的。

1. 常用编程语言类

常用编程语言包括 C 语言、C++语言、Visual Basic 语言、PL/1 语言、Prolog 语言、OPS 语言等。

2. 数据库类

目前市场上提供的数据库软件工具产品主要有两类,一类是以微机关系数据库为基础的 xBase 系统,一类是大型数据库系统。前者以 dBASE-Ⅱ、dBASE-Ⅲ、dBASE-Ⅳ、dBASE-Ⅴ和 FoxBASE 2.0、FoxBASE 2.1,以及 FoxPro 的各种版本为典型产品;后者以 Oracle 系统、Sybase 系统、Ingres 系统、Informax 系统、DB2 系统等为典型产品。

3. 程序生成类工具

程序生成类工具又称为第四代生成语言(4th Generation Language,4GL),是一种基于常用数据处理功能和程序之间对应关系的自动编程工具。

4. 系统开发类工具

系统开发类工具是在第四代程序生成工具基础上发展起来的,它不仅具备 4GL 的各种功能,而且更加综合化、图形化、可视化。目前系统开发工具主要有两类,即专用开发工具类(常见的如 SQL、SDK 等)和综合开发工具类(常见的如 FoxPro、dBASE-Ⅴ、Visual Basic、Visual C++、CASE、Team Enterprise Developer)组成。

5. 客户/服务器工具类

客户/服务器工具类是当今软件工具发展过程中出现的一类新的系统开发工具,常见的如:基于 Windows 下 FoxPro、Visual Basic、Visual C++、Excel、Power Point、Word;以及 Borland International 公司的 Delphi Client/Server、Powersoft;公司的 PowerBuilder Enterprise;Symantec 的 Team Enterprise Developer;等等。此类开发工具所开发出来的应用软件系统对硬件的要求较高。

6. 面向对象的编程工具

面向对象的编程工具主要是指与 OOP、OOA、OOD 方法相对应的编程工具,常见的如 C++、Visual C++、Visual FoxPro。这是一类针对性较强,并且很有潜力的系统开发工具。这类工具最显著特点是:它必须与整个 OO 方法相结合。没有这类 OO 工具,OO 方法的特点将受到极大的限制。反之,没有 OO 方法,该类工具也将失去其应有的作用。

由于管理信息系统是以数据处理为主,且基于微机和微机局域网络系统的硬件开发环境,因此,在我国的管理信息系统中,目前使用最多的是 FoxPro、Visual FoxPro、Oracle 等关系数据库管理系统,并结合 C 语言进行开发。

不管使用哪种语言,在实际的管理信息系统开发过程中,设计语言的选择都应考虑以下因素。

(1) 管理系统所处理问题的性质。管理信息系统是以数据处理为主,故应选择数据处理能力强的语言。

(2) 计算机的软、硬件和所选语言在相应机器上所能实现的功能。有的程序设计语言尽管在文本的规定上具有较强的语言功能,但限于具体的计算机条件(大型机、小型机、微型机、计算机的内存容量等条件),其功能不能全部实现。即使有的语句功能实现了,但其实际处理能力和效率也可能有所下降,如最大文件个数、文件的类型、数字的精度等。

(3) 系统的可维护性和可移植性。分析用户对计算机语言的掌握程度,选择用户较为熟悉,或易于学习、易于应用的语言,便于用户维护,并且要考虑语言本身的结构化程度好坏,便于系统的维护和修改。

　　对于管理类专业的学生,一般均为非专业程序开发人员,实际编程工作中 FoxPro 和 Visual FoxPro 用的较多,特别是具有强大辅助编程功能的 Visual FoxPro 已成为其当前主要的编程语言。

7.1.3　结构化程序设计方法

　　目前程序设计的方法大多是按照结构化方法、原型方法、面向对象的方法进行。也推荐这种充分利用现有软件工具的方法,因为这样做不但可以减轻开发的工作量,而且还可以使得系统开发过程规范,使得系统功能更强,更易于维护和修改。

　　结构化程序设计(Structured Programming,SP)方法是 E. Djkstra 等人于 1972 年提出的,用于详细设计和程序设计阶段指导人们用良好的思想方法开发出易于理解、正确的程序的一种程序设计方法。用 SP 方法设计程序时,任何程序逻辑都可以用顺序、选择和循环 3 种基本结构来表示。SP 方法中的每一种基本结构都只有单一的入口和单一的出口。任何一个程序模块的详细执行过程可按自顶向下逐步细化的方法确定,编出的程序结构十分清晰。

　　(1)顺序结构。顺序结构是一种线性有序的结构,按语句或命令的自然顺序从上到下一条一条地执行,如图 7-1 所示。几乎所有的高级语言都具有这种特征,如赋值语句、输入/输出语句等。

　　(2)选择结构。选择结构是一种双向或多向语句,它根据表达式(exp)条件成立与否或根据不同情况(case)选择程序执行路径的结构。当执行完被选择的语句后,程序将控制转向后续语句如图 7-2 所示。

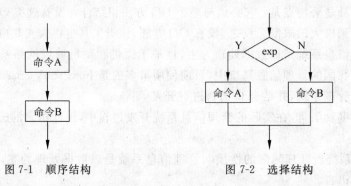

图 7-1　顺序结构　　　　　　　图 7-2　选择结构

7.2　系统测试

7.2.1　测试的概念

　　人们常常有一种错觉,认为程序编写出来之后就接近尾声了,或者认为一个程序输入一些数据运行一两次就"通过"了,事情并没有这么简单。据统计,一个较好的程序员,在其交付的程序中,错误率为 1％,而一个水平低的程序员编写的程序,可能每个语句都含有一两个错误。在一个大型的软件系统中,"错误百出"是不必大惊小怪的,这是由于人类本身能力的局限。人免不了要犯错误。当然这并不是说可以姑息系统开发中的错误。恰恰相反,随着信息技术在国民经济一些重要领域的应用日益广泛,软件系统的任何错误都可能造成生命财产的重要损失。问题的关键是尽早发现和纠正这些错误,减少错误造成的损失,避免重大损失。

目前,检验软件有 3 种手段：动态检查、静态检查和正确性证明。

(1) 程序正确性证明技术目前还处于初级阶段,近期内还不可能适用于大型系统。设置命题及其证明需要大量的脑力劳动,推导过程冗长,例如,一个 433 行的 ALGOL 程序,其证明长达 46 页。人们自然要问,怎样"证明"这 46 页中没有错误？尽管如此,正确性证明仍是一个诱人的课题,对未来的软件可能产生深远影响。

(2) 静态检查指人工评审软件文档或程序,发现其中的错误。这种方法手续简单,是一种行之有效的检验手段。据统计,30％～70％的错误是通过评审发现的,而且这些错误往往影响很大。因此,这是开发过程中必不可少的质量保证措施。从图 7-3可以看出,系统开发的每一个阶段都要对所产生的文档进行评审。这样,错误将得到及时发现与纠正,使开发成本大大降低。评审强调要有局外专家参与,可取各家之长。评审是直接检查软件文档,错误的排除也比较容易,也容易发现产生错误的原因。

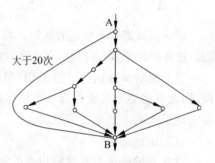

图 7-3　程序流程图

(3) 动态检查就是测试,即有控制地运行程序,从多种角度观察程序运行时的行为,发现其中的错误。也就是说,测试是为了发现错误而执行程序。测试只能证明程序有错误,而不可能证明程序没有错误。图 7-3 是一个小程序的流程图。这个程序共有 5 条路径,循环 20 次则共有 520 条路径。显然,不可能通过遍历所有这些路径来说明程序没有错误。认为测试能说明程序没有错误的想法是十分有害的。在这种认识指导下,人们往往会潜意识地寻找那些容易使程序通过的测试数据,忽视那些容易暴露程序错误的数据,使隐藏的错误不被发现,而不能达到测试的目的。

根据 Glen Myers 的定义,测试的目的在于以下几方面。

(1) 测试是指"用意在发现错误而执行一个程序的过程"。

(2) 一个好的测试用例是指这个测试用例有很高的概率可以发现一个尚未发现的错误。

(3) 一个成功的测试是指它成功地发现了一个尚未发现的错误。

测试的目的是为了发现程序的错误。因此,测试的关键问题是如何设计测试用例,即设计一批测试数据。通过有限的测试用例,在有限的研制时间、研制经费的约束下,尽可能多地发现程序中的错误。

测试有模块测试、联合测试、验收测试、系统测试 4 种类型。

1. 模块测试

模块测试是对一个模块进行测试,根据模块的功能说明,检验模块是否有错误。这种测试在各模块编程后进行。

模块测试一般由编程人员自己进行,模块测试有以下项目。

(1) 模块界面调用参数(流入数据)数目、顺序、类型。

(2) 内部数据结构,如初始值对不对,变量名称是否一致,共用数据是否有误。

(3) 独立路径是否存在不正确的计算、不正确的循环及判断控制。

(4) 错误处理,预测错误的产生及后处理,看是否和运行一致。

(5) 边界条件,对数据大小界限和判断条件的边界进行跟踪运行。

2. 联合测试

联合测试即通常所说的联调。联合测试可以发现总体设计中的错误,如模块界面的问题。按照前面分"版本"的实现方法,这种测试是在各个版本实现后完成有关接口的测试。

各个模块单独执行可能无误,但组合起来可能会相互产生影响,出现意想不到的错误,因此要将整个系统作为一个整体进行联调。联合测试方法有两种,即根据模块结构图由上到下或由下到上进行测试。

(1) 由上到下

设置下层模块为假模块检查控制流,以较早发现错误,而不至于影响到下层模块。但这种方法要制作的假模块太多,而且不能送回真实数据,可能发现不了内在的错误。

(2) 由下到上

先设置上层模块为假模块,测试下层模块执行的正确性,然后逐步向上推广。这种方法方便,设计简单,但要到最后才能窥得全貌,有一定的风险。

较好的方法是将二者结合,高层由上到下,低层由下到上,到中层进行会合。

3. 验收测试

验收测试检验系统说明书的各项功能与性能是否实现,是否满足要求。

验收测试的方法一般是列出一张清单,左边是需求的功能,右边是发现的错误或缺陷。

常见的验收测试有所谓的 A 测试和 B 测试,这两种测试都是由用户进行的。但前者由使用者在应用系统开发所在地与开发者一同进行观察记录,后者由用户在使用环境中独立进行。

4. 系统测试

系统测试是对整个系统的测试,将硬件、软件、操作人员看作一个整体,检验它是否有不符合系统说明书的地方。这种测试可以发现系统分析和设计中的错误,如安全测试测试安全措施是否完善,能不能保证系统不受非法侵入。俗话说"没有不透风的墙",那么什么才算是安全的呢? 即安全的标准是什么? 可以这样定义:如果入侵一个系统的代价超过从系统中获得的利益时,那么这个系统是一个安全的系统。再如,压力测试测试系统在正常数据数量以及超负荷量(如多个用户同时存取)等情况下是否还能正常地工作。

7.2.2　测试的原则

测试阶段应注意以下一些基本原则。

(1) 测试用例应包括输入数据和预期的输出结果。

(2) 除了要选用合理的输入数据作为测试用例,还应选用不合理的输入数据作为测试用例。

(3) 既要检查程序是否完成了它应做的工作,又要检查它是否还做了它不应做的事情。例如,对于工资管理程序,要检查它是否为每个职工产生了一个正确的工资单,还要检查它是否产生了多余的工资单。

(4) 测试用例应长期保留,直到这个程序被废弃。精心编制的测试用例对今后的测试带来方便。一旦程序被修改、扩充,就需要重新测试。这在很大程度上将重复以前的测试工作。而保留的测试用例可以验证发现的错误是否已经改正,也易于发现因修改、扩充可能产生的新错误。

传统的测试方法分为"白箱测试"和"黑箱测试"。

(1) 白箱测试是根据一个软件部件的内部控制结构,测试程序是否依据设计正确地执行。

(2) 黑箱测试是根据一个软件部件由外部界面所能观察到的功能效果,测试它是否与其他部件正确地沟通,一般指输入正确时是否有正确的输出。

7.2.3　测试用例设计

既然测试工作不可能采用穷举测试方法,那么测试用例的选择就是测试的关键问题。好的测试用例应以尽量少的测试数据发现尽可能多的错误。下面介绍几种测试用例的设计技术。

1. 语句覆盖

一般来讲,程序的某次运行并不一定执行其中的所有语句。因此,如果某个含有错误的语句在测试中并没有执行,那么这个错误便不可能发现。为了提高发现错误的可能性,应在测试中执行程序中的每一个语句。语句覆盖法就是要选择这样的测试用例,使得程序中的每个语句至少能执行一次。

2. 判断覆盖

判断覆盖是指设计测试用例使程序中的每个判断的取"真"值和取"假"值的每一个分支至少通过一次。

3. 条件覆盖

条件覆盖是指执行足够的测试用例，使得判断中的每个条件获得各种可能的结果。

一般说来，条件覆盖比判断覆盖要求严格，因为判断覆盖的对象是每个判断结果，而条件覆盖考虑每个判断中的条件。但是，由于条件覆盖分别考虑每个条件而不管同一判断中诸条件的组合情况，因此，测试用例有可能满足条件覆盖的要求，但不满足判断覆盖的要求。

4. 条件组合覆盖

设计测试用例时，要使得判断中每个条件的所有可能取值至少出现一次，并且每个判断本身的判定结果也至少出现一次。

5. 路径覆盖

设计测试用例，使它覆盖程序中所有可能的路径。路径覆盖的测试功能很强，但对于实际问题来说，一个不太复杂的程序，其路径数可能相当庞大而且又不可能完全覆盖。

以上这 5 种测试均属于"白箱测试"，下面是"黑箱测试"的例子。下面介绍设计测试用例的另一种技术——边界值测试。

6. 边界值测试

经验证明，程序往往在处理边缘情况时犯错误，因此检查边缘情况的测试用例效率是比较高的。例如，某个输入条件说明了值的范围是 -1～1，则可以选 -1、0.1、0.99 和 1.001 为测试用例。再如，一个输入文件可以有 1～255 个记录，则分别设计有 0 个、1 个、255 个、256 个记录的输入文件，等等。

把边界值的概念扩大，可以设计出种种测试用例，如对文件只处理第一个记录、中间一个记录、最后一个记录、不存在的记录等。

从以上列举的这些例子可以看出，这种方法表面上看起来很简单，但许多程序的边界情况极其复杂，要找出适当的测试用例需要有一定的经验和创造性。使用得当，这种方法是相当有效的。

7.2.4　排错

测试是为了发现程序存在的错误，排错是确定错误的位置和性质，并加以改正。其关键是找到错误的具体位置，一旦找到错误所在位置，修正错误就相对容易得多。下面一些方法可以帮助确定错误的位置。

1. 试探法

首先，分析错误的外在表现形式，猜想程序故障的大概位置；然后，采用一些简单的纠错技术，获得可疑区域的有关信息，判断猜想是否正确；最后，经过多次试探，找到错误的根源。这种方法与个人经验有很大关系。

2. 跟踪法

对于小型程序可采用跟踪法。跟踪法分正向跟踪和反向跟踪。正向跟踪是沿着程序的控制流,从头开始跟踪,逐步检查中间结果,找到最先出错的地方。反向跟踪是从发现错误症状的地方开始回溯,人工沿着控制流往回追踪程序代码,直到确定错误根源。

3. 对分查找法

若已知程序中的变量在中间某点的预期正确值,则可以用赋值语句把变量置成正确值,运行程序看输出结果是否正确。若输出结果没有问题,说明程序错误在前半部分,否则在后半部分,然后对有错误的部分再用这种方法逐步缩小查错的范围。

4. 归纳法

从错误征兆的线索出发,分析这些线索之间的关系,确定错误的位置。首先要收集、整理程序运行的有关数据,分析出错的规律,在此基础上提出关于错误的假设,若假设能解释原始测试结果,说明假设得到证实;否则重新分析,提出新的假设,直到最终发现错误原因。

5. 演绎法

分析已有的测试结果,设想所有可能的错误原因,排除不可能的、互相矛盾的原因。对余下的原因,按可能性的大小逐个作为假设解释测试结果,直至找到错误原因。必要时,对列出的原因加以补充修正。

7.3　系统转换

1. 系统转换

系统开发出来经过测试、试运行以后,就可以着手进行系统的转换工作,让系统进入实际运行。系统转换不可能一天完成,而需要一个转换过程,并需要建立与之相适应的一整套健全的管理制度。

系统转换的方式有:直接转换方式、并行转换方式和分阶段逐步转换方式 3 种转换方式。

2. 系统转换的主要工作

根据信息系统实际开发和应用的情况,确定了系统转换的方式以后,除了做好组织准备、物质准备和人员培训准备等工作之外,最重要并且工作量最大的是数据准备和系统初始化工作。

7.4　系统维护与评价

7.4.1　系统维护

管理信息系统交付使用以后,研制工作即结束。但是信息系统不同于其他产品,它不是"一劳永逸"的最终产品。在其运行过程中,还有大量运行管理、维护和评价的工作要做。本节讨论系统维护、系统的安全性与可靠性、系统监理与审计、系统的评价。

交付使用的管理信息系统有"样品即产品"的特点。它不像其他工业产品可以先生产一个样品,经过试验、改进再正式投入批量生产。它需要在使用中不断完善。一方面,精心设计、精心实施经过调试的系统也难免有不尽如人意的地方,或者有的地方效率还可提高,或者使用不够方便,甚至还有错误,而这些问题只有在实践中才能暴露。另一方面,随着管理环境的变化,也会对信息系统提出新的要求,信息系统只有适应这些要求才能生存下去。因此,系统的维护是系统生存的重要条件。20多年来,系统维护的成本逐年增加。现在,在系统整个生命周期中,有 2/3 以上的经费用在维护上,如图 7-4 所示。从人力资源的分布看,现在世界上 90% 的软件人员在从事系统的维护工作,开发新系统的人员仅占 10%。这些统计数字说明系统维护任务是十分繁重的。重开发、轻维护是造成我国信息系统低水平重复开发的原因之一。

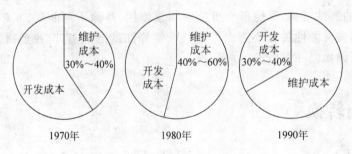

图 7-4　系统维护成本的比例

1. 系统维护的内容

系统维护包括以下几个方面的工作。

(1) 程序的维护

在系统维护阶段会有一部分程序需要改动。根据运行记录,发现程序的错误,这时需要改正;或者随着用户对系统的熟悉,用户有更高的要求,部分程序需要改进;或者环境发生变化,部分程序需要修改。

(2) 数据文件的维护

业务发生了变化,从而需要建立新文件,或者对现有文件的结构进行修改。

(3) 代码的维护

随着环境的变化,旧的代码不能适应新的要求,必须进行改造,制定新的代码或修改旧的代码体系。代码维护的困难主要是新代码的贯彻,因此各个部门要有专人负责代码管理。

（4）机器、设备的维护

机器、设备的维护包括机器、设备的日常维护与管理。一旦发生小故障,要有专人进行修理,保证系统的正常运行。

2. 系统维护的类型

依据信息系统需要维护的不同原因,系统维护工作可以分为 4 种类型。

（1）更正性维护

更正性维护是指由于发现系统中的错误而引起的维护。工作内容包括诊断问题与改正错误。

（2）适应性维护

适应性维护是指为了适应外界环境的变化而增加或修改系统部分功能的维护工作。例如,新的硬件系统问世、操作系统版本更新、应用范围扩大,为适应这些变化,信息系统需要进行维护。

（3）完善性维护

完善性维护是指为了改善系统功能或应用户的需要而增加新的功能的维护工作。系统经过一个时期的运行之后,某些地方效率需要提高,或者使用的方便性还可以提高,或者需要增加某些安全措施,等等。这类维护工作占维护工作的绝大部分。

（4）预防性维护

预防性维护是主动性的预防措施。对一些使用寿命长,目前尚能正常运行,但可能要发生变化的部分进行维护,以适应将来的修改或调整。例如,将专用报表功能改成通用报表生成功能,以适应将来报表格式的变化。

4 类维护工作所占的比例如图 7-5 所示。

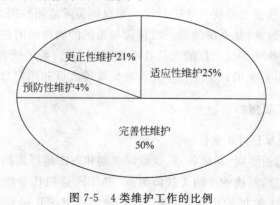

图 7-5　4 类维护工作的比例

3. 系统维护的管理

系统的修改往往会"牵一发而动全身"。程序、文件、代码的局部修改都可能影响系统的其他部分。因此,系统的修改必须通过一定的批准手续。通常对系统的修改应执行以下步骤。

（1）提出修改要求

操作人员或业务领导用书面形式向主管人员提出对某项工作的修改要求。这种修改要求不能直接向程序员提出。

（2）领导批准

系统主管人员进行一定调查后，根据系统的情况和工作人员的情况，考虑这种修改是否必要、是否可行，做出是否修改、何时修改的答复。

（3）分配任务

系统主管人员若认为要进行修改，则向有关的维护人员下达任务，说明修改的内容、要求、期限。

（4）验收成果

系统主管人员对修改部分进行验收。验收通过后，将修改的部分嵌入系统，取代旧的部分。

（5）登录修改情况

登记所做的修改，作为新的版本通报用户和操作人员，指明新的功能和修改的地方。某些重大的修改可以看作一个小系统的开发项目，因此，要求按系统开发的步骤进行。

7.4.2　系统评价

管理信息系统投入运行后，如何分析其工作质量？如何对其带来的效益和所花成本的投入、产出进行分析？如何分析一个信息系统对信息资源的利用程度？如何分析一个信息系统对组织内各部分的影响？这是评价体系所要解决的问题。要在平时运行管理工作的基础上，定期对其运行状况进行集中评价。进行这项工作的目的是通过对新系统运行过程和绩效的审查，检查新系统是否达到预期目的，指出系统改进和扩展的方向。

系统评价主要的依据是系统日常运行记录和现场实际监测数据。评价的结果可以作为系统改进的依据。通常，新系统的第一次评价与系统的验收同时进行，以后每隔半年或一年进行一次。参加首次评价工作的人员有系统研制人员、系统管理人员、用户、用户领导和系统外专家，以后各次的评价工作主要由系统管理人员和用户参加。

1. 系统评价的主要指标

系统评价主要分为下列 3 类指标。

（1）经济指标，包括费用、系统收益、投资回收期和系统运行维护预算等。

（2）性能指标，包括系统的平均无故障时间 TMBF、连机作业响应时间、作业处理速度、系统利用率、对输入数据的检查和纠错功能、输出信息的正确性和精确度、操作方便性、安全保密性、可靠性、可扩充性和可移植性等。

（3）应用指标，包括企业领导、管理人员、业务人员对系统的满意程度，管理业务覆盖面，对生产过程的管理深度，企业管理水平，对企业领导的决策参考等。

2．评价方法

（1）定性方法

① 结果观察法：完全通过观察对系统的效果进行评价。

② 模拟法：采用人工或计算机做定性的模拟计算，估计实际的效果。

③ 对比法：与基本相同的系统进行对比，得出大概的结果。

（2）分层次分析方法

分层次分析方法主要有专家打分（德尔菲）方法和贝德尔（Bedell）方法等。

3．系统评价报告

系统评价后写出系统评价报告。评价报告一般包括以下 5 个方面。

（1）系统运行的一般情况

系统运行的一般情况是从系统目标及用户接口方面考察系统，包括：系统功能是否达到设计要求；用户付出的资源（人力、物力、时间）是否控制在预定界限内，如资源利用率；用户对系统工作情况的满意程度（包括响应时间、操作方便性和灵活性等）。

（2）系统的使用效果

系统的使用效果是从系统提供的信息服务的有效性方面考察系统，包括：用户对所提供的信息的满意程度（包括哪些有用，哪些无用，引用率）；提供信息的及时性；提供信息的准确性和完整性。

（3）系统的性能

系统的性能包括计算机资源的利用情况（主机运行时间的有效部分的比例，数据传输与处理速度的匹配，外存是否够用，各类外设的利用率），系统可靠性（平均无故障时间，抵御误操作的能力，故障恢复时间）和系统可扩充性。

（4）系统的经济效益

① 系统费用：包括系统的开发费用和各种运行维护费用。

② 系统收益：包括有形效益和无形效益，如库存资金的减少，成本的下降，生产率的提高，劳动费用的减少，管理费用的减少，对正确决策影响的估计等。

③ 投资效益。

（5）系统存在的问题及改进意见

其中，系统的技术性能评价和经济效益评价是整个系统评价的主要内容。

4．技术性能评价

系统技术性能方面的评价主要是评价现有系统硬件和软件在技术性能上是否满足应用系统的要求。

（1）对信息系统的功能评价

在新系统的开发规划中，明确地规定了新系统实现的功能目标。因此，对新系统的功能评价就是按照规划检查新系统的功能实现情况，比如预期的功能是否已经全部实现，是否能够满足用户的要求，服务质量如何，人员组织和安全及保密措施是否完善等。

（2）系统操作方面的评价

系统操作方面的评价主要是根据输入、出错率、输出的及时性和利用情况等进行评价。

（3）现有硬件和软件的评价

对管理信息系统中现有硬件和软件进行评价的目的是检查系统内是否有未被充分利用的资源，或者由于某些资源不足与性能不够完善而影响系统功能和效率的提高。对硬件和软件系统评价的方法和工具是硬件监控器、软件监控程序、系统运行记录和现场实际观测记录。

① 利用性能监控器和软件监控程序进行评价。硬件监控器既能收集 CPU 工作情况的数据，也能收集外部设备工作情况的数据。软件监控程序可以记录特定程序或程序模块执行情况的数据。

② 根据系统运行记录和现场观测情况进行评价。新系统日常运行记录是进行系统评价的主要参考资料。通过对运行记录的分析，可以检查使用得最多、最频繁的软件设计是否合理，目前效果如何，以及系统的故障率等其他问题。通过对计算机运行情况的现场观测，还可有效地观察系统资源安排是否合理。

5. 系统经济评价

对信息系统经济效益评价时，需要处理好宏观经济效益与微观经济效益、目前经济效益与长远经济效益、直接经济效益与间接经济效益的关系。

宏观经济效益是系统带给社会的全部利益，包括直接和间接效益。微观效益是从企业角度出发得到的系统实际经济效益。目前经济效益是指近期可得到的效益，长远经济效益是指未来才显示出来的效益。直接经济效益主要是指可用货币表示或定量计算的经济效益。有些效益无法定量分析，只能定性分析，称其为间接经济效益。评价时，应该做到直接和间接经济效益的统一。

（1）信息系统直接经济效益的评价

管理信息系统经济效益的基本指标是年经济效益的变化。系统正式投入运行后，由于合理地利用了现有资源，使产品产量得到增加；减少工时损失和生产设备停工损失，使劳动生产率得到提高，缩短了产品生产周期；由于改善组织管理，减少了储备，提高了产品质量，降低了非生产费用。

上述因素可由一些综合性指标进行计算，常用的评价指标有年利润增长额、年经济效益、系统的投资效益系数和投资回收期等。

（2）信息系统间接经济效益的评价

信息系统与其他先进技术应用一样，必然会给企业带来一系列的变化，促进管理工作的进一步科学化。这类综合性的经济效益称为系统间接经济效益。这种效益是无法用具体统计数字计算出来的，只能做定性分析。衡量信息系统的间接经济效益应从 5 个方面进行评价。

① 管理体制是否进一步合理化。企业各环节相互衔接、相互配合和相互制约。信息系统实行信息资源的集中管理，应该加强垂直和横向的业务联系，做到纵横结合，使各职能部门在分工的基础上相互协调一致。管理信息系统在实现信息管理的同时，也对企业

的管理体制进一步合理化。

② 管理方法是否进一步科学化。管理信息系统的建立应该使企业的经济管理由静态变为动态。评价时尚需审查信息系统是否辅助和加强了以计划和控制为核心的动态管理。

③ 管理的基础数据是否进一步科学化。和手工信息处理系统不同,进入信息系统的数据应该及时和正确。反过来,信息系统的运行,应该促进管理基础数据向统一化、规范化方向发展。

④ 管理效果是否进一步最佳化。管理信息系统辅助企业管理,应当促使管理人员更多地应用经济数学方法和定量分析技术,如生产计划的方案优化和产品销售的统计预测等,从而由定性决策变为定量决策。

⑤ 管理人员的劳动性质是否发生了变化。这方面的评价主要是看信息系统建立之后,是否把管理人员真正地从繁杂的数据处理中解脱出来,帮助管理人员去从事更有创造意义的分析与决策活动。

6. 系统验收

对系统的评价指专业人员分别对各项指标进行技术评定,而系统验收则指投资项目单位或使用系统的企业同时聘请有关专家和主管部门人员参加,按照系统总体规划和合同书、计划任务书进行的全面检查和综合评定。其内容不仅包括上述系统评价的各项指标内容,还包括企业的相应管理措施和应用水平,检查是否达到建立管理信息系统的目标。

(1) 管理机构

企业应有主管领导分管信息工作;由信息管理机构负责管理信息系统的规划,开发配备必要的专业技术人员运行、维护数据管理等综合管理工作;各业务部门应该设有专职或兼职的信息工作人员。

(2) 建立信息分类编码体系

建立企业的信息分类编码体系表时,各部门应有相应的编码规划;明确的使用标准,比如使用国家标准、行业标准或企业标准等;各类企业编码的编制、修改、维护和审批的权限。

(3) 信息管理的工作规范和制度

制定必备的信息、软件、文档管理制度和各工作岗位规范;基层数据采集、维护由各部门负责,信息部门协调各部门对数据的更新、维护等日常工作,并定期提出评价;对外部信息网络的数据交换由信息部门统一负责并且组织实施。

(4) 总体规划和系统分析

经过评审的总体规划报告应该包括需求调查分析、目标系统规划、开发策略和计划、可行性分析及效益分析;系统分析报告应该包括现行系统的分析、系统目标及总体结构、逻辑模型、子系统划分、数据库模式、基本处理功能和数据字典等;物理配置及网络规划应该包括规模、配置、选型、通信条件及拓扑结构等;信息分类编码表应该包括部门代码明细表等。

（5）系统功能

建成以企业关键指标体系为对象的共享数据库和部门专用库；按规划建成覆盖企业主要管理职能和生产过程的子系统；建成数据传输网络，覆盖企业主要管理部门和生产车间；随时查询订单执行情况和生产进度，编制生产计划，根据市场或合同变化调整计划；具有为企业领导决策服务的动态信息查询，综合分析及预测功能；具有与企业其他系统资源共享的功能，以统一的接口与多种外部信息网络连接，向管理信息系统传输数据。

（6）技术指标

系统的平均无故障时间，联机作业响应时间、作业处理速度等。

7.5 信息系统运行管理

系统运行阶段从企业验收并启用信息系统时开始，是信息系统生命周期中时间最长的一个阶段，也是信息系统为用户取得经济效益的阶段。系统的进行管理成为这一阶段企业信息化工作的主要任务。要做到信息系统的正确和安全运行就必须建立、健全信息系统运行管理的制度，提高运行管理人员的素质，记录系统运行状态，对其安装状态进行监控和管理，对系统进行必要的修改与扩充。目标就是使系统能更好地为决策者服务，取得经济效益和社会效益。企业信息系统的运行管理工作必须由了解系统功能及目标，能与企业管理人员直接接触的信息管理专业人员专职负责。

7.5.1 信息系统运行管理制度

企业启用新管理信息系统后，其业务流程、工作方法、各职能部门之间以及企业与外部环境之间的相互关系都发生了一定的变化。必须建立、健全信息系统运行管理体制，以保证系统的安全和正常工作。信息系统运行管理制度包括系统操作规程、系统安全保密制度、系统修改规程、系统定期维护制度以及系统运行状况记录和日志归档等。

信息系统的运行制度表现为硬件、软件、数据、信息等要素必须处于监控之中。例如，对放置中央计算机的机房进行安全管理，其目的是防止各种非法人员进入机房，保护机房内的设备、机内的程序和数据的安全。

其他管理制度包括重要的系统软件和应用软件管理制度、数据管理制度、权限管理制度、网络通信安全管理制度、病毒的防治管理制度、人员调离的安全管理制度等，须根据系统具体情况制定。

7.5.2 信息系统运行的组织与人员

1. 信息系统运行的组织

对系统的运行进行有效的管理需要有相应的组织结构来保证，并将信息系统的运行纳入整个企业的日常工作。要充分发挥信息系统的作用,提高效益,就必须将企业的经营决策与信息支持密切结合起来。

系统运行组织的建立是与信息系统在企业中的地位分不开的。目前国内企业组织中负责系统运行的大多是信息中心、计算中心、信息处等信息管理职能部门。随着人们的认识提高,信息系统在企业中的地位也逐步提高。目前企业常见的信息系统运行组织机构如图 7-6 所示。

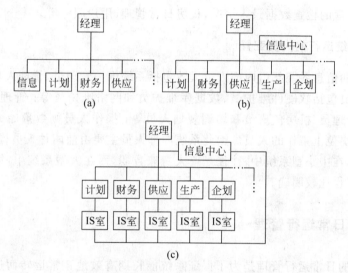

图 7-6 信息系统部门在企业中的地位

图 7-6(a)中信息系统部门与其他职能部门平行,信息资源可以被整个企业共享,但信息系统部门的决策能力较弱,系统运行中有关的协调和决策工作将受到影响;图 7-6(b)中信息系统部门在经理之下、各职能部门之上,系统作为企业的参谋中心,有利于信息资源的共享,并且在系统运行过程中便于向领导提供决策支持,但容易造成脱离管理或服务较差的现象;图 7-6(c)中信息系统部门不但存在于各部门之上,又在各业务部门设立了信息室,信息室(可能只是一个人)归信息中心领导,这样信息系统既能从企业的高度研究系统的发展,又能深入了解各部门对信息系统的需求。

2. CIO 的职责

需要强调的是信息主管(Chief Information Officer,CIO)的作用。信息主管其实是一个人,但其在信息系统部门中的地位很重要,可以把他看作组织的一个重要组成部分。CIO 一般由企业的高层人士来担任,相当于企业的副总经理,甚至更高。企业设置 CIO 这个职位,体现了企业对信息资源和信息技术的重视。以信息主观为首的信息系统部门具有以下一些职责。

(1)制订系统规划。对管理信息系统实施和更新换代、系统的管理维护和使用、资金计划、人员安排和培训等做出统一规划。

(2)负责信息处理的全过程。与企业领导和有关管理部门一起,确定合理、统一的信息流程,按照流程协调各个有关部门在信息处理方面的关系,同时负责对各个部门每时每刻产生的信息进行收集、整理、加工和存储,确保信息的准确性和一致性。

（3）信息的综合开发。对各方面的信息进行综合处理和分析,得到对全局更为重要的信息,提供给各个管理部门,尤其是决策层,并由系统以适当的形式发布。

（4）搞好信息标准化等基础管理。和有关部门一起,共同搞好系统运行中的基础管理工作,主要是基础编码等标准化、规范化工作。

（5）负责系统的运行和维护。作为系统主要的日常技术性工作,包括系统硬件、软件维护,数据库管理的检查数据录入情况,机房日常管理,用户服务等。

3. 信息系统运行的人员配置

运行期间的信息系统部门内部人员大致包括系统维护管理员、管理人员和操作人员。系统维护管理员包括软硬件维护员、数据库维护员和网络维护员等;管理人员包括耗材管理员、资料管理员、机房值班员和培训规划人员等;操作人员则数量庞大,大部分都是在具体的业务岗位上工作的人员。因此系统内部人员主要由前两种人员构成。

一般而言,在中小型系统中,往往是一人身兼数职,而在大型系统中,结构比较复杂,人员较多,分工也比较明确。

7.5.3　系统日常运行管理

信息系统的日常运行管理是为了保证系统能长期有效地正常运转而进行的活动,具体有系统运行情况的记录、系统的维护与系统运行情况的检查评价等工作。

系统的运行情况如何对系统管理评价是十分重要的资料,因此要严格按要求就系统软硬件及数据等的运作情况做记录。特别要详细记录系统不正常与无法运行时所发生的现象、发生的时间及可能的原因等。此外,一些重要的运行情况,如多人共用涉及敏感信息的计算机及功能项的使用等也应做书面记录。对于信息系统来说,信息的记载主要靠手工方式,虽然一般大型系统都有自动记载自身运行情况的功能,但是也需要有手工记录作为补充手段。系统运行情况无论是自动记录还是由人工记录,都应作为基本的系统文档作长期保管,以备系统维护时参考。在信息系统的运行过程中,需要收集和积累的资料包括以下 5 个方面。

（1）有关工作数量的信息

开机的时间,每天(周、月)提供的报表的数量、每天(周、月)录入数据的数量、系统中积累的数据量、修改程序的数量、数据使用的频率、满足用户临时要求的数量等反映系统的工作负担、所提供的信息服务的规模以及计算机应用系统功能的最基本的数据。

（2）工作的效率

工作的效率即系统为了完成所规定的工作,占用了多少人力、物力及时间。

（3）系统所提供的信息服务的质量

信息系统提供服务的质量包括生成的报表是否满足管理工作的需要,管理人员使用起来是否方便,使用者对于提供的方式是否满意,所提供信息的精确程度是否符合要求,信息提供得是否及时,临时提出的信息需求能否得到满足,等等。

（4）系统的维护修改情况

系统中的数据、软件和硬件都有一定的更新、维护和检修的工作规程。这些工作都要有详细、及时的记载，包括维护工作的内容、情况、时间、执行人员等。这不仅是为了保证系统的安全和正常运行，而且有利于系统的评价及进一步扩充。

（5）系统的故障情况

无论系统故障大还是小，都应该及时地记录下列情况：故障的发生时间、故障的现象、故障发生时的工作环境、处理的方法、处理的结果、处理人员、善后措施、原因分析。故障不只是指计算机本身的故障，而是对整个信息系统来说的。

通常情况下，人们往往比较重视系统发生故障时有关情况的记载，而容易忽视系统正常运行时的信息。事实上，要全面地掌握系统的情况，必须十分重视正常运行时的情况记录。如果缺乏平时的工作记录，就无从了解瞬时情况。如果没有日常的工作记录，可靠性程度的平均无故障时间指标就无从计算。

任何信息系统都必须有严格的运行记录制度，并要求有关人员严格遵守和执行。各种工作人员都应该担负起记录运行信息的责任。硬件操作人员应该记录硬件的运行及维护情况；软件操作人员应该记录各种程序的运行及维护情况；负责数据校验的人员应该记录数据收集的情况，包括各类错误的数量及分类；录入人员应该记录录入的速度、数量、出错率等。要通过严格的制度及经常的教育，使所有工作人员都把记录运行情况作为自己的重要任务。

记录时，一方面要强调记录的真实性，另一方面应尽量采用固定的表格或登记簿进行登记。这些表格或登记簿的编制应该使填写者容易填写，节省时间。同时，需要填写的内容应该含义明确，用词确切，并且尽量给予定量的描述。对于不易定量化的内容，则可以采取分类、分级的办法。总之，要努力通过各种手段，尽且详尽、准确地记录系统运行的情况。

实验七　系统实施

实验目的

了解系统实施阶段的工作内容，熟悉程序开发的工具。

实验内容

数据库管理系统：现在常用的数据库有 Oracle、SQL Server 2000、DB2 和 Sybase。其中 SQL Server 2000 是基于 Windows 开发的数据库，作为微软自己开发的数据库管理系统，SQL Server 与 Windows 的操作系统有着良好的接口，并充分利用了其中所提供的服务，可以提高 SQL Server 数据库管理系统的运行功能，所以在这里选择 SQL Server 2000 数据库管理系统，以便实现更好的性能指标。

开发工具：管理信息系统的开发工具常用的有 PowerBuilder、Visual Basic、Delphi 等，在此选择 PowerBuilder 进行程序开发。

系统登录窗口程序代码：

```
string password,is_password
password = sle_2.text

select password
into :is_password
from ispassword
where name = :ddlb_1.text;
if password = is_password then
    open(w_main)
    if ddlb_1.text = "系统管理员" then
        m_main.m_系统维护.m_100.enabled = true
    end if
    close(w_login)

    else
    messagebox("警告","口令错误,请重新输入")
end if
```

修改口令程序代码:

```
string is_password
select password
into :is_password
from ispassword
where name = :ddlb_1.text;
if is_password = sle_old.text then
    if sle_new.text = sle_new2.text then
        update ispassword set password = :sle_new.text
        where name = :ddlb_1.text;
        messagebox("提示","修改成功")
        return
    else
    messagebox("警告","两次输入的口令不一样")
    return
end if
else
    messagebox("警告","原口令不一样")
    return
end if
```

资料管理系统各个窗口,如图 7-7 和图 7-8 所示。

其"确定"按钮程序如下:

```
    int is_number,is_words
dec is_price
long is_bookid
string is_puid
string is_author,is_isbn,is_title,is_keywords
date is_publishdate
if ddlb_1.text = "" then
    messagebox("错误数据","请选择图书类别")
    return
elseif len(string(em_id.text))<>6 then
```

图 7-7　资料管理系统主界面

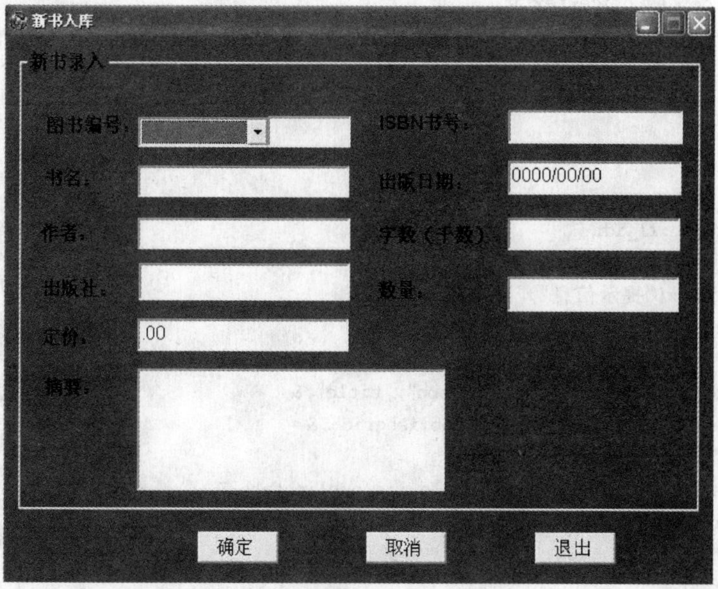

图 7-8　新书入库登记界面

```
        messagebox("错误数据","请输入 6 位数据")
        return
    else if em_date.text = "" and isdate(em_date.text) then
        messagebox("错误数据","请输入日期")
        return
```

```
end if
is_bookid = long(left(ddlb_1.text,2) + em_id.text)
if sle_isbn.text = "" then
    messagebox("错误数据","请输入 ISBN 号")
    return
elseif sle_title.text = "" then
    messagebox("错误数据","请输入书名")
    return
elseif sle_author.text = "" then
    messagebox("错误数据","请输入作者")
    return
elseif em_number.text = "" then
    messagebox("错误数据","请输入数量")
    return
elseif em_words.text = "" then
    messagebox("错误数据","请输入字数")
    return
end if

is_publishdate = date(em_date.text)
is_isbn = trim(sle_isbn.text)
is_title = trim(sle_title.text)
is_author = trim(sle_author.text)
is_price = dec(em_price.text)
is_number = integer(em_number.text)
is_words = integer(em_words.text)
is_puid = sle_1.text
select bookid
into :ll_id
from bookinfo
where bookid = :ll_id;
if ll_id<>0 then
    messagebox("提示信息","图书编号重复")
    return
end if
insert into "bookinfo"("bookid","isbn","title",&
"publishdate","author","words","publisherid",&
"number","price","abstract")
values(:is_bookid,:is_isbn,:is_title,:is_publishdate,&
:is_author,:is_words,:is_puid,:is_number,:is_price,:mle_abstract.text);
em_id.text = ""
sle_isbn.text = ""
sle_title.text = ""
em_date.text = ""
sle_author.text = ""
em_words.text = ""
em_number.text = ""
em_price.text = ""
mle_abstract.text = ""
```

"取消"按钮程序如下：

```
em_id.text = ""
sle_isbn.text = ""
sle_title.text = ""
em_date.text = ""
sle_author.text = ""
em_words.text = ""
em_number.text = ""
em_price.text = ""
// sle_keywords.text = ""
mle_abstract.text = ""
```

按照作者姓名查询资料的窗口，如图 7-9 所示。

图 7-9　"作者姓名查询系统"窗口

"还书"窗口如图 7-10 所示。

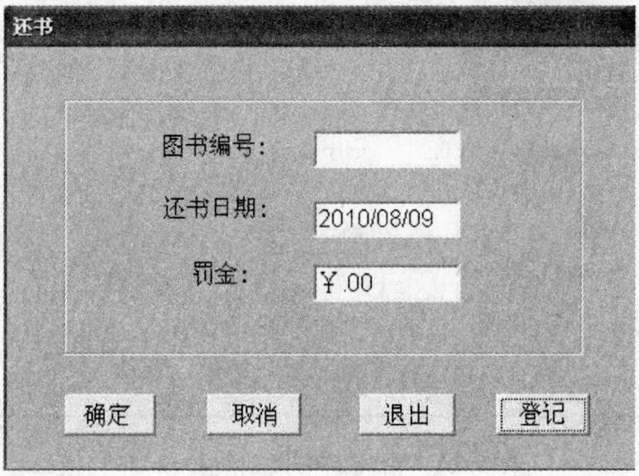

图 7-10　"还书"窗口

其"确定"按钮程序如下：

```
long is_bookid
string ll_id,ll_date
long days
date a
is_date = date(em_2.text)
is_bookid = long(em_1.text)
select bookid,loandata
  into :ll_id,:ll_date
  from loan
  where loan.bookid = :is_bookid ;
if ll_id = "" then
  messagebox("错误信息","没有此图书编号")
  em_1.setfocus()
  return
end if
datetime huanshu
date huanshu1,huan
time huanshu2
huanshu1 = date(ll_date)
days = daysafter(huanshu1,today())

if days>15 then
  em_3.text = string((days - 15) * 0.3)
end if
delete from loan
  where bookid = :ll_id ;
```

还书操作中当输入还书编号之后，系统根据还书日期会自动计算是否过期及过期罚金。过期处理窗口如图 7-11 所示。

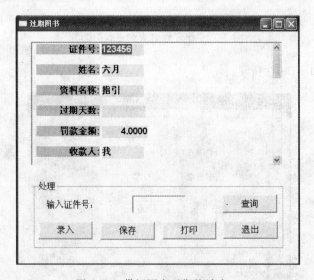

图 7-11　借阅图书过期统计窗口

实验要求

　　按照系统设计阶段的结论进行系统开发,数据库管理系统建议选择 SQL Server 2000 开发工具,根据具体情况还可以选择 PowerBuilder、Visual Basic 等。

练习题

一、单项选择题

1. 为便于系统重构,模块划分应(　　)。
　　A. 大些　　　　　　　　B. 适当　　　　　　　C. 尽量大　　　　　　　D. 尽量小
2. 程序员设计程序和编写程序时主要依据下列资料进行:(　　)。
　　A. 系统流程图
　　B. 程序流程图
　　C. 系统流程图、程序编写说明书及输入/输出说明
　　D. 处理流程图
3. 系统调试中的分调是调试(　　)。
　　A. 主控程序
　　B. 单个程序,使它能运行起来
　　C. 功能模块内的各个程序,并把它们联系起来
　　D. 调度程序
4. 系统开发中要强调编好文档的主要目的是(　　)。
　　A. 便于开发人员与维护人员交流信息　　　B. 提高效益
　　C. 便于绘制流程图　　　　　　　　　　　D. 增加收入
5. 建立管理信息系统时使用的投资效果系数应(　　)。
　　A. 高于一般工业部门的投资效果系数
　　B. 低于一般工业部门的投资效果系数
　　C. 等于一般工业部门的投资效果系数
　　D. 稍低于一般工业部门的投资效果系数
6. 系统实施阶段的工作内容中有(　　)。
　　A. 文件和数据库设计　　　　　　　　　　B. 系统运行的日常维护
　　C. 编写程序设计说明书　　　　　　　　　D. 制定设计规范
7. 系统调试中总调的内容包括(　　)。
　　A. 程序的语法调试　　　　　　　　　　　B. 主控制调度程序调试
　　C. 功能的调试　　　　　　　　　　　　　D. 单个程序的调试
8. 程序的总调指的是(　　)。
　　A. 主控制调度程序调试

　　　B. 调试功能模块

　　　C. 将主控制调度程序和各功能模块连接

　　　D. 测试模块的运转效率

9. 程序调试主要是对程序进行（　　　）。

　　　A. 性能调试　　　　　　　　　　　B. 语法和逻辑的调试

　　　C. 语句调试　　　　　　　　　　　D. 功能调试

10. 系统实施后的评价是指（　　　）。

　　　A. 新系统运行性能与预定目标的比较

　　　B. 确定系统失败原因，进行适当调整

　　　C. 在系统切换前进行的评价

　　　D. A、B 和 C

二、填空题

1. 在系统实施阶段中，用新系统取代旧系统通常采用_____转换方法，即新旧两系统同时运行，在这过程中对照两者的_____。

2. 主控制和调度程序调试是调试所有控制程序和各_____相连的接口，保证控制通路和_____传送的正确性。

3. 代码的维护是一项难度很大的工作，其困难不仅在于代码本身的变动，还在于新代码能不能贯彻执行，为此_____管理部门和_____部门要共同负起责任来。

4. 选择结构是根据条件的_____或_____选择程序执行的通路。

5. 结构化程序设计方法的特点是对任何程序都设计成顺序结构、_____和_____ 3 种基本逻辑结构。

6. 利用软件开发工具是为了减少甚至避免_____，提高开发效率。

三、问答题

1. 系统投入运行后，系统维护工作包括哪些内容？

2. 用结构化程序设计方法设计程序时，程序由哪几种基本的逻辑结构组成？

3. 程序员编写程序的主要根据是什么？

4. 为什么说程序的可理解性和可维护件往往比程序效率更为重要？

5. 试述结构化程序设计的优点。

6. 开发管理信息系统时，为了实现对项目工作的计划管理，通常采用何种技术？

第8章　管理信息系统开发实例

学习目标

通过本章内容的学习,掌握管理信息系统开发的完整过程。

8.1　系统调查与分析

8.1.1　应用背景

某电业管理局送变电工程公司(东电送变电工程公司)是国家电力公司所属具有法人资格的国有企业,组建于 1973 年 5 月,现为具有中国一级电力工程总承包企业资质和对外承包资质的公司,以送变电工程为主,兼营建筑,装饰装修,电厂锅炉及其管道设备安装,风力发电设备安装,微波通信塔安装,铁塔制造,机械维修,商品餐饮服务等经营项目的综合性施工企业。

公司总部设在中国沈阳,拥有固定资产 14249 多万元,公司下设送电、变电、装饰装修分公司,调整试验中心,铁塔厂,机械站等 11 个专业分公司和实业总公司。公司现有职工 1351 人,包括:从事主业 1037 人(在岗 670 人,不再岗 367 人);全民多经 297 人;全民支援集体 17 人。其中女职工 301 人(包括主业 211 人、全民多经 87 人、全民支援集体 3 人)。公司具有年建设 500kV 送电线路 200～300 公里和 500kV 变电所两座(150 万 kVA)及工民建筑 $30000 m^2$ 的施工能力,同时,具有年制造铁塔 10000t 的加工能力,自行完成年产值可达 4 亿元。

东电送变电工程公司是一支技术精湛、经验丰富、精英荟萃、能打硬仗的施工队伍,组建 30 多年来,顽强拼搏、艰苦创业,构筑了东北电网 220kV 超高压电网骨架和 500kV 特高压输变电网络,为国家的电力工业基础建设做出了应有的贡献,成为中国 500 家最大经营规模和最佳经济效益建筑企业之一,名列中国线路、管道行业 100 家最大经营规模和最佳经济效益企业行列,是辽宁省建筑安装企业综合经济实力 40 强和沈阳市建筑施工综合实力 30 强企业之一,具有 AAA 级金融信用等级。

公司具有雄厚的技术经营力量和精良的机械设备。公司现有高、中、初级专业技术人员 257 名,专业管理人员 213 名。其中,占专业技术及管理人员总数 7％的高级人才均为熟悉本行业施工技术和管理的具有战略目光的专家。公司拥有价值 4733 万元、总功率 13 017kW 的配套齐全的专业化施工机具。其中,由加拿大、意大利、日本、美国进口的各种张力架线机械、吊装机械、真空滤油机械具有国际先进水平。优秀的专业人员和优良的机械设备可以满足任何复杂条件下的输变电工程施工要求,认证有效的 GB/T 19001/ISO 9001 质量保证体系,GB/T 24001/ISO 14001 环境管理体系和职业安全卫生体系,可确保工程进度和工程质量及施工安全。公司有史以来,竣工的送变电工程全部达到优良级水平,其中3368km已竣工的500kV送电线路中部优工程、国优工程达到55.2%。公司安全无事故施工已达10年。最高年架设500kV送电线路已达462.22km。

8.1.2　组织机构设置

1. 组织机构图

东电送变电工程公司是一个具有较大规模的综合性施工企业。其主业是送变电工程;副业包括铁塔制造、机械维修、生活服务等多种经营方式。根据其主副业的特点和发展的需要,公司领导借鉴了其他兄弟企业的成功经验。经过几次富有成效的机构改革,已使目前企业的组织结构更趋合理、更加灵活、更富竞争力。

现在该公司设有行政、生产、经营、政工、多经5大系统,6家送电分公司,变电分公司、试验中心、机械站、送电运检公司、再就业中心和超高压运检公司等常设机构。同时,公司根据具体的工程项目的要求,规模的大小和距离的远近设置了职权范围不同的项目部和分公司等多家临时性机构。目前的临时性机构主要有:巴基斯坦分公司、广东分公司、山东项目部、牛庄项目部、绥锦项目部、迁绥项目部等。

东电送变电工程公司的现行组织结构图如图8-1所示。

公司机关的五大系统目前构成如下。

(1) 行政系统包括总务处、办公室、离退休职工管理处、档案科。

(2) 生产系统包括质量保证处、机械物资管理处、工程管理处、科技信息中心、安全监察处、公安分处武装部。

(3) 经营系统包括市场开发处、劳动人事处、经营计划处、审计处、财务处、社会保险所。

(4) 政工系统包括团委青年工作处、纪委监察处、党委宣传部、工会、党委组织部。

(5) 多经系统包括生产经营处、劳动人事处、办公室、财务处、华弘监理公司、房屋维修公司、华弘股份公司、生活服务公司、建安安装公司、铁塔厂、物资营销公司。

2. 职能部门

(1) 行政系统:负责公司的行政管理工作,主要内容有:负责组织、管理企业房地产,房改、小型基建及计划生育工作;负责企业行政事务的综合

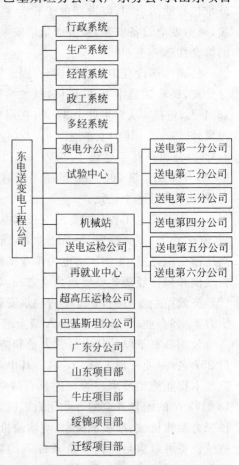

图8-1　企业现行组织结构图

管理工作(包括公司文秘,公文处理,信访和接待等工作);负责管理企业档案、资料工作;负责公司的离退休职工管理工作等。

(2) 生产系统:负责公司的生产管理工作,主要内容有:负责企业承建工程的施工组织设计、施工方案编制、施工前期准备等管理工作和施工平衡调度;负责工程质量的检验、评比、监督控制等工作;负责企业施工技术装备的使用、保养、维修、供应等方面的管理工作;负责企业安全施工和职工劳动保护的监督检查工作;负责公司的公安保卫工作;负责公司科技进步、科技信息、技术改进、计算机管理和职工再培训工作等。

(3) 经营系统:负责公司的经营管理工作。

① 劳动人事处:负责公司劳动力调配、使用、结构的调整以及劳动合同管理。主要业务是落实劳动计划和定岗、定员、定编工作;办理招工、人员配置、短期培训、合同编制、奖惩审批、资料保管等工作。

② 经营计划处:负责公司经营与发展的规划、协调和管理以及工程通道的管理。主要业务分为两方面,一方面是工程施工合同的签订、工程预算编制和工程结算的管理工作,编制生产经营计划和统计工作,检查公司文件的落实情况等计划方面的工作;另一方面是工程通道的赔偿工作,即占用土地的赔偿和砍伐树木的赔偿工作等。

③ 财务处:负责公司资金的计划、调配、使用、调整和监督以及金融投资等工作。主要业务是编制所属各单位及机关各处室的费用计划,并定期检查执行情况,为经济活动作财务分析,并保管各种会计凭证、账目等。

④ 审计处:负责公司的各级审计工作。主要业务内容有基层单位经营承包兑现审计,主业基层单位经营管理审计,多经基层单位财务收支审计,经济合同、小型基建工程设计,以及中层干部任期经济责任审计等工作。

⑤ 市场开发处和社会保险所:负责公司市场开发、工程投标和职工社会保险管理。

(4) 政工系统:负责公司的党群管理工作,主要内容有:负责公司党的组织和管理工作;负责党的宣传和思想教育工作;负责对公司任命的行政领导干部及其工作进行行政纪律监察;负责公司团的工作;负责群众性生产、工会宣传、文体活动等。

(5) 多经系统(也称实业公司):负责公司主业以外的各项副业生产经营活动。

(6) 项目部、分公司和送电分公司:具体的施工单位负责具体送变电工程项目的管理工作,是自负盈亏的部门。

8.1.3　管理体制

东电送变电工程公司的管理组织结构是典型的矩阵式职能组织结构,是一种具有多元化领导的管理体制。

东电送变电工程公司的主业是建筑施工性质的项目工程,其特点是灵活性大、工程分散、管理困难。为了加强每项施工任务实施过程中的责任制,该公司采用了矩阵式组织。这种组织结构共有三维:第一维是企业常设的 6 家送电分公司、变电分公司、送电运检公司、机械站、试验中心等;第二维是根据工程项目的具体情况设置的临时性项目部和分公司;第三维是公司的五大系统等职能部门,为第一维和第二维中的各个分公司和项目部提供支持和服务。

　　这种管理组织结构实现了多元化的领导,一些上级的直接领导关系变成了指导关系;平级之间,从过去的统一领导下的配合关系变成了协调关系,使公司的决策权下放,协调加强,领导的管理幅度扩大,因而公司组织呈现了扁平化的趋势。

　　说明:第二维项目中分公司和项目部的设立条件如下。

　　(1)分公司的设立一般要求工程规模大,历时时间长,距离公司本部远等特点。且分公司的职权范围大,可自行开发新项目,相当于一个全资子公司,如巴基斯坦分公司、广东分公司。

　　(2)项目部的设立一般要求工程规模较大,距离公司本部近,历时时间短等特点。项目部规模小、灵活、依项目而存在、职权小,如山东项目部。

　　同时规定:一般情况下,省内项目只设项目部,不设分公司,并由公司统一管理。

　　公司的主业管理组织结构如图8-2所示。

图8-2　企业主业管理组织结构图

8.1.4　业务调查

1. 业务介绍

　　本次系统开发主要针对机关经营系统的经营计划处深入展开具体业务的调查。经营计划处是该公司一个比较大的处室,其下面还设有临时办公室一个二级科室。该处室业务涉及广泛,主要有:公司经营与发展的规划、协调和管理及工程通道的管理。一方面负责工程施工合同的签订,工程预算编制和工程结算的管理,编制生产经营计划并统计,检查公司文件的落实情况等计划方面的工作;另一方面负责工程通道的赔偿工作,即占用土地的赔偿和砍伐树木的赔偿工作等。

调查经营计划处在计划统计方面的业务,其具体的业务内容有:利用计算机及时准确地编制各基层施工单位的定期统计报表(一般按月),并作统计分析和文字说明;根据上级要求定时向有关领导提交统计分析报表,向有关部门提供施工统计数据;建立、健全计划统计的原始资料、基础资料、各种统计台账,并做好历年来资料分析保管工作;负责核实施工计划的执行情况,发现问题及时汇报。

根据调查,计划统计工作现行系统的业务可分为以下几个方面:主业工程产值台账的统计,分包工程产值台账的统计,公司各工程投资台账的统计,单位综合经济效益分析等。

(1) 主业工程产值台账统计的过程:各级公司(主要是各送电分公司)按月向计划统计员上报主业施工的完成情况,即主业施工统计表;由统计员录入到已有台账或新建台账录入;综合统计各项工程的信息,统计出各级公司的月单位单项工程形象进度表、月单位工程形象进度表、月单项工程形象进度表;同时,汇总主业工程,建立主业单项工程台账和主业总产值台账并输出施工与计划完成情况表,请有关领导审阅;根据主业产值台账汇总质量、安全、劳动人事等几个处室的相关数据(如质量事故、安全事故等)制成施工计划完成情况快报供相关部门使用。

(2) 分包产值台账统计的过程:各级公司(主要是各送电分公司)按月向计划统计员上报分包施工的完成情况,即分包施工统计表;由统计员录入到已有台账或新建台账录入;综合统计各项工程的信息,统计出各级公司的月份包单位单项工程形象进度表、月份包单位工程形象进度表、月份包单项工程形象进度表;同时,汇总分包工程,建立分包单项工程台账和分包总产值台账并输出施工与计划完成情况表,请有关领导审阅。

(3) 公司各工程投资台账的统计的过程:根据计划员提供的工程计划信息表、主业单项工程台账和分包单项工程台账建立单项工程投资台账,并汇总单项工程投资台账形成总投资台账,同时以单项施工与投资完成情况表和施工与投资完成情况表的形式供相关部门审阅。

(4) 单位综合经济效益分析过程:首先,由财务处提供产值利润率、工资利润率、成本降低率等财务指标;质量保证处提供单位工程优良率等质量指标和劳动人事处提供劳动生产率等劳资指标;然后通过计算公式"综合系数 $= \sum ($经济效益指标$\times$调整权数$\times$重要程度权数$)$"计算出综合系数,其中,调整权数可用各效益指标的最低值的倒数表示,重要程度权数以上级领导对经济效益指标的重视程度而定,一般视为100;最后输出综合经济效益分析表供公司领导参考。

2. 业务流程图

业务流程图是用来描述一个组织内部业务处理活动的内容与工作流程的。它可以详细、准确地说明业务处理过程中外部实体、业务流向、处理加工、存储、输入、输出之间的关系。业务流程图是一种非结构化的工具,符号简单、使用灵活、便于开发人员与用户的交流,是进行系统调查的重要工具。

经营计划处统计工作的业务流程图如图 8-3 所示。

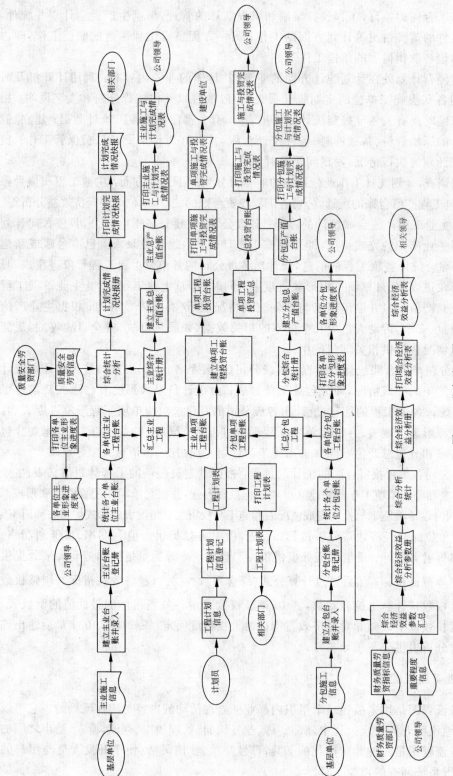

图 8-3　业务流程图

8.1.5　需求分析

1. 现系统存在的问题

（1）现系统组成

公司现有局域网采用了 10/100Base-T 交换式以太网技术；应用客户/服务器体系结构；客户机数量多、种类和配置差别大。同时，公司局域网通过连接东北电管局的城域网可访问互联网。

公司现在运行着由东软公司于 1998 年开发的管理信息系统。其中，数据库采用 Sybase System Ⅱ For Windows NT；应用了 ODBC 开放技术和 SQL Monitor 等技术；客户端开发工具选择的是 PowerBuilder 5.0。现行系统覆盖了主要部门的管理业务流程。该系统包括七大子系统，即生产管理子系统、经营管理子系统、政工管理子系统、行政管理子系统、人员管理子系统、综合查询子系统、办公自动化系统。

（2）现行系统存在的问题

① 现系统客户机数量多、种类和配置差别大，不利于管理信息系统的管理。

② 现系统自从应用以来没有进行过大范围的维护和升级，系统错误较多，不能满足公司新兴的业务活动。

（3）经营计划处计划统计管理子系统存在的问题

① 该系统目前属于单机系统，不能满足局域网其他客户机的查询要求。

② 该系统没有完全覆盖计划统计的全部业务，没有工程投资管理。

③ 该系统没有数据的备份功能，造成系统数据库的过分庞大。

④ 该系统没有基层产值台账处理；公司领导不能及时地对基层各分公司的台账进行审查。

⑤ 该系统没有单位单项工程形象进度统计，无法全面地了解各级分公司的施工进度。

⑥ 该系统综合经济效益分析只有报表形式，形式单一，不能形象地体现综合信息。

⑦ 该系统缺乏维护和更新，工程项目表编码只有 2 位，已经不能满足公司目前业务的需要。

⑧ 该系统把主业和分包分别处理，增加了系统操作的复杂性。

2. 新系统的目标

（1）经营计划处计划统计管理子新系统的目标

① 新系统基于网络，可以通过网络查询计划统计信息已实现数据的共享。

② 新系统支持数据备份，可定期保存重要数据以防数据丢失。

③ 新系统覆盖计划统计业务的全部内容，包括施工进度管理、计划完成管理、综合经济效益分析和工程投资管理 4 个方面。

④ 施工进度管理包括主业产值台账统计和分包产值台账统计两个业务过程，把主业

和分包统一处理来减少操作的复杂性,同时增加基层产值台账处理和单位单项工程形象进度统计两种报表的形式来满足多方面的需求。

⑤ 计划完成管理包括主业产值台账统计业务过程中的施工计划完成情况快报业务。

⑥ 工程投资管理包括公司各工程投资台账的统计业务过程。

⑦ 综合经济效益分析包括单位综合经济效益分析业务,形成报表和图表等多种报表形式以形象体现综合信息。

(2) 系统功能设计

① 施工进度管理:主要是把每月由各级分公司上报的主业和分包施工统计表进行数据的录入、存储、维护、查询,同时按不同要求进行数据的加工统计。主要统计的要求有:按单位单项工程统计形成单位单项工程形象进度表;按单位工程统计形成单位工程形象进度表;按单项工程统计形成单项工程形象进度表;汇总基层总产值台账形成基层施工与计划完成情况表;汇总送变电工程公司总产值台账形成施工与计划完成情况表;对各种形象进度表和台账中的数据进行存储并提供按不同方式(如按统计日期、工程名称、单位名称、工程性质等)的查询功能,并且提供对各种台账的维护功能。

② 计划完成管理:主要是对每月由公司质量保证处、安全检查处、劳动人事处提交的基层质量、伤亡、劳资信息进行录入、存储、维护、查询,并根据已有的基层施工统计情况和施工计划信息形成施工计划完成情况快报,同时对快报进行保存,提供查询功能。

③ 工程投资管理:主要对计划员提供的施工计划信息进行录入、存储、维护、查询。同时结合主业和分包单项工程台账形成单项施工与投资完成情况表和送变电工程公司施工与投资完成情况表,并存储表单数据,提供不同方式(如按统计日期、工程名称、单位名称、工程性质等)的查询功能,并且提供对各种台账的维护功能。

④ 综合经济效益分析:主要是对每年由公司质量保证处、劳动人事处、财务处、公司领导提供的各级分公司的质量、劳资、财务指标和重要程度系数进行录入、存储、维护、查询,并根据这些指标由公式“综合系数 $= \sum$(经济效益指标 × 调整权数 × 重要程度权数)”计算出本年度各个分公司的综合系数,形成综合经济效益分析表和综合经济效益分析图,并提供查询功能。

8.1.6 可行性研究

由于管理信息系统建设是一项投资大、涉及面广、操作复杂的系统工程,因此必须充分地进行可行性论证。可行性论证的任务是在初步调查的基础上明确项目开发的必要性和可行性,以确保投资的正确性。可行性研究包括论证管理信息系统建设的经济可行性、技术可行性、管理可行性及社会可行性。

1. 经济可行性

经济可行性是用来评估用户的投资能力和新系统运行后的经济效益的,主要估算新系统的开发费用和今后的运行、维护费用,估计新系统应用后的效益,并将费用与效益进行比较,看是否有利。东电送变电工程公司是拥有固定资产14249多万元的大型的国有企业,具有开发系统的投资能力。

开发、运行和维护费用主要包括:购买和安装设备的费用(如计算机硬件、系统软件、网络设备、机房设备等)、软件开发费用、消耗品费用(包括系统开发所用材料、系统正常运行所用消耗品,如水、电费、打印纸、软盘等开支)、其他费用。上述费用该公司是完全可以承受的。

新的管理信息系统应用以后,将大幅提高企业内部的数据共享,减少手工操作,提高工作效率,增加企业竞争力,获得丰厚的经济回报。

因此,新系统的建设在经济上是可行的。

2. 技术可行性

技术可行性一般可从计算机技术的发展程度、开发人员的技术水平和用户的技术水平 3 个方面来评估论证。

在现有可用技术方面,就软件来看,当前市场上的数据库开发和管理软件中基本上都能满足这种程度的管理信息系统的开发。例如:应用 PowerBuilder 9.0 和 SQL Server 2000 就是一种比较成熟的解决方案。就硬件来看,当前公司的硬件水平就能满足系统开发的需要。

在开发人员技术水平方面,就经营计划处计划统计管理信息系统来说,其业务清晰、易于理解、易于实现、没有对开发人员特殊的技术要求,开发人员完全能够胜任。

在用户的技术水平方面,新系统的终端用户的文化水平较高,又有对管理信息系统应用的经验,通过适当的培训完全能够符合新系统的要求。

因此,新系统的建设在技术上是可行的。

3. 管理可行性

管理可行性(即运行可行性)是对新系统运行后给现行系统带来的影响(包括组织机构、管理方式、工作环境等)和后果进行的估计和评价。主要表现在两方面:一是组织的管理是否科学;二是管理人员对管理信息系统的态度。

经过一系列企业现代化改革,该公司目前已建立了科学化的管理体系,管理组织趋于扁平化,各种编码、报表符合国家标准。同时,由于有现系统的成功经验,公司领导对企业信息化建设十分重视,各级员工也普遍欢迎建立新的管理信息系统来提高工作效率。

因此,新系统的建设在管理上是可行的。

4. 社会可行性

信息系统的效益可以从经济效益和社会效益两方面考虑。作为国有大型企业,建立新的管理信息系统的效益不仅要从经济效益上看,更要考虑新系统运行后的社会效益,即社会可行性。

新系统投入运行后可以使员工的工作量减少,劳动强度降低,员工有更多的休息、娱乐时间,获得丰厚的社会效益。

因此,新系统的建设在社会上是可行的。

8.2 系统分析

8.2.1 数据流程图

　　系统分析是指在管理信息系统开发生命周期中系统分析阶段的各项活动和方法。系统分析也是应用系统思想和系统科学的原理进行分析工作的方法与技术。按照结构化方法严格划分工作阶段，遵循"先逻辑，后物理"的原则。系统分析阶段的目标就是按系统规划所定的某个开发项目范围明确系统开发的目标和用户的信息需求，提出系统的逻辑方案。系统分析在整个系统开发过程中是要解决"做什么"的问题，把要解决哪些问题、满足用户哪些具体的信息需求调查分析清楚，从逻辑上，或者说从信息处理的功能需求上提出系统的方案，即逻辑模型。

　　为了更好地分析业务和数据的流程是否通畅、是否匹配、处理是否合理、体现数据、业务过程和实现管理功能之间的关系，采用结构化的系统分析方法。该方法是根据结构化方法的基本思想和主要原则在系统分析中的应用所形成的一系列具体方法和有关工具的总称。结构化系统分析的最常用的工具有数据流程图和数据字典。

　　经营计划处计划统计管理信息系统的数据流代码如表 8-1 所示。

表 8-1　本系统数据流代码

代　码	数据流名称
F1	月施工统计表
F2	施工计划信息
F3	基层质量信息
F4	质量指标
F5	基层伤亡信息
F6	基层劳资信息
F7	劳资指标
F8	财务指标
F9	重要程度权数
F10	基层施工与计划完成情况表
F11	主业单项工程形象进度表
F12	分包单项工程形象进度表
F13	单位工程形象进度表
F14	单位单项工程形象进度表
F15	主业施工与计划完成情况表
F16	分包施工与计划完成情况表
F17	综合经济效益分析表
F18	综合经济效益图示

续表

代 码	数据流名称
F19	施工与投资完成情况表
F20	单项施工与投资完成情况表
F21	施工计划完成情况快报
F22	工程计划表
F23	查询信息
F23.1	施工进度查询信息
F23.1.1	工程计划查询信息
F23.1.2	单位单项工程台账查询信息
F23.1.3	单项工程台账查询信息
F23.1.4	单位工程台账查询信息
F23.1.5	施工与计划完成情况台账查询信息
F23.1.6	基层施工与计划完成情况台账查询信息
F23.2	计划完成查询信息
F23.2.1	基层参数查询信息
F23.2.2	施工计划完成情况查询信息
F23.3	综合经济效益查询信息
F23.3.1	综合经济效益参数查询信息
F23.3.2	综合经济效益分析表查询信息
F23.3.3	综合经济效益图示分析查询信息

经营计划处计划统计管理信息系统的存储代码如表 8-2 所示。

表 8-2　本系统数据存储代码

代 码	存 储 名 称
D1	总产值台账(施工与计划完成情况台账)
D2	基层施工数据库
D3	单位单项工程台账
D4	基层参数信息登记册
D5	施工计划完成情况册
D6	综合经济效益参数登记册
D7	综合经济效益分析册
D8	综合经济效益图示分析册
D9	工程计划表
D10	单项工程台账
D11	单位工程台账
D12	基层产值台账(基层施工与计划完成情况台账)
D13	单项工程投资台账
D14	总投资台账

经营计划处计划统计管理信息系统的数据流程如图 8-4～图 8-12 所示。

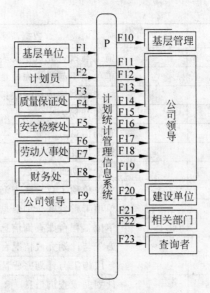

图 8-4　系统顶层数据流程

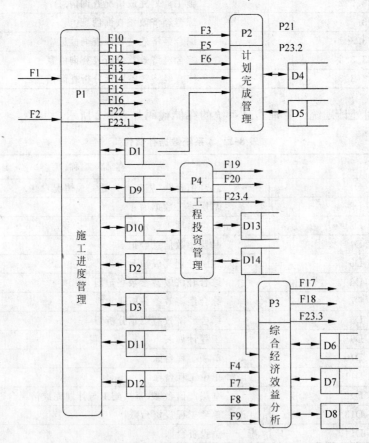

图 8-5　系统一级细化 DFD

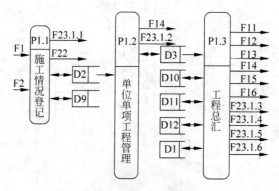

图 8-6　P1 的细化 DFD

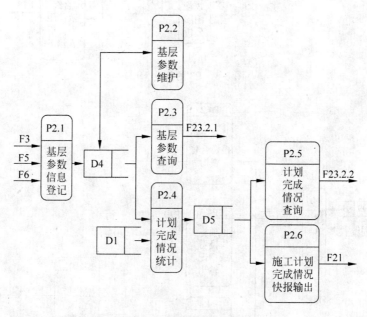

图 8-7　P2 的细化 DFD

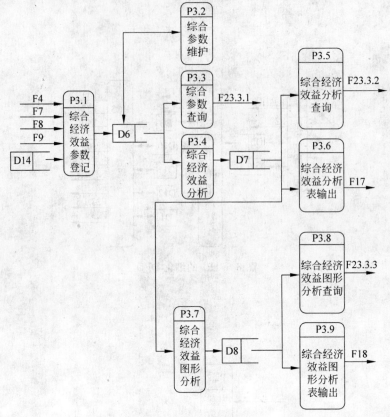

图 8-8　P3 的细化 DFD

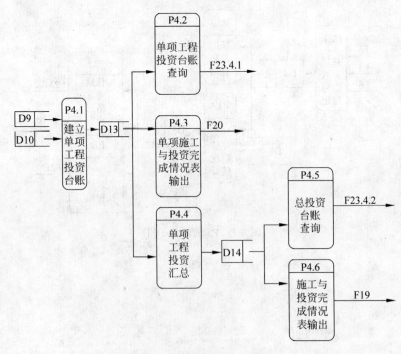

图 8-9　P4 的细化 DFD

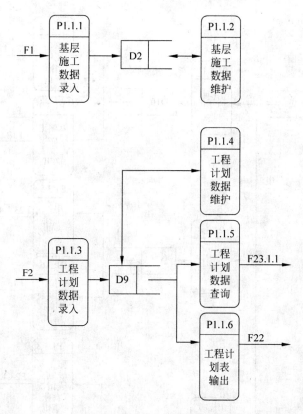

图 8-10 P1.1 的细化 DFD

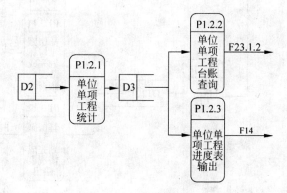

图 8-11 P1.2 的细化 DFD

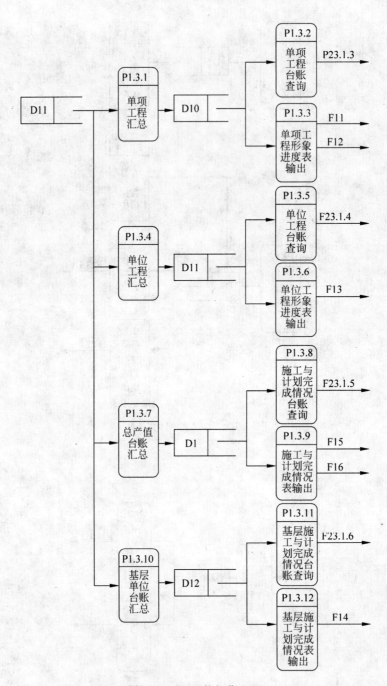

图 8-12 P1.3 的细化 DFD

8.2.2　数据字典

数据字典：在结构化分析中，须对数据流程图中的每一项数据流、基本加工、文件及数据项等下一个"严格的定义"，所有这些定义按一定次序汇集，即为数据字典。数据字典对数据流程图的各种成分起注解、说明作用，给这些成分赋以实际的内容并且还要对系统分析中其他需要说明的问题进行定义和说明。数据流程图描述系统的组成及相互关系，数据字典描述系统的具体细节。两者相互联系、相互补充、相互结合使用才能将系统表达清楚。

为了进一步明确数据的详细内容和数据加工过程，现将经营计划处计划统计管理信息系统外部实体和最底层数据流程图中的部分数据流及其组成部分的数据元素、数据存储和加工通过数据字典描述出来，以便于此后系统设计的进行（每种条目仅举一例）。

（1）数据元素条目：数据元素是指不能再分解的数据单元，如"工作量"、"工程名称"等，如图 8-13 所示。

数据元素			
系统名：计划统计管理系统		编号：	
条目名：工作量		别名：	
所属数据流：F1、F2、F10～F16、F19～F23			
存储处：D1～D3、D5、D8～D14			
数据元素属性： 　类型：Decimal 　长度：9[4] 　取值范围：小数部分为 4 位的十进制数字 　含义：以万元为单位			
简要说明：记录各项施工工程中各个费用项目条目的工作量，是工程计划统计的主 　　　　要数据之一			
修改记录：无	编写	陈露	日期
	审核		日期

图 8-13　数据元素条目示例

（2）数据流条目：用于说明数据流的组成，反映数据流的来源、去向、流通量等，如输入流月施工统计表等，如图 8-14 所示。

数据流			
系统名：计划统计管理系统		编号：F1	
条目名：月施工统计表		别名：	
来源：基层施工单位（外部实体）	去处：基层施工数据录入（P1.1.1）		
数据流结构： 月施工统计表＝{单位名称＋工程名称＋统计日期＋施工性质＋施工类别＋{项目 名称＋工作量＋工程量}}所有基层施工单位			
简要说明：基层施工单位按月统计出施工进度情况，上交公司计划处进行统计分析			
修改记录：无	编写	姚远	日期
	审核		日期

图 8-14　数据流条目示例

（3）数据存储条目：用于说明数据流的存储，反映数据流的存储状态，如单位单项工程台账等，如图 8-15 所示。

数据存储					
系统名：计划统计管理系统			编号：D3		
条目名：单位单项工程台账			别名：		
相关处理：由处理单位单项工程统计(P1.2.1)写入；读取数据的处理有单位单项工程台账查询(P1.2.2)和单位单项工程进度表(P1.2.3)					
数据结构：					
名　　称	类　型	长度	名　　称	类　型	长度
序号	Integer	4	单位名称	Char	20
工程名称	Char	20	统计日期	Datetime	8
施工性质	Char	4	施工类别	Char	4
项目名称	Char	20	本月工作量	Decimal	9[4]
本年工作量	Decimal	9[4]	开工工作量	Decimal	9[4]
本月工程量	Decimal	9[4]	本年工程量	Decimal	9[4]
开工工程量	Decimal	9[4]			
简要说明：1. 序号由系统按升序自动生成； 　　　　　2. 本年工作量、本年工程量、开工工作量、开工工程量由系统自动计算生成					
修改记录：无	编写	姚远		日期	
	审核			日期	

图 8-15　数据存储条目示例

（4）加工处理条目：用于对数据流程图中不能再分解的基本加工进行描述，如单项工程汇总等，如图 8-16 所示。

加工处理			
系统名：计划统计管理系统		编号：P1.3.1	
条目名：单项工程汇总		别名：	
输入：存储单位单项工程台账(D3)		输出：存储单项工程台账(D10)	
处理逻辑：1. 用人机对话的方式录入关键字，单位名称、日期、工程名称、施工类别； 　　　　　2. 将 D3 中的每条记录与关键字相比较，把与关键字相同的记录取出； 　　　　　3. 按项目名称、日期限制以及与施工类别不同的数据得出本月工作量、本年累计工作量、开工累计工作量、本月工程量、本年累计工程量和开工累计工程量； 　　　　　4. 把得到的数据录入到 D10 中相应的记录中			
简要说明：日期限制由系统根据当时的日期自动生成			
修改记录：无	编写	姚远	日期	
	审核		日期	

图 8-16　加工处理条目示例

（5）外部项条目：用于描述系统开发中不变的外部实体的本身结构和固有属性，如外部实体财务处等，如图 8-17 所示。

外部项				
系统名：计划统计管理系统		编号：		
条目名：财务处		别名：		
输入数据流：数据流财务指标(F8)		输出数据流：		
主要特征：质量保证处即为本系统提供年度财务指标的部门 主要的指标：工资利润率、产值利润率、成本降低率				
简要说明：负责公司资金的计划、调配、使用、调整和监督的职能部门				
修改记录：无	编写	姚远	日期	
	审核		日期	

图 8-17　外部项条目示例

8.3　系统设计

系统分析阶段的主要依据是系统分析报告所描述的逻辑模型和开发者的知识和经验。系统设计的主要内容包括新系统结构设计、功能模块设计、代码设计、输出设计、输入设计、数据库设计、软硬件配置等。

8.3.1　系统结构设计

系统结构设计是以系统分析阶段所得到的系统逻辑模型为基础，根据数据流程图和数据字典，借助于一套标准的设计准则和图表工具，把系统按功能划分为大小恰当、功能明确、具有一定独立性、易实现、易维护、易修改的模块，从而将复杂系统的设计转换为多个简单系统的设计。系统结构设计的目标是设计出高聚合、底耦合的模块结构，主要工具有 HIPO（分层输入—处理—输出）技术，即用图形方法表达一个系统的输入和输出功能，以及模块的层次。HIPO 技术包含 HIPO 分层图和 IPO 图两方面的内容。

1. 系统结构图

系统经过"自上而下"的层层分解，把一个复杂系统分解成几个大模块（子系统），每个大模块又分解为多个更小的模块。一个系统经过逐层分解得到的具有层次结构的模块结构，称为系统结构图（HIPO 分层图）。

按照结构化的系统设计方法，对照数据流程图，对计划统计管理系统从功能上逐级分解，可以得到 HIPO 分层图，如图 8-18 所示。

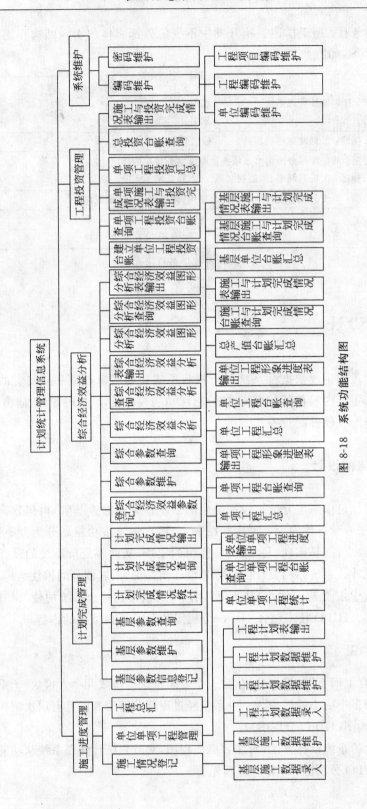

图 8-18 系统功能结构图

2. IPO 图

IPO 图(输入-处理-输出图)用来描述分层图中一个模块的输入、输出和处理内容。为了给计划统计系统实施阶段编制程序设计任务书并为进行程序设计提供依据和出发点,需要通过 IPO 图的描述进一步了解每一个模块的输入/输出关系、处理内容、本模块的内部数据和模块间的关系。

具体的 IPO 图如图 8-19～图 8-21 所示(仅列出其中 3 图)。

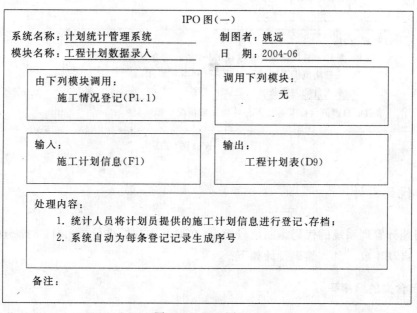

图 8-19　IPO 图(一)

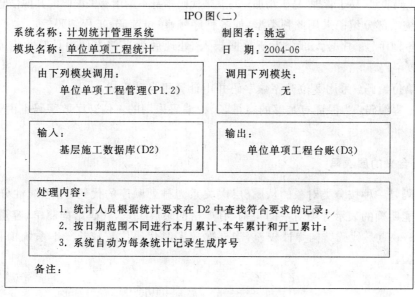

图 8-20　IPO 图(二)

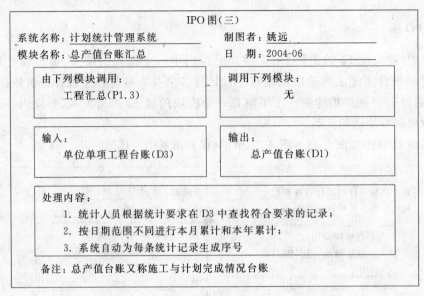

图 8-21　IPO 图（三）

8.3.2　代码设计

计划统计管理系统的代码编制比较简单,在对基本数据进行录入时,大部分编码都可由计算机自动生成。具体编码设计如下。

1. 无含义的顺序码

顺序码是一种最简单的、最常用的代码。这种代码将顺序的自然数和字母赋予编码对象。其优点是代码简短、易于管理、易于添加;缺点是代码本身不给出有关编码的其他信息。

本系统大部分编码采用此种类型,如各种序号、单位编码、工程编码等。

（1）各种序号:序号大部分为新数据录入、处理后为存储方便由计算机自动生成的 4 位升序数字码。

（2）单位编码:采用 2 位升序数字码并由计算机自动生成。

（3）工程编码:为保证有足够的容量,工程编码采用的 4 位升序数字码也由计算机自动生成。

2. 有含义的层次码

层次码是一种按分类对象的从属、层次关系为排列顺序的代码,用于线性分类体系。其优点是能明确的表示分类对象的类别,有严格的隶属关系,代码结构简单,容量大,便于机器汇总;缺点是代码结构弹性较差,当层次较多时代码位数较长。本系统项目编码采用此种类型。

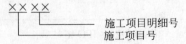

说明：项目编码采用 4 位数字型层次码，编码前两位代表项目号，如××，存储项目总称，编码后两位代表明细项目号。例如：直接费项目有工地运输、土石方工程和基础工程等明细项目，则它们的编码可表示如下。

0100：直接费用

0101：工地运输

0102：土石方工程

0103：基础工程

8.3.3　输出设计

输出设计是由计算机对输入的原始信息进行加工处理，形成高质量的有效信息，并使之具有一定的格式，以提供给管理者的系统设计。

对于计划统计管理系统输出的方式主要分为两种：一种是中间输出，即本系统对主系统或其他子系统之间的数据传递；另一种是最终输出，即通过终端设备（如显示器屏幕、打印机等）向相关部门输出。

本系统的中间输出主要以共享数据库、软复制和硬复制的形式存在，如单项工程台账、基层产值台账等。

本系统的最终输出都是通过显示器屏幕和打印机形成的报表、图形和查询信息的输出。由于本系统生成的工程形象进度报表比较多且结构相似，特设计报表输出模块，以提高系统开发的速度，具体输出格式如图 8-22、图 8-23 所示。

图 8-22　系统打印预览窗口

图 8-23 屏幕输出格式

8.3.4 输入设计

输入设计就是在保证正确、高效性的同时向系统提供数据录入，主要包括输入方式设计和用户界面设计两方面内容。

(1) 系统采用键盘和鼠标进行原始数据的录入。录入数据的内容主要包括基层施工统计表、施工计划信息、基层质量、伤亡、劳资信息、年度质量、劳资、财务等原始数据。

基层施工统计表格式如下：

［工程名称］ 基层施工统计表 ［工程类别］［工程性质］

单位名称：［单位名］   ××××年××月

单位工程名称	工程量	工作量/万元
合计		
一、直接费		
工地运输		
...		

（2）本系统使用的是键盘、鼠标输入方式，输入的数据量比较大且大都是数字，容易出错。为了减少人工输入量并保证输入数据的正确性，在录入数据时采用系统自动生成连续的升序编号、下拉式菜单方式进行冗余数据的录入（如工程名称、统计日期、工程类别、工程性质等）等方式。根据此种要求，用户界面设计的屏幕格式如图 8-24 所示。

综合经济效益登记

序号	单位名称	日期	劳动生产率(万元/人)	产值利用率(%)	工资利润率(%)	工程优良率(%)	降低成本率(%)
3	送二分公司	2000	1.75	4.70	38.30	36.20	5.02
4	送三分公司	2000	1.80	5.20	51.00	51.40	5.70
5	送四分公司	2000	1.50	4.50	45.20	40.20	4.77
6	送五分公司	2000	1.58	6.00	48.80	22.70	5.12
7	送六分公司	2000	1.34	11.30	76.60	14.60	9.52
8	重要程度权数	2001	100.00	100.00	100.00	100.00	100.00
9	送一分公司	2001	1.00	10.00	80.00	43.00	2.00
10	送二分公司	2001	1.00	1.00	1.00	1.00	1.00

上一行　　下一行　　添加　　撤销　　确定　　退出

图 8-24　屏幕输入格式

8.3.5　人机对话设计

人机对话主要是指在计算机程序运行中，使用者与计算机系统之间通过终端屏幕或其他装置进行一系列交替的询问与回答。由于计划统计管理信息系统的最终用户是对计算机技术并不精通的统计员，从他们的应用需求出发，系统采用了基于菜单选择、填写表格和简单问答等友好的人机交互界面。

本系统主要采用键盘-屏幕方式的人机对话。具体的人机对话设计如图 8-25 所示。

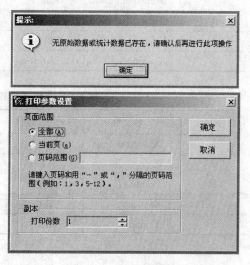

图 8-25　人机对话界面

8.3.6　数据库设计

　　数据库设计是建立数据库及其应用系统的技术，是信息系统开发和建设中的核心技术。具体地说，数据库设计是指对于一个给定的应用环境，构造最优的数据库模式，建立数据库及其应用系统，使之能够有效地存储数据，满足各种用户的应用需求。为了尽可能地提高数据组织的相对独立性，简化其结构，降低数据的维护成本，在设计数据存储时就需要使用规范化的方法以达到数据的可维护性、完整性和一致性。

　　规范化理论建立在关系数据模型上，一般分为 3 种范式。

　　(1) 第一范式(1NF)：指在同一表中没有重复项出现。

　　(2) 第二范式(2NF)：指每个表必须有一个(而且仅有一个)数据元素为主关键字，其他数据元素与主关键字一一对应。

　　(3) 第三范式(3NF)：指表中的所有数据元素不但要能够唯一地被主关键所标识，而且它们之间还必须相互独立，不存在其他的函数关系。

　　本系统的数据库表中工程编码表、项目编码表、单位编码表达到第二范式，其余各表已达到第三范式。本系统的数据库设计如表 8-3～表 8-11 所示。

表 8-3　单位编码表(t_danweibianma)

序号	名　　称	数据类型	长度	说　明	NULL
1	Danweinum	Integer	4	单位编码	No
2	Danweiname	Char	20	单位名称	Yes

表 8-4　工程编码表(t_gongchengbianma)

序号	名　　称	数据类型	长度	说　明	NULL
1	Gongchengnum	Integer	4	工程编码	No
2	Gongchengname	Char	20	工程名称	Yes
3	Kaigongriqi	Datetime	8	开工日期	Yes
4	Jungongriqi	Datetime	8	竣工日期	Yes

表 8-5　项目编码表(t_xiangmubianma)

序号	名　　称	数据类型	长度	说　明	NULL
1	Xiangmunum	Char	4	项目编码	No
2	Xiangmuname	Char	20	项目名称	Yes
3	Biandian	Bit	1	变电	Yes
4	Songdian	Bit	1	送电	Yes
5	Tujian	Bit	1	土建	Yes

表 8-6 统计主表(t_tongjizhubiao)

序号	名 称	数据类型	长度	说 明	NULL
1	Xuhao	Integer	4	序号	No
2	Danweiname	Char	20	单位名称	No
3	Gongchengname	Char	20	工程名称	No
4	Xiangmuname	Char	20	项目名称	No
5	Riqi	Datetime	8	入账日期	No
6	Xingzhi	Char	4	施工性质	No
7	Gongchengliang	Decimal	9[4]	工程量	Yes
8	Gongzuoliang	Decimal	9[4]	工作量	Yes
9	Bj	Char	4	施工类别	Yes
10	Gclbnlj	Decimal	9[4]	工程量本年累计	Yes
11	Gclkglj	Decimal	9[4]	工程量开工累计	Yes
12	Gzlbnlj	Decimal	9[4]	工作量本年累计	Yes
13	Gzlkglj	Decimal	9[4]	工作量开工累计	Yes

施工性质:主业;分包
工作量单位:万元

表 8-7 施工产值表(t_shigongchanzhibiao)

序号	名 称	数据类型	长度	说 明	NULL
1	Xuhao	Integer	4	序号	No
2	Danweiname	Char	20	单位名称	No
3	Riqi	Datetime	8	入账日期	No
4	Biandiancz	Decimal	9[4]	变电产值	Yes
5	Songdiancz	Decimal	9[4]	送电产值	Yes
6	Tujiancz	Decimal	9[4]	土建产值	Yes
7	Gongchengname	Char	20	工程名称	No
8	Xingzhi	Char	4	施工性质	No
9	Bdlj	Decimal	9[4]	变电累计	Yes
10	Sdlj	Decimal	9[4]	送电累计	Yes
11	Tjlj	Decimal	9[4]	土建累计	Yes

表 8-8 快报参数表(t_kuaibaochanshubiao)

序号	名 称	数据类型	长度	说 明	NULL
1	Xuhao	Integer	4	序号	No
2	Riqi	Datetime	8	日期	No
3	Putongshigu	Integer	4	质量普通事故	Yes
4	Zhongdashigu	Integer	4	质量重大事故	Yes
5	Pingjunrenshu	Integer	4	平均人数	Yes
6	Shengchanlv	Integer	4	劳动生产率	Yes
7	zhongshang	Integer	4	重伤	Yes
8	Siwang	Integer	4	死亡	Yes
9	Qingshang	Integer	4	轻伤	Yes

表 8-9　分析参数表（t_fenxichanshubiao）

序号	名　　称	数据类型	长度	说　明	NULL
1	Xuhao	Integer	4	序号	No
2	Danweiname	Char	20	单位名称	No
3	Riqi	Decimal	9[4]	年份	No
4	Ldscl	Decimal	9[4]	劳动生产率	Yes
5	Czlrl	Decimal	9[4]	产值利润率	Yes
6	Gzlrl	Decimal	9[4]	工资利润率	Yes
7	Gcyll	Decimal	9[4]	工程优良率	Yes
8	Jdcbl	Decimal	9[4]	降低成本率	Yes

表 8-10　施工快报表（t_shigongkuaibaobiao）

序号	名　　称	数据类型	长度	说　明	NULL
1	Xuhao	Integer	4	序号	No
2	Zhibiaoname	Char	20	指标名称	No
3	Riqi	Datetime	8	日期	Yes
4	Songdian	Decimal	9[4]	送电	Yes
5	Biandian	Decimal	9[4]	变电	Yes
6	Tujian	Decimal	9[4]	土建	Yes

表 8-11　用户权限表（t_mima）

序号	名　　称	数据类型	长度	说　明	NULL
1	Xuhao	Integer	4	序号	No
2	Name	Char	20	用户名	No
3	Mima	Char	8	密码	No
4	Quanxian	Char	20	权限	No

8.4　系统实施

　　系统实施指的是将系统分析和系统设计阶段的成果在计算机上实现,将原来纸面上的、类似于设计图示的新系统方案转换成可执行的应用软件系统。同时系统实施作为系统生命周期的后期阶段,是把系统设计转化为可实际运行的物理系统的必然步骤,对于系统的质量、可靠性和可维护性等起着十分重要的影响。

　　系统实施的前提条件:系统实施工作必须在系统分析和系统设计工作完成后,严格地按照系统开发文档进行,系统实施要以系统分析和设计文档资料为依据。

　　系统设施阶段的活动主要包括编码、系统测试、系统安装、新旧系统转化几方面。

8.4.1　程序设计

本系统采用自底向上的局部开发方法,即先开发一个个的模块,然后再结构化地逐步建立起整个系统。由于现系统采用的是 PowerBuilder 5.0 作为系统的客户端开发工具,为保证用户使用的连贯性,本系统决定采用 PowerBuilder 9.0 和 SQL Server 2000 作为开发工具。

PowerBuilder 9.0 是美国著名的数据库应用开发商 Sybase 推出的最新版本的数据库前端开发工具。PowerBuilder 9.0 是第 4 代程序开发语言(4GL),具有以下特点。

(1) PowerBuilder 9.0 是一个基于 PC 的客户/服务器结构的可视化图形界面应用程序开发环境。

(2) PowerBuilder 9.0 具有强大的数据库连接和数据处理能力,可用一种可视化的方式来创建应用程序的用户界面和数据库接口。

(3) PowerBuilder 9.0 获有数据窗口技术专利,使用数据窗口技术可以方便地形成适合各种场合使用的编辑、浏览、统计、图表等数据窗口。

(4) PowerBuilder 9.0 还具有丰富的开发包,良好的网络支持、结构化查询语言等特性。

SQL Server 2000 是微软公司推出的关系型数据库管理系统,具有以下特点。

(1) SQL Server 2000 是一种使用传统的 Transact-SQL 语言,基于客户/服务器模式,并且是两者间传送请求和答复的关系型数据库管理系统。

(2) SQL Server 2000 是大规模联机事务处理(OLTP)、数据仓库和电子商务应用程序的优秀数据库支持平台。

(3) SQL Server 2000 拥有强大的数据引擎,高级的管理方式。

(4) SQL Server 2000 相对于其他数据库产品有与 Windows 2000 最好的结合。

8.4.2　系统运行环境

1. 系统运行环境的最小要求

(1) 硬件环境

CPU:Pentium Ⅲ 733MHz 以上或者与之相兼容。

内存:不低于 128MB。

硬盘:20GB 以上。

显示器:VGA 800×600 或者更高。

其他设备:鼠标或者其他相兼容设备,如 CD-ROM。

(2) 软件环境

Windows 98 以上操作系统。

2. 运行的推荐环境

(1) 硬件环境

CPU:Pentium 4 1.7GHz 以上或者与之相兼容。

内存：256MB 或者更高。

硬盘：80GB 以上。

显示器：17 英寸纯平显示器。

其他设备：鼠标或者其他相兼容设备，如 CD-ROM。

（2）软件环境

Windows 2000 操作系统。

8.4.3　程序设计完成情况

本系统主要由施工进度管理子系统、计划完成管理子系统、综合经济效益分析子系统和工程投资管理子系统 4 部分组成。由于时间紧张，程序设计着重于计划统计方面主要完成施工进度管理子系统、计划完成管理子系统、综合经济效益分析子系统 3 部分，而未完成投资统计方面的工程投资管理子系统。

具体程序完成情况如表 8-12 所示。

表 8-12　具体程序完成情况

程 序 名 称	完 成 情 况
施工情况登记	已完成
单位单项工程管理	已完成
工程汇总	已完成
基层参数信息登记	已完成
基层参数维护	已完成
基层参数查询	已完成
计划完成情况统计	已完成
计划完成情况查询	已完成
施工计划完成情况快报输出	已完成
综合经济效益参数登记	已完成
综合参数维护	已完成
综合参数查询	已完成
综合经济效益分析	已完成
综合经济效益分析查询	已完成
综合经济效益分析表输出	已完成
综合经济效益图形分析	已完成
综合经济效益图形分析查询	已完成
综合经济效益图形分析表输出	已完成
建立单项工程投资台账	未完成
单项工程投资台账查询	未完成
单项施工与投资完成情况表输出	未完成
单项工程投资汇总	未完成
总投资台账查询	未完成
施工与投资完成情况表输出	未完成

8.5　系统使用与评价

8.5.1　系统使用说明

本系统共由施工进度管理、计划完成管理、综合经济效益分析和工程投资管理 4 部分功能模块组成,对经营计划处的统计工作提供了支持和帮助。为了统计人员更好地利用本套系统解决日常的业务工作,现对本系统做以下的使用说明。

(1) 权限管理:本系统设有用户认证功能,只有系统管理员和注册用户才有权限使用本系统。针对此项管理,在进入系统时必须经过登录窗口,仅当用户名和密码均正确时才能对系统进行下一步的操作。此项功能由系统维护中的密码维护模块完成。

(2) 报表输出:本系统作为统计分析系统需要生成大量的报表文件,为用户使用方便、减少录入错误,各种报表的表头都由用户选择控件生成。表头选定后经过统计汇总功能建,产生的报表即可进行打印输出。

(3) 信息查询:本系统在提供强大的报表输出功能的同时也具有丰富的查询功能。由于本系统的查询条件较多,为方便用户、减少错误查询,条件的选择也以选择控件的形式完成。

(4) 系统备份:由于统计数据的重要性,本系统提供两种方式进行数据备份。一种是由系统管理员定期对 SQL Server 2000 中的数据库进行备份;另一种是由系统用户对数据进行系统备份功能建进行 Access 备份。

(5) 单位编码表说明:为系统处理数据的方便,在单位编码中加入了两项特殊的数据。一个是 0 号重要程度权数,在经济效益分析时使用;另一个是 1 号送变电工程公司,在台账汇总时使用。

8.5.2　系统评价

系统评价在广义上讲是贯穿系统整个生命周期各个阶段的重要决策手段和工作环节。在系统分析阶段通过评价进行可行性分析;在系统设计阶段要进行具体系统设计方案的评价;在系统实施阶段要进行正确性评价;在系统运行与维护阶段要不断进行功能、性能和效益的评价。而在狭义上讲系统评价即系统运行后的评价。

这里的评价是指计划统计系统运行后的状况进行评价以作为系统维护、更新以及进一步开发的依据,主要包括经济效益、性能和管理 3 方面的内容。

1. 经济效益评价

根据信息价值理论,信息系统的应用价值是通过在信息方面的改善而使各种结果得到改善而产生的价值。这一概念意味着信息系统经济效益评价有其特殊性,经济效益的提高是综合多方面的因素形成的,信息不是孤立地起作用。所以,对信息系统的经济效益评价是通过费用效益分析来实现的。

计划统计管理系统在开发的过程中，严格按照预算的费用进行，用户所付出的成本（包括人力、物力和财力）都控制在限制的范围内。同时，从本系统的应用来看，已完全达到了系统分析阶段的经济目标。通过信息系统的运行大幅提高企业内部资源的利润率，减少了手工操作，缩短了信息传递的速度，提高了工作效率，增加了企业的竞争优势，获得了丰厚的经济回报。

2. 性能评价

运用 PowerBuilder 9.0 和 SQL Server 2000 开发的本系统具有良好的性价比和实用性。

本系统通过很小的开支具有强大的计划统计功能、报表输出功能，并充分利用了系统内部的各种资源，具有良好的可维护性、可扩展性和可移植性。系统在计划统计方面的强大功能和其操作方便、易于管理、运行稳定的特点使得用户对系统的满意程度很高。

同时，本系统还具有很强的实用性：系统运行稳定可靠；具有健全的安全保密功能，对误操作有良好的保护性和故障恢复性。

3. 管理评价

本系统中各种编码、报表均采用国家标准，符合企业科学化管理的要求，为公司的现代化企业建设提供了支持。同时，企业的各级管理人员对系统在运行后取得的收益都给予了很高的评价，尤其在经营计划处大家对系统非常满意。但是为了更好地利用现代信息技术提高工作效率，减轻工作人员的劳动负荷，系统用户又提出了一些改进意见。这些意见将成为以后系统更新的重要依据。

附录 习题答案

第 1 章

一、单项选择题

1. A 2. B 3. C 4. A 5. B 6. B 7. C 8. C

二、填空题

1. 解释

2. 管理信息

3. 涉及物料需求的基本 MRP 系统

4. 围绕转化组织制造资源,实现按需要准时生产

三、问答题

1. 答:信息是经过加工并对生产经营活动产生影响的数据,是劳动创造的,是一种资源,所以信息是有价值的。

2. 答:管理信息系统是一个以人为主导,利用计算机软硬件、网络通信设备以及其他办公设备进行信息的收集、传输、加工、储存、更新、维护和使用,以企业战略提高效益和效率为目的,支持企业高层决策、中层控制、基层执行的集成化的人机系统。

3. 答:MRP Ⅱ 要求生产计划是可行的,即有足够的设备、人力和资金来保证生产计划的实现,同时,物料需求计划是可行的,即有足够的供货能力和运输能力来保证完成物料供应。

4. 答:MRP Ⅱ 系统站在整个企业的高度进行生产、计划及一系列的管理活动,它通过对企业的生产经营活动作出有效的计划安排,把生产任务均衡地分布在生产计划期中,实现均衡生产。

5. 答:建立和保持企业的成本优势,并由企业成本领先战略体系和全面成本管理系统予以保障。

6. 答:在多变的市场环境中建立与企业整体发展战略相适应的战略经营系统,实现基于 Internet/Intranet 环境的战略信息系统,完善决策支持服务体系,为决策者提供全方位的信息支持;完善人力资源开发与管理系统,既面向市场,又注重企业内部人员的培训。

第 2 章

一、单项选择题

1. B 2. A 3. D 4. C 5. B 6. A 7. D

二、填空题

1. 对话

2. 主元,辅元

3. 应用层

三、问答题

1. 答:顺序存储结构物理地址与记录的逻辑顺序一致,为直接存取结构,可以根据初始地址和记录长度直接读取所需记录,但插入删除操作时,为了保持记录的有序,需要做大量的数据移动操作,适合记录比较稳定的情况。链表结构插入删除记录不需要移动记录,但查找时需要从头一个个查起,适合经常需要进行插入删除操作的情况。

2. 答:数据文件有顺序文件、索引文件等结构。顺序文件查找方便,但在有新记录加入时,需要进行排序操作,在文件很大时,很费时间。索引文件建立了记录与索引的对应关系,只需要对索引进行排序,但索引文件需占用额外的存储空间。

3. 答:文件组织分为内部文件组织和外部文件组织。内部文件组织是文件在内存中的组织,外部文件组织则是文件在外部存储设备上的组织方式及输入输出方法。

4. 答:客户/服务器模式的网络结构特点是把数据库的读写操作放在服务器端进行,而应用计算工作则分布在各个客户端的工作站进行,在数据查询操作中,客户机和服务器端的通信仅是查询请求和查询结果。其优点体现在:通过客户机和服务器间功能的合理分布,实现负荷均衡,提高整体性能;减少网络间数据的频繁传输,避免了网络过分拥塞;开放性好,便于扩充新的应用,实现规模优化;可重用性好,维护工作量小、资源可利用性高,整体应用成本低。

四、应用题

1. 答:数据通信系统由中央处理装置、终端设备、通信线路及相关设备组成。其工作原理为:发送端把信息编码,经过通信信道发送给接收端,接收端经解码,得到通信数据。

2. 答:E-R 模型用实体及其联系表示事物及其联系,由实体、属性、联系组成,用来表示数据的概念模型。

3. 答:符合第一范式的关系,元组中的每一个分量都是不可分割的数据项。第二范式中,关系不仅满足第一范式,而且所有非主属性完全依赖于其主码。

4. 答:数据库的安全性是指保护数据库以防止不合法的使用造成数据泄漏、更改和破坏。可通过对用户进行识别和鉴定、存取控制、OS 级安全保护等措施得到保障。

完整性用来保证关系和数据的一致性,包括实体完整性、参照完整性、用户定义完整性。

并发控制是指当多个用户同时存取、修改数据库时,可能会发生互相干扰而得到错误的结果并使数据库的完整性遭到破坏,因此必须对多用户的并发操作加以控制、协调。

数据库恢复是指当计算机软、硬件或网络通信线路发生故障而破坏了数据或对数据库的操作失败使数据出现错误或丢失时,系统应能进行应急处理,把数据库恢复到正常状态。

5. 答:OSI 参考模型由物理层、数据链路层、网络层。传输层、会话层、表示层、应用层 7 个层次构成,每一层具体规定了通信双方应遵守的约定。

第 3 章

一、单项选择题

1. B　2. B

二、填空题

1. 战略规划

2. 主要决策者之一

三、问答题

1. 答：系统战略规划的作用是合理利用信息资源（信息、信息技术、信息生产者）以节省 MIS 投资；明确 MIS 的任务；为将来的评估工作提供依据。其内容包括 MIS 的目标（MIS 应实现的功能）、约束（实现 MIS 的环境、条件）及总体结构（由哪些子系统构成）、组织的现状（包括软硬件、人员配备及开发费用等）、业务流程的现状、存在的问题、流程重组等，以及对影响规划的 IT 发展的预测。

2. 答：从管理信息系统开发的角度讲，企业流程重组就是站在信息的高度对企业流程的重新思考和再设计，是一个系统工程，存在于系统规划、系统分析、系统设计、系统实施与评价等整个规划与开发过程之中。

3. 答：制定 MIS 战略规划时使用 BSP 法主要是确定出未来信息系统的总体结构，明确系统的子系统组成和开发子系统的先后顺序；对数据进行统一规划、管理和控制，明确各子系统之间的数据交换关系，保证信息的一致性。

四、应用题

答：一般来讲，企业中存在物流、资金流、信息流等，而管理信息系统则是信息流的集中体现。如果一个企业在管理信息系统的开发过程中不进行流程重组，仅仅是用计算机模拟原有的企业流程，就势必会将原来一些低效、冗余的业务处理过程带到所开发的信息系统中去，从而导致该信息系统的低效性。从这个意义上讲，企业流程重组就是为了找出合理的信息流。

第 4 章

一、单项选择题

1. D　2. D　3. D　4. A　5. C　6. D　7. A　8. B

二、填空题

1. 自下而上，自上而下

2. 逻辑上相关

3. 过程，数据类

4. 关键

三、问答题

1. 答：结构化系统开发方法的优点是注重开发过程的整体性、全局性，因此特别适合开发大型 MIS；缺点是开发过程烦琐，周期长，难以适应环境的变化。

2. 答：原型法的优点是简易，用户容易接受；缺点是返工现象特别严重，不适合开发大型系统。

　　3. 答：使用 U/C 矩阵进行子系统划分的步骤如下。①画一个数据关系表，在表的第一行填入各项"数据类"，在表的第一列填入各项"功能"；②如果某一功能使用了某种数据类，便在表中间的矩阵的相应交叉点上写 U，如果某一功能产生了某种数据类，便在相应的交叉点上写 C；③按逻辑关系以及发生的先后顺序，重排各个功能；④重排数据类，原则是使得所有的"C"尽可能靠近矩阵的主对角线；⑤分组，即把 U 和 C 比较密集的区域框成一个组，就是子系统。

　　4. 答：从使用 U/C 矩阵进行子系统划分的步骤可见，整个划分的过程中人为主观因素起到了很大的作用，比如功能组和数据类的排位（较密集区域的划分等），因此，不同的人划分的结果可能不是一样的。

四、应用题

　　1. 答：注意诺兰模型各阶段的特点；与信息系统的系统规划结合在一起。

　　2. 答：诺兰指明，成熟阶段的信息系统可以满足组织中各管理层次（高层、中层、基层）的要求，从而真正实现信息资源的管理。因此，处在该阶段的组织进行战略规划时一般要注意以下几点：①MIS 的总体结构一定要尽可能地覆盖整个企业的方方面面；②要全面地进行企业流程重组，并以此为基础，理清高层、中层、基层所需信息的逻辑关系；③确定一套合适的并不一定是最先进的人机应用方案（包括硬件技术、网络技术及数据库处理技术等）。

　　3. 答：给出一个实际应用背景或例子，在此基础上讨论它们各自的优缺点。

第 5 章

一、单项选择题

1. B　2. A　3. C　4. A　5. A　6. D　7. B

二、填空题

1. 物理，逻辑

2. 经济，管理

3. 管理业务，数据流程

4. 逻辑，物理

5. 数据流程图，元素

6. 文字

三、问答题

　　1. 答：处理逻辑定义应写明处理逻辑名称、编号、简述、输入、处理过程、输出和处理频率。

　　2. 答：数据变动频率的大小与将来进行数据库文件设计时采用何种文件有关，通常将变动频率最小的、固定属性的数据存放在主文件中，把个体基本不变，但数据的值是频繁变动的固定个体变动属性的数据存放在周转文件中，而把个体和其值都是频繁变动的随机变动属性的数据存放在随机文件中。

　　3. 答：数据字典中对数据项的定义是从数据的静态特性方面进行的，其中包括数据项的名称、编号、别名、简述、取值范围和长度等。

4. 答：系统详细调查时，有关输出方面，系统分析人员应调查：原系统的输出（包括输出报告、查询内容、决策方案等）是什么？输出的目的是什么？哪些输出可以合并或取消？目前输出的精确度如何？是否有必要进一步提高？如何提高？

5. 答：管理业务流程图是一种表明系统内各单位、人员之间业务关系、作业顺序和管理信息流动的流程图。系统分析人员可以利用它找出业务流程中的不合理部分（如迂回等）。

6. 答：数据流程图是全面描述信息系统逻辑模型的工具，它反映的是信息在系统中流动、处理和存储的情况。

7. 答：在数据字典中，数据结构描述了数据项之间、数据项与数据结构之间或数据结构与其他数据结构之间的关系。

四、应用题

1. 解：根据题意可画得储蓄取款数据流程如附图 1 所示。

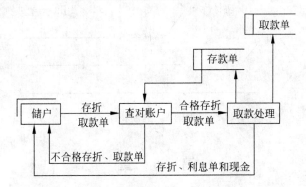

附图 1　储蓄取款数据流程图

2. 解：根据题意领料业务流程图如附图 2 所示。

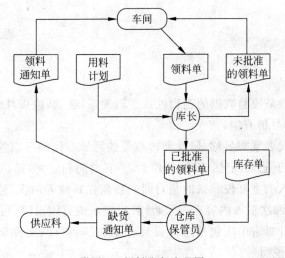

附图 2　领料业务流程图

3. 解：

数据流名称：订货单

编　　　号：DF001

简　　　述：顾客送来的订货单

数据流来源："顾客"外部实体

数据流去向："订货单处理"处理逻辑

数据流组成：订货单编号＋顾客编号＋产品编号＋数量＋订货日期＋交货日期

流　通　量：40 份左右/天

4. 解：

根据处理逻辑，可画出判断树如附图 3 所示。

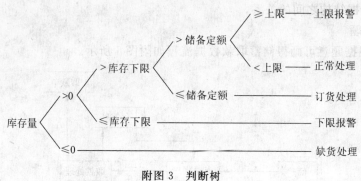

附图 3　判断树

第 6 章

一、单项选择题

1. B　2. C　3. D　4. C　5. A　6. B　7. B　8. D　9. D　10. B　11. B

二、填空题

1. 简单，记忆

2. 几何级数法

3. 易位

三、问答题

1. 答：逻辑校验是校验数据的逻辑性或逻辑关系，例如，检查月份是否超过 12，如果超过 12，就是输入的月份有错。

2. 答：代码是代表事物名称、属性和状态等的符号。代码可以为事物提供一个概要而不含糊的认定，便于记录、记忆、存储和检索，节省时间和空间，提高处理效率。

3. 答：数据输入的重复校验指的是对同一数据先后输入两次，然后由计算机程序自动予以对比校验，如两次输入内容不一致，计算机显示或打印出错信息。

4. 答：系统设计报告中应包括总体设计方案、代码设计、文件设计和输入输出设计方案，以及程序设计说明书。

5. 答：数据关系图是围绕数据处理功能来反映数据之间关系的图，它表示了有哪些输入数据,产生什么中间数据,得到什么输出数据,数据关系图综合起来可形成信息系统流程图。

6. 答:系统设计的任务是按照系统分析阶段提出的逻辑模型的要求进行系统的总体设计和具体的物理设计。

四、应用题

1. 解:销售合同管理信息系统流程图如附图 4 所示。

2. 解:按题中图 6-11 所示数据流程图画得的信息系统流程图如附图 5 所示。在这里,数据流程图中的处理 1 和处理 2 合并为信息系统流程图中的处理 1;处理 3 和输出 1 合并为处理 2;此外,信息系统流程图中还增加了一个中间文件。

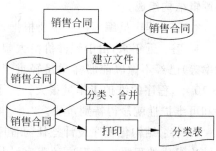

附图 4　销售合同管理信息系统流程图

3. 解:库存的部分信息系统流程图如附图 6 所示。

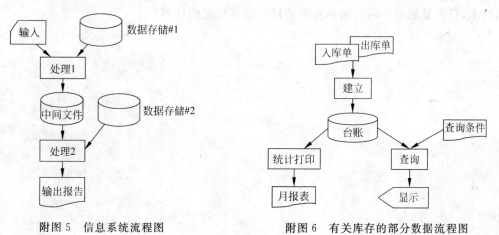

附图 5　信息系统流程图　　　　　附图 6　有关库存的部分数据流程图

第 7 章

一、单项选择题

1. B　2. C　3. C　4. A　5. A　6. B　7. B　8. A　9. B　10. A

二、填空题

1. 平行,输出

2. 功能模块,参数

3. 代码,业务

4. 成立,不成立

5. 循环结构,选择结构

6. 编程

三、问答题

1. 答：系统维护的内容包括程序、数据文件和代码等的维护。

2. 答：用结构化程序设计方法设计程序时，程序由顺序结构、循环结构和选择结构 3 种逻辑结构组成。

3. 答：程序员编写程序主要根据系统设计阶段已编写出来的程序设计说明书。

4. 答：近年来，由于硬件价格大幅下降，程序效率（节省存储空间、提高计算机运行效率等）已经不像以前那样举足轻重了。而另一方面，MIS 中的应用程序一般都要运行 3～10 年，程序的维护工作量很大。为了维护人员能方便地维护他人编写的程序，可理解性和可维护性就显得特别重要。

5. 答：结构化程序设计把任何程序都设计成顺序结构、循环结构和选择结构 3 种逻辑结构组成的程序。由于这种程序结构的逻辑性强，各组成部分独立性强，所以便于理解、修改、扩充和推广。

6. 答：为了在管理信息系统开发中对项目进行计划管理，通常采用卡特图或网络计划技术，目的是用最少的时间和资源消耗来完成预定的计划。

参 考 文 献

[1] 薛华成.管理信息系统[M].3 版.北京:清华大学出版社,1999.

[2] 黄梯云.管理信息系统(修订版)[M].北京:高等教育出版社,2000.

[3] 陈晓红.管理信息系统教程[M].北京:清华大学出版社,2003.

[4] 李东.管理信息系统理论与应用[M].北京:北京大学出版社,2001.

[5] 张国锋.管理信息系统[M].北京:机械工业出版社,2001.

[6] 甘仞初.管理信息系统[M].北京:机械工业出版社,2001.

[7] Reaph M. Stair,George W. Reynolds.信息系统原理[M].北京:机械工业出版社,2000.

[8] 周玉清,等.ERP 原理与应用[M].北京:机械工业出版社,2002.

[9] 高洪深.决策支持系统(DSS)——理论、方法、案例[M].北京:清华大学出版社,1996.

[10] 陈国青,等.信息系统的组织、管理、建模[M].北京:清华大学出版社,2002.

[11] 高阳.计算机网络原理与实用技术[M].长沙:中南工业大学出版社,1998.

[12] 左美云,等.信息系统的开发与管理教程[M].北京:清华大学出版社,2001.

[13] 斯蒂芬·哈格,等.信息时代的管理信息系统[M].北京:机械工业出版社,2000.

[14] 周玉清,等.ERP 原理与应用[M].北京:机械工业出版社,2002.

[15] 陈佳.信息系统开发方法教程[M].北京:清华大学出版社,1998.

[16] 马丁·威尔逊.信息时代——运用信息技术的成功管理[M].北京:经济管理出版社,2000.

[17] 琳达·M.阿普盖特,等.公司信息系统管理——信息时代的管理挑战[M].大连:东北财经大学出版社,2000.

[18] 岳剑波.信息管理基础[M].北京:清华大学出版社,1999.

[19] 高纯.信息化与政府信息资源管理[M].北京:中国计划出版社,2001.

[20] 王士同.人工智能教程[M].北京:电子工业出版社,2001.

[21] 小詹姆斯·I.卡什,等.创建信息时代的组织[M].大连:东北财经大学出版社,2000.

[22] 李师贤,等.面向对象程序设计基础[M].北京:高等教育出版社,1998.

[23] 陈晓红.工商管理案例集[M].长沙:湖南人民出版社,2000.

[24] 中国软件行业协会人工智能协会.人工智能辞典[M].北京:人民邮电出版社,1992.

[25] 陈晓红.电子商务实现技术[M].北京:清华大学出版社,2001.

[26] Gary P. Schneider,James T. Perry.电子商务[M].北京:机械工业出版社,2000.

[27] 方美琪.电子商务概论[M].北京:清华大学出版社,2000.

[28] 陈晓红.决策支持系统理论与应用[M].北京:清华大学出版社,2000.

[29] 姜同强.计算机信息系统开发——理论、方法与实践[M].北京:科学出版社,1999.

[30] 罗超理,等.管理信息系统原理与应用[M].北京:清华大学出版社,2002.

[31] 李劲东,等.管理信息系统原理[M].西安:西安电子科技大学出版社,2003.

[32] 王要武.管理信息系统[M].北京:电子工业出版社,2003.

[33] 苏选良.管理信息系统[M].北京:电子工业出版社,2003.

[34] Kenneth C. Laudon. Information Systems and the Internet[M].北京:机械工业出版社,1999.

[35] Robert A. Schultheis. Management Information Systems[M].北京:机械工业出版社,1998.